ダンス・ダンス・ダンス

HARUKI MURAKAMI

〔日〕村上春树 著

舞！舞！舞！

林少华 译

上海译文出版社

DANSU, DANSU, DANSU

by Haruki Murakami
Copyright © 1988 Harukimurakami Archival Labyrinth
All rights reserved.
Originally published in Japan by Kodansha Ltd., Tokyo.
Chinese (in simplified character only) translation rights arranged with
Harukimurakami Archival Labyrinth，Japan
through THE SAKAI AGENCY and BARDON CHINESE CREATIVE AGENCY LIMITED.

Cover Imagery by Noma Bar / Dutch Uncle

图字：09-2000-473号

图书在版编目(CIP)数据

舞！舞！舞！/(日)村上春树著；林少华译. —
上海：上海译文出版社，2024.3
ISBN 978-7-5327-9476-8

Ⅰ.①舞… Ⅱ.①村… ②林… Ⅲ.①长篇小说—日本—现代 Ⅳ.①I313.45

中国国家版本馆CIP数据核字(2024)第044604号

舞！舞！舞！
［日］村上春树/著　林少华/译
责任编辑/姚东敏　装帧设计/张志全工作室
上海译文出版社有限公司出版、发行
网址：www.yiwen.com.cn
201101 上海市闵行区号景路159弄B座
浙江新华数码印务有限公司印刷

开本 890×1240　1/32　印张 16.75　插页 6　字数 274,000
2024年3月第1版 2024年3月第1次印刷
印数：00,001-20,000册

ISBN 978-7-5327-9476-8/I·5929
定价：88.00元

本书中文简体字专有出版权归本社独家所有，非经本社同意不得转载、摘编或复制
如有质量问题，请与承印厂质量科联系。T：0571-85155604

目 录

现代都市的边缘人（译序）   1

舞！舞！舞！   17

后记   522

村上春树年谱   523

《舞！舞！舞！》音乐列表   529

现代都市的边缘人

（译序）

林少华

"这部小说于一九八七年十二月十七日动笔，一九八八年三月二十四日脱稿。对我来说是第六部长篇。主人公'我'原则上同《且听风吟》《1973年的弹子球》《寻羊冒险记》中的'我'是同一人物。"作者村上春树在《舞！舞！舞！》（以下简称《舞》）后记中这样交代。《且听风吟》中，主人公"我"（ぼく）大学尚未毕业，暑假期间和"鼠"一起在杰氏酒吧喝啤酒，跟一个女孩交往；《1973年的弹子球》中，"我"大学毕业了，和朋友合伙开了一家翻译事务所，雇一个女孩做事务员；《寻羊冒险记》里面，"我"二十九岁了，和上面的事务员女孩结了婚，事业也算一帆风顺，但为了"寻羊"而和翻译事务所的朋友分道扬镳。

二十九岁是青春时代最后一年，"青春三部曲"随之划上句号。但就故事人物的连续性而言，《舞》则是接踵而来的第四部，不妨与之合称为"四部曲"。

村上自己也说是"'我与鼠'四部曲的终结"。二〇〇九年在一次访谈中谈道："关于《挪威的森林》，我决定彻头彻尾采用现实主义笔法，实际上也做到了，有了能够和所谓现实主义作家同台比武的自信，这是件大事。接下去，作为'我与鼠'四部曲的终结写了《舞》，于是有了完成一个周期的实感。在意大利和希腊写完这两部长篇，作为作家算是打下实力的基础，得以用探索新东西的心情进入四十岁。"（参阅《Monkey Business》2009 Spring Vol.5）。

一九四九年出生的村上，写完《舞》的一九八八年三十九岁。不错，马上年届四十。作为"四部曲"的主人公的"我"，由《且听风吟》的二十一岁到《1973年的弹子球》的二十四岁，又到《寻羊冒险记》的二十九岁，在这本《舞》中长到三十四岁，的确是一个成长周期。伴随着主人公"我"的成长，作者村上也成长了，成长为有自信又有实力的作家。

那么，主人公"我"成长为怎样一个人了呢？一言以蔽之，成长为现代都市中的边缘人。当然不是说前三部中的"我"不是边缘人，而是说即使边缘人也有一个成长过程——在《舞》中变得更成熟更边缘了，成了在显然是东京的这个现代都市的舞台周边跳舞不止的典型的边缘人。

说起来，村上本人就是边缘人。不过他并非一开始就拒绝融入主流社会而偏要玩独的。大学期间曾参加过轰轰烈烈席卷整个日本的"学潮"，也曾去几家电视台面试求职，但因工作内容实在让他提不起兴致，这才决定自己开酒吧谋生。写完《且听风吟》和《1973年的弹子球》不再经营酒吧成为专业作家之后，他也概不参加任何团体，甚至作协也不加入。可以说是在文坛主流以至社会主流之外的边缘地带活动的边缘人、不折不扣的"个体户"。村上自己也对此直言不讳,二〇〇三年四月他在《文学界》发表文章:"我是彻底的个人主义者,不把东西交给任何人,不同任何人发生关联。"也就是说,他拒绝任何来自外部的规定或束缚,个体自由、尤其个体灵魂的自由是之于他的最为优先考虑的选项——"二十多年来,我一直追求极为私人性质的文学,一直以极为个人化的文体、个人化的方向追求极为个人化的主题。"

"理所当然,开始写小说的时候,我考虑写的就是个人主义人物,就是他们在社会规范的边缘谋生的场景。"(参阅『夢を見るために毎朝僕は目覚めるのです——村上春樹インタビュー集 1997—2009』,文艺春秋,2010年)以文学评论家、村上文学研究者川本三郎的话说,无论长篇还是短篇,村上笔下的主人公几乎清一色是"渺小的都市生活者"。他们从来不求出人头地,不和别人套近乎,不在乎别人如何看待自己,更不高举理想主义的旗帜争做社会的中流砥柱。工作也大多不从属于某个机构、某个组织。在《1973年的弹子球》里边,主人公"我"与朋友合开小小的翻译事务所;在《寻羊冒险记》里边,翻译事务所也懒得开了,索性一辞了之;及至这本《舞》,或当自嘲"文化扫雪工"的自由撰稿人,或暂且休假靠存款维持生活。

且看《舞》第七章中的"我"的生活场景:

> 我突然想起理发……这可是个地地道道的现实而又健全的念头。因为有时间,所以去理发——这一构想完全合乎逻辑,任凭拿到哪里都理直气壮。
>
> 我走进宾馆理发室,里面窗明几净,感觉舒适。本来指

望人多等一会儿才好,不料因是平日,加之一大清早,当然没有什么人。青灰色的墙壁上挂着抽象画,音响中低声传出杰克·路西耶演奏的《巴赫专辑》。

再看第三十一章中"我"在公寓套间里的场景描写:

  我煮了一把菠菜,同小沙丁鱼干拌在一起,淋上一点儿醋,边吃边喝"麒麟"黑啤。我慢慢地重新看了佐藤春夫的一个短篇。这是个令人心情愉快的春日良宵。苍茫的暮色犹如被一把透明的刷子一遍遍地越涂色调越浓,最后变成了黑幕。看书看得累了,便放上唱片来听。唱片是斯特恩-罗斯-伊斯托敏演奏的舒伯特降E大调第二钢琴三重奏D.929。从很多年前开始,每到春天我就听这张唱片。我觉得春夜蕴含的某种哀怨凄苦同这乐曲息息相通。春夜,甚至把人的心胸都染成柔和的黛蓝色的春夜!

高档宾馆、墙上的抽象画、扩音器流淌出的西方音乐,以及公寓套间、啤酒、自制的下酒菜、暮色、唱片、外国小说,加上喝咖啡、泡酒吧、看电影、逛超市、海滨度假、男女幽会、独自发呆,构成了中国新世纪之初"白领们"认同和向往的"小资情调"。何谓小资?据《中华读书报》(2001年10月31日)文章,关于小资,学术上并无准确定义。一般认为大致由外企白领、银行职员、医生、计算机工程师、网站程序员、广告人、策划人、经纪人等年轻男女构成。文化生活(情调)方面,至少须懂德彪西无标题乐曲、摩西的雕塑、村上春树的小说、基耶洛夫斯基的电影。喏,看不看村上小说成了"小资"资格认证的一个硬指标,或者"小资"身份的一个符号。以致有人半开玩笑地说,如果眼前摆着村上的小说,并且以不无惆怅的表情眼望窗外以"淋湿地表为唯一目的"的霏霏细雨,点咖啡时刻意叮嘱女服务员"千万不要放糖",那么此人大体就是"小资"了。

不过你不要笑。必须说,这其实是一种进步,一种精神生活、一种心灵品位的进步。不说别的,起码比过去那种"一口闷"、"闷倒驴"或者非把谁喝到桌子底下不可那种吃喝方式斯文了许多。也就是说,在以"小资"为主体的受过高等教育、受过职业训练的都市青年中间,哥们儿爷们儿吆五喝六大碗吃肉大口喝酒之风大体成为历史,成了没有文化的粗俗举止。或许你要说人家那是豪爽,是彪悍,是纯爷们儿气派。那也许是的,也没什么不好,开放时代,多元文化时代,大可不必拘于一格、定于一尊。比如喝酒,有人就是要半喝不喝地喝,有人就是要拼死拼活地喝。又如说下雨,有人就是要说"随风潜入夜,润物细无声",就是要说"对潇潇暮雨洒江天,一番洗清秋"。而有人就是要学村上说"以淋湿地表为唯一目的",《舞》中的"我"就是要说"听到从房檐落地的雨声才恍然知其存在的雨"——怎么喝怎么说都无所谓,悉听尊便。但不能不说,村上的小说为我们带来了另一种说话调调、另一种生活调调。调调就是情调、格调,就是艺术,就是品位,就是诗意。至于是"小资"情调还是"文青"情调抑或都市情调,那都不重要。而这当然是村上文学世界中弥散的调调,而《舞》可谓其集大成之作,集中体现在"我"这个边缘人身上。

"我"当然是单身。倒不是单身主义者,而是作为当下状况的单身。本来有妻子,离了。"我"告诉雪:"不是我想离而离的。是她一天突然出走，和一个男的。"雪问这可是真的，"我"回答："真的，看中了别的男人，就一起跑到别的地方去了。"够洒脱的吧？就连离婚这么严重的人生挫折，"我"都如此轻描淡写，仿佛事不关己。一个洒脱的单身边缘人！无聊的时候自然是有的。"无聊之时，盯视一番烟灰缸即可打发过去。更不会有人问我干嘛盯视烟灰缸。好也罢坏也罢，我已经彻底习惯单身生活了。"也有时无聊得看菜谱。去宾馆餐厅吃饭时，"我喝了两杯咖啡，嚼了一片吐司。吐司我花了好长时间才咽下去。灰色的云层甚至把吐司也染成了灰色，口里竟有一股灰絮味儿。这是个仿佛预告地球末日来临的天气。我边喝咖啡边看早上的菜谱，总共看了五十遍"。五十遍！不是五遍、十五遍，而是五十遍！可问题是，"我"果真是在看烟灰缸、看菜谱吗？不，他是在凝视自己的内心，自己的都市体验、自己的感觉纹理。说是洒脱的无聊也好无聊的洒脱也罢，总之村上笔下的都市边缘人便是这样一种生态、一种心态，也未尝不可以说是一种情调。

与此同时，"我"还有另一种心态：渴求娇宠。村上文学作品中的"我"们几乎普遍带有孩童化倾向。尽管特立独行、与人寡合、性格内向、自我中心，但在女性面前——哪怕年纪小得多——往往显得格外兴奋，表现出孩童般的"娇宠"或撒娇心理，说话也不时有"超常发挥"，顽皮、俏皮，甚至赖皮，幽默风趣，妙语连珠。主人公同女性交谈部分因此成为整部小说的一个亮点，让人觉得"酷"、"爽"、"好玩儿"，认为"村上脑袋瓜儿就是好使"。类似《挪威的森林》中"像喜欢春天的熊一样"喜欢你、喜欢你喜欢得"整个世界森林里的老虎全都融化成黄油"那样异想天开的大跨度比喻不时脱口而出。

与此同时，村上作品中的女性形象及其地位和职责、功能也不同于日本传统文学作品。她们不但不依附于、不受制于男性，不少人反而起主导作用。村上自己也在二〇一七年出版的《猫头鹰在黄昏起飞》那部对谈集中说道："我经常觉得女性身上毫无疑问具有与男性不同的功能。倒是十分庸常的说法：我们是相辅相成地活在世上。而且交换职责和功能的时候也是有的。"在这个意义上，甚至可以说那是男主人公"我"们成长过程中必不可少的人生驿站。不仅如此，对待爱情、家庭和婚姻，女性也表现得潇洒豁达，斩钉截铁。在《寻羊冒险记》中，妻子丢下一句"虽然爱你，但和你在一起哪里也到达不了"即一走了之。在《舞》里面，妻居然劝我"你到别处找其他女的睡去好了，我不生气的"，不久即离家出走。

尤其令人兴味盎然的，是她们反倒成了男主人公们撒娇的对象——她们既是友人、恋人，又是母亲、"领导"，集友爱、情爱和慈爱于一身。例如，《寻羊冒险记》中耳模特女郎之于"我"是这样，《挪威的森林》中玲子之于渡边是这样，《奇鸟行状录》中十六岁的笠原 May 之于"我"是这样，《舞》里面中十三岁的雪之于"我"也是这样。且看下面"我"和雪的对话：

"……在这里时间都停止了。时间还照样动？"

"一如往常，很遗憾。时间不舍昼夜。过去增多，未来减少；希望减少，懊悔增多。"

雪沉吟良久。

"声音好像没精神，嗯？"我说。

"是吗？"

"是吗?"我重复道。

"什么哟,瞧你!"

"什么哟,瞧你!"

"别鹦鹉学舌!"

"不是学舌,是你本人心灵的回声。为了证明通讯的欠缺,比约恩·博格气势汹汹地卷土重来,一路摧枯拉朽。"

"还是那么神经,"雪讶然道,"和小孩子有什么两样!"

"两样,不一样。我这种是以深刻的内省和实证精神为坚实基础的,是作为隐喻的回声,是作为信息的游戏。同小孩单纯的鹦鹉学舌有着本质区别。"

"哼,傻气!"

"哼,傻气!"

不大像是一个三十四岁的男人和一个十三岁女孩的交谈吧?这里,小孩子成了大人,大人成了小孩子,小孩子一副责怪的语气,大人像长不大的小孩子一样撒娇。深受西方文化、文学影响的村上,这点倒是来自日本人较为普遍存在的"娇宠"(あまえ)心理——在对方身上寻求情绪的一体化,任性宣泄、索求,扮天真,装"嫩",以此逃避责任和社会压力。而这很可能引起了中国社会中依赖父母拒绝长大的独生子一代的共鸣。何况男人的内心世界在本质是脆弱的。有哪个男人不渴望得到年轻漂亮的异性的娇宠呢!而对于女性读者,村上作品中的"我"让她们看见了尊重自己甚至依赖自己的幽默顽皮而又善解人意的男性。不能不认为这恐怕是村上作品在中国深受欢迎的另一原因。不妨说,村上小说中的边缘人在中国未必边缘。

当然,村上笔下的边缘人也有另一面。二〇〇三年初村上在为中文版《海边的卡夫卡》写的序言中曾这样概括其作品中的主人公:"我笔下的主人公迄今大多数是二十几岁至三十几岁的男性。他们住在东京等大城市,从事专业性工作或者失业。从社会角度看,绝不是评价高的人。或者莫如说是在游离于社会主流的地方生活的人们。可是他们自成一统,有不同于他人的个人价值观。在这个意义上,他们保有一贯性,也能根据情况让自己成为强者。以前我所描写的大体是这样的生活方式、这样的价值观,以及他们在人生旅途中个人经过的人与事、他们视野中的这个世界的形态。"

作为"游离于社会主流"的边缘人,这里有一点特别值得注意,那就是他们有"不同于他人的个人价值观"并且能"根据情况让自己成为强者"。在《舞》里边,这种价值观首先表现在"我"对于"高度发达的资本主义"的点评上。试举几例:

△ 我们生活在高度发达的资本主义社会,浪费是最大的美德。政治家称之为扩大内需,我辈称之为挥霍浪费,无非想法不同。

△ 一切都是在周密的计划下进行的,这就是所谓高度发达的资本主义社会。投入最大资本的人掌握最关键的情报,攫取最丰厚的利益。这并非某个人缺德,投资这一行为本来就必须包含这些内容。投资者要求获得与投资额相应的效益。如同买二手汽车的人又踢轮胎又查看发动机一样,投入一千亿日元资本的人必然对投资后的经济效益进行周密研究,同时搞一些幕后动作。在这一世界里公正云云均无任何意义……

△高度发达的资本主义就是要从所有的空隙中发掘出商品来。幻想,此乃关键词。卖春也罢、卖身也罢、阶层差别也罢、个人攻击也罢、变态性欲也罢、什么也罢,只要附以漂亮的包装,贴上漂亮的标签,便是堂而皇之的商品。

△人们崇拜资本所具有的勃勃生机,崇拜其神话色彩,崇拜东京地价,崇拜"保时捷"那闪闪发光的标志。除此之外再不存在任何神话。这就是所谓高度发达的资本主义社会……善恶这一标准也被分化,被偷梁换柱……在这样的世界上,哲学愈发类似经营学,愈发紧贴时代的脉搏。

也许因为村上高中时代就看过《资本论》和《马恩全集》中的若干册的关系,他对资本主义、尤其对高度发达的资本主义的本质及其形态有十分清楚的认识,此乃其个人价值观的核心要素。而另一方面,这里所说的高度发达的资本主义(高度の资本主义)又不单单是资本主义的高度发达阶段,而在一定程度上也是现代社会、现代化大都市的一个侧面。"我"作为现代都市里的边缘人,对此自然谈不上反抗。"在这是非颠倒的哲学体系之下,究竟有谁能向警察投掷石块呢?有谁能够迎着催泪弹挺身而上呢?这便是现在。网无所不在,网外有网,无处可去。若扔石块,免不了落回自家头上。"较之反抗,莫如说更在享受其带来的种种方便和好处。难得的是与此同时"我"始终保持一分清醒、一种警觉,而没有迷失自己、迷失自己的主体性,并且能在需要的时候表示自己的坚毅与强硬,如"我"对风雨飘摇的老海豚宾馆摇身变成金碧辉煌的新海豚宾馆的背后黑幕以及对国际色情组织的追问与调查。

自不待言,"我"这个边缘人的个人价值观还表现在其他方

面。限于篇幅,这里只举一个轻松些的例子。例如十三岁的雪问"我"性欲是怎么回事,"我"的解释可谓别具一格:

> "假定你是一只鸟,"我说,"假定你喜欢在天上飞并感到十分快活,但由于某种原因你只能偶尔才飞一次。对了,比如因为天气、风向或季节的关系有时能飞有时不能飞。如果一连好些天不能飞,气力就会积蓄下来,而且烦躁不安,觉得自己遭到不应有的贬低,气恼自己不能飞。这种感觉你明白?"

如何?如此解释性欲的别无他人吧?算不算价值观另当别论,但至少"自成一统"。容我多说一句,主人公"我"虽然离了婚过单身生活,但并没有因为"一连好些天不能飞"而烦躁不安。必须说,"我"很有艳福。在东京时,一个在电话局工作的女孩"不断地来我房间过夜"。到了札幌,又有新海豚宾馆前台的"宾馆精灵"女孩偷偷上楼跑来"我"住的房间。简直是男人的童话。

至于书中的"我"的初中同学五反田,他当然不是边缘人,而是生活在舞台中央闪光灯下的主流明星。然而他不但有时"不能飞",最后竟至开着玛莎拉蒂投海自尽,堪称高度发达的资本主义体制的牺牲品、现代都市运作程序中的悲剧人物。

说到这里,也许你要问我怎么还不说羊男、六具白骨和宾馆中突如其来的黑暗是怎么回事啊?老实交待,我也说不清。还是让我请村上出来说吧!二〇〇三年村上在为俄译本《世界尽头与冷酷仙境》写的序言中说道:"我们的意识在我们的肉体中,我们的肉体外有另一个世界。我们活在那种内在意识和外在世界的关联性中。那一关联性往往给我们带来悲哀、痛楚、困惑和自我分裂。不过我想，说到底，我们的内在意识在某种意义上是外在世界的反映，而外在世界在某种意义上是我们内在意识的反映，不是吗？也就是说，它们可能发挥着作为对着照的两面镜子、作为各自的无限隐喻的功能。"这段话虽然说的是《世界尽头与冷酷仙境》中的"世界尽头"与"冷酷仙境"，但也未尝不可用来理解《舞》中海豚宾馆的明亮与黑暗、夏威夷的阳光海滩与房间里的六具白骨。权宜性说来，黑暗与白骨乃是内在意识、潜意识的外现，一种隐喻，一个寓言。进一步说来，那是主人公"我"为之牵挂、为之疑惧的虚无，担心自己被那个虚无世界挟裹而去。简而言之，虚无感！人生虚无感！

在《寻羊冒险记》中已然出场的羊男，在《舞》中当然也属于"内在意识"，同时不妨视之为"内在意识和外在世界"以至现实与虚无的中介。书中两个关键词即"跳舞"、"连接"都与羊男有关。他告诉"我"：

> "跳舞，"羊男说，"只要音乐在响，就尽管跳下去。明白我的话？跳舞，不停地跳舞。不要考虑为什么跳，不要考虑意义不意义，意义那玩意儿本来就是没有的，要是考虑这个，脚步势必停下来。一旦停下来，我就再也爱莫能助了，并且连接你的线索也将全部消失，永远消失。那一来，你就只能在这里生存，只能不由自主地陷进这边的世界……而且要跳得出类拔萃，跳得大家心悦诚服。这样，我才有可能助你一臂之力。总之一定要跳要舞，只要音乐没停。"

这意味着，跳舞既是主人公从"这边的世界"（虚无、内在意识）返回现实世界、又是从现实世界探索"这边的世界"的唯一手段，同时也是在作为高度发达的资本主义之集合体的现代都市中活下去的不二选项。而且不能考虑意义。这点五反田也很认同："哪里有意义？我们生存的意义到底在哪里？"是的，较之"跳舞"，五反田通过把玩自我毁坏的可能性而将自己同现实世界连接起来，但不可能长此以往，结果和作为"高度发达的资本主义"的象征和骄傲的名车"玛莎拉蒂"投海同归于尽。所幸，"我"有羊男这个连接中介——羊男在"我"最需要的时候出现并且苦口婆心地开导"我"。

作为情节，我比较喜欢"我"在警察署接受询问的那部分。对话简洁生动，妙趣横生。苦涩的幽默、压抑的调侃、刻意的潇洒充满字里行间。作为人物，绰号叫"文学"的那个刑警相当可爱，只有他一个人想把咪咪可怜的死弄个水落石出。想给自己的小孩每人买一辆自行车而买不起的困窘也令人唏嘘。而塑造最成功的人物，自然是作为都市边缘人典型形象的"我"。他以近乎洞幽抉微的智者的平静、安详和感悟，超然而又切近地注视这个光怪陆离、物欲横流、丑恶而富足的世界。不时通过高屋建瓴的议论和含而不露的幽默表达对"高度发达的资本主义"的认知，冷嘲热讽，一语中的。而对于朋友，则悄然流露出宽容和尊重的目光，充满情义的关怀和对于人性的理解。

作为修辞，我觉得书中对女孩、女性容貌之美的描写特别能给人以审美愉悦。"她的笑容稍微有点儿紊乱，如同啤酒瓶盖落入一泓幽雅而澄寂的清泉时所激起的静静的波纹在她脸上荡漾开来，稍纵即逝。"这是形容宾馆前台女孩由美吉的。"的确长得漂亮，细细看去，竟觉得好像有颗小石子砰然抛入心田尽头。心的表面沟壑纵横，且是纵深之处，一般很难接近，然而她却能将石子准确抛入其间——她的美便属于这种类型。"这是形容十三岁少女雪的。再请看下面一段：

> 雨也并非总是一身牛仔衬衫加皱皱巴巴棉布短裤的装束。今天她穿的是一件高雅的蕾丝边白衬衣，下面是浅绿色裙子。头发齐整整地拢起，甚至涂着口红，甚是端庄秀美。以往一发不可遏止的旺盛生命力不翼而飞，代之以楚楚可怜的妩媚，如氤氲的蒸汽将其笼罩其中……她的美与雪的美种类全然不同，不妨说是两个极端。雨的美由于岁月与阅历的磨砺，透露出炉火纯青的成熟风韵。可以说，美就是她自己，就是她存在的证明。她深谙驾驭之术，使这种美卓有成效地为己所用。与此相比，雪的美在多数情况下则漫山遍野地挥洒，甚至自己都为之困惑。我时常想，目睹漂亮妩媚的中年女性风采，实是人生一大快事。

这是描写雪的母亲雨的（确如牧村拓所说，"雨雪交加"）。作为译者，诚然未实际目睹其人，但目睹文字也觉得是"一大快事"，故抄录于此，也好给女同胞多少做个参考。想必不难察觉，村上描写女性，几乎从来不描写眼睛等五官长得如何，就好像竹久梦二和丰子恺的无脸漫画，尽管不知长相，却仍让人心动。妙！

最后请允许我就《舞》的翻译交代几句。这本书是一九九〇年在广州暨南大学"苏州苑"寓所翻译的，整整用掉一个溽暑蒸人的暑假。翌年由南京译林出版印行，书名由社长定为

14

"青春的舞步"。一九九六年漓江出版社改版付梓,新世纪之初转来上海译文出版社改用现名。一九九九年北外英语系郑明娟同学为我校对了书中音乐等方面的许多外来语。一晃儿二十多年过去,不知她现在何方。借机再次致以谢意,祝她幸福。二〇一三年第三次校阅时青岛纪鑫君又帮我全面核对了一遍,早起迟眠,不辞辛劳。

而且,这本书让我获得了一个赴日机会。书出版后,我寄给在武汉大学中文系任教的吉大同期硕士出身的孙东临教授。东临兄阅后慨然赞赏,谓中文表达颇可圈点,于是推荐我去长崎县立大学教中文,我因之度过了衣食无忧的三载旅日时光。去岁又承赐大作《浪迹云踪》,厚厚上下两卷。或钩玄提要,索隐抉微,评点古代诗词巨擘;或自出机杼,高歌低吟,成就当今荆楚风流。不才如我,感激之余,惟仰视而已。

二〇二二年十一月二十日于窥海斋
时青岛梧桐叶落满地金黄

【附白】值此新版付梓之际,继荣休的沈维藩先生担任责任编辑的姚东敏副编审和我联系,希望重校之余重写译序。十五年前的译序,侧重依据自己接触的日文第一手资料提供原作的创作背景,介绍作者的"创作谈"和相关学者见解。此次写的新序,则主要谈自己的一得之见,总体上倾向于文学审美——构思之美、意境之美、文体之美、语言之美。欢迎读者朋友继续来信交流。亦请方家,有以教之。来信请寄:青岛市崂山区香港东路23号中国海洋大学浮山校区离退休工作处。

一九八三年三月

1

我总是梦见海豚宾馆。

而且总是栖身其中。就是说,我是作为某种持续状态栖身其中的。梦境显然提示了这种持续性。海豚宾馆在梦中呈畸形,细细长长。由于过细过长,看起来更像是个带有顶棚的长桥。桥的这一端始于太古,另一端绵绵伸向宇宙的终极。我便是在这里栖身。有人在此流泪,为我流泪。

旅馆本身包容着我,我可以明显地感觉出它的心跳和体温。梦中的我,已融为旅馆的一部分。

便是这样的梦。

终于醒来。这里是哪里?我想。不仅想,而且出声自问。"这里是哪里?"这话问得当然毫无意义。无须问,答案早已一清二楚:这里是我的人生,是我的生活,是我这一现实存在的附属物。若干事项、事物和状况——其实我并未予以认可,然而它们却在不知不觉之中作为我的属性而与我相安共处。旁边有时躺着一个女子,但基本上是我一个人。房间的正对面是一条高速公路,隆隆不息;枕边放一只杯(杯底剩有五毫米高的威士忌);此外便是怀有敌意——不,那或许只是一种冷漠的——充满尘埃的晨光。时而有雨。每逢下雨,我便索性卧床不起，愣愣发呆。若杯里有威士忌，便径自饮下。接下去只管眼望檐前飘零的雨滴，围绕这海豚宾馆冥思苦索。我缓缓舒展四肢，确认自己仍是自己而未同任何场所融为一体。自己并未栖身于任何场所。但我依然记得梦中的感触。只消一伸手，那将我包容其间的整幅图像便随之晃动不已，如同以水流为动力的精巧的自动木偶，逐一地、缓缓地、小心翼翼地、有条不紊地依序而动，并且有节奏地发出细微的响声。若侧耳倾听，不难分辨出其动作进展的方向。于是我凝神谛听。我听出有人在暗暗啜泣，声音非常低沉，仿佛来自冥冥的深处。那是为我哭泣。

　　海豚宾馆并非虚构之物，它位于札幌市区一处不甚堂皇的地段。几年前我曾在那里住过一个星期。哦，还是让我好好想想，说得准确一点。是几年前来着？四年前。不，精确说来是四年半以前。那时我还不到三十岁，和一个女孩一起在那里投宿。宾馆是女孩选定的，她说就住在这儿好了，务必住这家旅馆。假如她不这样要求，总不至于住什么海豚宾馆，我想。
　　这家宾馆很小，且相当寒碜。除我俩之外几乎没有什么客人。住了一个星期，结果只在门厅里见到两三个人，还不知是不是住客。不过，服务台床位一览板上挂的钥匙倒是不时出现空位，想必还是有人投宿——尽管不多，几个人总会有的。不管怎样，毕竟在大都市占一席之地，且挂了招牌，分类电话号码簿上也有号码赫然列出，从常识上看也不可能全然无人问津。可是，即使有其他住客，恐怕也是极其沉默寡言而生性腼腆的人。我俩几乎没有目睹过他们的身影，也没有听到过他们的动静，甚至感觉不出他们的存在。只是床位一览板上钥匙的位置每天略有变化。大概他们像一道无声无息的影子顺着墙壁在走廊里往来穿行。电梯倒是时而拘谨地发出"咔嗒咔嗒"的升降声响，而那声响一停，沉寂反倒更加令人窒息。

总之，这是家不可思议的宾馆。

它使我联想起生物进化过程中的停滞状态：遗传基因的退化，误入歧途而又后退不得的畸形生物，进化矢量（vector）消失之后在历史的烛光中茫然四顾的孤儿物种，时间的深谷。这不能归咎于某一个人，任何人都无责任，任何人都束手无策。问题首先是他们不该在这里建造旅馆，这是所有错误的根源。起步出错，步步皆错。第一个按键按错，必然造成一系列致命的混乱。而试图纠正这种混乱的努力，又派生出新的细小——不能称之为精细，而仅仅细小——的混乱。其结果，一切都似乎有点倾斜变形，如同定睛注视那里有什么时自然而然地几次歪起脑袋的倾斜度一样。虽说倾斜，但不过是略略改变一下角度罢了，既无关大局，又不显得矫揉造作。若长此以往，恐怕也就习以为常，但毕竟叫人有点耿耿于怀（若果真对此习以为常，往后观察正常世界怕也难免歪头偏脑）。

海豚宾馆便是这样的宾馆。它的不正常——已经混乱到无以复加的地步，不久的将来必定被时间的巨大漩涡一口吞没——在任何人看来都毋庸置疑。可怜的宾馆！可怜得活像被十二月的冷雨淋湿的一只三条腿的黑狗。当然，可怜的宾馆世上所在皆是，问题是海豚宾馆与那种可怜还有所不同。它是概念上的可怜，因而格外可怜。

不用说，特意选择这里投宿的，除去阴差阳错之人，余者理当寥寥无几。

海豚宾馆并非正式名称。其正式名称是"多尔芬①酒店"，但由于它给人的印象实在名不副实（多尔芬这一名称使我联想起爱琴海岸那砂糖糕一般雪白的度假宾馆），我便私下以此呼之。宾馆的入口处挂着一块刻有"多尔芬酒店"的铜制招牌。若无招牌，我想绝对看不出是宾馆。甚至有招牌都全然不像。那么像什么呢？简直像一座门庭冷落的博物馆——馆本身特殊，展品特殊，怀有特殊好奇心的人悄然而至。

不过，即使人们目睹海豚宾馆后产生如此印象，那也绝不是什么想入非非。事实上这宾馆的一部分也兼做博物馆之用。

一座部分兼做莫名其妙的博物馆的宾馆，一座幽暗的走廊尽头堆着羊皮和其他落满灰尘的毛皮、散发霉气味的资料，以及变成褐色的旧照片的宾馆，一座绵绵无尽的思绪如同干泥巴一般牢牢沾满各个角落的宾馆——有谁会住这样的宾馆呢？

所有的家具都漆色斑驳，所有的桌几都吱吱作响，所有的带锁把手都拉不拢。走廊磨得坑坑洼洼，电灯光线黯然，洗漱台面盆的下水塞歪歪扭扭，水很难存住。体形臃肿的女佣（她的腿使人联想到大象）在走廊里一边踱步一边发出不祥的咳嗽声。总是蜷缩在账台里的经理是个中年男子，眼神凄惶，指头少了两根。只消看上一眼，便知此君属于时运不济、命途多舛的一类——俨然这一类型的标本。如同在淡蓝色的墨水溶液里浸泡了一整天之后刚刚捞出来似的，他的全身上下没有一处不印有受挫、败阵和狼狈的阴翳，使人恨不得把他装进玻璃箱放到学校的物理实验室去，并且贴上"时运不济者"的标签。大多数人看见他之后都会程度不同地产生怜悯之情，也有些人会

---

① 原文是海豚一词的英语"dolphin"。

发火动气，这类人只要一看见那副可怜相便会无端地大动肝火。有谁会住这样的宾馆呢？

然而我们住了。我们应该住这里，她说。此后她便杳然无踪，只剩下我顾影自怜。告诉我她已走掉的是羊男。她早就走了，羊男告诉说。羊男知道，知道她必走无疑。现在我也已经明白。因为她的目的就在于把我引到这里。这类似一种命运，犹如伏尔塔瓦河流入大海。我一边看雨一边沉思。命运！

我自从梦见海豚宾馆之后，首先在脑海中浮现出来的便是她。我不由想到，是她在寻求我，否则我为什么三番五次做同样的梦呢？

对她，我甚至连名字都不知道，尽管同她共同生活了好几个月。实际上我对她一无所知。我仅仅知道她是一家高级应召女郎俱乐部的从业人员。俱乐部采用会员制，接待对象只限于身份可靠的客人，即高级妓女。此外她还兼做好几样工作。白天平时在一家小出版社当兼职校对员，还临时当过耳朵模特。总之，她忙得不可开交。她当然不至于没有名字，实际上也不止一个，但同时又没有名字。她的持有物——尽管形同虚无——任何持有物上都不标注姓名。既无月票和驾驶证，又没有信用卡。袖珍手册倒有一本，但上面只是用圆珠笔歪歪扭扭地记着一些莫名其妙的暗号。她身上没有任何线索可查。妓女大概也该有姓名才是，而她却生息在无名无姓的世界中。

一句话，我对她几乎一无所知。不知她原籍何处，不知她芳龄几何，不知她出生年月，更不知她文凭履历和有无亲人。统统不知。她像阵雨一样倏忽而至，悄然失踪，留下的唯有记忆而已。

但我现在感到，关于她的记忆开始再次在我周围带来某种现实性。我觉得她是在通过海豚宾馆呼唤我。是的，她在重新寻求我，而我只有通过再度置身于海豚宾馆，方能同她重逢。是她在那里为我流泪。

我眼望雨帘，试想自己置身何处，试想何人为我哭泣。那恍惚是极其、极其遥远的世界里的事情，简直像是发生在月球或其他什么地方。归根结蒂，是一场梦。手伸得再长，腿跑得再快，我都无法抵达那里。

为什么有人为我流泪呢？

无论如何，是她在寻求我，在那海豚宾馆的某处，而且我也从内心里如此期望，期望置身于那一场所，那个奇妙而致命的场所。

不过返回海豚宾馆并非轻易之举，并非打电话订个房间，乘飞机去札幌那样简单。那既是宾馆，同时也是一种状况，是以宾馆形式出现的状况。重返宾馆，意味着同过去的阴影再次相对。想到这点，我的情绪陡然一落千丈。是的，这四年时间里，我一直在为甩掉那冷冰冰、暗幽幽的阴影而竭尽全力。返回海豚宾馆，势必使得我这四年来一点一滴暗暗积攒起来的一切化为乌有。诚然我并未取得什么大不了的成功，几乎所有的努力都不过是权宜之计，不过是敷衍一时的废料。但我毕竟尽了我最大的力气，从而将这些废料巧妙组合起来，将自己同现实结为一体，按照自己那点有限的价值观构筑了新的生活。难道要我再次回到那空荡荡的房子里不成？要我推开窗扇把一切都放出去不成？

然而归根结蒂，一切都要从那里开始，这我已经明白。只能从那里开始。

我躺在床上，仰望天花板，深深叹息一声。死心塌地吧，我想。算了吧，想也无济于事。那已超出你的能力范围。你无论怎么想方设法都只能从那里开始。已经定了，早已定了！

　　谈一下我自己吧。

　　自我介绍。

　　以前，在学校里经常搞自我介绍。每次编班，都要依序走到教室前边，当着大家的面自我表白一番。我实在不擅长这一手，不仅仅是不擅长，而且我根本看不出这行为本身有何意义可言。我对我本身到底知道什么呢？我通过自己的意识所把握的我，难道是真实的我吗？正如灌进录音带的声音听起来不像是自己发出来的一样，我所把握的自身形象恐怕也是自己随心所欲捏造出来的扭曲物……我总是这样想。每次自我介绍，每次在众人面前不得不谈论自己时，便觉得简直是在擅自改写成绩单，心跳个不停。因此这种时候我总是尽可能只谈无须解释和评点的客观性事实（诸如我养狗，喜欢游泳，讨厌的食物是奶酪等等）。尽管如此，我还是觉得似乎是在就虚构的人罗列虚构的事实。以这种心情听别人介绍，觉得他们也同样是在谈论与其自身不同的其他什么人。我们全都生存在虚构的世界里，呼吸虚构的空气。

　　但不管怎样，总要说点什么，一切都是从自我说点什么开始的。这是第一步。至于正确与否，可留待事后判断，自我判断也可以，别人来判断也无所谓。总之，现在是该说的时刻，而且我也必须会说才行。

　　近来我喜欢吃奶酪，什么时候开始的我不清楚，不知不觉之间就喜欢上了。原来养的狗在我上初中那年被雨淋湿,得肺炎死了,从那以后一只狗也没养。游泳现在仍然喜欢。

完毕。

然而事情并不能如此简单地完毕。当人们向人生寻求什么的时候(莫非有人不寻求?),人生便要求他提供更多的数据,要求他提供更多的点来描绘更明确的图形,否则便出不来答案。

数据不足,不能回答。请按取消键。

按取消键,画面变白。全教室的人开始向我扔东西:再说几句,关于自己再说几句!教师蹙起眉头。我瞠目结舌,在讲台上木然伫立。

再说!要是不说,一切都无从开始。而且要尽量多说,对与不对事后再想也不迟。

女孩不断地来我房间过夜,一起吃罢早饭,便去公司上班。她依然没有名字。之所以没有名字,不外乎因为她不是这个故事的主角。她很快就会消失。这样,为了避免混乱,我没有给她冠以名字。但我希望你不要因此以为我蔑视她的存在。我非常喜欢她,即使在她了无踪影的现在也同样喜欢。

可以说,我和她是朋友。至少对我来说,她是唯一具有可以称为朋友的可能性的人。她在我之外有一个相当不错的恋人。她在电话局工作,用电子计算机计算电话费。单位里的事我没有细问,她也没怎么谈起,但我猜想无非是按每个人的电话号码逐一统计电话费,开具通知单等等。因此,每月在信箱里发现电话费通知单时,我就觉得是收到了一封私人来信。

而她却不管这些,只是同我睡觉。每个月两回或三回,如此而已。在她心目中,我怕是月球人或什么人。"嗯,你不再返回月球了?"她一边咪咪笑着,一边赤条条地凑上身子,把乳房紧贴在我的侧腹。黎明前的时间里我们常常如此交谈。高速公路上的噪音持续不断。收音机中传出"人类联盟"(The Human League)的歌声。**"人类联盟"**,何等荒唐的名字!何苦取如此索然无味的名字呢?过去的人为乐队取名尽可能取得得体地道,诸如"帝国"(The Imperials)、"至高无上"(The Supremes)、"火烈鸟"(The Flamingos)、"猎鹰"(The Falcons)、"印象"(The Impressions)、"大门"(The Doors)、"四季"(The Four Seasons)、"沙滩男孩"(The Beach Boys)。

听我如此说,她笑了,说我这人不正常。我不晓得我哪里不正常,而以为自己思维最正常,人最正常。**"人类联盟"**。

"喜欢和你在一起,"她说,"有时候,恨不得马上见到你,比如在公司干活的时候。"

"唔。"

"是有时候,"她一字一板地强调,而后停顿了三十秒钟。"人类联盟"的音乐播完,代之以一支陌生乐队演奏的乐曲。"问题就在这里,你的问题。"她继续说道,"我是非常喜欢这样你我两人在一起,但并不乐意从早到晚都守在一起。怎么回事呢?"

"唔。"

"不是说和你在一起感到心烦,只是恍惚觉得空气变得稀薄起来,简直像在月球上似的。"

"这不过是小小的一步……"

"我说，别当笑话好不好，"她坐起身子，死死地盯视着我的脸，"我这样说是为你好，除了我，可有说话是为你着想的人？嗯？可有说那种话的人，除我以外？"

"没有。"我老实回答。一个也没有。

她便重新躺下，乳房温柔地摩擦我的肋部。我用手掌轻轻抚摸她的脊背。

"反正我有时觉得空气变得像在月球上一样稀薄，和你在一起时。"

"不是月球上空气稀薄，"我指出，"月球表面压根儿就没有空气。所以……"

"是稀薄，"她小声细气地说。不知她对我的话是没听进去，还是根本没听，其声音之小却让我心情紧张，至于为什么倒不清楚，总之其中含有一种令我紧张的东西。"是有时候变得稀薄。而且我觉得你呼吸的空气和我的截然两样，我是这样认为的。"

"数据不足。"我说。

"我大概对你还什么都不了解，是吧？"

"我本身对自己也不大了解，"我说，"不骗你。我这样说，不仅从哲学意义上，而且从实际意义上。整个数据不足。"

"可你不是都三十三岁了？"她问道。她二十六岁。

"三十四岁，"我纠正道，"三十四岁零两个月。"

她摇了摇头，然后爬下床，走到窗前，拉开帘布。窗外可以看见高速公路，公路上方飘浮着一弯白骨般的晓月。她披起我的睡衣。

"回到月亮上去，你！"她指着月亮说。

"冷吧？"我问。

"冷，月亮上？"

"不，你现在。"我说。时值二月。她站在窗前口吐白气。经我提醒，她才好像意识到寒意。

于是她赶紧回身上床。我一把将她搂在怀里，睡衣凉冰冰的。她把鼻尖顶在我脖颈上，鼻尖凉得很。"喜欢你。"她说。

我本想说点什么，终未顺利出口。我对她怀有好感，两人如此同床而卧，时间过得十分惬意。我喜欢温暖她的身体，喜欢静静地爱抚她的秀发，喜欢听她睡着时轻微的喘息，喜欢早上送她上班，喜欢收取她计算的——我相信是——电话费通知单，喜欢看她穿我那件肥大的睡衣。但这些很难一下子表达得恰如其分。当然算不得爱，可也不单单是喜欢。

怎么说好呢？

最后我什么也未出口，根本想不起词来。同时我感到她在为我的沉默而暗自伤心。她竭力不想使我感觉出来，但我还是感觉到了。在隔着柔软的肌肤逐节触摸她脊骨的时候，我觉察到了这一点，清清楚楚地。我们默默地拥抱良久，默默地听着那不知名称的乐曲。

"去和月球上的女人结婚，生个神气活现的月球人儿子。"她温柔地说，"那是再好不过。"

月亮从豁然敞开的窗口探进脸来。我抱着她，从她的肩头一动不动地望着月亮。高速公路上，不时有载着极重货物的长途卡车发出类似冰山开始崩溃般的不祥吼声疾驰而过。到底运载的是什么呢？我想。

"早饭有什么？"她问我。

"没什么新玩意儿，老一套：火腿、鸡蛋、吐司、昨天中午做的土豆沙拉，还有咖啡。再给你热杯牛奶，来杯欧蕾咖啡。"我说。

"好！"她微微浅笑，"做个火腿蛋，吐司再加咖啡，可以吗？"

"遵命。"

"你猜我最喜欢什么？"

"老实说，真猜不出来。"

"我最喜欢的么，怎么说好呢，"她看着我的眼睛，"就是，冬天寒冷的早晨实在懒得起床的时候，飘来咖啡味儿，阵阵扑鼻的火腿煎蛋味儿，还有吐司烤好弹起的咔嚓声，闻着听着就忍不住了，霍一声爬下床来——就是这个。"

"好，试试看。"我笑道。

我这人绝没有什么不正常。

我的确如此认为。

或许不能说是和一般人完全一样，但并不是怪人。我这人地道之至，且正直之极，直得如同一支箭。我作为我自己，极其必然而自然地存在于世。这是明明白白的事实，至于别人怎么看我，我并不大介意，因为别人怎么看与我无关。那与其说是我的问题，莫如说是他们的问题。

较之我的实际，有人认为我更愚蠢迟钝，有人认为我更精明狡黠。怎么都无所谓。我所以采用"较之我的实际"这一说法，不过是同我所把握的自身形象相比而已。我在他们看来，现实中或许愚蠢迟钝，或许精明狡黠，怎么都不碍事，不必大惊小怪。世上不存在误解，无非看法相左。这是我的观点。

然而另一方面，又有被我心目中那种地道性所吸引的人，尽管寥寥无几，但确实存在。他们或她们，同我之间，恰如冥冥宇宙之中飘浮的两颗行星，本能地相互吸引，随即各自分开。他（她）们来我这里，同我交往，然后在某一天离去。他（她）们既可成为我的朋友，又可成为我的情人，甚至妻子。在某种场合双方也会僵持不下。但不管怎样，都已离我而去。他（她）们或消极或绝望或沉默（任凭怎么拧龙头都不再出水），而后一走了之。我的房间有两个门。一个出口，一个入口，不能换用。从入口出不来，自出口进不去，这点毫无疑问。人们从入口进来，由出口离去。进来方式很多，离去办法不一，但最终无不离去。有的人出去是为尝试新的可能性，有的人则是为了节省时间，还有的人命赴黄泉。没有一人留下来，房间里空空荡荡，唯我自己。我总是意识到他们的不在，他们的离开。他们的谈话，他们的喘息，他们哼出的谣曲，如尘埃一般飘浮在房间的每个角落，触处可见。

我觉得自己在他们眼睛中的形象很可能是正确无误的。惟其如此，他们才统统直接来到我这里，不久又纷纷告离。他们认识到了我身上的地道性，认识到了我为保持这种地道性所表现出来的真诚——我想不出其他说法。他们想对我说什么，向我交心。他们几乎全是心地善良的人，而我却不能给予他们什么，即使能给予，也无法使其满足。我总是不断努力，给了他们我所能给的一切，做了我所能做的一切。我也很想从他们那里得到什么，但终于未能如愿以偿。不久，他们远走高飞了。

这当然是痛苦的事。

但更令人痛苦的，是他们以远比进来时悲戚的心情跨出门去，是他们体内的某种东西磨损掉了一截。这点我心里清楚。说来奇怪，看上去他们的磨损程度似乎比我还要严重。为什么呢？为什么总是我留守空城？为什么总是我手中剩有别人磨损后的阴影？这是为什么？莫名其妙。

是数据不足。

所以总是出不来正确答案。

是缺少什么。

一天，谈完工作回来，发现信箱里有一张明信片。信上的图案是幅照片：宇航员身着宇航服在月球表面上行走。尽管没有发信人的名字，但出自谁手却是一目了然。

"我想我们还是不再见面为好。"她写道，"因为我想近期内我可能同地球人结婚。"

传来门扇关闭的声响。

数据不足，不能回答，请按取消键。

画面变白。

这种事将持续到何时为止呢？我已经三十四岁，难道就一直这样不成？

我倒并不伤心，但责任明显在我。她弃我而去是理所当然的，这点一开始就已明白，我明白，她也明白。但双方又都在追求一种小小的奇迹，希望出现偶然的契机促使事情发生根本性的转变，而这当然不可能实现。于是她走了。失去她以后我深感寂寞，但这是以前也品尝过的寂寞，而且我知道自己会巧妙地排遣这种寂寞。

我正在习以为常。

每想到这里，我就满怀不快，仿佛一股黑色液体从五脏六腑里被挤压出来,一直顶到喉头。我站在卫生间的镜前,心想原来这就是我自己,这就是你。你一直在磨损自己,磨损得比你预想的远为严重。我的脸比以前脏污得多,憔悴得多。我用香皂把脸洗了又洗,将乳液狠狠地揉进皮肤,又慢慢地洗手,用新毛巾把脸和手仔细擦干。之后去厨房拿了罐啤酒,边喝边清理冰箱。淘汰萎缩的番茄,把啤酒排列整齐,更换容器,开列购物清单。

天快亮时,我独自呆呆望着月亮,心想这要到什么时候为止呢?也许不久我还将在什么地方同其他女子萍水相逢,并且仍将像行星那样自然而然地相互吸引,仍将渺茫地期待奇迹,仍将消耗时间,磨损心灵,分道扬镳。

这将何时了结呢?

2

　　接到她那张月球明信片一个星期后,我要到函馆出公差。这照例不是很有吸引力的工作,但从我的角度又很难对工作挑三拣四。况且轮到我头上的差事,哪一件都糟得无甚差别,幸也罢不幸也罢,一般来说越是接触事物的边缘,其质的差别越是难以分辨。如同频率一样,一旦过了某一点,就很难听出相邻的两个音孰高孰低,而且不一会儿便什么也听不清楚,自然也就无须听了。

　　这次公差的内容,是为一家女性杂志调查介绍函馆美食店。我和摄影师两人去,转几家美食店,我撰文,他摄影,预计占五页篇幅。女性杂志这类刊物总需要这方面的报道,也就必须有人去写,这同收垃圾扫积雪是一回事,总得有人干,愿意也罢,不愿意也罢。

　　三年半时间里,我始终在做这种兼带文化性质的工作——文化积雪清扫工。

　　在那之前我曾同一个朋友合开过一家事务所,因故停业后,半年时间里几乎无所事事,整天浑浑噩噩。我没心思做任何事。那年前一年的秋冬之间,事情多得不可开交。离婚;死别,死得莫名其妙;情人不告而去;遇见奇妙的男女,卷入奇妙的事件。而当这一切终结之时,我便深深陷入前所未有的静寂之中。一种久无人居的特有氛围充满房间，几乎令人窒息。半年间我一动不动地蜷缩在这房间里，除非购买生存所需最低限度的物品，白天几乎闭门不出，只是在阒无人息的黎明时间里才到街上漫无目的地散步。及至人影开始在街上出现，便返回房间倒头睡大觉。

傍晚醒来，简单做点东西吃下，再给猫喂点猫粮。吃罢饭，便坐在地板上，反复回顾自己身边发生的事，并加以归纳整理。或编排序号，或将其中可能存在过的选项分门别类，或就自身行为的正确与否苦苦思索。如此一直持续到黎明时分，然后出门在空无一人的街道上往来彷徨，踽踽独行。

日复一日，持续了半年之久，对了，是一九七九年一月到六月。书也没读，报纸也没翻，音乐也没听，电视也没看，收音机也没开。和谁也不见面，和谁也不交谈。酒也几乎没喝，没有心思喝。至于社会上发生了什么，何人声名鹊起，何人呜呼哀哉，我一概不知不晓。并非我顽固不化地拒绝接受信息，只是不想知道而已。我感觉到了世界在动，即使蜷缩在房间里也能真切地感到，但我对其产生不了任何兴致。一切犹如无声的微风，从我身边倏然掠过。

我一味坐在房间地板上，让过去的一切永无休止地在脑海里显现出来。说来也怪，尽管半年时间里天天如此，周而复始，我却丝毫未曾感到无聊和倦怠。这是因为，我经历过的事件过于庞大，其断面多得不可胜数。庞大，具体，几乎伸手可触，宛如夜空中耸立的纪念碑，而且是为我个人耸立的。于是我将其从上到下检验一遍。我经历过那等事件，自然免不了遭受相当的创伤，不少的创伤。很多血无声地淌出。随着时间的流逝，有些伤痛逐渐消失，有些则卷土重来。但我在那房间里死死独守半年之久,却不是为这创伤之故,我仅仅是需要时间罢了。要把有关那些事件的一切具体地——客观地整理清楚,必须有半年时间。我绝不想把自己封闭起来,不分青红皂白地一律拒绝同外界接触。接触只是时间问题。我需要纯粹客观的时间,以便使自己重整旗鼓。

至于重整旗鼓的意义和将来的发展方向,我尽可能不去考虑。我认为那是另一个问题,届时再考虑也不迟。现在首先是要恢复平衡性。

我甚至和猫也没有说话。

好几次有电话打来,我一次也没拿起听筒。

有时候有人敲门,我也置之不理。

信也来了几封,是我过去的合伙人来的,他说很惦念我。信上写道:"不知你在何处做什么事,姑且按这个地址写信给你。如果需要我帮忙,只管吩咐就是。我这里的工作眼下还算顺利。"此外还谈到我们共同熟人的情况。我反复看了几遍,把握住(为此看了四五遍)内容之后,把信塞进抽屉。

以前的妻子也来过信。信上写的几件事都实际得很。最后提到她准备再婚,说对方是我不认识的人。那语气很冷淡,就差没说以后也不可能认识了。这无非意味着,她已经和那个同我离婚时交往的男子分手了。故伎重演,我想。那个男子我倒十分了解,因为不是很了不起的人物。会弹爵士吉他,但不具有一鸣惊人的天赋,人也不甚幽默。我实在不明白她为何倾心于那样的男人。不过,这已是他人与他人之间的问题。她说她一点也不为我担心。"因为你无论做什么都万无一失。我所担心的倒是以后你可能打交道的那些人。最近我总是为此心神不安"——她写道。

这封信我同样看了好几遍，之后同样塞进抽屉。

时光就这样流过。

经济方面不成问题。存款起码可以应付半年吃用，往后的事往后再做打算就是。冬去春来，温煦而平和的阳光朗照我的房间。每天我都细细观察窗口射进的光线，我发现太阳的角度多少有所不同。春天使我的心间充满各种各样往日的回忆。离去的人，死去的人。我想起那对双胞胎姐妹，我和她俩——三个人共同生活了一段时间。是一九七三年的事，也许吧。当时我住在高尔夫球场旁边，每当黄昏降临，我们就翻过铁丝网进入球场，只管信步走去，拾起失落的球。春日的傍晚使我想起彼情彼景，都到哪里去了呢？

入口和出口。

我还记起同死去的朋友常去的小酒吧。在那里我们度过杂乱无章的时间，可如今看来，却又似乎是以往人生中最为具体而充实的时光。奇怪！酒吧里放的古老音乐也记起来了。那时我们是大学生，在那里喝啤酒、吸烟。我们需要那样的场所，同时说了很多很多的话，但什么话却是无从记起了，记起的只是说了很多很多的话。

他已经死了。

已经死了，背负着一切。

入口和出口。

转眼之间，春日阑珊。风的气味变了，夜幕的色调变了，声音也开始带有异样的韵味。于是递变为初夏时节。

五月末，猫死了，死得唐突，无任何预兆。一天早上起来，只见它在厨房角落里缩成一团地死了。想必它本身都不知道是怎么死的。身体变得烤鸡般硬邦邦的，毛也显得比活着的时候脏乱。猫的名字叫"沙丁鱼"。它的一生绝非幸福的代名词,既未被人家深深地爱过,也没有深深地爱过什么。它总是以惶惶不安的眼神注视别人的脸,仿佛唯恐马上失去什么东西。能做出如此眼神的猫恐怕世所罕见。说千道万,它已经死了。一旦死去,也就再没有任何东西可以失去了。死的好处即在这里。

我将猫的尸骸装进超级市场的购物袋,放到汽车后座上,去附近一家五金店买了一把铁锹,而后打开久违了的收音机,边听摇滚乐边向西驶去。音乐大多不值一提。佛利伍·麦克(Fleetwood Mac)、阿巴合唱团(ABBA)、梅莉莎·曼彻斯特(Melissa Manchester)、比吉斯(Bee Gees)、凯西与阳光合唱团、唐娜·莎曼(Donna Summer)、老鹰乐队(Eagles)、波士顿乐队(Boston)、海军准将乐队(Commodores)、约翰·丹佛(John Denver)、芝加哥乐队(Chicago)、肯尼·罗根斯(Kenny Loggins)……这样的音乐如同泡沫,漂浮几下便告消失,分文不值,大量消费的音乐垃圾,不过是为了搜刮年轻娃娃们的腰包罢了。

但接着我还是不由得悲从中来。

时代不同了,如此而已。

我握着方向盘,试图记起我们青少年时代从收音机中听到的几支无聊乐曲。南茜·辛纳特拉(Nancy Sinatra)——噢,这家伙糟糕极了。猴子乐队(The Monkees)也一塌糊涂。就连"猫王"埃尔维斯也整天价大唱那些百无聊赖的东西。还有个叫特里尼·洛佩兹(Trini Lopez)的。帕特·布恩(Pat Boone)大部分歌曲使我想起洗面皂。法比安(Fabian)、鲍比·雷德尔(Bobby Rydell)、安妮特(Annette),当然还有赫尔曼的隐士们（Herman's Hermits），统统是灾难。接下去便是层出不穷的枯燥乏味的英国乐队，个个长发披肩，一色奇装异服。还能想起几多？蜂巢乐队（The Honeycombs）、戴夫·克拉克（The Dave Clark Five）、加里和领跑者乐队（Gerry and the Pacemakers）、弗雷迪和梦想家乐队（Freddie and the Dreamers）……数不胜数。使人想起僵尸的杰弗森飞机（Jafferson Airplane），一听名字就不寒而栗的汤姆·琼斯及其拙劣复制品英格伯·汉普汀克（Engelbert Humperdinck），无论什么听起来都像是广告音乐的赫伯·阿尔帕特和蒂华纳铜管乐队（Herb Alpert and the Tijuana Brass），假惺惺的西蒙和加芬克尔（Simon and Garfunkel），神经兮兮的杰克逊五兄弟（Jackson Five）。

统统一路货色。

一切都一成不变。任何时候、任何年月、任何时代，事物的发展方式都如出一辙。变的只是年号，只是交椅上的面孔。这种无聊至极的破烂音乐哪个时代都存在过，且将继续存在下去，如同月有阴晴圆缺一样。

如此陷入沉思的时间里，我已驱车跑出很远。途中播放了滚石乐队的《棕糖》（Brown Sugar），听得我不由一阵欣喜，这才是正经音乐，这才叫地道，我想。《棕糖》的流行大概是在一九七一年——我推算了一会，终于未能算准。不过这无所谓，一九七一年也好，一九七二年也好，如今哪一年都没有关系，自己何苦煞费苦心地一一考虑这些呢？

差不多车到深山的时候，我驶下高速公路，找一片适当的树林，准备葬猫。在树林深处，我用锹挖了一个一米来深的坑，把包在西友百货纸袋里的"沙丁鱼"投进坑内，往上压土。我对"沙丁鱼"最后说道：对不起，我也算尽了你我相应的情分了！填坑的时间里，一只小鸟不知在哪里一直叫个不止，那音色竟如长笛的高音部一般。

坑完全填好后，我把锹扔进车后的行李厢，折回高速公路，边听音乐边朝东京方向疾驰。

这回我什么也没想，只是倾听音乐。

收音机里传出洛·史都华（Rod Stewart）和丁·吉尔斯乐队（The J. Geils Band）的乐曲。之后播音员说播放一首老歌。接下去是雷·查尔斯（Ray Charles）的《天生输家》（*Born To Lose*），歌曲哀怨凄婉。"我出生以来便一直失去，"雷·查尔斯唱道，"现在即将失去你。"听着听着，我真的伤感起来，几乎落泪。这在我是常有的事。一个偶然的什么，会突然触动心中最脆弱的部分。途中我关掉收音机，把车停进路旁餐饮服务区，进饭店要了一份蔬菜三明治和咖啡。我进卫生间把沾在手上的土冲洗得干干净净，然后吃了一片三明治，喝了两杯咖啡。

那猫现在如何呢？我想，那里该是漆黑一团吧？我记起土块碰击西友百货纸袋的声音，不过做到这个程度也就可以了，无论对你还是对我。

我坐在饭店里呆呆地盯视着装有蔬菜三明治的碟子，足足盯了一个小时。刚盯到一小时，一个身穿紫色制服的女服务员走来，客气地问我可否把碟子撤去，我点点头。

好了，我想，该是重返社会的时候了！

3

在这犹如巨型蚁冢般的高度发达的资本主义社会里，找一份工作不算什么难事，当然，我是说只要你不对工作的种类和内容过于挑剔的话。

开事务所时我与编辑工作打过相当多的交道，同时自己也写过一些零碎的文章，这个行业里也有几个熟人。因此，作为一个自由撰稿人来赚取一人用的生活费，可以说是轻而易举。况且我原本就是个无须很多生活费的人。

我抽出以前的手册，开始给几个人打电话，并且开门见山地询问有没有我力所能及的事做。我说自己因故闲居游荡了好长时间，而现在如果可能，还想做点事情。他们很快给我找来了好几件事。都不太难，基本都是为公关刊物或企业广告册写一些填空补白的小文章。说得保守一些，我写出的稿件，估计有一半毫无意义，对任何人都无甚价值，纯属浪费纸张和墨水。但我什么也不想，几乎机械地做了一件又一件。起始工作量不大，一天做两个钟头，然后就去散步或看电影。着实看了很多电影。如此优哉游哉地快活了三个多月。不管怎么说，总算同社会发生了关系。想到这点，心头就一阵释然。

进入秋季不久，周围情况开始出现变化。事情骤然增多，房间里的电话响个不停，邮件也多了起来。为了洽谈工作，我见了许多人，一起吃饭。他们对我都蛮热情，说以后要多多找事给我。

原因很简单：我对工作从不挑挑拣拣，有事找到头上，便一个个先后接受下来。每次都保证按期完成，而且任何情况下都不口出怨言。字又写得漂亮，几乎无可挑剔。对别人疏漏的地方改得一丝不苟，稿费少点也不流露出任何不悦。例如凌晨两点半打电话来要求六点以前写出二十页四百格稿纸的文章（关于模拟式钟表的优点，关于三十到四十岁女性的魅力，或者赫尔辛基街道——当然没有去过——的美景），我肯定五点半完成。若叫改写，也保证六点前交稿。博得好评也是理所当然的。

同扫雪工毫无二致。

每当下雪，我就把雪卓有成效地扫到路旁。

既无半点野心，又无一丝期望。来者不拒，并且有条不紊地快速处理妥当。坦率说来，我也并非没有想法，也觉得大概是在浪费人生。不过，既然纸张和墨水遭到如此浪费，那么自己的人生浪费一些也是情有可原的——这是我最终得出的结论。我们生活在高度发达的资本主义社会，浪费是最大的美德。政治家称之为扩大内需，我辈称之为挥霍浪费，无非想法不同。不过同也罢不同也罢，反正我们所处的社会就是如此。假如不够称心，那就只能去孟加拉国或苏丹。

而我对孟加拉国或苏丹无甚兴趣。

所以只好一味埋头工作。

不久，不仅公关刊物，一般杂志也渐渐有事找来。不知何故，其中多是女性刊物。于是我开始进行采访或现场报道。但较之公关刊物，作为工作这些也并非格外有趣。由于杂志的性质，我采访的对象大半是演艺界的人。无论采访何人，回答都千篇一律，无不在预料之中。最滑稽的是有时候经纪人首先把我叫去，叫我告诉他打算问什么问题。所以，其答话事先早已准备得滚瓜烂熟。一次采访十七岁的女歌手，问话刚一超出规定的范围，旁边的经纪人当即插话："这是另外的问题，不能回答。"罢了罢了，我有时真的担心这女孩如果离开经纪人，十月份的下个月是几月都不知道。这等名堂当然算不得采访，但我还是竭尽全力。采访之前尽可能调查详细，想出几个别人不大会问及的问题，问话的顺序也再三斟酌。这样做，并非指望得到特别的好评或亲切的安慰。我之所以如此尽心竭力，只是因为这对我是最大的乐趣。自我训练。我要将许久闲置未用的手指和大脑变本加厉地用于实际的——或者可能无聊的——事务上。

回归社会。

我每天忙得不可开交，这在我是从未曾体验过的。除几项固定的工作外，临时性事务也接踵而来。无人愿意接手的事肯定转到我这里，招惹是非的棘手事必然落到我头上。我在社会上的位置恰如郊外一个废车场，车一旦发生故障，人们就把它扔到我这里来，在人皆入梦的深夜。

由此之故，存折上的数字前所未有地膨胀起来，而又忙得无暇花费。于是我将那辆多病的车处理掉，从一个熟人手里低价买了一辆斯巴鲁 Leone。型号是老了一点，但一来跑路不多，二来附带音响和空调，有生以来我还是第一次乘这样的汽车。另外还搬了家，从距市中心较远的寓所迁至涩谷附近。窗前的高速公路是有点吵闹，但只要对这点不介意，这公寓还是相当不错的。

我和好几个女孩睡过觉，都是工作中结识的。

回归社会。

我知道自己可以和怎样的女孩睡，也知道能够和谁睡、不能够和谁睡，包括不应该和谁睡。年纪一大，这种事情自然了然于心，而且知道什么时候应该适可而止。这是非常顺理成章而又开心惬意的事。谁都不受伤害，我也心安理得，没有心绞痛般的震颤。

和我关系最深的，仍是电话局那个女孩。同她是在一个年末晚会上相识的。双方都喝得大醉，谈笑之间，意气相投，便到我住处睡了。她头脑聪明，双腿十分诱人。两人乘那辆二手"斯巴鲁"，出去到处兜风。兴之所至，她就打来电话，问能否过来睡觉。关系发展到这般地步的，只她一个人。而这种关系哪里也到达不了，这点我知道，她也清楚。我们两人共同悄悄地拥有人生中某种类似过渡性的时间，它给我也带来了一种久违的静谧安然的朝朝暮暮。我们充满温情地相互拥抱，卿卿我我。我为她切菜做饭，双方交换生日礼物。一同去爵士乐俱乐部，喝鸡尾酒，而且从未有过口角，相互心领神会，知道对方的欲求。然而这关系还是戛然而止，如同胶卷突然中断似的，一夜之间便一切成为过去。

她的离去，给我带来的失落感意外的大，很长时间里，心里一片空白。我哪里也没有去。别人纷纷告离，唯独我永无休止地滞留在延长了的过渡期里。现实又不现实的人生。

不过这并非是使我感到空虚怅惘的最主要原因。

最大的问题是我没有由衷地倾心于她。我是喜欢她，喜欢和她在一起。每次在一起我都能度过一段愉快的时间，心里充满柔情。但最终我并未倾心于她。在她离开三四天后，我清醒地认识到了这一点。是的,归根结蒂,她在我身旁,而我却在月球上。尽管我的侧腹感受着她乳房的爱抚,而我真心倾心的却是另外之物。

我花了四年时间才好歹恢复了自身存在的平衡性。对到手的工作,我一个个完成得干净利落,别人对我也报之以信赖。虽然为数不多,但还是有几人对我怀有类似好意的情感。然而不用说,仅仅这样并不够,绝对不够。一句话,我花了那么多时间,无非又回到了出发之地,如此而已。

就是说,我三十四岁时又重新返回始发站,那么,以后该怎么办呢?首先应该做什么呢?

这用不着考虑,应该做什么,一开始就很清楚,其结论很早以前就如一块固体阴云,轻飘飘地悬浮在我的头顶。问题不过是我下不了决心将其付诸实施,而日复一日地拖延下去。去海豚宾馆,那里即是始发站。

我必须在那里见到她,见到那个将我引入海豚宾馆的当高级妓女的女孩。因为喜喜①现在正在寻求我(读者需要她有个名字,哪怕出于权宜之计。她的名字叫喜喜,我也是后来才知道的。详情下面再说,眼下先给她这样一个名字。她是喜喜。至少在某个奇妙而狭小的天地里曾经被这样称呼过),而且她掌握着开启始发站之门的钥匙。我必须再次把她叫回这个房间,叫回这一旦走出便不至于返回的房间。有没有可能我不知道,但反正得试一试,别无选择。新的循环将由此开始。

我打点行装,十万火急地把期限逼近的约稿一一处理完毕,随后把预约表上的下个月工作全部推掉。我打电话给他

---

① 原文是"キキ",读作"kiki"。

们，说家里有事，不得不离开东京一个月。有几个编辑喃喃抱怨了几句，但一来我这样做是第一次，二来日程还早得很，他们完全来得及寻找补救办法，于是他们都答应下来。我告诉他们，一个月后准时回来效力。接着，乘机向北海道飞去。这是一九八三年三月初的事。

当然，这次脱离战场，时间并不止一个月。

4

　　两天里我租了辆小汽车，在白雪皑皑的函馆街头同摄影师两人挨门逐户地访问起餐馆来。

　　我采访一贯讲究系统性和高效率。此类采访最关键的是事先调查和周密安排日程，可以说这是成功的全部。采访之前，我要彻底地搜集资料，而且也有专门为从事我这种工作的人进行各种调查的组织。只要是其会员并每年交纳会费，一般的调查都会协助。譬如我提出需要函馆各家餐馆的资料，他们便会提供相当的数量。就是说，他们利用大型电子计算机从信息的迷宫中有效地把所需部分汇拢在一起，然后复印妥当，装订在文件夹里送来。当然这需要相应地花些钱，但从换取时间和减少麻烦这点来说，费用绝不为高。

　　与此同时，我还自己走街串巷，独自搜集情报。这里既有旅游资料方面的专用图书馆，又有汇总地方报纸和书刊的图书馆。若将这些资料收集起来，数量相当可观。然后从中选出可能有用的餐馆，事先打去电话，确认营业时间和休息日。如此准备就绪再去现场，可以节省不少时间。还要在手册上排好当天的计划，在地图上标出行动路线，将无把握的因素压缩到最低限度。

　　到达现场后，同摄影师两人一路逐家转过去，一共大约有三十家餐馆。当然只是浅尝辄止，只是品味儿，可谓消费的集约化。在此阶段不暴露我们是采访的，也不摄影。出门之后，摄影师和我便讨论味道如何，以十分制打分。好的留下，差的甩掉，一般要甩掉一半以上。同时和当地的小型评论杂志取得联系，请其推荐五六家未上名单的餐馆。接着再转，再选。等最后选定，分别给对方打去电话，道出杂志名称，申请采访和摄影。这些两天即可结束，晚间在旅馆把文稿大致写完。

翌日，摄影师把菜样三下五除二地摄入镜头，我则听取老板的简单介绍。这一切用三天完成。当然也有同行完成得更快，但他们根本没做调查，挑几家有名的餐馆转一圈而已，甚至有人什么也没品尝便动手写稿。写是可以写的，完全可以。老实说，像我这样认真采访的人想必为数不多。一丝不苟地做势必吃很多苦，若想偷工减料也尽可蒙混过关。而且一丝不苟也好，偷工减料也好，写出的报告基本相差无几。表面上半斤八两，但要细看则有所不同。

我说这些并非自吹自擂。

我只是希望对我的工作的概况给予理解，理解我所进行的消耗是怎样性质的消耗。

这位摄影师以前同我一起工作过几次，双方很合得来。我们是行家里手，如同戴着雪白手套、脸蒙大口罩、脚穿一尘不染的网球鞋的死尸处理员一样。我们工作起来雷厉风行，干脆利落，不说废话，互相尊重。双方都晓得这是迫于生计才干的无聊行当，但无论如何，既然干，就要干好。我们便是这个意义上的行家。第三天夜里，我把稿子全部写出。

第四天是预留下来的休息日。工作都完了，没有特别要干的事。于是我们租了一辆车，开去郊外，来个一整天的越野滑雪。晚间，两人戳着火锅慢慢喝酒，算是放松了一天。我把稿件托他带回。这样，即使没有我别人也可以接着做下去。睡觉前我给札幌电话查询处打电话，询问海豚宾馆的号码，当即一清二楚。我坐回床边，缓缓吁一口长气。呃，这么说海豚宾馆还没有倒闭，可谓放下一颗心来。那宾馆本来无论何时倒闭都无足为奇的。我深深吸了口气，拨动电话号码。即刻有人接起，即刻——仿佛专门等在那里似的。这使得我心里有点困惑，觉得未免有点过于周到。

接电话的是个年轻女孩。女孩？慢着，我想，海豚宾馆可不是服务台有女孩的宾馆。

"海豚宾馆。"女孩开口道。

我感到有些蹊跷，出于慎重，叮问了一遍地址。地址一如往日。莫非新雇了女孩？想来也不是什么值得介意的事，便说想预订房间。

"对不起，请稍等一下，马上转给预约部。"女孩用开朗明快的声音对我说。

预约部？我又困惑起来。看来情况愈发无法解释了。海豚宾馆到底发生了什么事？

"劳您久等了，我是预约部。"传来一个男子的声音，听起来怪年轻的，语声亲切热情，痛快干脆，无论如何都让人感到这是个训练有素的宾馆专业管理人员。

不管怎样，我先预订了三天单人房间，报了姓名和东京住所的电话号码。

"明白了，从明天开始订单人房，三天时间。"男子确认一遍。

我再想不起什么可说的，便道声谢谢，依然困惑地放下电话筒。放下后我更加困惑起来,呆呆地盯了电话机好久,觉得似乎会有人打来电话,就此解释一番。但没人解释。算了,我想,由它去好了。到那里实际一看一切都会恍然大悟。只能动身前去,无论如何都不能不去。此外再没有什么选择的余地。

我给所住宾馆的服务台打电话,查询开往札幌方向列车的始发时刻,得知上午最佳时间里有一班特快。随后,给客房服务员打电话要来半瓶威士忌和冰块,边喝边看电视里的午夜电影。是一部西部片,有克林特·伊斯特伍德登场表演。克林特·伊斯特伍德居然一次都没笑,连微笑都没有,甚至苦笑也见不到。我朝他笑了好几次,可他完全无动于衷。电影放完,威士忌也差不多喝光了,我熄掉灯,一觉睡到天亮。半个梦也没做。

从特快列车窗口望去,除了雪还是雪。这天万里无云,往外望了不多会儿,双目便隐隐作痛。除了我,没有一个旅客向外看。人家都晓得,晓得外面看到的只有雪。

因为没吃早点,不到十二点我便去餐车用午餐。我喝着啤酒,吃着煎蛋卷。对面坐着一位五十岁上下的男子,像模像样地扎着领带,一身西装,同样在喝啤酒,吃火腿三明治。看上去蛮像个机械技师,实际果然不错。他向我搭话,说自己是机械技师,工作是为自卫队装备飞机,并详详细细地给我介绍起了苏联轰炸机和战斗机侵犯领空的事。不过对这一事件的违法性他倒似乎不甚在乎,他更关心的是F-4鬼怪战斗机的经济性,告诉我这种飞机紧急出动一次将吃掉多少燃料。"浪费太大了，"他说，"要是让日本飞机厂制造，燃料要节省得多，而且性能不次于F-4。不管什么喷气式战斗机，想造就能造出来，马上能！"

于是我开导他，所谓浪费，在高度发达的资本主义社会里是最大的美德。日本从美国进口鬼怪喷气式，用来紧急出动，白白消耗燃料——只有这样才能促使世界经济更快地运转，只有其运转才能使资本主义发展到更高阶段。假如大家杜绝一切浪费，肯定发生大萧条，世界经济土崩瓦解。浪费是引起矛盾的燃料，矛盾使得经济充满活力，而活力又造成新的浪费。

或许，他想了一下，说他的少年时代正是在物资极为匮乏的战争期间度过的，大概因为这点，对我说的这种社会结构很难作为实际感受来把握。

"我们和你们年轻人不同，对那种复杂的东西一下子熟悉不来。"他苦笑着说。

其实我也绝对算不上熟悉，但再说下去恐引出不快，便没再反驳。不是熟悉，只是把握、认识。二者之间有根本性差别。最后，我吃完煎蛋卷，向他寒暄一句，起身离座。

在开往札幌的车中，我大约睡了三十分钟。到函馆站，在附近一家书店买了本杰克·伦敦的传记。同杰克·伦敦那波澜壮阔的伟大生涯相比，我这人生简直像在橡树顶端的洞穴里头枕核桃昏昏然等待春天来临的松鼠一样安然平淡，至少一时之间我是这样觉得的。所谓传记也就是这么一种东西。世上究竟有哪个人会对平平稳稳送走一生的川崎市立图书馆馆员的传记感兴趣呢？一句话，我们是在寻找补偿行为。

一到札幌站，我便慢慢悠悠往海豚宾馆一路踱去。这个下午没有一丝风，况且我随身只有一个挂包。街上到处是高高隆起的脏乎乎的雪堆，空气似乎绷得紧紧的，男男女女留意着脚下的路，小心而快捷地移动着脚步。女高中生个个脸颊绯红，畅快淋漓地向空中吐着团团白气。那气确实很白，白得似乎可以在上面写出字。我一边观赏着街头景致，一边悠然漫步。上次来札幌，至今不过时隔四年半，但这景致却使我恍若隔世。

我走进一间咖啡厅稍事休息，要了杯掺有白兰地的又热又浓的咖啡喝着。我周围人的言行举止无非城里人的老套数：情侣嘤嘤细语，两个贸易公司的职员摊开文件研究数字，三五个大学生聚在一起，谈论滑雪旅行和警察乐队新灌的黑胶唱片等等。这是目前日本任何一座城市都司空见惯的光景，即使把这咖啡厅内的一切原封不动地搬去横滨或福冈，也不至于感到任何异样。尽管如此，不，正因为外表完全一样，才使得坐在里面的我在喝咖啡的时间里产生一股刻骨铭心般的强烈孤独感。我觉得唯独我一个人是彻头彻尾的局外人。我不属于这里的街道，不属于这里所有的日常生活。

诚然，若问我难道属于东京城的咖啡厅的哪一部分不成，也根本谈不上属于。不过在东京的咖啡厅里我不可能产生如此强烈的孤独感。我可以在那里喝咖啡，看书，度过普普通通的时间。因为那是我无须特别深思的日常生活的一部分。

然而在这札幌街头，我竟感到如此汹涌而来的孤独，简直就像被孤苦伶仃地丢弃在南极孤岛上一样。情景一如往常，随处可见，可是一旦剥掉其假面具，则这块地面同我所知晓的任何场所便无相通之处，我想。相似，但是不相同。如同一颗别的行星，一颗有着决定性差别的——尽管上面人的语言、衣着、长相无不相同——另一颗行星，一颗某种功能完全不能通用的其他行星。若要弄清何种功能能够通用，何种功能不能通用，那么只能一一加以确认。而且一旦出现一个失误，我是外星人这点就将真相大白，众人势必对我群起而攻之：**你不同，你不同你不同你不同。**

我一边喝咖啡一边不着边际地浮想联翩。纯属妄想。

但我孤独一人——这是千真万确。我没有同任何人发生关系，而我的问题也在这里。我正在恢复自己，却未同任何人发生关系。

这以前倒真心爱过一个人，那是什么时候来着？

很久很久以前，某个冰川期与某个冰川期之间。反正很久以前。早已流逝的历史。侏罗纪一类的往昔。一切都以消失告终。恐龙也好猛犸象也好剑齿虎也好，射入宫下公园的子弹也好。接下去便是高度发达的资本主义社会的来临，而自己在这种社会里孑然一身。

我付罢款，走到外面。这回什么也不再想，径直往宾馆赶去。

海豚宾馆的位置，我早已记忆依稀，有点担心一下子找不到。结果担心完全多余，宾馆一目了然：它已摇身变成二十六层高的庞然大物。包豪斯风格的时髦曲线，金碧辉煌的大幅玻璃和不锈钢，避雨檐前齐刷刷排开的旗杆以及顶端迎风飘舞的万国旗，身着笔挺制服正在向出租车招手示意的车辆调度员，直达顶层餐厅的观光电梯……如此景观有谁能视而不见呢？门口大理石柱上嵌着海豚浮雕，下面的字样赫然入目：

"海豚宾馆"

我木木地站立了二十秒钟，半张着嘴，瞠目结舌地仰望着宾馆，随即深深吁了口长气——长得如果一直延伸，足可到达月球。保守地说，我非常吃惊。

5

　　总不能在宾馆门前永远呆立下去，先进去看看再说。地址相符，名称一致，且已订好房间，只有进去。
　　我走上避雨檐下徐缓的斜坡，闪身跨入打磨得光闪闪的旋转门。大厅足有体育馆那般大，天花板直抵云霄，玻璃贴面由下而上，天衣无缝，阳光一气泻下，粲然生辉。地板上，价格显然昂贵的宽大沙发整齐排开，其间神气活现地摆着赏心悦目的观叶植物。大厅尽头是一间富丽堂皇的咖啡屋。在这种地方点三明治来吃，端出来的四枚火腿三明治只有名片大小，装在绰绰有余的银制盘子里，薯片和腌菜富有艺术性地点缀其间。若再要一杯咖啡，其价格足够中等消费程度的一家四口吃一顿午餐。墙上挂着一幅相当于三张榻榻米大小的油画，画的是北海道一块沼泽地，虽然算不上很有艺术水准，但其画面的阔绰和堂而皇之却毋庸置疑。大厅里似乎有什么聚会，显得有些拥挤。一伙衣冠楚楚的中年男子背靠沙发，或频频颔首，或昂扬而笑。他们一模一样地翘起下巴，一模一样地架着二郎腿。估计是一群医生或大学教师。另外——莫非同一团体不成——有一伙衣着华丽的女士。一半和服，一半连衣裙。有几名外国人。也有西装笔挺、领带色调稳重的贸易公司职员，抱着手提公文箱静等某人。

一言以蔽之,这新海豚宾馆一片兴隆景象。

恰到好处地投入资本,恰到好处如数收回——这种宾馆是怎样建造起来的,我倒是心中有数。我做过一次连锁酒店的宣传刊物,得知建造这种旅馆之前,需要里里外外全部精确计算一番。行家们聚在一起,将所有的信息输入电脑,进行彻底的预算,就连厕所卫生纸的批量购入价及其用量都要输进去。同时雇用学生临时工普查札幌各条街道的通行人数,还要调查适婚年龄的男女数量以便计算婚礼次数。总之什么都要调查,以大幅降低经营风险。他们花大量时间周密制订计划,成立项目筹备组,收购土地,招揽人才,广为宣传。只要可以用金钱解决并且确信这笔钱早晚可以收回,他们便不惜工本。这就是所谓做大买卖。

能够做这种大买卖的,只有旗下有各类企业的大型集团企业。这是因为,无论怎样减少风险,其中都有些潜在因素无法估算,而足以承受这些风险的,唯有大型集团企业。

坦率说来,新海豚宾馆并不适合我的口味。

至少在一般情况下,我不至于自己掏腰包住这等场所。一来价格昂贵,二来无用的摆设太多。但是无可奈何。虽已面目全非,但毕竟是海豚宾馆。

我走至服务台前报出姓名。一律罩有天蓝色西装外套的女孩们如同做牙刷广告一样迎着我粲然而笑。这种微笑方式的训练也是投资的一环。她们全都身穿初雪一般洁白的白衬衫,发式整整齐齐。女孩有三个,只有来到我跟前的女孩戴着一副眼镜。她很适合戴眼镜,看上去蛮舒服。她的近前使我多少舒了口气。三人之中她长得最为漂亮,第一眼我就对她产生了好感。其笑容之中似乎有一种让我为之动心的东西。她简直就像是集宾馆应有形象于一身的宾馆精灵，仿佛只要轻轻一挥手中那小小的金手杖，便会像迪士尼电影中那样飞出神奇的金粉，从中掉出一把房间钥匙来。

但她没有用金手杖，用的是电脑。她用键盘把我的姓名和信用卡号码熟练地输进去，确认一下显示屏，然后莞尔一笑，把门卡递给我。上面写着1523，即我房间的号码。我让她给我拿了一本宾馆指南，并问这宾馆是什么时候开业的。她条件反射似的回答说去年十月。还不到五个月时间。

"喏，想打听件事。"我也把营业时用的无懈可击的微笑在脸上得体地浮现出来——这东西我也是随身携带的。"以前在这一位置有个叫'海豚宾馆'的小宾馆，是吗？你可知道它怎么样了？"

她的笑容稍微有点儿紊乱，如同啤酒瓶盖落入一泓幽雅而澄寂的清泉时所激起的静静的波纹在她脸上荡漾开来，稍纵即逝。消逝时，笑脸比刚才略有退步。我饶有兴味地观察着这种细微而复杂的变化，不由觉得很可能有清泉精灵从眼前闪出，问我刚才投入的是金瓶盖还是银瓶盖。当然，这场面并未出现。

"这——怎么说好呢？"她用食指轻轻碰了一下眼镜框，"因为是开业前的事情，我们有点不大……"

她就此打住，我等她继续说下去，但没有下文。

"对不起。"她说。

"唔。"这时间里，我开始更加对她怀有好感。我也很想用食指碰一下眼镜框，遗憾的是我没戴眼镜。"那么，问谁能清楚呢，这方面的情况？"

她屏息敛气，沉思良久，笑容已经消失。这也难怪，边笑边屏息远非易事，不信你就试试。

"对不起，请稍等一下。"说着，她退入里间。大约过了三十秒钟，她领着一位四十岁光景的黑制服男子返回。这男子一看就知是宾馆经营方面的专业人员。我同这等人物在工作中打过好几次交道，全是些奇妙分子。他们差不多总是面带笑容，但根据情况可以分别做出二十五种笑脸，从彬彬有礼的冷笑到适度抑制的满意的笑，而且全部编有等级标号，从1号到25号。他们像选择高尔夫俱乐部似的酌情区别使用——这男子便属于此类角色。

"欢迎欢迎！"他向我转过中间等级的笑脸，客气地低头致意。我这身打扮似乎给他的印象不大好，笑脸陡然降了三个等级。我上身穿里面带毛的暖和猎装短大衣（胸前别着一枚基斯·哈林（Keith Haring）徽章），头戴一顶毛线帽（奥地利陆军阿尔卑斯部队用的那种），下穿到处有口袋的厚布裤，脚登一双走雪路用的结结实实的工作靴。没有一件不是堂堂正正的实用之物，但在这宾馆的大厅里，则未免显得滞重有余。可这不是我的过错，不过生活方式不同、思维方式不同罢了。

"听说您对敝宾馆有垂询之处……"他毕恭毕敬地开口道。

我两手置于台面，把问过女孩的话重复一遍。

男子用兽医观察小猫跌伤的前肢那样的眼神，瞥了一眼我腕上的迪士尼手表。

"恕我冒昧，"他略一停顿，说，"您是因为什么才想了解以前那家宾馆的呢？要是可以，能否允许我恭听一下其中缘由？"

我简单解释几句："几年前在那家宾馆住过，同那经理关系很熟。不料这次久别后回来，竟成了这么一副模样。所以想知道他的下落。不管怎样，完全属于私人性质。"

他点了好几次头。

"坦率地说，详情我也不很清楚。"男子字斟句酌地说道，"简而言之是这样： 我们收买了以前那座宾馆所在的这块地皮，在其旧址上新建了一家宾馆。名称的确相同，但经营上完全是两回事，没有任何具体关系。"

"名称为什么一样呢？"我问。

"很抱歉，至于这方面情况……"

"原先的经理去哪里也不知道喽？"

"对不起。"他的笑脸换到第 16 号。

"问谁才能知道呢，这些事？"

"这个……"他歪了歪头，"我们都是现场工作人员，对开业以前的情况根本没有接触。所以您说问谁才能知道，突然之间实在有些为难。"

他所说的的确不无道理，但总有一点不大对头。男子的应对也好，女孩的回答也好，都有点人工的痕迹。不是说哪里不对，只是难以令人由衷信服。搞采访搞久了，自然会产生这种职业上的敏感，那秘而不宣时的语调，那编造谎言时的表情。至于证据却是无处可寻。不过是瞬间直感——其中肯定有难言之隐。

我心里清楚，再追问下去也不可能有结果，于是道了声谢，他也轻轻还以一礼，退入里间。黑制服男子不见之后，我向女孩问了就餐和房间服务的事，她耐心地做了回答。她说话的时间里，我一直注视着她的眼睛。那双眼睛十分漂亮，细细看去，似乎可以看出什么来。同我视线相碰时，她马上满脸绯红。我便愈发对她怀有好感。为什么呢？为什么她看起来俨然是宾馆精灵呢？我来不及多想，说声谢谢，离开服务台，乘电梯上到房间。

1523号房间非常气派。就单人房来说，无论床铺还是浴缸都很阔绰宽敞。电冰箱里几乎囊括一切。信纸信封尽可使用。写字台也相当高级。浴室里从洗发水、护发素、剃须膏到浴袍，应有尽有。壁橱也非常宽大。地毯崭新，柔软之至。我脱去外套和皮靴，坐在沙发上，翻看宾馆指南。这小册子也很考究，无可挑剔——我搞过这玩意儿，一眼就看得出来。

指南册上写道：海豚宾馆是完全新型的高级城市宾馆，拥有一切现代化设备，二十四小时提供万无一失的周全服务。每个房间具有充分的空间。精选的家具，安谧而温馨的家居氛围，富有人情味的天地。

总之就是说要花钱，要多花钱。

再细看这指南，得知这宾馆的确无所不有：地下有大型购物中心，有室内游泳池，有桑拿房，有日光浴室，有室内网球场，有配备各种运动器材并有教练指导的健身俱乐部，有同声传译会议厅，有五间餐厅和三间酒吧，有通宵营业的自助餐，有豪华轿车服务，还有配备各种文具、办公用品的学习室，任何人都可以利用。大凡能想到的无一或缺。楼顶上甚至有直升机场。

应有尽有。

最新式的设备，最豪华的装饰。

问题是，这座宾馆是由哪家企业所领属并经营的呢？我把宣传册以及凡是带文字的什物无一遗漏地看了一遍，但哪里也没提到经营主体，委实不可思议。如此超一流的豪华宾馆，其建造和经营者只能是拥有连锁酒店的专业性企业，而若是这种企业，必然写上名称，同时为其他所属宾馆做宣传。例如住王子饭店，其指南册上肯定印有全国各地其他王子饭店的地址和电话号码。这也是通常做法。

再说，这等出类拔萃的宾馆何苦偏要袭用以往那个寒碜可怜的"海豚宾馆"旧称呢？

百思不得其解。

我把小册子扔到茶几上，背靠沙发，伸直双腿，眼望十五楼窗外寥廓的长空，也只有蔚蓝的天空可看。静静观天的时间里，恍惚觉得自己成了一只老鹰。

无论如何，我还是怀念往日的海豚宾馆，从那个窗口中可以望到很多种景致。

6

　　为了消磨时间，我在宾馆里东转转西看看，直到日暮。我巡视了餐厅和酒吧，窥看了游泳池、桑拿房、健身俱乐部和网球场，去购物中心买了本书，在大厅里张望一番后，去娱乐中心玩了几局吃豆人（Pac-Man）。如此一来二去，不觉到了黄昏时分。简直同游乐园无异，我想，世间居然有这等消磨时间的方式。

　　之后，我走出宾馆，在暮色苍茫的街头慢慢行走。走着走着，关于这一带环境的记忆渐渐复苏过来。在过去那家海豚宾馆投宿的时候，我每天百无聊赖地在街上走来转去，连哪里拐弯、是何所在都大致记得。老海豚宾馆没有餐厅——即使有恐怕也不至于产生在那里用餐的情绪——我和她（喜喜）时常同去周围饭馆吃饭。此时，我以一种偶然路过旧居附近的心情，沿着依稀记得的街道一路走去，走了一个小时。天色渐黑，已经明显地感到寒意，紧紧附在路面上的积雪，在脚下"吱吱"作响，好在没有风，走路不无快意。空气凛洌而澄澈，街头到处如蚁冢般隆起的、被汽车废气染成灰色的雪堆，也在夜晚的街灯下显得那般洁净而富有幻想意味。

　　较之往日，海豚宾馆所在地段发生了显而易见的变化。当然，这里说的往日也只是四年多一点之前。当时我见过或出入过的商店饭店大致是老样子，街头的气氛也基本一如既往，然而一眼即可看出，这周围一带正处于蜕变过程中。好几家店铺已经关门，门上挂着"准备拆建"的木牌。事实上也有正在施工的大型建筑物。得来速式（drive-through）汉堡店、设计师品牌精品时装店、欧洲汽车展厅、院子里栽有沙罗树的全新造型咖啡店、大量使用玻璃建材的式样新颖的写字楼……这些以前所没有的新型店铺和建筑一个接一个平地而起，气势不凡，仿佛要把旧有建筑物——古色苍然的三层楼房、布帘飘摇的小吃店、经常有猫在火炉前睡午觉的糕点铺等——一举挤走为快。这些建筑如小孩换牙那样新旧共存，在街头形成一种奇妙的景观。银行也开设了新店面，恐怕都是新海豚宾馆的波及效应。那庞大的宾馆突如其来地降生在这几乎沦为遗忘角落的再普通不过的街道上，自然要使这里的平衡大受影响。人流递变，活力萌生，地价上涨。

这种变化或许是综合性的。就是说，新海豚宾馆的出现只是街道变化的一个环节，而并非它的出现给街道带来变化，譬如实施长期计划的城市再开发便是如此情形。

我走进以往曾来过的咖啡店，喝了点酒，简单吃了点东西。店里又脏又吵，但味道可口，而且便宜。我一个人在外面吃饭，往往尽可能选择嘈杂的地方，这样才觉得心里坦然，又不寂寞，独自说点什么也不至于被人听去。

吃罢饭，还是觉得不大满足，又要了壶酒。我一边把热乎乎的日本酒缓缓送入胃中，一边思忖：自己在这种地方到底算干什么的呢？海豚宾馆已不复存在，不管我对它有怎样的需求，反正海豚宾馆早已荡然无存。不复存在。其原址上建起了一座像《星球大战》中的秘密基地一般滑稽好笑的高度现代化宾馆。一切都只是烟消云散的梦幻。我不过做了一场梦,梦见被毁坏得形迹全无的海豚宾馆,梦见出走后下落不明的喜喜。不错,很可能有人在那里为我哭泣,但那也早已成为过去。那个场所早已空无一物。夫复何求?

是啊——我想(也可能是自言自语),的确是这样。这里已空无一物,这里已没有任何我所希求的东西。

我双唇紧闭,久久地盯视着台面上的酱油壶。

长期过单身生活,势必养成多种习惯:盯视各种东西,有时自言自语,在人声嘈杂的饭店里吃饭,对二手"斯巴鲁"依依情深,而且一步步沦为时代的落伍者。

走出咖啡店,赶回宾馆。虽然走了很远,但没费事就找到了回头路。因为只要一仰头,即可望见海豚宾馆。就像东方三博士以夜空中的星星为目标顺利走到耶路撒冷和伯利恒一样,我也很快返回了海豚宾馆。

进房间洗过澡,一边等头发风干一边观赏窗外的札幌市容。说起来,以前住那个海豚宾馆的时候,窗外可以看见一家小公司。至于什么公司倒全然不晓,反正是家公司无疑,人们忙忙碌碌地做着什么。当时我从窗口看那光景,一看就是一整天。那家公司怎么样了呢?有一个漂亮女孩来着,女孩又怎么样了呢?话说回来,那公司究竟是做什么的呢?

因无事可干,我在房间来回兜了好几圈,然后坐在椅子上看电视。节目清一色糟糕得很,就像在看各种呕吐方式的表演。因是表演,脏自然不脏,但静静地看上一会儿,便觉得真在呕吐一般。我关掉电视,穿衣服上到二十六楼酒吧,要了一杯兑有苏打水和柠檬汁的伏特加。酒吧四壁全是玻璃窗,札幌夜景一览无余。这里所有的一切都使我想起《星球大战》中的宇宙都市。除了这点，这酒吧还算是个令人惬意的安静场所。酒的配制够水平，杯子也是上等货。杯与杯相碰，其声十分悦耳。顾客除我之外只有三个人。两个中年男子在里面的座位上边喝威士忌边悄声低语，内容自是不得而知，看样子怕是在研究至关紧要的大事，或者在制订达斯·维达的暗杀计划也未可知。

我右侧的桌旁坐着一个十二三岁的女孩。她耳朵上扣着随身听的耳机，用吸管吸着饮料。她长得相当好看，长长的头发近乎不自然地直垂下来，轻盈而柔软地洒在桌面上。睫毛长长，眸子如两汪秋水，澄明得令人不敢触及。手指有节奏地"橐橐"叩击着桌面。较之其他印象，只有那柔嫩纤细的手指奇妙地传达出孩子气。当然我不是说她有大人气。不过这女孩身上似乎有一种居高临下的气质——既无恶意，又不具有攻击性，只是以一种中立的态度君临一切，就像从窗口俯视夜景一样。

然而实际上她什么也没看，似乎周围景物全在她的视野以外。她穿一条蓝色牛仔裤，脚上一双匡威白色运动鞋，上身一件带有"GENESIS"字样的运动衫，挽至臂肘。她"橐橐"敲着桌面，全神贯注地听随身听里的磁带，小小的嘴唇不时做出似有所语的口形。

"是柠檬汁，她喝的。"酒保像做解释似的，来我面前说道，"那孩子在那里等母亲回来。"

"唔。"我不置可否地应了一声。想来，一个十二三岁的女孩夜里十点在宾馆酒吧里独自边听随身听边喝饮料，这光景的确不大对头。不过在酒保如此说之前，我倒并没觉得有什么特别不妥。我看她的眼光，如同看其他司空见惯的光景一样。

65

我续了杯伏特加,同酒保闲聊起来。天气、景气、拉拉杂杂,漫无边际。之后,我漫不经心似的试着说了一句:"这一带也变喽!"结果酒保困窘地笑笑,说他原先是在东京一家宾馆工作,对札幌还几乎一无所知。这当儿有新顾客进来,谈话就此打住,毫无实质性收获。

我一共喝了四杯兑苏打水的伏特加。本来任凭多少都不在话下,但没有休止也不好,便喝四杯作罢,在付款单上签了字。起身离席时,那女孩仍坐在那里听随身听。母亲尚未出现,柠檬汁里的冰块早已融化,但她看上去毫不在乎。我站起时,她撩起眼皮看了我一眼,目光在我脸上停了两三秒钟,然后极其轻微地漾出笑意。其实说不定仅仅是嘴角的颤动,不过在我看来,却是在朝我微笑。于是——说来好笑得很——我不由怦然心动,觉得自己似乎被她一眼选中了。这是一种从未体验过的奇妙的心灵震颤,仿佛身体离开了地面五六厘米。

困惑之间,我乘电梯下到十五层,回到房间。何以如此怦怦心跳呢?朝自己发笑的,不过是个十二三岁的女孩罢了,年纪上完全可以当自己的女儿!

GENESIS①——又一个无滋无味的乐队名称。

不过,这字样印在她穿的衣服上,倒像是非常有象征意味:**创世纪**。

可我还是想不通,为什么非要给这摇滚乐队安一个如此故弄玄虚的名称呢?

我鞋也没脱就倒在床上,闭目回想那个女孩。随身听、叩击桌面的白皙的手指、GENESIS、融化的冰块。

---

① "Genesis Band",创世纪乐队。

创世纪。

我闭目静止不动。我感觉得出,酒精正在体内缓缓地来回运行。我解开鞋带,脱去衣服,钻进被子。我似乎比自己感觉到的要疲劳得多,沉醉得多。我等待身旁的女孩说一声:"喂,有点喝多了!"但谁也没有说。我只身一人。

创世纪。

我伸手关掉电灯。又要梦见海豚宾馆吧?黑暗中我不由想道。结果什么也没梦见。早上睁眼醒来时,油然升腾起一股无可遏止的空虚感。一切都是零。梦也没有,宾馆也没有。我在意想不到的场所做着意想不到的事情。

床尾那双工作靴,活像两只趴在地上的小狗,懒懒地横在那里。

窗外阴云低垂,天空显得十分清冷,一副将要下雪的样子。目睹这样的天空,我提不起任何兴致。时针指向七点零五分。我用遥控器打开电视,缩在床上看了一会晨间新闻。播音员正在报道即将来临的选举。我看了十五分钟,便改变念头,起床去浴室洗脸刮须。为打起精神,我哼起了《费加罗的婚礼》的序曲。哼了一会儿,发觉可能是《魔笛》的。于是我便想两个序曲的区别,越想越分辨不清。哪个是哪个呢?看来今天做什么都不可能如意。刮胡须时刮破了下巴。拿起衬衫刚一上身,袖口的纽扣掉了。

吃早餐时,又见到昨晚见过的女孩,正和她母亲模样的人在一起。这回她没有带随身听,仍穿着昨晚那件"GENESIS"运动衫,勉为其难似的啜着红茶。她几乎没动面包和西式黄油炒蛋。她母亲——大概是吧——个头不高,四十四五岁光景,白衬衫外面穿一件驼色羊绒毛衣,眉毛形状同女儿一模一样,鼻子端庄典雅。她往吐司上涂黄油时那郑重其事的动作，叫人有些动心。其风度举止，说明她显然属于那种习惯于受人注目的女性。

我从其桌旁经过时，女孩蓦地抬起眼睛看着我的脸，而且粲粲地绽出微笑。这回的微笑比昨晚正规得多，是不折不扣的微笑。

我本来打算吃早餐时独自想点什么，但在被女孩报以微笑之后，便什么也想不成了。无论想什么，脑海中只有同样的语言旋转不止。我只好愣愣地注视着胡椒瓶，什么也不想地吃早餐。

7

　无所事事。既无应干的事，又无想干的事。我是特意前来海豚宾馆的，但魂梦所系的海豚宾馆已不复存在，于是我徒唤奈何，别无良策。

　不管怎样，我先下到大厅，坐在那神气活现的沙发上制订今天一天的计划。但计划无从制订。一来我不想逛街，二来没地方要去。看电影打发时间倒不失为一策，可又没有想看的电影。况且特意跑来札幌，却在电影院里消磨时间，未免荒唐可笑。那么，干什么好呢？

　没什么好干。

　噢，对了，我突然想起理发。在东京时工作忙得连去理发店的时间都抽不出来，已经将近一个半月没有理发了。这可是个地地道道的、现实而又健全的念头。因为有时间，所以去理发——这一构想完全合乎逻辑，任凭拿到哪里都理直气壮。

　我走进宾馆理发室，里面窗明几净，感觉舒适。本来指望人多等一会儿才好，不料因是平日，加之一大清早，当然没有什么人。青灰色的墙壁上挂着抽象画，音响中低声传出雅克·路西耶演奏的《巴赫专辑》(*Play Bach*)。进这样的理发室，有生以来还是第一次。这已经不宜再称为理发室了。过不久说不定可以在洗澡堂里听见格列高利圣咏(Gregorian Chant)，在税务署接待室里听见坂本龙一的演奏。为我理发的是个二十岁刚出头的年轻理发师,他也不甚了解札幌的情况,我说这座宾馆建成之前有一家同名小宾馆来着,他只是"啊"了一声,显得无动于衷,似乎这事怎么都无所谓。冷淡!何况他竟穿着MEN'S BIGI 衬衫。不过他手艺还不坏,我颇为满意地离开了那里。

走出理发室,我又返回大厅考虑往下干什么好。刚才不过消磨了四十五分钟。

一筹莫展。

无奈,只好坐在沙发上久久地茫然四顾。昨天戴眼镜的那个女孩在总服务台出现了。碰上我的目光,她马上显得有点紧张。什么原因呢?莫非我这一存在刺激了她身上的什么不成?莫名其妙。不一会儿,时针指向十一点,到了完全可以考虑吃饭问题的时刻。我走出宾馆,边走边思考去哪里吃饭,但哪家饭店都不能使我动心。实际上我根本就上不来食欲。没办法,便随便走进眼前一家小店,要了意大利面和沙拉,喝了点啤酒。本来看天色像要马上下雪,却迟迟未下。云块一动不动,如同《格列佛游记》中出现的飞岛国,沉甸甸地笼罩着都市的上方。地面上的东西一律被染成了灰色。无论刀叉还是沙拉、啤酒,统统一色灰。碰上这种天气,根本想不出什么正经事。

最终,我决定拦辆出租车到市中心,去商场买东西消磨时间。我买了袜子和内衣,买了备用电池,买了旅行牙刷和指甲刀,买了三明治做夜宵,买了小瓶白兰地。哪一样都不是非买不可之物,买不过是为了消磨时间。如此总算打发掉了两个钟头。

之后我开始沿着大街散步。路过商店橱窗,便无端地窥看不已,看得厌了便走进咖啡店喝杯咖啡,读上一段杰克·伦敦传记。如此一来二去,好歹暮色上来了。这一天过得活像看了一场又长又枯燥的电影。看来消磨时间简直是活受罪。

返回宾馆从服务台前经过时,有人叫我的名字。原来是那个负责接待的戴眼镜女孩,是她从那里叫我。我走过去,她把我领到稍稍离开服务台的角落里。那里是租车服务处,标牌旁堆着很多小册子,但没有人。

她手中拿着一支圆珠笔,来回转动不已,转了一会儿,用似有难言之隐的神色看着我。她显然有些困窘,加上羞赧,一时不知所措。

"对不起,请做出商量租车的样子。"说着,她斜眼觑了一下服务台,"这里有规定,不准同顾客私下交谈。"

"可以。"我说,"我打听租车的租金,你回答,算不得私下交谈嘛。"

她脸微微一红:"别见怪,这家宾馆的规定啰嗦得很。"

我笑了笑,说:"你非常适合戴眼镜。"

"不好意思?"

"这眼镜非常适合你戴,可爱极了。"我说。

她用手指轻轻触了下眼镜框,旋即清了清嗓子。她大概属于容易紧张那种类型。"其实是有点事想问您,"她强作镇定,"是我个人方面的。"

可能的话,我真想抚摸她的脑袋,使她心情沉静下来。但我不能那样,便默默注视她的脸。

"昨天您说过,说这里以前有过一家宾馆,"她低声说道,"而且同名,也叫海豚……那是一座怎样的宾馆呢?可是地道的吗?"

71

我拿了一份租车指南的小册子，装出翻阅的模样，"所谓地道的宾馆是什么含义呢，具体说来？"

她用指尖拉紧白衬衫的两个襟角，又清了清嗓子。

"这个……我也说不大好，里边会不会有什么奇特因缘呢？我总有这种感觉，对那个宾馆。"

我细看她的眼睛。不出所料，那眼睛确很漂亮，一清见底。我盯视的时间里，她又泛起红晕。

"你所感觉到的是怎么一种东西，我捉摸不大清楚。但不管怎样，我想从头说来三言两语是完不了的，而在这里说恐怕又不大方便，对吧？你看样子又忙。"

她眼睛朝同事们工作的服务台那边忽闪了一下，露出整洁的牙齿，轻轻咬了咬下唇。略一沉吟后，俨然下定决心，点点头。

"那么，我下班后可以同您谈谈吗？"

"你几点下班？"

"八点。不过在这附近见面不成，规定限制得很死。远点倒可以。"

"远点要是有个能够慢慢说话的地方，我去就是。"

她点头想了想，随即在台面备用的便笺上用圆珠笔写下店名，简单勾勒出方位图，说："请在这里等我，我八点半到。"

我将便笺揣进短大衣口袋。

这回是她盯视我的眼睛："请别以为我这人有什么古怪，这样做是头一次，头一次违反规定。实在是没办法不这样做，原因过会儿再讲。"

"谈不上有什么古怪，只管放心好了。"我说，"我不是坏人，虽然算不得很讨人喜欢，但做事还不至于使人讨厌。"

她快速转动手中的圆珠笔,沉思片刻,但似乎未能完全领会我话里的含义,嘴角浮现出暧昧的微笑,又用食指触了下眼镜框。"一会见。"说罢,对我致以营业用的点头礼,折回服务台。好一个妩媚的少女,一个情绪略有不安的女孩。

我回到房间,从冰箱里取出啤酒,边喝边吃着从商场地下食品卖场买来的烤牛肉三明治,吃了一半。好了,我想,这回总算有事干了。齿轮进了变速挡,尽管不知驶向哪里,但情况终究在缓缓变化,不错!

我走进浴室,洗脸,剃须,默默地、静静地、不哼任何小曲地刮。而后我抹了须后水,刷了牙齿,然后对着镜子细细端详自己的脸,我已经好久没照过镜子了。结果没有什么大的发现,也没有透出多少英风豪气,一如往日。

七点半,我离开房间,在大门口钻进出租车,把她那张便笺递给司机。司机默然点头,把我拉到那家酒吧前停下。路不太远,车费才一千日元。酒吧位于一座五层楼的地下,小巧整洁。一开门,里面正播放盖瑞·穆里根(Gerry Mulligan)的旧唱片,恰到好处的音量回荡在房间里,那时盖瑞·穆里根还留着平头,穿钮扣领衬衫。查特·贝克(Chet Baker)和鲍勃·布鲁克梅耶(Bob Brookmeyer)都在乐队里。那时,这家什么"亚当·安特"还没有问世。

亚当·安特。

何等无聊的名字!

我在台前坐下,一边欣赏盖瑞·穆里根抑扬有致的歌声,一边慢慢悠悠地啜着兑水的珍宝(J&B)。八点四十五分时她还没有出现,但我不大在意,大概是工作脱不开身吧。这间店气氛不错,再说,我已经习惯了一个人消磨时间。我边听音乐边喝酒,一杯喝罢,又要了一杯。由于没有什么值得看的,只好盯住面前的烟灰缸。

她到来时已经差五分九点了。

"请原谅,"她语气急促地道歉,"给事务缠住了。一下子多成一堆,加上换班的人又没准时到。"

"我无所谓,别介意。"我说,"反正我总得找个地方打发时间。"

她提议去里边座位,我拿起酒杯移过去。她拉下皮手套,摘去花格围巾,脱掉灰大衣,露出黄色的薄毛衣和暗绿色的毛料裙。只剩得毛衣后,她的胸部看上去比预想的丰满得多。耳朵上坠一副别致的金耳环。她要了一杯血腥玛丽(Bloody Mary)。

酒端来后,她先啜了一口。我问吃过饭没有,她答说还没有,不过肚子不饿,四点时稍吃了一点。我喝口威士忌,她又啜了口血腥玛丽。她像是路上赶得很急,用半分钟时间默默地调整呼吸。我捏起一粒坚果,看了一会儿,投进嘴里咬开,然后又捏起一粒看罢咬开,如此周而复始,等待她心情平复下来。

最后,她缓缓地吁了口气,特别长的一口气。或许她自己都觉得过长。随后抬起脸来,用有点神经质的眼神看着我。

"工作很累?"我问。

"嗯。"她说,"是不轻松。一些事还没完全上手,而且宾馆开张不久,上头的人总是吆五喝六的。"

她双手放在桌面上,十指合拢。只有小指上戴着一枚很小的戒指,一枚质朴自然、普普通通的银戒指。我俩看这戒指看了好半天。

"原来那座海豚宾馆。"她开口了,"不过,你这人大概不至于和采访有关吧?"

"采访?"我吃了一惊,反问道:"怎么又是这话?"

"随便问问。"她说。

我缄口不语。她仍旧咬着嘴唇,目不转睛地盯着墙上的一点。

"情况像是有点复杂,上头的人对舆论神经绷得很紧,什么土地收购啦等等,明白么?那事要是被捅出去,宾馆可吃不消,影响声誉,是吧?毕竟是招揽客人的买卖。"

"这以前被捅出去过?"

"有一次,在周刊上。说同渎职事件有关,还说雇用黑社会或右翼团伙把拒绝转卖地皮的人赶走……"

"那么说,这些啰嗦事同原来的海豚宾馆有关?"

她微微耸下肩,呷了口血腥玛丽:"有可能吧。所以当那家宾馆的名字报出来的时候,经理才那么紧张,我想。也包括你那次,紧张吧,是不?我确实不知道这里面的详情,只不过听说过这宾馆之所以叫海豚,是同原来的宾馆有关。听别人说的。"

"听谁?"

"一个黑皮人。"

"黑皮人?"

"就是穿黑制服的那帮人。"

"是这样。"我说,"此外可还听说过有关海豚宾馆的传闻?"

她连连摇头,用左手指抚弄着右手小指上的戒指。"我怕，"她自语似的悄声说，"怕得不行，不知怎么才好。"

"怕？怕被杂志采访？"

她略微摇了下头，嘴唇轻轻贴着酒杯口，许久没动，看样子颇为踌躇，不知如何表达。

"不，不是的，杂志倒怎么都无所谓，反正那上面写什么都和我无关，对吧？发慌的只是上头那些人。我要说的和这个完全是两码事，是整个宾馆里面的。就是说，那宾馆好像有什么不寻常的地方，或者说不地道……不正派的地方。"

她不再做声。我一口喝干威士忌，又要了一杯，并给她要了第二杯血腥玛丽。

"你觉得它怎样不正派，具体来说？"我试着询问，"我是说要是有什么具体东西的话。"

"当然有。"她意外爽快地说道，"有是有，但很难用语言表达出来，所以至今我还没跟任何人提起。感觉到的非常具体，可是一旦要形成语言，那种类似具体性的东西就好像很快七零八落了，我觉得，所以表达不好。"

"像一场真实的梦？"

"和梦还不同。梦那玩意儿我也常做，但时间一长，也就淡薄了。但这个不是那样，时间多长都毫无变化，哪怕时间再长再久、再久再长，都还是那么实实在在，永远存在，一晃从眼前浮现出来。"

我默然。

"好吧，我说说看。"她啜了口酒，用纸巾擦了下嘴，"那是一月份，一月初，新年过完没几天的时候。那天我值晚班——我很少值晚班，但那天缺人，没办法——反正下班已经是半夜十二点了。那个时间下班，都由宾馆叫出租车，把每个人轮番送回家去，电车已经没有了。这样，我十二点前处理完事务，然后换上常服，乘上员工专用电梯去十六楼。十六楼有员工休息室，我有本书忘在那里。本来明天取也可以，但刚刚读个开头，加上和我同车回去的女孩手头事情没完，就想上去取下来。十六楼有员工专用设施，如休息室，喝口茶休息一会儿的房间等，和客房不同，所以时常上去。

"这么着，电梯门打开后，我就像往常那样，不假思索地走出电梯。你说，这种情况常有吧？事情一旦做熟，或地方一旦去熟，行动时往往不加思考，条件反射似的，对吧？我当时就是这样，自然而然地一步跨出——现在记不起了，但脑袋里是思考什么来着，肯定。我双手插在外套口袋里，站到走廊才突然发现，周围漆黑一片，伸手不见五指。我心里一愣，回头看时，电梯门已经合上。我想大概是停电，当然，但这又是不可能的。首先宾馆里有万无一失的独立发电设备，一旦发生停电，马上就会接应上去，自动地、一下子、瞬间地。我也参加过那种演习，完全晓得。所以，理论上不存在停电现象。更何况，就算自备发电机出了故障，走廊里还有应急灯射出绿色灯光，而不至于一团漆黑。无论怎样考虑，情况都只能是这样。

"不料，那时走廊里的确漆黑一团。看得出光亮的，只有电梯按钮和显示楼层的红色数字。我当然按了按钮，但电梯直线下降，不肯返回。我心里叫苦，四下张望。不用说，很怕，但同时也觉得是一场麻烦。这个你可明白？"

我摇摇头。

"就是说，变得这么黑暗，无非意味着宾馆功能上出了问题，对吧？机械上的，或结构上的。这样一来，势必折腾一番。又是连续加班,又是成天演习,又是上司训话。这苦头早已吃够了,这才刚刚安稳下来呀。"

我点头称是。

"想到这里,我渐渐气恼起来,同害怕相比,气恼更占了上风。于是我想看看是怎么回事,慢慢地,试着走了两三步。这一来,我发觉有点不对头,就是脚步声和平时不一样。当时我穿的是平底鞋,但脚底的感觉和平时不同,不是平时踩地毯的感触,而要粗糙得多。我对这个很敏感,不会弄错,真的。而且空气也和平时不同,怎么说好呢,好像有点发霉,和宾馆的空气根本不一样。我们宾馆,完全用空调控制,空气讲究得很。不是普通的空调,而是制造新鲜空气输送进来。它不同于其他宾馆那种干燥得使鼻孔发干的空气,而是自然界里的那种。因此,不能想象有什么发霉气味。而当时那里的空气,吸上一口就知道是陈旧的空气,几十年前的空气,就像小时候去乡下祖父家里玩时打开老仓库嗅到的那股气味——各种陈腐味儿混在一起,沉淀在一起,一动不动。

"我再次回头看了一眼电梯,这回连开关显示灯也消失了,什么也看不见,一切都死了,彻底死了。这下我可怕了,还能不怕?黑暗里只有我一个人,真叫害怕。不过也怪,周围竟是那样的静,死静死静的,半点声息也没有,怪不?因为平时停电变黑,人们肯定大吵小嚷的吧?况且宾馆里住得满满的,出这种事不可能不叫苦连天。然而那时却静得很,静得叫人毛骨悚然。这下更把我搞糊涂了。"

这时服务员把酒端来了,我和她各啜一口。她放下杯子,扶了扶眼镜。我默默无语,等她继续说下去。

"我这些感觉你可明白?"

"大致上明白。"我点点头说,"在十六楼下的电梯,四下漆黑,气味不同,静得要命,情况异常。"

她叹息一声,说:"不是我夸口,我这人还真不怎么胆小,起码在女孩里算是勇敢的,不至于因为停电就像别的女孩那样扯着嗓子叫个不停。怕固然怕,但我想不能怯阵,无论如何要看个究竟,所以我就用手摸索着在走廊里前进。"

"朝哪边?"

"右边。"说罢,她抬起右手,表示不会记错。"是的,是向右边走,一步一步地。走廊是笔直的,顺着墙壁走了一会儿,便向右拐弯。这当儿,前方出现了微弱的光亮,实在微弱得很。看样子是从尽头处泻出的蜡烛光。我估计是有人找到了蜡烛点起来,便打算上前看看。走近一看,发现烛光是从微微裂开的门缝里泻出来的。那门很奇特,从没见过,我们宾馆应该没有那样的门,但反正光是从那里泻出的。我站在那门前,不知如何是好。不知里面有谁,担心出来怪人,再说门又完全没有见过。这么着,我就试着小声敲了敲门,声音小得几乎不易听见,'橐橐'。结果因四周太静了,那声音却比我预想的大得多。里面没任何反应。十秒,十秒时间里我一动不动地站在门前,不知所措。不一会儿,里面传出窸窸窣窣的声音。怎么说呢,就像一个穿着很多衣服的人从地上爬起时的动静。接着传出脚步声,非常非常迟缓,'嚓……嚓……嚓……'像是穿着拖鞋,拖鞋拖着地面,一步一挪地朝门口靠近。"

她似乎想起了那声响,眼睛看着空间,摇了摇头。

"听见那声响的一瞬间,我浑身不寒而栗,觉得那恐怕不是人的脚步声。根据倒没有,但直觉告诉我:那不是人的足音。也只是这时,我才晓得所谓脊梁骨冻僵是怎么一种滋味,那可真叫冻僵，不是修辞上的夸张。我拔腿就跑，一溜烟地。中间可能摔了一两跤，因为长筒袜都破了，但我一点儿也没意识到，跑啊跑啊，能记得起来的只有跑。跑的时间里，脑袋里想的尽是电梯仍然不动可怎么办。幸好电梯还在动，楼层显示灯也还亮着。我见它停在一楼，便猛按按键，电梯开始向上动了，但上的速度慢得要死，简直叫人难以相信。二楼……三楼……四楼……我在心里一个劲儿祷告快点、快点，可是不顶用，它偏偏那么磨磨蹭蹭，像有意让人着急似的。"

她停了一下，呷了口血腥玛丽，不停地转动着戒指。

我静等下文。音乐停了，有人在笑。

"不过那脚步声是听得清楚的。'嚓……嚓……嚓……'地走近，很慢，但一步是一步。'嚓……嚓……嚓'迈出房间，走到走廊，朝我逼近。真怕人，不，也还不是什么怕，是胃一下一下地往上蹿，一直蹿到嗓子眼。而且浑身冒汗，冒冷汗，味儿不好闻，凉飕飕的，活像蛇在皮肤上爬来爬去。电梯还是没上来，七楼……八楼……九楼……脚步声却越来越近。"

她停顿了二三十秒，仍然不紧不慢地转动戒指，像是在调整收音机波段。酒柜那边的座位上，女的说着什么，男的又笑出声来。怎么还不快放音乐呢，我心里直着急。

"那种恐怖感，不亲身体验是不可能知道的。"她用干涩的声音说道。

"后来怎么样了？"

"等我注意到时，电梯门已经开了。"她耸了耸肩，"门开着，熟悉的电灯光从里面射出。我一头扎了进去，哆哆嗦嗦地按下一楼的按键。回到大厅，大家都吓了一跳。可不是，我脸色发青，全身发抖，差点儿说不出话来。经理过来问我怎么搞的,我就上气不接下气地开始解释,说十六楼有点不对头。经理刚听了一句,就叫过一个小伙子,和我一共三人上到十六楼,确认到底出了什么事。不料十六楼什么都没发现。灯光通明,更没什么怪味儿,一切照常。去休息室问那里的人,那人一直没睡,说根本没有停电那回事。为慎重起见,把十六楼那里走了个遍,还是没发现任何反常之处,简直走火入魔似的。

"回到楼下,经理把我叫到他自己房间。我认为他肯定会发脾气,但他没有,而是叫我把情况详详细细说一遍。我就一五一十地说了,包括嚓嚓响的脚步声,尽管觉得有点荒唐。我认为他准会取笑我一番,说我白日做梦。

"但他没笑。不仅没笑,还一副格外严肃认真的神情。他这样对我说:'刚才的事不要告诉任何人。'还用和蔼的语气叮嘱似的说:'可能出了什么差错,但弄得其他人都战战兢兢的也不好,别声张就是。'我们那经理,原本不是个和风细雨的人,动不动就劈头盖脑地训人一顿。因此当时我想,说不定经历这种事的我不是第一个。"

她讲完了,我把她的话在头脑里归纳一番。看这气氛,我该问点什么才好。

"我说,你没有听见其他人讲起过这样的事?"我问,"例如同你这经历相类似的不一般的事、蹊跷的事、莫名其妙的事?哪怕风言风语也好。"

她沉吟片刻,摇摇头说:"我想没有。但感觉是有的,总觉得宾馆里有什么东西不同寻常,经理听我讲述时的表情就是这样。而且宾馆里风言风语也实在够多的。我说是说不大好,但总觉得有些反常。我以前工作过的那家宾馆就绝对不一样,虽然规模没这么大,情况也有不同,但这方面毕竟太悬殊了。那家宾馆也有离奇古怪的传闻——哪家宾馆都多少免不了——我们都一笑了之。但这里不行,这里没有一笑了之的气氛,所以才格外害怕。当时要是经理一笑置之或大发雷霆该有多好。那样的话,我说不定也会真以为是自己闹出了差错。"

她眯缝起眼睛,出神地看着手中的酒杯。

"那以后还去过十六楼?"我问。

"好几次。"她淡淡地说,"在那里工作,有时候不乐意也得去,是吧?但去也只限于白天。晚上不去,死活不去。再也不想遭遇那种事。所以我才不上夜班,已经跟上头说了,明确说我不愿意。"

"这以前没和任何人说过?"

她轻微地摇了一下头:"刚才我就说了,跟人提起这事今天是头一回。以前想说也找不到人。跟你说,是因为我觉得你对这事可能有什么同感,就是十六楼的事。"

"我?何以见得?"

她用漠然的眼光看着我:"倒也说不清……你知道原先那家海豚宾馆,又想了解它的下落……因此我觉得或许你对我那个经历有同感。"

"怕也谈不上有什么同感。"我思索一下说,"而且我对那家宾馆也并不很了解,只知道是个生意不怎么兴隆的小型宾馆。大致四年前在那里住过,认识了里头的经理,所以这次又来看看,如此而已。原先的海豚宾馆再普通平常不过了,更没听说有什么特殊因缘。"

其实我并不以为海豚宾馆普通平常,只是眼下不想把话口开大。

"可今天下午我问起海豚宾馆是否地道的时候,你不是表示说起来话长吗？这是怎么回事呢？"

"那指的是我私人方面的事情。"我解释道，"说起来话很长，我想那话同你现在讲的恐怕没有直接关系。"

听我如此说，她显得有点失望，抿起嘴唇，久久看着双手的指甲。

"对不起，你特意说一次，我却什么也没帮你解决。"

"不，不，"她说，"这怪不得你。再说我能说出来也好，说完心里畅快一些。如果老是一个人闷在肚里，总觉得心神不安。"

"想必是的。"我说，"总是一个人闷着，对谁也不讲，势必把脑袋胀得满满的。"我张开两手，做出气球膨胀的手势。

她静静点头，继续转动戒指，然后从手指拉下，随即套回。

"嗯，你相信我的话？相信十六楼的事？"她看着手指说道。

"当然相信。"我回答。

"真的？难道不有些异常？"

"异常也许异常，但那样的事情是存在的，这我知道，所以我相信你说的。在某种关系的作用下，一种东西和另一种东西往往突然连结在一起。"

她开动脑筋思考我的话。

"这种事你也有过体验？"

"有过，"我说，"我想有过的。"

"怕吗，当时？"她问。

"不，不是怕。"我回答，"就是说，有各种各样的连结方式。就我来说……"

说到这里，语言突然不翼而飞，就像谁从远处把电话机插头拔掉一样。我喝了口威士忌。"说不明白，"我说，"表达不好。不过这种事的的确确是有的，所以我相信。即使别人不信，我也相信你的话，不骗你。"

她扬脸绽出笑容，笑得同这以前不太一样。属于私人性质的微笑，我想。由于把话一吐而尽，她看起来多少有些放松。

"怎么回事呢，和你谈起话来，也不知为什么，心里觉得很踏实。我这人特别怕见生人，同第一次见面的人说话总感到别扭，但和你却能心平气和。"

"大概你和我之间有什么相通之处吧。"我笑道。

她似乎不知如何应答，沉吟良久，终究没有开口，只是喟然一声长叹。但那叹声未给人以不快，而只是为了调整一下呼吸。"不吃点什么？肚子好像一下子饿了起来。"

我原想邀她找地方像样地吃一顿，但她说在这里随便吃点即可。于是我唤来服务员，要了披萨和沙拉。

我们边吃边聊。聊了她宾馆里的工作，聊了札幌的生活。她谈到她自己，说她二十三岁，高中毕业后在专科学校接受了两年宾馆职员专业培训，之后在东京一家宾馆干了两年，看到海豚宾馆的招工广告，报名后被录用，来到札幌。她说札幌对她很合适，因为她父母在旭川附近经营旅馆。

"是一家蛮不错的旅馆，已经经营很久了。"她说。

"那么说你是到这里见习或锻炼来啰，为了继承家业？"我问道。

"也不是。"她说道，又用手捅了下眼镜框，"我压根儿没考虑继承家业那么远的事，仅仅是出于喜欢，喜欢在宾馆里干。各种各样的人来了，住下，离开——我喜欢这个。在这里边做事，觉得非常坦然，平心静气。我从小就生长在这种环境里，是吧？已经习惯了。"

"倒也是。"我说。

"什么叫倒也是？"

"你往服务台一站，看上去活像宾馆精灵似的。"

"宾馆精灵？"她笑了，"说得真妙。真能当上该有多好。"

"你嘛，只要努力就成。"我笑了笑，"不过，宾馆里谁也留不下来，这也没关系吗？人们只是来借住一两宿就一走了之。"

"是啊，"她说，"可要是真有什么留下来，倒觉得怪怕人的。怎么回事呢？莫非我是胆小鬼？人们来了离开，来了离开，我反而感到心安理得，是有点怪，这个。一般女孩不至于这样想吧？普通女孩追求的是实实在在的东西，对不？而我却不同。什么原因呢？我不明白。"

"依我看，你并不怪。"我说，"只不过动摇不定。"

她面带诧异地看着我："咦，这个你怎么晓得？"

"怎么晓得？"我说，"反正我晓得。"

她沉思了一会儿。

"谈谈你自己。"她说。

"没意思。"我应道。但她说那也想听，于是我简单谈了几句："三十四岁，离过婚，多半靠写文章维持生计，有一辆二手斯巴鲁，虽然半旧，但有音响和空调。"

自我介绍，客观真实。

她还想进一步了解我工作的内容，这无须隐瞒，便直言相告。讲了最近采访一个女演员的事,和采访函馆那些餐馆的经过。

"你这工作挺有意思的么!"她说。

"我倒从来没感到过有意思。写文章本身倒不怎么痛苦。我不讨厌写文章,写起来蛮轻松。但写的内容却是一文不值,半点意思都没有。"

"举例说呢?"

"例如一天时间转十五家餐馆或料理店,端来的东西每样吃一口,其余的尽管剩下——我认为这种做法存在着决定性的错误。"

"可你总不能全部吃光吧?"

"那自然。要是那样,不出三天准没命。而且人们以为我是大傻瓜,死了也没人同情。"

"那,是出于无奈啰?"她边笑边说。

"是无奈。"我说,"这我知道。所以才说和扫雪工差不多,无可奈何才干的,而不是因为感兴趣。"

"扫雪工?"

"文化扫雪工。"我说。

接下去,她提出想知道我的离婚。

"不是我想离而离的。是她一天突然出走,和一个男的。"

"受伤害了?"

"遇上那种事,一般人恐怕谁都多少免不了受伤害吧。"

她在桌面上手托下巴,看着我的眼睛:"别见怪,瞧我问的。不过你是怎样承受刺激的?我很难想象得出。你到底如何承受刺激的?受到伤害后是怎样一种情形?"

"把基斯·哈林别在外套上。"

"光这个?"

"我要说的是,"我说道,"那东西是慢性的。慢慢承受日常生活的侵蚀,便搞不清哪里受了刺激,但存在毕竟存在。所谓刺激也就是这么一种东西,不可能拿出来给人家看,如果能给人家看,也就不是大不了的刺激。"

"你要说的我完全领会。"

"真的?"

"或许不那么明显,但我也在好些事情上受过伤害,好些!"她小声说道,"很多原因搅和在一起,所以最后才辞去东京那家宾馆的工作。刺激,苦闷。我这人,有些事情不能像一般人那样处理妥当。"

"呃。"

"现在也还受着伤害。想到这点,有时真想死去算了。"

她又摘下戒指,旋即戴上。接着喝了口血腥玛丽,捅了下眼镜,莞尔一笑。

我们喝了不少酒,已记不清到底要了多少杯。时间已过十一点。她觑了下手表,说明天还要起早,得回去了。我说叫出租车送她回去。从这里去她的住处,出租车十分钟就能到。我付过款,走到外面,雪又飘飘洒洒地落下来。雪不很厉害,但路面结冰,脚下打滑。于是她紧紧挽着我的手臂,往出租车站走去。她喝得有点过量,脚步踉踉跄跄。

"哦,那本报道收买土地内幕的周刊,"我蓦然想起,"叫什么名称?大致出版日期?"

她讲出那家周刊的名称。是报社系统的。"估计是去年秋季出版的。我没直接读过,具体写的什么不大清楚。"

我们在轻扬漫舞的雪花中等车，等了五分钟。这时间里她一直抓住我的胳膊，显得很轻松。我也心情轻松下来。

"好久没这么轻松过了。"她说。而我也同样。于是，我再次想到，我们之间是有某种相通之处的。惟其如此，我才从第一眼见到她时便开始怀有好感。

车上，我们东南西北地聊起来，下雪啦，天冷啦，她的工作时间啦，东京啦，不一而足。我一边聊一边伤脑筋：往下如何对待她呢？我知道，我只是知道，再逼近一步，便可以同她睡觉。至于她想不想同我睡，我当然不知道。但同我睡也未尝不可，这我是知道的，这点从其眼神、呼吸、说话口气和手的动作上即可知道。作为我来说，也想同她睡，知道睡也不至于睡出麻烦。来到、住下、一走了之而已，如她所说的那样。但我拿不定主意。我隐约觉得如此同她睡觉恐怕有失公正，并且这种念头怎么也无法从脑海中驱除。她比我小十岁，情绪有点不稳定，而且醉得摇摇晃晃。这就像用带有记号的牌打扑克一样，是不公正的。

但在性方面所谓公正又有多大的意思呢？我自己询问自己。如果在性上追求公正的话，那为什么不索性变成苔藓植物呢？那样岂不来得简单痛快！

这也是正理。

我在这两个价值观之间一时左右为难。当出租车快到她住处的时候，她却毫不费事地使我解脱出来。"我和妹妹两人一起生活。"她对我说。

于是我再没必要前思后想了，不由得有些如释重负。

车开到她公寓前停下。她说她害怕，问我能否陪她到房门口,并说夜深时分,走廊里常有不三不四的人出没。我对司机说自己马上下来,请他等五分钟,然后挽着她的胳膊,沿着结冰的路走到大门口,顺楼梯往三楼爬去。这是座钢筋水泥公寓,没有任何多余饰物。来到写有 306 号的门前,她打开挎包,伸手摸出钥匙,对我不无笨拙地笑笑,道声谢谢,说今晚过得很愉快。

我也说很愉快。

她转动钥匙打开门,重新把钥匙放回挎包,"咔"——皮包金属对接扣相吻合的干涩声响在走廊里荡开。随后她定定地看着我的脸,那眼神活像盯视黑板上的几何题。她在迟疑,在困惑,那声再见无法顺利出口。这我看得出来。

我手扶墙壁,等待她作出某种决断,然而她迟迟不作出。

"晚安。问候你的妹妹。"我开口道。

她紧紧地抿着嘴唇,抿了四五秒钟。"我说和妹妹一起住,那是谎话。"她低声说,"实际只我自己。"

"晓得。"

她脸上开始慢慢泛红:"何以晓得?"

"何以?只是晓得。"我说。

"你这人,怪讨人嫌的。"她沉静地说。

"或许,或许是的。"我说,"不过我一开始就说过,我不会做讨人嫌的事,不会趁机强加于人。所以从来没说过谎。"

她思忖良久,随后作罢,笑道:"嗯,怕是没说过谎。"

"不过……"我说。

"不过我是自然而然说谎的。刚才说过,我也受了不少刺激,这个那个的。"

"我也不例外,基斯·哈林还在胸口别着呢。"

89

她笑了，说："不进来喝点茶什么的？想再和你聊一会儿。"

我摇摇头："谢谢。我也想和你聊，不过今天这就回去。原因倒说不清，但我想今天还是回去好，还是不要一次同你说得太多为好，我觉得。怎么回事呢？"

她用俨然看黑板小字的眼神瞧着我。

"我表述不好，但总有这种感觉。"我说，"有满肚子话要说的时候，最好还是一点一点地说，我想。或许这样并不对。"

她对我的话想了一会儿，随即作罢，"晚安。"说完，悄然地把门关上。

"喂，"我招呼道。门开了一条十五厘米宽的缝，她闪出脸。"最近可以再邀你吗？"我问。

她手扶着门，深深吸了口气，说："或许。"门又合上了。

出租车司机正在没心绪似的摊开一张体育报看着。我返回座位，说出宾馆名称，他马上现出惊讶的神情。

"真的这就回去？"他问，"看那气氛，我以为肯定叫我一个人开车回去呢。一般后来都是这样。"

"有可能。"我表示赞同。

"长年干这行，眼光大致看不错。"

"长年才会有时看错，就概率来说。"

"那倒是。"司机不无费解地说，"可话说回来，您怕有点不一般吧？"

"也许。"我说。难道我真的不一般不成？

※　※　※

回到房间，我洗脸刷牙，边刷牙边有点后悔。但最终我很快睡过去了。我的后悔往往持续不了很久。

※　※　※

早上醒来，我做的第一件事是给服务台打电话，要求把房间的原定期限延长三天。结果毫无问题。反正是旅游淡季，客人没那么多。

然后我买了份报纸，走进宾馆旁边的唐恩都乐甜甜圈店，吃了两个原味麦芬，喝了两大杯咖啡。宾馆里的早餐吃一天就腻了，还是唐恩都乐最可心，便宜，且咖啡可以续杯。

接着，我拦了辆出租车去图书馆。我叫司机拉去札幌市最大的图书馆，便被直接拉去了。在图书馆里，我查阅了眼镜女孩告诉我的过刊，发现关于海豚宾馆的报道刊登在十月二十日号上。我把有关部分复印下来，走进附近一家咖啡店，边喝咖啡边仔细阅读。

报道的内容很难把握，须反复阅读几遍才能理解透彻。记者是想尽可能写得简洁易懂，但在纷纭的事态面前，其努力似乎很难奏效。事情错综复杂，但若耐心琢磨，基本脉络还是可以摸清的。文章的题目是："札幌地价疑团——插入城市再开发中的黑手。"还配有从空中拍摄的接近完工的海豚宾馆照片。

概括起来是这样：首先，在札幌部分地区，大规模土地收购活动正在进行之中，两年时间里土地几易其主，且极为隐蔽和反常。地价不明不白地急剧上涨。记者得知这一情况后遂开始调查，结果发现收买土地的公司尽管名目繁多，但大部分徒有虚名——虽然也登记在案，缴纳税款，但一无办公地点，二无职员。而且这些皮包公司之间相互勾结，极其巧妙地大肆买空卖空。两千万日元买来的土地转手以六千万卖出，如此卖了两亿元。于是记者对这些名目繁多的公司开始逐一调查，穷追不舍，发现其源头只有一个：经营房地产的B产业公司。这倒是个实实在在的公司，总部设在赤坂，拥有现代化的高级办公大楼。尽管不很公开，但实际上B产业同A总业这家大型集团公司关系密切。A总业极其庞大，下属铁道公司、连锁酒店、电影公司、食品连锁店、商场、杂志社，甚至包括金融信贷和意外伤害保险，在政界也神通广大。记者进一步深入追查，结果更有趣的事情暴露出来了。原来B产业收购的土地都在札幌市计划再开发的地段以内。地铁的建设、政府机关的新址等公共投资项目都将在这一地段进行，所需资金的大部分由国家拨款。国家、北海道、札幌市三方经过协商，制订了再开发计划，形成了最终决定，包括位置、规模、预算等等。不料揭开盖子一看，决定开发地段内的土地已在几年时间里牢牢地落入他人之手。原来情报透露给了A总业，早在计划最后敲定之前，收购土地的活动便神不知鬼不觉地开始了。就是说，这个所谓最终计划一开始便被人借用政治力量拍板定案了。

收购土地的急先锋就是海豚宾馆。它抢先占领头等地皮，以其庞大的建筑物扮演了A总业大本营的角色，即担任这一地段的总指挥。它吸引着人们的目光，改变着人流的方向，成为这一地段的象征。一切都是在周密的计划下进行的，这就是所谓高度发达的资本主义社会。投入最大量资本的人掌握最关键的情报，攫取最丰厚的利益。这并非某个人缺德，投资这一行为本来就必须包含这些内容。投资者要求获得与投资额相应的效益。如同买二手汽车的人又踢轮胎又查看发动机一样，投入一千亿日元资本的人必然对投资后的经济效益进行周密研究，同时搞一些幕后动作。在这一世界里公正云云均无任何意义，假如对此一一考虑，投资额要大得多。

有时甚至铤而走险。

譬如，有人拒绝转卖土地。从古以来卖鞋的店铺就不吃这一套。于是，便有一些为虎作伥的恶棍不知从何处冒出来了。庞大的企业完全拥有这种渠道，从政治家、小说家、流行歌手到地痞无赖，大凡仰人鼻息者无所不有。那些手持日本佩刀的恶棍攻上门来，而警察却对这类事件迟迟不予制止，因为早已有话通到警察的最高上司那里了。这甚至不算是腐败，而是一种体制，也就是所谓投资。诚然，过去或多或少也有这等勾当。与过去不同的是，今天的投资网络要细密得多，结实得多，远非过去所能比。庞大的电子计算机使之成为可能，进而把世界上存在的所有事物和事象巨细无遗地网入其中。通过集约和分化，资本这具体之物升华为一种概念，说得极端一点，甚至是一种宗教行为。人们崇拜资本所具有的勃勃生机，崇拜其神话色彩，崇拜东京地价，崇拜"保时捷"那闪闪发光的标志。除此之外，这个世界上再不存在任何神话。

这就是所谓高度发达的资本主义社会。我们高兴也罢不高兴也罢，都要在这样的社会里生活。善恶这一标准也已被分化，被偷梁换柱。善之中有时髦的善和不时髦的善，恶之中有时髦的恶和不时髦的恶。时髦的善之中有正规的，有随意的，有温柔的，有冷漠的，有充满激情的，有装模作样的。其组合方式也令人饶有兴味。如同米索尼（Missoni）毛衣配上楚萨迪（Trussardi）裤子再脚穿波利尼（Pollini）皮鞋一样，可以享受复杂风格的乐趣。在这样的世界上，哲学愈发类似经营学，愈发紧贴时代的脉搏。

当时我没有在意，如今看来，一九六九年世界还算是单纯的。在某些场合，人们只消向机动队的警察扔几块石头便可以实现自我表现的愿望。时代真是好极了。而在这精细繁复的哲学体系之下，究竟有谁能向警察投掷石块呢？有谁能够迎着催泪弹挺身而上呢？这便是现在。网无所不在，网外有网，无处可去。若扔石块，免不了转弯落回自家头上。这并非危言耸听。

记者全力以赴地揭露内幕，然而无论他怎样大声疾呼，其报道都莫名其妙地缺乏说服力，缺乏感染力，甚至越是大声疾呼越是如此。他不明白：那等事甚至算不上内幕，而是高度发达的资本主义的必然程序。人们对此无不了然于心，因此谁也不去注意。巨额资本采用不正当手段猎取情报，收购土地，或强迫政府做出决定；而其下面，地痞无赖恫吓小本经营的鞋店，殴打境况恓惶的小旅馆老板——有谁把这些放在心上呢？事情就是这样。时代如流沙一般流动不止，我们所站立的位置又不是我们站立的位置。

作为报道我以为是成功的。材料翔实，字里行间充满正义感，但落后于时代。

我将复印件揣进衣袋，又喝了一杯咖啡。

我在想海豚宾馆的经理，想那个生来便笼罩在失败阴影之中的不幸的男子,他不可能承受来自时代的挑战。

"一个落伍者!"我不由喃喃自语。

女服务员正好走过,她诧异地看了看我。

我叫了一辆出租车,返回宾馆。

8

我从房间里给过去的合伙人打电话。一个我不晓得的人接起电话问我的名字,又一个我不晓得的人接起问我的名字,再其次他才好歹出来。想必很忙。我们差不多有一年没通话了,不是我有意回避,只是没什么好说的。我对他一直怀有好感,现在也一如既往,但结果上,他对我(或我对他)只是属于"已经通过的领域"。不是我把他强行推往那里,也并非他自行投身进去,总之我们所走的路不同,且两条路永远不会交叉,如此而已。

活得好吗?他问。

还好,我说。

我说现在札幌,他问冷不冷。

冷,我回答。

工作方面如何,我问。

很忙,他答道。

酒不要喝过头,我说。

近来没怎么喝,他说。

那边现在正下雪吗?他问。

这工夫什么也没下,我回答。

如此接二连三对踢了一阵子礼仪球。

"现有一事相求。"我切入正题,很早以前他欠过我一笔账,他记得,我也记得。况且我又是轻易不开口求人的人。

"好的。"他蛮痛快。

"以前一起做过旅馆行业报纸方面的活计吧,"我说,"大约五年前,记得?"

"记得。"

"那方面的路子还没断?"

他略一沉吟。"没什么往来,断倒是没断。打火升温不是不可能。"

"里边有个记者对产业内幕了如指掌,是吧?名字想不起来了。瘦瘦的,经常戴一顶怪模怪样的帽子。和他还能接上头?"

"我想接得上。想了解什么?"

我把有关海豚宾馆丑闻的那篇报道扼要地说了一遍。他记下周刊名称和发行日期。接着我讲了大海豚宾馆之前那家小海豚宾馆的情况,告诉他想了解下边几件事:首先,新宾馆为什么袭用"海豚宾馆"这一名称?其次,小海豚宾馆经营者的命运如何?再次,那以后丑闻有何进展?

他全部记下,对着听筒复述一遍。

"可以了?"

"可以了。"我说。

"急用吧?"他问。

"是啊。"我说。

"争取今天就联系上,能把你那里的电话号码告诉我?"

我讲了宾馆的电话号和我的房间号。

"好,回头再说。"言毕,他放下电话。

我在宾馆的自助餐厅简单吃了午饭,下到大厅,眼镜女孩正在服务台里。我坐在大厅角落的椅子上,静静地注视她。她看上去很忙,似乎没意识到我的存在,或许意识到而佯装不知也不一定。但怎么都无所谓,我只是想目睹她的一举一动。一边看,一边心想当时只要有意,早就和她睡到一起了。

我必须这样不时地给自己增加勇气。

看她看了十分钟,然后乘电梯上到十五楼,回房间看书。今天同样阴沉沉的,使人恍若生活在只透进一点光亮的纸笼子里。因随时可能有电话打来,我不想出门,而待在房间里便只有看书这一桩事可干。杰克·伦敦的传记最后读罢,接着拿起有关西班牙战争的书。

这一天好像尽是黄昏,无限延长的黄昏。没有高低起伏。窗外灰色迷蒙,其间开始一点点掺进黑色,很快夜幕降临,但也不过是阴郁的程度略有改变而已。天地间仅有两种色调:灰与黑。变化不外乎二者的定时更迭。

我利用客房服务要来三明治。我逐个地、细嚼慢咽地吃着三明治,并从电冰箱中取出啤酒,一口一口地慢慢品味。无事可干的时候,势必在各种琐事上磨磨蹭蹭,打发时间。七点半时,合伙人打来电话。

"联系上了!"他说。

"费不少劲吧?"

"一般一般。"他想了一下答道。恐怕是费了一番周折。"简单说一下吧。首先,这个问题早已严严实实地盖上了盖子。已经被封盖捆好送到保险柜里去了。再也不会有人去捅它动它,一切都已过去。丑闻已不再存在。政府内部和市机关大楼里也许有两三处非正常变动,但方式隐蔽,再说也不是大的变动，微调罢了。再不可能往上触动任何人物。检察厅倒是有一点动作，但没抓到确凿证据。错综复杂得很。禁区。好不容易才打听出来。"

"纯属我个人私事，绝不连累任何人。"

"跟对方也是这样交代的。"

我拿着听筒去冰箱取了瓶啤酒，单手启开瓶盖，倒了一杯。

"别嫌我啰嗦——你可别轻举妄动，弄不好会吃大亏。"他说，"这可是庞然大物。什么原因使你盯上它我倒不知道，反正最好别深入。也许你有你的情由，但我想还是安分守己明哲保身为好，虽然我不是一定叫你像我这样。"

"知道。"我说。

他干咳一声，我喝了口啤酒。

"老海豚宾馆直到最后阶段也不肯退让，吃了不少苦头，乖乖退出自然一了百了，但它就是不肯，看不到寡不敌众这步棋。"

"他就是那种类型，"我说，"跟不上潮流。"

"被人整得好苦。例如好几个无赖汉住进去硬是不走，胡作非为——在不触犯法律的限度内。还有满脸横肉的家伙一动不动地坐在大厅里，谁进来就瞪谁一眼。这你想象得出吧？但宾馆方面横竖不肯就范。"

"似乎可以理解。"我说。海豚宾馆的主人早已对人生的诸多不幸处之泰然，轻易不会惊慌失措。

"不过最终，海豚宾馆提出一个奇妙的条件，并且说只要满足这个条件它未尝不可让步。你猜那条件是什么？"

"猜不出。"我说。

"想想嘛，稍想想。"他说，"这也是对你那个疑问的答案。"

"莫非要求袭用'海豚宾馆'这个名称？"

"就是，"他说，"就这个条件。收购一方也应承下来了。"

"为什么？"

"因为这名称并不坏，是吧？'海豚宾馆'，蛮不错的名称嘛。"

"算是吧。"我说。

"也巧，A总业正计划建造新的宾馆系列——最高级系列，超过以往任何一级，而且尚未命名。"

"海豚宾馆系列。"我说。

"正是，足以同希尔顿或凯悦分庭抗礼的宾馆系列。"

"海豚宾馆系列。"我重复一遍。一个被继承和扩大的梦。

"那么，老海豚宾馆的主人怎样了呢？"

"天知道！"他说。

我又喝了口啤酒，用圆珠笔搔搔耳轮。

"离开时，得到一笔数目可观的钱款，估计用它做什么去了吧。但没办法查，一个过路人一样无足轻重的角色。"

"怕也是的。"我承认。

"大致就这样。"他说，"知道的就这些，再多就不知道了。可以吗？"

"谢谢，帮了大忙。"

"噢。"他又干咳了一声。

"花钱了？"我问。

"哪里，"他说，"请吃顿饭，再领到银座夜总会玩一次，给点车费，也就行了吧！不必介意，反正全部从经费里出，什么都从经费里出。税务顾问叫我只管大大开销。所以这事不用你管。要是你想去银座夜总会的话，也带你去一次就是，也从经费里出。没去过吧？"

"那银座夜总会，里边有什么景致？"

"酒，女郎。"他说，"要是去，保准要受到税务顾问的夸奖。"

"和税务顾问去不就行了？"

"去了一次。"他兴味索然地说。

我们寒暄一句，放下电话。

放下电话之后，我回顾了一番我这位合伙人：他和我同岁，但肚子已微微凸出；桌上放着好几种药，郑重其事地考虑什么选举；为孩子的上学煞费苦心，常和老婆吵架拌嘴，但基本上珍爱家庭；有一点怯懦；时常喝酒过量；但总的来说工作热心，一丝不苟——在所有意义上都是个地道正统的男子汉。

我们一走出大学便合伙搭档，很长时间里两人配合默契，从小小的翻译事务所开始，一点一滴地扩展事业规模。虽说两人原来的关系不甚亲密，但有时也情投意合。朝夕相处，而从未发生过口角。他有教养，谦和稳重，我也不喜欢争争吵吵。虽说程度略异，两人毕竟相互尊重，同舟共济。但终究我们在最佳时期分道扬镳了。在我突然离开之后，他独自干得蛮好，坦率地说，甚至比我在时干得还好。工作不断取得成果，公司也发展壮大起来。又招了新人，得心应手地驾驭他们。精神方面在独立后也安详得多。

我想问题也许在我这方面，也许我身上的某一种东西没有给他以健全的影响，所以我离开后他才干得那么左右逢源、舒心惬意；对部下连哄带骗，使得他们俯首帖耳；在管财务的女孩面前还开几句粗俗的玩笑；大把大把地利用经费把别人拉到银座夜总会，尽管他总觉得这样无聊透顶。假如同我在一起，他势必顾虑重重，无法如此自由自在地施展拳脚；势必总是察看我的眼色，每做一件事都考虑我会有何想法。他就是这样的人。其实，当时无论他在旁边做什么，我都不曾介意。

在所有的意义上，他这个人还是独立合适，我想。

一句话，我的离开使得他做事开始同年龄相符。是同年龄相符，我想道，并且发出了声："同年龄相符。"一旦出声，竟又觉得他与我毫不相干。

　　　●　●　●

九点，电话铃响了一次。我压根儿没料到会有人打电话来，一时搞不清那铃声是何含义。总之是电话。铃声响第四遍时，我拿起听筒贴在耳朵上。

"今天你在大厅眼盯着看我吧？"是服务台那女孩的声音。从声音听来，似乎既未生气，也不算高兴，平平淡淡。

"看了。"我承认。

她沉默片刻。

"工作中给你那么一看就紧张，我。紧张得很。结果事情办得一团糟，就在你看的时间里。"

"再不看了,"我说,"看你只是为了给自己增加勇气,想不到你竟那么紧张。往后注意再不看了。现在你在哪里?"

"在家。准备洗澡睡觉。"她说,"对了,你要多住几天?"

"嗯,事还有点没完。"我说。

"以后可别那么看我哟,搞得我狼狈不堪。"

"再不看了。"

短时沉默。

"你说,我是有点过于紧张?整个人?"

"怎么说呢,说不好,因为这东西因人而异。不过给人家那么盯视起来,恐怕任何人都多少会感到紧张,你不必放在心上。再说我这人有一种有意无意盯视什么的倾向,无论什么都盯住不放。"

"怎么会有那种倾向呢?"

"倾向这东西很难解释。"我说,"不过往后注意不看就是。我不想让你把事情办糟。"

她沉默了一会儿,似乎在思索我的话。

"晚安。"她终于开口道。

"晚安。"

电话挂断了。我进浴室洗罢澡,在沙发上看书看到十一点半,然后穿上衣服,来到走廊。走廊很长,迷宫般地拐来拐去。我从这一头走到另一头。最尽头处有员工专用电梯,设计得有意避开住客的视线,但并非躲藏。朝着"紧急出口"的箭头方向走不远,并排有几扇门没写客房编号,其拐角处有一电梯,上面贴有"货物专用"字样的标签,以防住客乘错。我在员工专用电梯前观察多时,电梯一直停在最下一层,这时间里几乎无人乘用。天花板的音箱中小声播出背景音乐,是保尔·莫里哀的《蓝色的爱》。

我试按一下按键。一按,电梯如大梦初醒一般抬头爬将上来。楼层显示数字于是次第变换：1、2、3、4、5、6……徐缓但不含糊地渐渐临近。我一面听《蓝色的爱》,一面注视数字。假如里面有人,谎说一句看错电梯就是了。反正宾馆住客这号人总是不断出错。电梯继续上升：11、12、13、14。我挪后一步,双手插兜,等待门开。

15——数字的变换停止了。一瞬间悄无声息,旋即电梯门倏地分开：空无一人。

好个悄然无声的电梯,同老海豚宾馆里那个气喘吁吁的家伙大不相同。我走进去,按"16"钮。门悄然合上,刚有微微动感,门又打开。十六楼。但十六楼并不像她说的那样一团漆黑。灯光朗然,天花板里依然流淌着《蓝色的爱》。没有任何怪味。我试着从这一端走到另一端。十六楼的结构同十五楼全无二致。走廊九曲十折,客房排列得似乎永无尽头,其间留有安放自动售货机的位置。客用电梯不止一台。有的房间门前放着好几个晚餐(打电话叫送到房间里)用的碟盘。猩红地毯,柔软舒适,不闻足音。周围一片寂静。背景音乐换成帕西费斯乐团《夏日情怀》(*A Summer Place*)。及至走到尽头,我向右拐弯,中途折回,乘客用电梯返回十五楼。然后重复一次。乘员工专用电梯上到十六楼,面对的仍是灯光明亮的毫无异样的楼层,听到的仍是《夏日情怀》。

我于是打消念头,下到十五楼,喝了两口白兰地,上床躺下。

薄明时分，天色由黑转灰，下起雪来。今天干什么好呢？我暗自思忖。

仍没什么可干——一如昨日。

我冒着雪，走到唐恩都乐，吃了个甜甜圈，喝了两杯咖啡，随后拿起报纸。报纸上有选举方面的报道，电影预告栏里还是没出现想看的电影。有一部电影由我中学时代的同学担任男二号，名字叫《一厢情愿》，是部以校园为背景的青春片，主角由一个正走红的十三四岁女演员和同样走红的偶像歌手担纲，而我那位同学扮演的角色不想我也知道，肯定是年轻英俊、乖觉机敏的教师无疑：身材颀长，体育全能，女生对其崇拜得五体投地，甚至被他叫上一声名字都会晕乎过去。那演主角的女孩也不例外，对这位老师一片痴情，星期天自做曲奇拿去老师宿舍。而有个男孩对这女孩一往情深，那是个非常普通的、性格稍有点怯懦的男孩……情节肯定是这样，不想我也知道。

他当上演员不久，我也是出于好奇，看了有他出演的好几部电影，后来便一部也不看了。作为电影，哪一部都无聊至极，况且他扮演的角色翻来覆去总是同一模式：相貌英俊、风度翩翩、双腿修长、体育全能。起初多是大学生，而后则大部分是教师、医生和少年得志的白领阶层。然而内容千篇一律，不外乎女孩为之荡神销魂的偶像。一笑便露出整齐的牙齿——即使我看也印象不坏，但我不愿意为这等影片掏腰包。我当然并非只看费里尼或塔可夫斯基那类片子的认真而又庸俗的电影迷，问题是他出演的影片实在百无聊赖。情节可想而知，对话平庸苍白。估计没有投入多大资本，导演也敷衍了事。

转而一想，他当演员之前其实便属这种类型，给人的感觉良好，但内在的东西却难以捉摸。初中有两年我和他同班，做物理实验同使一张桌子，得以常在一起交谈。那时他的一举一动就活脱脱像在演电影一样完美无缺。女孩都为他迷得神魂颠倒，每次他向女孩搭话，对方无不现出痴迷的神态。做物理实验时，女孩的目光都集中在他身上，一有问题便问他。当他用优雅的手势给煤气喷灯点火之时，大家用犹如观看奥运会开幕式的眼神看着他，而我的存在则压根儿没有人注意。

成绩也出色，在班上经常数一数二。热情、诚实、不骄不躁。无论穿什么衣服，都显得整洁潇洒、文质彬彬，就连上厕所小便也很优雅，而小便的姿势看起来优雅的男子实在少而又少。当然，在体育方面也是全才，当班委同样是一把好手。听说他同班上一个最得人缘的女孩要好，实情不得而知。老师也对他欣赏备至。每逢父母来校，母亲们也对他心驰神往。总之他就是这样一个男子。至于他脑袋里想的是什么，我却是丈二和尚摸不着头脑。

演电影也是如此。

我又何苦花钱看这种影片呢？

我把报纸扔到垃圾桶里，冒雪返回宾馆。路过大厅时往服务台扫了一眼，她不在。大概是休息时间。我走到有电子游戏机的厅角，分别玩了几场"吃豆人"和"小蜜蜂"。这玩意儿制作精良，让人精神紧张，且太过好战，但可用来消磨时间。

玩罢，回房间看书。

这一天一无所获。书看腻了，便看窗外雪花。雪整整下了一天没停,我不由心生感慨:雪这东西居然有如此下法!十二点,去宾馆自助餐厅吃了午饭,而后又回房间看书,看窗外雪花。

不过这天也并非毫无所获。我正在床上看书,四点钟听得有敲门声。打开一看,是她,服务台那位身穿天蓝色西装外套的眼镜女孩。她从稍微打开的门缝中犹如扁平影子似的倏地溜进房间,迅速把门带上。

"在这里给人撞见,饭碗可就丢了。这家宾馆,对这种事严厉得很。"她说。

她打转环视一圈房间,坐在沙发上,一下一下地拽裙角,随即吁了口气,说她现在是休息时间。

"不喝点什么?我是喝啤酒。"

"算了,没多少时间。咦,你一整天闷在房间里做什么?"

"算不上做什么,虚度光阴而已。看书,看雪。"我从冰箱里拿出瓶啤酒,边往杯里倒边说。

"什么书?"

"关于西班牙战争的。一五一十写得相当详细,而且含有各种各样的启发性。"西班牙战争的确是极富启发性的战争,过去确曾有过这样的战争。

"我说,可别以为奇怪。"她说。

"奇怪什么?"我反问道,"你说的奇怪,指的是你来这里?"

"嗯。"

我手拿酒杯在床边坐下。"奇怪不觉得,吃惊倒有一点,主要还是高兴。正闷得发慌,巴不得有个人说话。"

她站在房间正中,一声不响地脱掉天蓝色西装外套,搭在写字台前的椅背上,以免弄皱。然后走到我身旁,并拢双腿坐下。脱去外装后,她显得有些弱不禁风。我把手搂在她肩上。她把头靠在我肩头,一股沁人心脾的香气扑鼻而来。洁白的衬衣棱角分明。两人这样待了五分钟。我纹丝不动地搂她的肩,她靠着我的肩闭目合眼,仿佛睡熟似的静静呼吸。雪花仍然飘飘洒洒,淹没了街上的一切声响,四下万籁俱寂。

　　我想她大概很累,想找地方稍事歇息,而我就像棵落脚树似的。她的疲劳使我感到有些不忍。她这样年轻漂亮的女孩如此疲劳是不合理不公正的。不过转念想来,疲劳这东西的降临与美丑、与年龄并无关系,如同暴雨、地震、雷电、洪水的发生一样。

　　五分钟后,她扬起脸,离开我身边,拿起衣服穿上,重新坐回沙发,摆弄小指上的戒指。穿上外衣,她看上去又有点紧张,而且给人一种陌生感。

　　我依然坐在床边看着她。

　　"对了,你在十六楼碰见怪事那回,"我试着问,"当时你有没有做和平时不同的事?上电梯之前,或上电梯之后?"

　　她略歪起脖子想了想。"这……有没有呢?我想没做什么不一样的事……记不起来了。"

　　"没有什么和平常不同的征兆之类?"

　　"没有呀,"说着,她耸了耸肩,"没有任何反常。乘的是普普通通的电梯,只是门开时一片黑暗,没别的呀!"

　　我点点头:"噢,今天找个地方一块儿吃饭可好?"

　　她摇头说:"对不起,请原谅,今天有个约会。"

　　"明天呢?"

"明天要去游泳培训班。"

"游泳培训班,"我说着,笑了笑,"古代埃及也有游泳培训班,知道吗?"

"哪里知道那么多!"她说,"骗人吧?"

"真的。因为工作关系,查过一次资料。"我说。但就算是真的,于现在也毫无关系。

她瞥一眼表,起身说了声"谢谢",然后同来时一样悄无声息地溜出门外,走了。这是我今天唯一的收获。微不足道的收获。然而古代埃及人恐怕也是从微不足道的事情中发掘喜悦,度过微不足道的人生,最后告别尘世的。同时也练习游泳,或做木乃伊。而诸如此类的积累,人们便称之为文明。

9

十一点时，终于无事可做了，能做的都已彻底做完：指甲剪了，澡洗了，耳垢清除了，电视新闻看了，俯卧撑和伸展运动做了，晚饭吃了，书也看到最后一页了。就是没有睡意。本打算再乘一次员工专用电梯，但为时尚早。要等员工销声匿迹，得过十二点才行。

考虑再三，最后决定到二十六楼酒吧去。在这里，我一边观赏窗外雪花飘舞的沉沉夜幕，一边喝着马天尼酒遥想古代的埃及人。古埃及人的生涯究竟是怎样的呢？到游泳培训班去的是一些怎样的人呢？大约是法老家族和贵族那些达官贵人吧？时髦而有钱的埃及人。人们或许是为这些人而把尼罗河截留一段或用其他办法修建游泳池，并在那里教授高雅优美的游泳姿势吧？大概有位如同我那位当电影演员的朋友一般举止得体的教师，以煞有介事的神情对那些显贵说道："很好，殿下，这样很好。不过我想如果您能把做自由泳姿势的右手再略微伸直一些，恐怕就尽善尽美了。"

那场面我想象得出来：墨水一般黛蓝色的尼罗河，金光闪闪的骄阳（当然那一带可能有芦苇棚），驱逐鳄鱼和平民的持枪武士，随风起伏的芦苇，法老的王子们。还有王女，她们怎么样呢？女孩也学游泳？例如克莉奥帕特拉，俨然朱迪·福斯特一般正值妙龄的克莉奥帕特拉,她在看见我的朋友——那位游泳教师——时也会魂不守舍吗?恐怕也在所难免,因为那才是他存在的理由。

最好拍制这样一部影片,我想,那样的话,看一遍也值得。

其实游泳教师并非出身低贱之人。以色列或亚述一带有个王子,战败后被押往埃及,沦为奴隶。但即使沦为奴隶之后他也丝毫不减其迷人的风采。这方面同查尔顿·赫斯顿以及柯克·道格拉斯之流大不一样。他露出莹白的牙齿,微微而笑,小便也不失优雅。仿佛即将拿起尤克里里琴,站在尼罗河畔唱起《摇滚草裙舞宝贝》(*Rock-A-Hula Baby*)。这种角色非他莫属。

某日,法老一行从他面前通过。当时他正在河边割芦苇,突然见一条船翻在河心。他毫不犹豫地"扑通"一声跳进水里,以华丽的自由泳游上前去,在同鳄鱼搏斗当中将小女孩抢回,其姿势委实潇洒,恰如他在科学实验小组上点燃煤气喷灯时一样。法老看在眼里,不禁为之动情,于是决定让这位青年担任王子们的游泳教师。前任教师由于出言鄙俗,一周前刚被投入无底井中。这样,他成了王子游泳培训班的老师。他风流倜傥,众人无不一见倾心。每到夜晚,宫女们便浑身上下涂满香料,蹑手蹑脚钻到他床上。王子王女们也对他心悦诚服。于是,银幕推出《洛水神仙》(*Neptune's Daughter*)和《国王与我》(*The King and I*)合而为一那样的美轮美奂的场面。他和王子王女们展示水上芭蕾般的泳姿,庆贺法老的生日。法老乐不可支,他的身价亦随之上升。但他从不因此而沾沾自喜,始终谦恭如一,并且总是面带笑容,小便也优雅脱俗。每次宫女

111

上床，他都百般爱抚，达一小时之久，使其心满意足，结束后还不忘抚摸其头发说一声"太幸福了"，其关切可谓无微不至。

与埃及宫女同衾共枕是怎样一种情形呢？我想了一下，未出现具体场景。勉力想象良久，浮现出来的也不外乎二十世纪福克斯的《埃及艳后》，那是由伊丽莎白·泰勒、理查德·伯顿和雷克斯·哈里森出演的影片，糟糕得简直令人作呕：一群好莱坞式的卖弄异国情调的长腿黑皮肤女郎，手拿长柄扇子"呼啦呼啦"地为伊丽莎白·泰勒扇风送凉。就是她们做出各种寡廉鲜耻的色情姿势供他寻欢作乐。埃及女子干这种勾当倒是拿手好戏。

于是，朱迪·福斯特版的克莉奥帕特拉为他心醉神迷，难以自持。

情节也许无足为奇，但舍此不能成其为电影。

他对朱迪·克莉奥帕特拉也同样钟情。

不过，钟情于朱迪·克莉奥帕特拉的并非他一人。肤色漆黑的阿比西尼亚王子也因为迷恋她而心神不定，甚至一想起她便情不自禁地手舞足蹈——这一角色无论如何只能由迈克尔·杰克逊扮演。那王子痴情之至，竟远从阿比西尼亚穿过大沙漠赶来埃及。途中，在沙漠商队的篝火前，手拿铃鼓边唱《比利·金》边摇身起舞，眼睛在银星的辉映下闪闪发光。自不待言，游泳教师同迈克尔·杰克逊之间发生了一场纠葛，情场上短兵相接。

正想到这里，男服务员走来，很难为情地告诉我快到关门时间了，并道歉说对不起。我一看表，已经是十二点十五分。没走的客人只我自己。四周已被男服务员大体拾掇妥当。罢了罢了,我不由心想,自己怎么花如此长的时间想如此无聊的东西,荒唐透顶,怕是神经出了问题。我在账单上签了字,端起剩下的马天尼一饮而尽,起身走出酒吧,双手插进衣袋,等待电梯开来。

问题是,按传统习俗,朱迪·克莉奥帕特拉必须同弟弟结婚——这幻想中的电影镜头不仅怎么也无法从脑海中排除,反而层出不穷。弟弟性格懦弱而孤独多疑,应该是谁呢?莫非伍迪·艾伦?那一来就成了一场喜剧。此人在宫中不时讲些不好笑的笑话,并用塑料锤敲击自家头颅,不行。

弟弟以后再说吧。法老还是劳伦斯·奥利弗合适。此君先天性头痛,无时不用食指尖按压太阳穴。对于不合其意之人,或投入无底深井,或使之在尼罗河里同鳄鱼死拼。狡黠而残酷。甚至把人割去眼皮后放逐沙漠。

想到这里,电梯门开了,悄然而倏然地。我步入其中,按十五楼钮,随后继续遐想。本来不愿再想,却硬是控制不住。

舞台一转,出现渺无人烟的沙漠。沙漠纵深处的洞穴里,一个被法老驱逐出来的预言者,默默地生活着,孤苦伶仃,无人知晓。尽管被割去眼皮,但他终于挣扎着横穿沙漠,奇迹般地生存下来。他身披羊皮,以遮蔽火辣辣的阳光。他终日生活在黑暗里,食昆虫,嚼野草,并用心灵的眼睛预言未来,预言法老即将到来的没落,预言埃及的黄昏,预言世界的嬗变。

是羊男,我想。为什么羊男突然出现在这等地方呢?

门又一次悄然而倏然地打开,我茫然而木然地思考着跨到门外。难道羊男自古埃及时代便已生存于世不成?抑或这一切统统不过是我在头脑中编造出来的无聊幻觉?我依然双手插兜,站在黑暗中冥思不已。

黑暗?

等我意识到时,眼前已漆黑一片,半点光亮也没有。随着电梯门在我身后闭合,四周亦落下了黑漆漆的屏幕。连自己的手都看不见,背景音乐也听不见。《蓝色的爱》也好,《夏日情怀》也好,全都杳无声息。空气凉飕飕的,夹杂一股霉气味儿。

如此黑暗中,我一个人茫然伫立。

10

　这是地地道道的黑暗，地道得近乎可怕。
　任何有形的东西都无法识别，包括自己的身体，甚至有东西存在这点都感觉不出来，有的只是黑色的虚无。
　置身于如此彻底的黑暗，我觉得自己的存在恍惚成了空洞的概念——肉体融入黑暗而不再拥有实体这一概念，如同外层灵质一般在空中浮现出来。我已经从肉体中解放出来，但尚未觅得新的去处，而在虚无缥缈的宇宙中，在噩梦与现实奇妙的分界线上往来彷徨。
　我静立多时，想动也动不得，手脚麻痹了似的，失去了原来的感觉，简直像被压入了深海底层。浓重的黑暗向我施加莫可言喻的压力，沉寂在压迫我的耳鼓。我力图使自己的眼睛多少习惯于黑暗，然而枉费心机。这种黑暗并非眼睛可以逐渐习惯的隐隐约约的黑暗，而是百分之百的黑暗，黑得深不可测，黑得了无间隙，如同用黑色的油画涂料抹了不知多少层。我下意识地摸了摸衣袋。右边装着钱夹和钥匙扣，左边是房卡、手帕和一点零币。但这些在黑暗中完全派不上用场。我第一次后悔自己戒烟，否则身上总会带有打火机或火柴。追悔莫及。我从衣袋里掏出手，往估计有墙壁的那边伸去，黑暗中我感觉到了硬邦邦的竖式平面：是墙壁。墙壁滑溜溜、凉冰冰的，作为海豚宾馆的墙壁未免温度过低。海豚宾馆的墙壁并没有这般冰凉，因为空调设施无时无刻不将空气保持得和煦如春。我对自己说道：要冷静，慢慢想想看。

冷静思考。

于是我首先想到，眼前的事态同女孩遭遇的一模一样，自己不过步其后尘，故无须害怕。她都能做到一个人临阵有余，更何况我，当然不在话下。要冷静，只要像她那样行动即可。这家宾馆里潜伏着某种莫名其妙的东西，而又可能与我本身有关。毫无疑问，它同原来的海豚宾馆密不可分。惟其如此，我才来到这里，是吧？是的。我必须像她那样行动，把她没看到的东西弄个水落石出。

怕吗？

怕。

罢了罢了，我想。是怕，货真价实的怕，宛若被人剥得精光。心烦意乱。凝重的黑暗使得暴力的粒子飘浮在我的周围，并且像海蛇一样飞快地扭动身子偷偷朝我袭来，而我连分辨都不可能。一股无可救药的虚脱感俘虏了我，我觉得似乎身上所有的毛孔都在黑暗中暴露无遗。衬衣吃透了冷汗，几乎滴下水来。喉头干得冒烟，连吞口唾沫都远非易事。

到底是哪里呢？不是海豚宾馆。绝对不是，绝对！这是另外一个地方。我现已翻山越岭，完全走进了某个奇特的场所。我闭上眼，反复做了几次深长的呼吸。

说来荒唐，我真想听一听保尔·莫里哀管弦乐队演奏的《蓝色的爱》。假如现在能够听到那首背景音乐，该是何等幸福，该获得何等大的勇气！理查德·克莱德曼也可以，眼下倒可以忍受。洛杉矶印第乌斯也好，何塞·费利西亚诺也好，胡里奥·伊格莱西亚斯也好，塞尔吉奥·门德斯也好，"鹧鸪家庭"也好，1910水果软糖公司（1910 Fruitgum Company）也好，眼下都可忍受，只要是音乐就想听。太寂静了！即使米奇·米勒合唱团（Mitch Miller and The Gang）也可忍受，哪怕安迪·威廉斯和阿尔·马蒂诺的二重唱也不妨一听。

算了！我喝令自己。简直胡思乱想。然而又不能什么都不想。只要想即可，总得用什么将脑袋里的空白填满。恐怖之故。恐怖已潜入空白之中。

在篝火前手敲铃鼓跳《比利·金》的迈克尔·杰克逊。甚至骆驼们都听得忘乎所以。

头脑有点混乱。

头脑有点混乱。

我的思考在黑暗中发出轻微的回响。思考发出回响。

我又做了一次深呼吸，将所有无聊的意象从头脑中一扫而空，如此永无休止如何得了！必须采取行动，对吧？不是为此才来到这里的吗？

我下定决心，在黑暗中开始摸索着向右慢慢迈步。但腿脚还是不能运用自如，似乎不是长在自己身上的。肌肉和神经也不能巧妙配合。本来我想动腿，而腿实际却没动。墨汁般的黑暗将我紧紧包在中间，进退不得。黑暗无尽无休地展开去，怕要一直达到地球的核心。我是朝着地核迈进，而且一旦到达，便再也无法重返地表。还是想点其他的吧！如若什么也不想，恐怖感势必变本加厉地纠缠不放。接着想那电影情节好了。故事发展到哪里了？到羊男出场那里。但沙漠画面又到此为止，镜头重新拉回法老宫殿，金碧辉煌的宫殿，整个非洲的财富尽皆集中于此。努比亚奴隶黑压压地跪倒在地，正中端坐着法老。画外回响着类似米克罗斯·罗兹萨（Miklos Rozsa）风格的音乐。法老显然焦躁不安。"埃及有什么正在腐败，"他想，"而且就在这宫殿里，宫殿里正在发生异常现象。我已清楚感觉到了，务必一追到底！"

我小心翼翼地一步步向前移动。并且思忖，那女孩居然能做到这般地步，实在令人佩服。在猝不及防地被投入莫名其妙的黑暗中后，居然能独自前往黑暗深处探个究竟。就连我——况且我已事先听说过有这样一个离奇的冥冥世界——都如此心惊胆战，假如在事先一无所知的情况下闯入这等境地，恐怕一步都前进不得，只能大气不敢出地久久呆立在电梯门前。

我开始想她，想象她身穿游泳比赛用的滑溜溜的黑色泳衣，在游泳培训班练习游泳的情景。那里也有我那位当电影演员的老同学，而且她也对他痴情得不可收拾。每次他纠正自由式游泳的右手伸展姿势，她都用痴迷的眼神看着我的朋友。夜晚便也钻到他床上去。我伤心，甚至很受打击。我觉得她不该这样，她对他还丝毫谈不上了解。他仅仅风度优雅，对人亲切而已。可能对你甜言蜜语，使你进入极乐园地，但终究只是亲切，只是云雨前的爱抚。

走廊向右拐。

如她所言。但在我脑海里，她仍在和我的同学睡觉。他轻手轻脚地脱去她的衣服，对她身体的每一部位都赞不绝口，那也并非溢美之词。乖乖，这家伙真有两手。但转而又气愤起来：阴差阳错！

走廊向右拐。

我继续手扶墙壁，向右拐弯。远处现出小小的光亮，若明若暗，犹如透过好几层面纱泄露出来的微光。

如她所言。

我的同学开始百般温存地吻她的裸体。从脖颈到乳房，缓缓而下。镜头对着他的脸和她的背。随即镜头一转，推出她的脸，然而不是她，不是海豚宾馆服务台的那个女孩，而是喜喜的脸，是过去同我一起住海豚宾馆、有一对绝妙耳轮的高级妓女喜喜，是从我的生活中默然消逝的喜喜。我的同学在同喜喜睡觉。这是电影中一个实实在在的画面，剪辑也十分得当，甚至无懈可击——说是平庸也未尝不可。两人在公寓房间里相抱而卧。光线从百叶窗泻入。喜喜。那孩子为什么会出现在这里呢？时空混乱。

时空混乱。

我朝着光亮前进。刚一迈步，脑海中的图像倏然消失。

淡出。

我在无声无息的黑暗中扶壁前行。我决意什么也不再想，想也无济于事，无非把时间拉长罢了。我摒除一切思虑，全神贯注地向前移动脚步，小心翼翼，踏踏实实。光亮隐约映照四周，但还不至于看清是何场所。只见有一扇门，未曾见过的门。不错，如她所言。旧木门，门上有号码牌。但数字无法辨认，光线太弱，牌又太脏。总之这里不是海豚宾馆，海豚宾馆不会有如此古旧的门，而且空气的质量也不同。这是一股什么气味呢？简直同废纸堆的味道无异。光亮不时地摇摇晃晃，估计是烛光。

我站在门前，对着那光亮相看了半天。

接着又想回服务台那女孩身上。我蓦地后悔起来：当时索性同她睡了或许更好。难道我还能重返那个现实中去吗？还能够同那个女孩约会一次吗？想到这里，我不由对现实世界以至游泳培训班感到嫉妒。准确说来也许不是嫉妒，而是被扩大被扭曲了的后悔之念，但从表面看来却同嫉妒无异，至少我在这黑暗中是这样感觉的。罢了罢了，我怎么会在这等场所产生妒意呢？我已经好久不知嫉妒为何物了。我是一个几乎不具有嫉妒情感的人，我只关注我自己，谈不上所谓嫉妒，然而现在却腾起一股意想不到的强烈妒意，而且是对游泳培训班。

傻瓜！有哪个人会嫉妒游泳培训班呢？闻所未闻。

我咽了口唾液，声音居然大得犹如金属球棒敲击汽油桶。其实充其量不过咽口唾液而已。

声音发出奇妙的回响，如她所言。对了，我得敲门，敲门。于是我敲了敲——毅然决然地、微乎其微地，细微得生怕里边听见。不料发出的声音却极其巨大，且如死本身那样滞重、那样冷峻。

我屏息静等。

沉默。同她那时一样。不知过了多久，或许五秒，或许一分。时间在黑暗中也不循规蹈矩，或摇摆，或延长，或凝缩。我本身也在黑暗中摇摆、延长、凝缩。随着时间的变形，我本身也在变形，活像哈哈镜照出来的。

随后，传来了那声音——加重了的窸窸窣窣的声音，衣服相摩擦的声音。有什么从地上站立起来。脚步响。朝这边缓缓接近。"嚓——嚓——"拖鞋拖地般的声响。有什么走来，"但不是人"，她说过。如她所言。确不是人的脚步声，是别的什么，现实中不存在的什么——然而这里存在。

我没有逃跑，只觉得汗流浃背。奇怪的是随着那足音的逼近，恐怖感反而减弱下来。不要紧，我想。并且可以清楚地感到这不是邪恶之物。无须害怕，只管见机行事，不足为惧。于是我沉浸在温暖的漩涡中。我紧紧握住门的把手,闭目、敛气。不要紧,不用怕。黑暗中我听到巨大的心音,那是我自己的心音。我被包容在自己的心音之中。我自言自语: 何足惧哉! 无非相连而已。

脚步声停止了。那个就在我身旁,且看着我。我闭上眼。相连,我想。我同所有的场所相连——尼罗河畔,喜喜,海豚宾馆,过去的摇滚乐,浑身涂遍香料的努比亚宫女,定时器"咔咔"作响的定时炸弹,昔日的光亮,昔日的音响,昔日的语声,一切的一切。

"等着你哩!"那个说话了,"一直等着你,进来吧。"

不用睁眼我也知道那个是谁。

是羊男。

11

我们隔着小小的旧茶几交谈起来。小茶几呈圆形，上面只有一支蜡烛，竖在一只没有任何图案的粗糙碟子上。如果说房间还有家具，也不过如此了。椅子也没有，我们只好以书代椅，坐在地板的书堆上。

这是羊男的房间，细细长长。墙壁和天花板的格调同旧海豚宾馆略略相似，但细看之下，则全然不同。尽头处开一窗口，但内侧钉着木板。木板钉上至今，大概经历了很多年月，板缝里积满灰尘，钉头早已生锈。此外别无长物。只是个四方盒子似的房间。没有电灯，没有柜子，没有浴室，没有床。想必他裹着羊皮席地而睡。地板上留一道仅可供一人通过的空间，其余地方全都堆满了旧书旧报旧资料剪贴簿，而且其颜色全部成了褐色，有的被虫蛀得一塌糊涂，有的七零八落。我大致扫了一眼，全是有关北海道绵羊史方面的，估计是把旧海豚宾馆里的资料一股脑儿集中到了这里。旧海豚宾馆有个资料室模样的房间，里面净是关于羊的资料，由宾馆主人的父亲管理。那两人流落到何处去了呢？

羊男隔着闪动不已的烛光打量我的脸。他那巨幅身影在污迹斑驳的墙壁上摇摇晃晃，那是被放大了的身影。

"好几年没见面了，"他从面罩里看着我说，"可你还没变。瘦了点?"

"是吧,大概瘦了点。"我说。

"外面世界情况怎么样?没发生不寻常的事?在这里待久了,搞不清外面出了什么事。"他说。

我盘起腿,摇摇头说:"一如往常。没什么大不了的事情,顶多世道复杂一点罢了,还有就是事物的发展速度有点加快。其他大同小异,没有特别变化。"

羊男点点头:"那么说,下次战争还没有开始啰?"

羊男思想中的"上次战争"到底意味着哪一场战争自是不得而知,但我还是摇了一下头。"还没有,"我说,"还没有开始。"

"但不久还是会开始的。"他一边搓着戴手套的双手,一边用没有抑扬起伏的平板语调说道,"要当心。如果你不想被杀掉,那就当心为好。战争这玩意儿笃定有的,任何时候都有,不会没有,看起来没有也一定有。人这种东西,骨子里就是喜欢互相残杀,并且要一直杀到再也杀不动的时候。杀不动时休息一小会儿,之后再杀。这是规律。谁都信任不得,这点一成未变。所以无可奈何。如果你对这些已经生厌,那就只能逃往别的世界。"

他身上的羊皮比以前多少脏了些,毛也变得一缕一条,整个腻乎乎的,脸上的黑色面罩也比我记忆中的破旧寒碜得多,好像临时粗制滥造出来的假面具。不过那也许是这地穴般潮湿的房间和似有若无的微弱灯光映衬的缘故,况且记忆这东西一般都是不准确甚至偏颇的。问题是不仅衣着,羊男本人看上去也比过去疲倦。我觉得四年时间已使他变得苍老憔悴,身体整整缩小了一圈。他不时喟然长叹,且叹声奇妙,有些刺耳,"咕嘟咕嘟"的,就像有什么东西堵在气管里,听起来叫人不大舒坦。

"以为你早会来的,"羊男看着我的脸说,"一直在等你。上次有个人来,以为是你,结果不是。肯定是谁走错路了。奇怪,别人就是走错路也不至于错到这里。也罢,反正我以为你会更早些来的。"

我耸了耸肩:"我以为我早晚要来这里,也不能不来,但就是迟迟下不了决心。我做了好多好多的梦,梦见海豚宾馆,经常梦见,但下决心来这里,却是想了很长时间。"

"是想忘了这里?"

"半途而废。"我老实招供,看了看自己那双烛光摇曳中的手。我有些费解,大概是哪里有风进来。"我本来想把大凡可能忘掉的都忘个一干二净,斩断和这里的一切联系,但终究是半途而废。"

"因为你死去的朋友的关系?"

"嗯,我想是他造成的。"

"可归根结蒂,你还是来了。"羊男说。

"是啊,归根结蒂我还是回来了。"我说,"我不可能忘掉这个地方。刚开始忘,便必定有什么让我重新记起。或许这里对我来说是个特殊场所吧。愿意也罢不愿意也罢,反正我觉得自己被包含在了这里。这具体意味着什么我不清楚,但我是真真切切地这样感觉到的。在梦里我感到有人在这里为我流泪,并且寻求我,所以我才最后下定来这里的决心。喂,这里到底是哪里?"

羊男目不转睛地注视着我的脸,良久,摇了摇头:"详细的我也不知道。这里非常宽敞,也非常幽暗。至于有多宽敞有多幽暗，我不得而知。我知道的只是这个房间，其他场所一概不知。因此，详情我没有办法告诉你，总而言之，你是在该来的时候来到了这里，我是这样认为的。所以对此你大可不必想得过多。大概是某人通过这个场所为你流泪吧，大概是某人在寻求你吧。既然你是那样感觉到的，肯定就是那样。不过这个且不管，反正你现在返回这里是理所当然的，就像小鸟归巢一样自然而然。反过来说，假如你不想返回，也就等于这地方根本不存在。"说着，羊男嚓嚓有声地搓着双手。墙上的阴影随着他身体的活动而大幅度地摇晃不止，宛如黑色的幽灵劈头盖脑朝我压来，又仿佛是过去的动画片。

"就像小鸟归巢"——经他这么一说，我也似乎觉得确实如此。我来这里不过是随其波逐其流而已。

"喂，说说看，"羊男声音沉静地说，"说说你自己，这里是你的世界，不必有任何顾虑。想说的尽管一吐为快。你肯定有话要说。"

我一面望着墙上的阴影，一面在昏昏然的烛光中向他讲了自己的处境。我确实很久没有如此开怀畅谈自己了，我花了很长时间，如同融化冰块那样缓缓地、逐一地谈着自己，诸如自己怎样维持生计，怎样走投无路，怎样在走投无路之中虚度年华，怎样再不可能衷心爱上任何一个人，怎样失去心灵的震颤，怎样不知道自己应有何求，怎样为同自己有关的事情竭尽全力而又怎样无济于事等等。我说我觉得自己的身体正在迅速僵化，肌肉组织正在由内而外地逐渐硬化，我为之惶惶不安，而好歹感到同自己相连的场所唯此一处而已。我说我觉得自己似乎包含于此栖身于此，至于这里是何所在却是稀里糊涂，我只是本能地感到，感到自己包含于此栖身于此。

羊男一声不响地倾听我的叙说。他看上去差不多是在打瞌睡，但我刚一止住话头，他立即睁开眼睛。

"不要紧，用不着担心。你的确是包含在海豚宾馆里。"羊男平静地说，"以前一直包含其中栖身其中，以后也将继续栖身下去。一切从这里开始，一切在这里完结。这里是你的场所，始终是。你连着这里，这里连着大家。这里是你的连接点。"

"大家？"

"失去的，和没有失去的，加起来就是大家。一切都以此为中心连在一起。"

我思考了一会儿羊男的这些话，但未能真正理解话的含意。过于抽象模糊，无法捕捉。我便请他说得具体点，但他没有回答，缄口不语。这是无法加以具体说明的。他轻轻摇了摇头。一摇头，那双假耳朵便呼啦呼啦地摇摆起来，墙上的影子也随之大摇大摆，摇摆得相当厉害，我真担心墙壁本身会猝然倒塌。

"很快你就会理解的，该理解的时候自然会理解。"他说。

"对了，另外还有一点百思不解的，"我说，"就是海豚宾馆的主人为什么偏让新宾馆使用相同的名称呢？"

"为你，"羊男说，"为了使你随时都可以返回。事情很明白：一旦名称换了，你还怎么搞得清该去哪里呢？而现在海豚宾馆就在这里！建筑物变了也好什么变了也好，那些都无所谓，它就在这里，就在这里等你。所以才把名字原封不动地保留下来。"

我笑道："为我？这偌大的宾馆是为我一个人才取名为

'海豚'的？"

"正是。这有什么奇怪的？"

我摇了摇头："不，不是说奇怪，只是有点吃惊。事情太离谱了，太不像是现实了。"

"是现实。"羊男平静地说，"宾馆是现实，'海豚宾馆'这块招牌也是现实。对吧？这是现实吧？"他用手指"橐橐"敲着茶几，烛光随之闪闪烁烁。

"我也在这里，在这里等你。大家都很好，都在期望你回来，期望大家整个连成一片。"

我久久地注视着摇曳不定的烛光，一时很难信以为真："何苦特意为我一个人如此操办？专门为我一个人？"

"因为这里是为你准备的世界。"羊男断然地说，"不必想得那么复杂。只要你有所求，必然有所应。问题在于这里是为你准备的场所，明白？这点你要理解才行，这的确是特殊的事。所以我们才努力管好它，没有遗弃它，以便你顺利找回。如此而已。"

"我真的包含在这里边不成？"

"当然。你包含在这里，我也包含在这里。大家都包含在这里，而这里是你的世界。"羊男说着，朝上竖起一根手指，于是一根巨大的手指在墙壁上赫然现出。

"你在这里做什么？你是什么？"

"我是羊男嘛。"他发出嘶哑的笑声，"就是你所看到的：披着羊皮，活在人们看不到的世界里。也曾被撵进森林，那是很久很久以前的事，久得快想不起来了。在那以前我曾经是过什么，已经记不得了。从那以来我就不再接触人，尽可能避人耳目。如此一来二去，自然也就接触不到人了。而且不知几时开始,离开森林住进了这里。住在这里,守护这里。我也需要有个遮风挡雨的地方嘛。就连森林里的野兽都要找地方打盹才行,对吧?"

"那当然。"我随声附和。

"我在这里的作用就是连接。对了,就像配电盘似的,可以连接各种各样的东西。这里是连接点——所以我在这里连接,连得结结实实,以保证不出现七零八落的状态。这就是我的作用。配电盘,连接。将你寻求并已到手的东西连接起来。明白吗?"

"有点儿。"我说。

"那么,"羊男道,"而且,现在你需要我。因为你在困惑,不知道自己寻求什么。你处于抛弃和被抛弃的交界地带,你想去却不知该去的地方。你遗失了很多,把很多连接点一一解开,却又没物色到替代之物,所以你感到困惑感到惶恐,觉得自己无所连接飘零无寄,实际也是如此。你所能连接的地方只有这里。"

我思考了一会儿,说:"大概是那样的,如你说的那样。我是在抛弃和被抛弃的交界地带,困惑,无所连接,只能连接在这里。"我停顿一下,看着烛光下的手,"其实我也有所感觉,感觉到有什么要同我连接,所以梦中才有人寻求我,为我流泪。我也一定是想同什么相连接,我觉得是这样。喏,我准备从头开始,为此需要得到你的帮助。"

羊男没有作声,而我该说的已经说完。于是一股十分滞重的沉默袭来,使人犹如置身于深不可测的洞底。那沉默的重力死死地压进我的双肩,以致我的思维都处于这重力——湿漉漉的重力——的压迫之下,从而裹上了一层深海鱼般令人不快的硬皮。烛火不时发出哔哔剥剥的声响,摇曳不已。羊男眼睛朝着烛光那边。沉默持续了相当长的时间。之后,羊男缓缓抬起头,注视着我。

"为了将自己同某种东西稳妥地连接在一起,你必须尽一切努力。"羊男说,"能否一帆风顺我不知道。我也已经老了,精力不如以前充沛了,不知道能帮你到什么地步,尽力而为就是。不过,就算一帆风顺,你也未见得幸福,这点我无法保证。也许那边的世界里没有任何一处你应该去的地方,底细无可奉告。总之如同你自己刚才说的那样,你看起来已经变得十分坚固。坚固过的东西是不可能恢复原状的,况且你也不那么年轻了。"

"如何是好呢,我?"

"这以前你已经失却了很多东西,失却了很多宝贵的东西。问题不在于谁的责任,而在于你所与之密切相连的东西。每当你失去什么,你肯定紧接着把其他什么东西扔在那里,像要留作标记似的。你不该这样做,不该把应留给自己的东西也扔在那里。结果,你自身也因此一点点地受到侵蚀。为什么呢?你何苦做这种事情呢?"

"不明白。"

"可能是迫不得已吧。就像宿命——怎么说呢,想不起合适字眼……"

"倾向。"我试着说。

"对,对对,是倾向,我赞同。即使人生再重复一次,你也必定做同样的事情,这就是所谓倾向。而且倾向这种东西,一旦超过某一阶段,便再也无法挽回,为时已晚。这方面我已经无能为力,我唯一能做的就是看守这里和连接各种东西。此外一无所能。"

"如何是好呢，我？"我重复刚才的问话。

"刚才我已说了，尽力而为就是，争取把你连接妥当。"羊男说，"但光这样还不够，你自己也必须全力以赴，不能光是静坐空想，那样你永远走投无路，明白吗？"

"明白。"我说，"那么我到底如何是好呢？"

"跳舞，"羊男说，"只要音乐在响，就尽管跳下去。明白我的话？跳舞，不停地跳舞。不要考虑为什么跳，不要考虑意义不意义，意义那玩意儿本来就是没有的，要是考虑这个，脚步势必停下来。一旦停下来，我就再也爱莫能助了，并且连接你的线索也将全部消失，永远消失。那一来，你就只能在这里生存，只能不由自主地陷进这边的世界。因此不能停住脚步，不管你如何觉得滑稽好笑，也不能半途而废，务必咬紧牙关踩着舞点跳下去。跳着跳着，原先坚固的东西便会一点点酥软，有的东西还没有完全不可救药。能用的全部用上去，全力以赴，不足为惧的。你的确很疲劳，精疲力竭，惶惶不可终日。谁都有这种时候，觉得一切都错得不可收拾，以致停下脚步。"

我抬起眼睛，再次凝视墙上的暗影。

"但只有跳下去，"羊男继续道，"而且要跳得出类拔萃，跳得大家心悦诚服。这样，我才有可能助你一臂之力。总之一定要跳要舞，只要音乐没停。"

要跳要舞，只要音乐没停。

思考又发出回响。

"哦，你所说的这边的世界究竟是什么？你说我一旦变得坚固不化，就会从那边的世界陷进这边的世界。可这里不是为我准备的世界吗？这个世界不是为我而存在的吗？既然如此，我进入我的世界又有什么不妥呢？你不是说这里是现实吗？"

羊男摇摇头，身影又大幅度摇晃起来："这里所存在的，与那边的还不同。眼下你还不能在这里生活。这里太暗，太大，这点我很难用语言向你解释。刚才我也说了，详情我也不清楚。这里当然是现实，现在你就是在现实中同我交谈，这没有疑问。但是，现实并非只有一个，现实有好几个，现实的可能性也有好几个。我选择了这个现实。为什么呢？因为这里没有战争，再说我也没有任何应该丢弃的东西。你却不同，你显然还有生命的暖流。所以这里对现在的你还太冷，又没有吃的东西。你不该来这里。"

给羊男如此一说，我感觉到房间的温度正在下降。我把双手插进衣袋，微微打个寒战。

"冷？"羊男问。

我点点头。

"没多少时间了。"羊男说，"时间一长会更冷的，你差不多该走了。这里对你太冷。"

"还有一点无论如何想问一下，刚才突然想到、突然意识到的——我觉得自己在以往的人生中似乎一直在寻求你，似乎在各种场所看到过你的身影，似乎你以各种形式在那里。你的身影朦胧得很，或者只是你的一部分也说不定，但现在回头想来，似乎那就是你的全部，我觉得。"

羊男用手指做了个暧昧的形状："是的，你说得不错，你想得不错。我始终在这里，我作为影子、作为片断在这里。"

"但我不明白的是，"我说，"今天我如此真切地看到了你的脸面和形体，以往看不见的，现在都看到了。这是什么缘故呢？"

"这是因为你已经失去了很多东西。"他平静地说,"而且你可以去的地方越来越少了,所以今天你才看见了我。"

我不大明白他话里的含意。

"这里难道是死的世界?"我鼓起勇气问道。

"不,"羊男说道,使劲晃了晃肩,吁了口气,"不是的,这里不是什么死的世界。你也罢,我也罢,都好端端地活着,我们两人同样确凿无误地活着。两个人在呼吸、在交谈,这是现实。"

"我不能理解。"

"跳舞就是了,"他说,"此外别无他法。我是很想把一切给你解释得一清二楚,但我无能为力。我所能告诉你的只有一点:跳舞!什么也别想,争取跳得好些再好些,你必须这样做。"

温度急剧下降。我浑身瑟瑟发抖,蓦然觉得这种冷好像经历过,以前在哪里经历过一次这种彻骨生寒的潮乎乎的冷,在久远而遥远的地方,但究竟是哪里则无从记得了。以为依稀记得,结果却忘个精光。脑袋有点麻痹、麻痹而僵化。

麻痹而僵化。

"该走了。"羊男说,"再待下去,身体要冻僵的。不久还会相见,只要你有所求。我一直在这里,在这里等你。"

他拖着双腿将我送到走廊拐弯处。他一挪步,便发出"嚓——嚓——嚓——"的声响。我对他道声再见,没有握手,没有寒暄,只是道声再见,我们便在黑暗中分手了。他折回细细长长的房间。我朝电梯那边走去。一按按键,电梯缓缓上升。随即门悄然分开,明亮而柔和的灯光泻进走廊,包拢了我的身体。我走入电梯,靠着电梯壁,一动不动。电梯门自动闭合后,我仍然倚壁呆立。

那么——我想,但"那么"之后就想不下去了。我置身于思考的巨大空白之中,无论去哪里到哪里,全是一片空白,什么也接触不到。如羊男所说,我累了,精疲力竭,惶惶不安,而且孑然一身,如同迷失在森林里的孤儿。

跳吧舞吧!羊男说。

跳吧舞吧!思考发出回声。

跳吧舞吧!我喃喃自语。

接着,我按动十五楼按键。

从电梯下到十五楼,镶嵌在天花板里的扩音器传出亨利·曼西尼的《月亮河》——是它在迎接我。于是我回到了现实世界,回到了既不能使我幸福又不肯放我离开的现实世界。

我条件反射地看了看手表,回归时刻是凌晨三时二十分。

那么——我想,那么那么那么那么那么那么那么那么……思考发出回声。我喟然叹息。

12

　　我返回房间，首先在浴缸里放满热水，脱光身子，慢慢沉入水底。但身体很难马上暖和过来。由于已经彻底冷到心里，在热水中一泡，反而更觉得寒冷。我本打算在热水里泡到冷意消失，不料被热水熏得昏昏沉沉，只好爬出浴缸。之后把头顶在窗玻璃上，待稍微凉快一些，拿白兰地倒了满满一杯，一饮而尽，旋即上床躺下。我什么也不去想，把头脑清扫一空，一心想睡个好觉，不料事与愿违。入睡绝对没有希望。无奈，只得在僵挺的意识中辗转反侧。不久天光尽晓。这是个阴沉沉的灰色早晨。雪固然未下，但整个天空被阴云遮掩得严实无缝，所有的大街小巷也统统被染得灰蒙蒙一片。触目皆是灰色——落魄之人滞留的落魄街市。

　　我并不是因为考虑问题才睡不着。我什么也没考虑，也考虑不下去，我的脑袋太累了，然而又无法入睡。我身心的几乎所有部分都渴望入睡，唯独脑袋的一小部分僵固不化，执着地拒绝睡眠，致使神经异常亢奋，焦躁不安，焦躁得就像企图从风驰电掣的特快列车的窗口看清站名时的心情一样——车站临近，心想这回一定要瞪大眼睛看个明白，但无济于事，速度过快，只能望到模模糊糊的字形，看不清具体是何字样。目标稍纵即逝，如此循环往复。车站一个接一个迎面扑来，一个接一个尽是边远的无名小站。列车好几次拉鸣汽笛,其尖厉的回声犹如蜂刺一般刺激我的神经。

如此熬到九点。看准时针指在九点后,我没好气地翻身下床。没办法,这觉无法睡。我进浴室剃胡须,为了彻底剃净,我不得不对自己反复说道:"我现在是在剃须。"剃完,我穿好衣服,梳理几下头发,去宾馆餐厅吃早餐。我在靠窗的座位坐下,要了一份欧陆式早点。我喝了两杯咖啡,嚼了一片吐司。吐司我花了好长时间才咽下去。灰色的云层甚至把吐司也染成了灰色,口里竟有一股灰絮味儿。这是个仿佛预告地球末日来临的天气。我边喝咖啡边看早上的菜谱,总共看了五十遍,但头脑的僵固度还是没有缓解。列车仍在突飞猛进,汽笛仍萦绕耳畔。那种僵固,感觉起来就像牙膏风干后紧紧附着在物体表面一般。我周围的人们都在津津有味地又吃又喝,他们把砂糖放入咖啡,往面包上涂黄油,用刀叉切着培根鸡蛋。碟碗相碰的嘎嘎声此起彼伏,简直同调车场无异。

我猛然想起羊男,此时此刻他也是存在的,他待在这座宾馆某处一个变形的空间里。是的,他是在的,而且想教给我什么,问题是我理解力跟不上。速度太快,而头脑却僵化,无法辨认字迹,能辨认的只有静止的东西。(A)欧陆早餐——果汁(橙汁、西柚汁、番茄汁)、吐司,或……有谁在向我搭话,要我回答。是谁呢?我抬起眼睛,见是男服务员。他身穿雪白的上衣,手拿咖啡壶,俨然捧一个奖杯。"您要不要续一杯咖啡?"他殷勤地问道,我摇摇头。待他离开,我起身走出餐厅。嘎嘎声仍然在我身后起伏不已。

回到房间,我又一次进入浴室。这回已不再感到冷了。我在浴缸里缓缓地伸直身子,就像解开绳扣似的徐徐舒展全身每一个关节,指尖也逐个屈伸一番。不错,这是我的身体,我现在是在这里,在真实房间中的真实浴缸里,而没有乘什么特快列车,耳边不闻汽笛声响,无须辨认站名,无须前思后想。

走出浴室上床看表,已经十点半了。也罢也罢,干脆不睡觉,到街上逛逛算了。正如此呆呆思忖之间,睡意陡然袭来,形势于是急转直下,恰如舞台由明转暗一般。一只巨大的灰猿手持大锤,不知从何处闯入房间,不容分说地朝我后脑壳重重一击,我顿时气绝似的坠入昏睡的深渊。

好一场酣畅淋漓的睡眠,四下漆黑,毫无所见。没有背景音乐,没有《月亮河》,没有《蓝色的爱》,唯有一泻千里的睡眠。"16的下一位数是几?"——有人问我。"41。"——我回答。"睡觉。"——灰猿说。对,我是在睡觉,在坚不可摧的铁球里把身子缩为一团,像只松鼠那样大睡特睡,那是拆毁楼房时用的铁球,中间掏空,我便睡于其中,酣畅淋漓,一泻千里⋯⋯

有谁在呼唤我。

莫非汽笛?

不,不是,不是的,海鸥们说。

听那声音,似乎有人想用高温炉将铁球烧毁。

不,不是,不是的,海鸥们异口同声地说。竟如希腊戏剧里的合唱团一般。

是电话,我恍然大悟。

海鸥们已无影无踪,没有任何回声。海鸥们为什么无影无踪了呢?

我伸手拿起枕边的电话筒,说了声"喂"。但只听得

"嘟"的一声便再无声息,却转而从另一空间发出一连串响声——"铃铃铃铃铃铃铃铃铃"。是门铃!有人按门铃。"铃铃铃铃铃铃铃铃铃"。

"门铃。"我出声说道。

但海鸥们已不复见,全然不闻一声"正确"的回应。

铃铃铃铃铃铃铃铃铃。

我披上浴袍,到门口一声没问地打开门。服务台女孩迅速闪身进来,关上门。

后脑壳被灰猿敲击的部位仍在作痛。何必用那么大的劲呢,我想。真狠。我觉得似乎整个脑袋都凹陷了进去。

女孩看看我的浴袍,又看看我的脸,蹙起眉头。

"为什么下午三点钟睡觉?"她问。

"下午三点,"我重复一句,却怎么也想不起来为什么,"为什么呢?"我自己问自己。

"几点睡的,到底?"

我开始想,努力想,但仍是想不起来。

"算啦,别想了。"她失望似的说,然后坐在沙发上,用手轻轻碰一下眼镜框,仔仔细细地审视我的脸,"我说,你这脸怎么这副德性!"

"噢,想必不怎么漂亮。"我说。

"气色难看,还浮肿。莫不是发烧?不要紧吧?"

"没关系。好好睡上一觉就没事了。别担心,原本身体就好。"我说,"你现在休息?"

"嗯。"她说,"来看一眼你的脸,挺有兴趣的。不过要是打扰你,我可这就出去。"

"打扰什么,"说着,我坐到床上,"困得要死,但谈不上打扰。"

"也不胡来?"

"不胡来。"

"人人嘴上都那么说。你可是真的规规矩矩?"

"也许人人胡来,但我不胡来。"我说。

她略一沉吟,像是确认思考结果似的用手指轻轻按一下太阳穴。"或许,我也觉得你是和别人有点不一样。"她说。

"况且现在太困,也做不成别的。"我加上一句。

她站起身,脱去天蓝色西装外套,仍像昨天那样搭在椅背上。但这回她没来我身边,而是走到窗前立定,一动不动地望着灰色的天宇。我猜想这大概是因为我只穿一件睡衣,脸上又那副德性的缘故。但这没有办法,我毕竟有我的具体情况。我活着的目的并非为了向别人出示一张好看的脸。

"我说,"我开口道,"上次我也说来着,你我之间,总好像有一种息息相通之处,尽管微乎其微。"

"当真?"她不动声色地说,接着大约沉默了三十秒钟,补上一句,"举例说?"

"举例说——"我重复道,但大脑的运转已完全停止,什么也想不起来,哪怕只言片语也搜刮不出,况且那不过是我偶然的感觉——觉得这女孩同我之间有某种尽管细微然而相通的地方。至于举例说、所以说,则无从谈起,不过一觉之念罢了。

"举不上来。"我说,"有好多好多事情需要进一步归纳,需要阶段性思考、总结、确认。"

"真有你的。"她对着窗口说。那语气,虽无挖苦的含义,但也算不得欣赏,平平淡淡,不偏不倚。

我缩回床,背靠床头注视她的背影。全然不见皱纹的雪白衬衫,藏青色的紧身西装裙,套一层长筒丝袜的苗条匀称的双腿。她也被染成灰色,仿佛一张旧照片里的人物像。这光景看起来委实令人心旷神怡。我觉得自己正在同什么一触即合。我甚至有些勃起。这并不坏,灰色的天宇,午后三时,勃起。

我对着她的背影看了许久许久。她回头看我时,我仍然没把视线移开。

"怎么这样盯着人家不放?"

"嫉妒游泳培训班。"我说。

她略一歪头,微微笑道:"怪人!"

"怪并不怪,"我说,"只是头脑有些混乱,需要清理思路。"

她走到我旁边,手放在我额头上。

"嗯,不像是有烧。"她说,"好好睡吧,做个美梦。"

我真希望她一直待在这里,我睡觉时她一直待在身旁,但这只是一厢情愿。所以我什么也没说,默默地看着她穿上天蓝色西装外套走出房间。她刚一离开,灰猿便手握大锤随后闯进,我本来想说"不要紧,我可以睡了,不用再费那样的麻烦",但就是开不了口。于是又迎来重重一击。"25 的下一位数?"——有人问。"71。"——我回答。"睡了。"——灰猿说。那还用说,我想,受到这般沉重的打击,岂有不睡之理!准确说来是昏睡。旋即,黑暗四面压来。

13

　　连接点，我想。

　　那是晚上九点钟，我一个人吃晚饭的时候。晚上八点，我从酣睡中醒来，是突然醒来的，同入睡时一样。不存在睡眠与觉醒的中间地带。睁开眼时，已经处于觉醒的中枢。我感到大脑的活动已彻底恢复正常，被灰猿敲击的后脑壳也不再疼痛。身体全无疲劳之感，寒意也一扫而光。所有一切都可以历历在目。食欲也上来了——莫如说饥不可耐。于是我走进宾馆旁边那家我第一天晚上去过的酒馆，喝酒，吃了好几样下酒菜：烤鱼、炖菜、螃蟹、马铃薯等等，不一而足。店里仍像上次那样拥挤，那样嘈杂。各种烟、各种气味四下弥漫。每个人都在大声吼叫。

　　需要清理，我想。

　　连接点？我在这混沌状态中自我询问，并且轻声说出口来，我在寻求，羊男在连接。

　　我无法充分理解其中的具体含意。这一说法太富于比喻性了，也许只有用比喻手法才能表述出来。为什么呢？因为羊男不可能故意用这种比喻手法捉弄我并引以为乐。想必他只有用这一字眼才足以表述他的意思，他只能向我示以这种形式。

　　他说，我通过羊男的世界——通过他的配电盘——同各种人各种事连接起来，而且连接方式正在发生混乱。为什么发生混乱呢？因为我不能准确地寻求，以致无法正常发挥连接功能。

我一边喝酒，一边久久盯视眼前的烟灰缸。

那么喜喜怎么样了呢？我在梦中曾感到过她的存在，是她把我叫到这里来的。她曾经寻求我，惟其如此，我才来到海豚宾馆。然而她的声音再也不能传到我的耳边。呼叫已经中断，无线发报机的插头已被拔掉。

为什么各种情况变得如此模糊不清呢？

因为连接发生了混乱。也许。我必须明确我自己是在寻求什么，然后借助羊男的力量逐一连接妥当。即使情况再模糊不清，也只能咬紧牙关加以整理：解开、接合。我必须使之恢复原状。

到底从哪里开始好呢？哪里都没有抓手。我趴在一堵高高的墙上，周围壁面犹如镜子一般光滑，我无法向任何一处伸手，没有东西可抓，一筹莫展。

我喝了好几瓶酒，付罢款，走到外面。大片大片的雪花从空中翩然落下。虽然还算不上地道的大雪，但街上的声响已因之而听起来不同平日。为了醒酒，我决定绕着附近一带走一圈。从哪里开始好呢？我边走边看自己的脚。不成，我不晓得自己在寻求什么，不晓得前进的方向。我已经生锈，锈得动弹不得。如此只身独处，必定逐渐失去自己，我觉得。罢了罢了，现在从哪里开始好呢？总之必须从某处开始才行。服务台那个女孩如何？我对她怀有好感，她和我之间隐约有一种心心相印之处。而且若我有意，同她睡觉也有可能。但那又能怎么样呢？从那里可以去哪里呢？估计哪里也去不成，只落得更加失去自己的下场，因为我尚未把握自己寻求的目标。只要我处于这种状态，必然如以前的妻子所说的那样——伤害各种各样同我交往的人。

我在这附近转罢一圈，开始转第二圈。雪静悄悄地下个不停。雪花落在外套上，略一踌躇，随即消失了。我边走边清理脑袋。人们在夜色里吐着白气从我身旁走过。脸冻得有些痛，但我仍像时针一样绕着这一带继续行走，继续思考。妻子的话如同咒语一样粘在我头脑里不走。不过事实也是这样，她并非胡言乱语。如此下去，我难免永远刺激、永远伤害同我往来的人。

"回到月亮上去，你。"说罢，我的女友便一去不回，不，不是去，而是回归，回归到现实这一伟大的世界中去。

于是我想到喜喜。她本来可以成为第一个抓手，然而她的呼叫声已经中断，杳如烟消云散。

从哪里开始好呢？

我闭目合眼，寻求答案。但头脑空空如也，既无羊男，又无鸥群，甚至灰猿也没有，空空荡荡。空荡荡的房间里只有我一个人形影相吊，没有谁回答我。我将在房里衰老，干瘪，心力交瘁。我已再不能跳舞，一片凄凉光景。

站名怎么也辨认不清。

数据不足，不能回答，请按取消键。

但答案第二天下午从天而降，仍像往日那样毫无任何预兆，突如其来，犹如灰猿的一击。

14

　奇妙的是——或许不那么奇妙——这天晚上十二点，我一上床就睡过去了，一觉醒来已是早晨八点。觉睡得乱了章法，但醒来的时间却恰到好处，好像转了一周又回到原地。但觉神清气爽。肚子也饿了。于是我走到唐恩都乐，喝了两杯咖啡，吃了两个甜甜圈，然后在街上信步而行。路面冰封雪冻，柔软的雪花宛似无数羽毛，无声无息地飞飞扬扬。天空依然阴云低垂，了无间隙。虽说算不上散步佳日，但如此在街上行走之间，确乎感到精神的解脱和舒展。这段时间里一直使我透不过气来的压抑感不翼而飞，就连凛冽的寒气也叫人觉得舒坦，这是什么缘故呢？我边走边感到不可思议。事情并未获得任何解决，为什么心情如此之佳呢？

　走了一个小时后返回宾馆，眼镜女孩正在服务台里，除她以外，里面还有一个女孩在接待客人。她在打电话，把话筒贴在耳朵上，面带营业性微笑，手指夹着圆珠笔，下意识地转来转去。见她这副样子，我不由很想向她搭话——无论什么话。最好是空洞无聊的废话，插科打诨的傻话。于是凑到她跟前，静等她把电话打完。她用疑惑的目光掠了我一眼，但那恰到好处的营业性人工微笑犹然挂在脸上。

　"请问有什么事吗？"放下电话，她向我持重而客气地问道。

我清了清喉咙:"是这样,我听说昨天晚上附近一所游泳培训班里有两个女孩被鳄鱼吞到肚里去了,这可是真的?"我尽可能装出郑重其事的表情信口胡诌。

"这——怎么说好呢?"她仍然面带浑如精美的人造花一般的营业性微笑答道,但那眼神分明显示出愠怒,脸颊微微泛红,鼻翼略略鼓起,"那样的事情我们还没有听到。恕我冒昧,会不会是您听错了呢?"

"那鳄鱼大得不得了,据目击者说,足足有沃尔沃旅行车那么大。它突然撞破天窗玻璃飞扑进来,一口就把两个女孩囫囵吞了进去,还顺便吃掉半棵椰子树,这才逃之夭夭。不知逮住没有?假如逮不住而让它跑到外面去……"

"对不起,"女孩不动声色地打断我的话,"您若是乐意,请直接给警察打个电话询问一下如何?我想那样更容易问得清楚。或者出大门往右拐一直走过去有个派出所,去那里打听也是可以的。"

"倒也是,那就试试好了。"我说,"谢谢,愿原力与你同在。"

"过奖过奖。"她用手碰一下眼镜框,冷冷地说道。

回到房间不一会儿,她打来电话。

"什么名堂,那是?"她强压怒火似的低声说,"前几天我不是跟你讲过了吗?工作当中不要胡闹。我不喜欢我工作时你无事生非。"

"是我不对,"我老实道歉,"其实只是想和你说话,说什么都好,就是想听听你的声音。也许我开的玩笑无聊透顶,但问题不在于玩笑的内容。无非是想同你说话，以为并不至于给你造成很大麻烦。"

"紧张啊！不是跟你说过了，工作时我非常紧张，所以希望你别干扰。不是说定了吗？不要盯住看我。"

"没盯住看，只是搭话。"

"那，往后别这样搭话，拜托了。"

"一言为定。不搭话，不看，像花岗岩一样乖乖地一动不动。哦，今晚你可有空？今天可是去登山学校的日子？"

"登山学校？"她说着叹息一声，"开玩笑，是吧？"

"嗯，是玩笑。"

"我这人，对这类玩笑有时候反应不过来。什么登山学校，哈哈哈。"

她那三声"哈哈哈"十分枯燥单调，活像在念黑板上的字，随后，她放下电话。

我坐着不动等了三十分钟，再没电话打来。是生气了！我的幽默感往往不被对方理解，正如我的一丝不苟精神时常被对方完全误解一样。由于想不出有别的事可做，只好又去外头散步。若时来运转，说不定会遇到什么，或有新的发现。较之无所事事，还是动一动好，试一试好。愿原力与我同在。

马不停蹄地走了一个小时，居然一无所获，只落得个四肢冰冷。雪仍下得方兴未艾。十二点半，我走进麦当劳，吃了一个芝士汉堡和一份炸薯条，喝了一杯可口可乐。本来这东西我根本不想吃，而有时却又稀里糊涂地用来大饱其腹。大概我的身体结构需要定期摄取垃圾食品。

跨出麦当劳，又走了三十分钟。唯有雪势变本加厉。我把外套的拉链一直拉到顶，把围巾一圈圈缠到鼻子上端，但还是不胜其寒。小便又憋得够呛，都怪我不该在这么冷的天气喝哪家子的可口可乐。我张望四周，寻觅可能有公厕的所在。路对面有家电影院，虽说破旧不堪，但一处厕所估计总可提供。再说小便之后边看电影边暖暖身子倒也可取，反正时间多得忍无可忍。我便去看预告板上有何电影。正上映的是两部国产片，其中一部叫《一厢情愿》。乖乖，是老同学出演的片子。

处理完一大泡小便后，我在小卖部买了一罐热咖啡，拿进去看电影，果不其然，场内空空荡荡，煦暖如春。我落下座，边喝咖啡边看那银幕。原来《一厢情愿》开映已有三十分钟，不过开始那三十分钟即使不看，情节我也能猜得万无一失。实际也不出所料：我那同学充当双腿修长、眉清目秀的生物教师。年轻的女主人公正对他怀有恋情，并同样恋得神魂颠倒。而剑术部的一个男孩又对她如醉如痴。那东西说是 Déjà vu[①]也未尝不可。如此影片，我当然也拍得出来。

不同的是我这老同学（本名叫五反田亮一，当然另有堂而皇之的艺名。说来遗憾，这五反田亮一云云确实不易唤起女孩的共鸣）这回领到的角色比以前略微有了点复杂性。他固然漂亮、固然潇洒，但此外还有过心灵上的创伤。诸如什么参加过学生运动，什么致使恋人怀孕后又将其抛弃等等。创伤种类倒是老生常谈，但毕竟比什么都没有略胜一筹。此等回忆镜头不时插入，手法笨拙得浑如猿猴往墙壁上抹黏土一般。间或有安田礼堂攻守战的实况镜头出现，我真想小声喊一声"赞成"，但自觉未免滑稽，便吞声作罢。

总而言之，五反田演的是那种受过心灵创伤的角色，而且

---

① Déjà vu：法语，既视感，似曾相识。

演得甚卖力气。问题是剧本本身差到了极点,导演的才能更是等于零。台词有一半简直拙劣得近乎蒙羞,令人哑然的无聊场面绵绵不断,加之女孩的面孔不时被无端地推出特写镜头,因此无论他怎样显示表演技能,都无法收到整体效果。渐渐地,我感到他有些可怜,甚至不忍再看下去。但转念一想,他送走的人生,在某种意义上或许向来都是如此令人目不忍视的。

有一出床上戏。周日早上五反田在自己寓所的房间里同一个女郎同床共枕之时,主人公女孩拿着自己做的曲奇什么的进来。好家伙,同我想象的岂非如出一辙。床上的五反田也同样没超越我的想象,极尽爱抚之能事。不失优雅之感的交合,仿佛有香气漾出的腋下,兴奋中零乱不堪的秀发,五反田抚摸时的女性裸背。之后镜头猛然一转,推出那女子的脸。

我不由屏息敛气:Déjà vu.

是喜喜。我在座位上浑身僵固了一般。后面传来了叮叮当当的瓶子滚地声响。喜喜!同我在黑暗的走廊中空想的情景一模一样。喜喜的的确确在同五反田贪枕席之欢。

连接上了,我想。

◆ ◆ ◆

喜喜出现的镜头只此一组:星期天早上她同五反田睡觉。周六晚间五反田在一处喝得酩酊大醉,遂将萍水相逢的她领到自己房间睡了,早上再温存一番。正当此时,主人公女孩——他的学生突然赶来,不巧的是门忘了锁死。就是这一场面。喜喜的台词也只有一句:"你这是怎么了?"是在主人公女孩狼狈逃走后、五反田茫然若失时,喜喜这样说的。台词平庸粗俗,

147

但这是她吐出的唯一话语。

"你这是怎么了？"

至于这声音是否出自喜喜之口，我无法肯定。一来我对喜喜声音的记忆不很准确，二来电影院扩音器的音质也一塌糊涂。但我对她的身体记忆犹新。背部的形状、颈项以及光洁的乳房一如我记忆中的喜喜。我依然四肢僵挺地盯视着银幕。从时间来说，那组镜头我想差不多有五六分钟。她在五反田的拥抱、爱抚下，心神荡漾似的闭目合眼，嘴唇微微颤抖，并且轻轻叹息。我判断不出那是不是演技。想必是演技，毕竟是演电影。然而我又绝对不能接受喜喜演戏这一事情本身，心里迷惘混乱。因为，倘若不是演技，那便是她果真陶醉在五反田的怀抱里；而如果是演技，则她在我心目中存的意义就将土崩瓦解。是的，不应该是什么演技。不管怎样，反正我对这电影嫉妒得发狂。

游泳培训班、电影，我开始嫉妒各种东西。莫非是好的征兆不成？

接下去是主人公女孩开门的场面，目睹两人赤裸裸地相抱而卧，屏息，闭目，逃走。五反田神色茫然。喜喜说："你这是怎么了？"五反田茫然神情的特写。淡出。

喜喜的出场仅此而已。我不再理会什么情节，只是目不转睛地盯着银幕不放。可惜她再未出现。她在某处同五反田相识，同他睡觉，参与他人生中的一段插曲，随即消失——其角色便是如此。同时和我一样，蓦地出现、瞬间参与、倏忽消失。

影片放罢，灯光复明，音乐流出。但我依然僵僵地一动不动，死死地盯着白色的银幕。这难道是现实？电影放完后，我觉得这全然不是现实。为什么喜喜出现在银幕上？况且同五反田在一起！天大的笑话！我有地方出了差错。线路乱了。想象与现实在某处交叉混淆。难道不是只能这样认为吗？

走出电影院，在四周转了一会儿，而头脑一直在想喜喜。"你这是怎么了？"——她在我耳畔反复低语。

这是怎么了呢？

总之那是喜喜，这点毫无疑问，我抱她的时候，她也是神情那般恍惚，嘴唇那般颤抖，喘息那般短促。那根本不是演技，事实便是那样，然而毕竟又是电影。

莫名其妙。

时间过得越长，我的记忆越是变得不可信赖。难道纯属幻觉？

一个半小时后，我再次走进电影院，这回从头看了一遍这《一厢情愿》。周日早晨，五反田怀抱一个女郎，女郎的背影。镜头转过，女郎的脸。是喜喜，千真万确。主人公女孩进来，屏息，闭目，逃走。五反田神色茫然。喜喜说："你这是怎么了？"淡出。

完全相同的重复。

可是电影结束后我还是全然不信。肯定阴差阳错，喜喜怎么能和五反田睡到一个床上呢？

翌日，我三进电影院，再次正襟危坐地看了一遍《一厢情愿》。我急不可耐地静等那组场面的来临。终于来了：周日早晨，五反田抱着一个女郎，女郎的背影。镜头转过，女郎的脸。是喜喜，千真万确。主人公女孩进来，屏息，闭目，逃走。五反田神色茫然。喜喜说："你这是怎么了？"

黑暗中我一声叹息。

好了，是现实，千真万确。连接上了。

15

我深深蜷缩在电影院的座位上,双手在鼻前交叉,反复向自己提出与以往同样的问题:今后如何是好呢?

问题诚然相同,但眼下需要的是就我应做之事进行冷静思考,缜密归纳。

要排除连接上的混乱。

的确有什么东西陷入了混乱,这无可怀疑。喜喜、我和五反田交织在一起。我不明白何以会出现这种状态,但交织总是事实。必须理清头绪。通过恢复现实性来恢复自己。或许这并非连接上的混乱,而是另外一种新的连接也未可知。但无论如何,作为我只能抓住这条线不放,小心翼翼地使之不至于中断。这是线索。总之要动,不能原地止步,要不断跳舞,并跳得使大家心悦诚服。

要跳要舞,羊男说。

要跳要舞,思考发出回声。

不管怎样,我得返回东京。在这里再待下去也于事无补。探访海豚宾馆的目的尽已达到,必须回东京重整旗鼓,找出问题的症结所在。我拉上衣链,戴上手套,扣好帽子,把围巾缠上鼻端,走出电影院。雪越下越猛,前面迷蒙一片。整个街市如同冻僵的尸体一样没有半点活气。

回到宾馆，我当即给全日空售票处打电话，预订下午飞往羽田①的首次航班。"雪很大，有可能临起飞之前取消航班，您不介意吗？"负责订票的女性说道。我答说不要紧。一旦决定回去，恨不得马上飞到东京。接着，我收拾好东西，去下边结账。然后走到服务台前，将眼镜女孩叫到租借处那里。

"有点急事，得马上回东京。"我说。

"多谢您光顾，下次请再来。"女孩脸上漾起精美的营业性笑容说道。我以为突然提出回去对她可能多少是个刺激。她很脆弱。

"唔，"我说，"还会来的，不久的将来。那时两人慢慢吃顿饭，尽情畅谈一番。我有很多话要好好跟你谈谈，但眼下必须回东京归纳整理，包括阶段性思考，积极进取的态度，以及综合性展望。这些都需要我去做。等一结束，我就回到这里。不知要花上几个月，但我肯定回来。为什么呢，因为这里对我……怎么说呢，就好像是特殊场所。所以早早晚晚我一定返回。"

"哦——"她这一声，相对而言，更带有否定的意味。

"哦——"我这一声，总的来说更趋向于肯定，"我这些话，在你听来怕是傻里傻气的啰？"

"那倒不是。"她神情淡然地说，"只不过对好几个月以后的事我考虑不好罢了。"

"我想并不是很遥远的事。还会相见的。因为你我之间有某种相通之处。"我力图说服她，但她似乎未被说服。"你不这样感觉？"我问。

---

① 东京的机场，主要从事国内航班业务。

她只是拿圆珠笔头在桌面上"咚咚"敲着,没有回答我的话。"那么说,下一班飞机就回去了,一下子?"

"打算这样,只要肯起飞的话。不过赶上这种天气,情况很难预料。"

"要是乘下一班飞机回去,有一事相求,你肯答应?"

"没问题。"

"有个十三岁小女孩必须单独回东京。她母亲有事不知跑到哪里去了,剩这孩子一个人在宾馆里。麻烦你一下,把这孩子一道带回东京去好吗?一来她行李不少,二来她一个人坐飞机也叫人放心不下。"

"这倒也怪了,"我说,"她母亲怎么会把孩子一个人扔下不管,自己跑到别处去呢?这不简直是乱弹琴?"

她耸了耸肩:"其实这人也是够乱弹琴的。是个有名的女摄影家,很有些与众不同。兴之所至,雷厉风行,根本不管什么孩子。喏,艺术家嘛,心血来潮时满脑子尽是艺术。事后想起才打个电话过来,说是孩子放在这里了,叫找个合适的班机,让她飞回东京。"

"那么她自己回来领走不就行了?"

"我怎么晓得。反正她说之后无论如何得在加德满都住一个星期。人家是名人,加上又是我们拉都拉不来的主顾,不能出言不逊的。她说得倒蛮轻松,说只要把孩子送到飞机场,往下一个人就可以回去了。问题是总不好那样做吧?一个女孩子,一旦有个三长两短就不得了。责任问题嘛。"

"无奇不有!"说罢,我突然想起一个人来,便道,"噢,那女孩怕是披肩发,穿着摇滚歌手式运动衫,经常听随身听,是吧?"

"是啊！怎么，你这不是挺清楚的吗？"

"得得！"

　　她给全日空售票处打电话，订了一张和我同一班次的票，然后给小女孩房间打电话，说找到了一同回去的人，请其收拾好东西下来，并说这人自己很了解，足可放心。接着叫来行李员，叫他去小女孩房间取行李，又马上叫来宾馆的豪华轿车。这一切做得干净利落，滴水不漏，甚是身手不凡。

　　"还真有两下子。"我说。

　　"不是说过我喜欢这工作么，我适合干这个。"

　　"可别人一逗就板起面孔。"我说。

　　她用圆珠笔"咚咚"敲了几下台面："那是两码事，我不大喜欢别人逗笑话寻开心，一直不喜欢，那样弄得我非常紧张。"

　　"喂，我可一点也没有叫你紧张的意思哟，"我说，"恰恰相反，我是想轻松一下才说笑话的。也许那笑话又粗俗又无味，但作为我是想努力说得俏皮些。当然，有时候事与愿违，引不起人家兴致，可恶意却是没有，更谈不上嘲弄你。我开玩笑，只是出于我的个人需要。"

　　她略微噘起嘴唇，注视着我的脸，那眼神活像站在山丘上观看洪水退后的景象。稍顷，她发出一声既像叹息又像哼鼻那样复杂的声音："对了，能给我一张名片吗？既然把小女孩托付给你，那么从我的角度……"

　　"从我的角度"——我含含糊糊地嘟囔一句，从钱夹里抽出名片递给她。名片这玩意儿我也是具备的,曾经有十二个人劝我还是怀揣几张名片为好。她像看抹布似的细细看那名片。

"那么你的名字呢?"我问。

"下次见面时再告诉。"她说,并用中指碰了下眼镜框,"要是能见面的话。"

"当然能见。"我说。

她浮起新月一般淡然恬静的微笑。

十分钟后,小女孩和行李员一起下到大厅。行李员拿着一个新秀丽旅行箱,大得足可以站进一只德国牧羊犬。看来的确不可能把拿这么大的东西的一个十三岁女孩丢在机场不管。今天她穿的是写有"TALKING HEADS"①字样的运动衫和紧身牛仔裤,脚上穿一双长靴,外面披了一件上等毛皮大衣。同前次见到时一样,仍使人感到一种近乎透明的无可言喻的美,一种似乎明天便可能消失的极其微妙的美。这种美在对方身上唤起的是某种不安的情感,大约是美得过于微妙的缘故。"传声头像"——蛮不错的乐队名称,很像凯鲁亚克小说中的一节标题。

"搭话的脑袋在我旁边喝着啤酒。我很想小便,于是告诉搭话的脑袋说我去趟厕所。"

令人怀念的凯鲁亚克。他现在怎么样了呢?

小女孩看了看我。这回却毫无笑意,而是蹙起眉头看着,又转眼看看眼镜女孩。

"不要紧,他不是坏人。"眼镜女孩说。

"不像看上去那么坏。"我补充一句。

---

① 传声头像。

小女孩又看了我一眼，勉为其难似的点了点头，意思好像是说只能听天由命了。这使我觉得自己似乎做了一件十分有愧于她的坏事，像是成了吝啬鬼爷爷。

吝啬鬼爷爷。

"放心好了，不要紧的。"眼镜女孩说，"这位叔叔很会开玩笑，说话可风趣呢。对女孩子又热心，再说又是姐姐的朋友，所以不会有问题，对不对？"

"叔叔，"我不禁哑然失笑，"还够不上叔叔，我才三十四岁，叫叔叔太欺负人了！"

但两人压根儿没把我的话当一回事。她拉起小女孩的手，往停在大门口的豪华轿车那里快步走去。行李员已经把新秀丽旅行箱放进车中。我提起自己的旅行包随后赶上。"叔叔"——不像话！

这辆开往机场的豪华轿车，只有我和小女孩两个人坐。天气糟糕得很，途中四下看去，除了雪就是冰，简直同南极无异。

"我说，你叫什么名字？"我问小女孩。

她盯视一会儿我的脸，轻轻摇头，一副无奈的样子。继而环视四周，像在寻找什么。东南西北，所见皆雪。"雪。"她出声道。

"雪？"

"我的名字，"她说，"就这个，雪。"

随后她从衣袋里掏出随身听，沉浸在个人音乐的世界里。一直到机场，她始终没朝我这边斜视一眼。

不像话，我想。后来才得知，雪确实是她的真名，但当时无论如何我都觉得是她信口胡说，因而颇有些不悦。她时而从衣袋里掏出口香糖一个人咀嚼不已，让都没让我一下，其实我并非馋什么口香糖，只是觉得出于礼节也该让一下才是。如此一来二去，我觉得自己恐怕真的成了形容枯槁、寒碜不堪的老不死。无奈，只好深深缩进座席，闭起双眼回想往事，回想像她那般年纪的岁月。说起来，当时自己也搜集摇滚乐唱片——四十五转速的唱片来着。有雷·查尔斯的《出发，杰克》(*Hit the Road, Jack*)，有瑞奇·尼尔森（Ricky Nelson）的《旅人》(*Travelin' Man*)，有布伦达·李的《孤单一人》(*All Alone Am I*)等等，足有一百张之多。每天都翻来覆去地听，听得歌词都能背下来。我在头脑中试着想了一下《旅人》，居然全部记得，令人难以置信。那歌词本身倒是无聊透顶，但现在仍几乎可以脱口而出。年轻时的记忆力委实非同小可，无谓的东西竟记得这般一清二楚。

And the China doll
down in old Hongkong
waits for my return. ①

同传声头像的歌的确大异其趣。时代不同了——times are changing②……

我让雪一个人等在候机室里，自己去机场服务台取票。票

---

① 歌词大意：一个中国姑娘，彷徨在古旧的香港，等待我的归航。
② 与前半句中文意思相同。

钱可以事后再算，便用我的信用卡一起付了两人的票款。距登机时间还有一个小时，但票务员说可能推迟些。"有广播通知，请留意听。"她说，"现在视野还十分不理想。"

"天气能恢复？"我问。

"预报是这样说的，但不知要等几个小时。"她有些懒懒地回答。这也难怪，同样的话要重复两百多遍，放在谁身上大概都提不起兴致。

我回到雪等待的地方，告诉她雪还下个不停，飞机可能稍微误点。她漫不经心地撩了我一眼，样子像是说知道了，却没有吭声。

"情况如何还摸不准，行李就先不托运了。办完再退很麻烦的。"我说。

她做出像是说"听便"的神情，仍旧默不作声。

"只能在这里等了，尽管场所不很有趣。"我说，"午饭吃过了？"

她点点头。

"不去一下咖啡店？不喝点什么？咖啡、可可、红茶、果汁，什么都行。"我试着问。

她便做出不置可否的神情。感情表现相当丰富。

"那，走吧！"说着，我站起身，推起旅行箱，和她一起去咖啡店。店里很挤，人声嘈杂，看样子连一个航班都未准时起飞，人们无不显出疲惫的样子。我要了咖啡和三明治，算是午餐，雪喝着可可。

"在那宾馆住了几天？"我问。

"十天。"她略一沉吟，答道。

"母亲什么时候走的？"

她望着窗外的雪,半天才吐出个"三天前",简直像在上初级英语会话课。

"学校放春假,一直?"

"没上学,一直。所以别管我。"说罢,从衣袋里掏出随身听,把耳机扣在耳朵上。

我把杯里剩下的咖啡喝光,拿起报纸。近来我总是惹女孩子不顺气,怎么回事呢?运气不佳?还是有什么更带根本性的原因?

恐怕仅仅是运气不佳所致,我得出结论。看罢报纸,从旅行包里取出袖珍本的福克纳小说《喧哗与骚动》读起来。福克纳和菲利普·K·迪克的小说在神经感到某种疲劳的时候看上几页,便觉十分容易理解。每次遇到这种时候,我都看这两人的小说,其他时候则几乎不看。这时间里,雪去了一次厕所,给随身听更换了一次电池。半个小时后,广播通知说飞往羽田的班机推迟四个小时起飞——要等天气好转。我叹了口气,暗暗叫苦:居然要在这等地方等四个小时。

事已至此,别无良策,况且这点本来一开始就被提醒过。不过转念一想,想问题应该往前想,往积极方面想。积极思考的力量。如此积极想了五分钟,脑海中倏然掠过一个念头。实行起来可能顺利也可能不顺利,但总比在这声音嘈杂、烟味儿呛人的地方枯坐强似百倍。于是我叫雪在此稍候,转身走到机场租车服务处,提出借小汽车一用。里面的女士当即为我办好手续,但租的是辆带汽车音响的丰田卡罗拉 Sprinter。我乘小型公交车,路上花五分钟赶到租车服务处,领出卡罗拉的钥匙。服务处距机场开车十来分钟。这是一辆装有崭新防滑轮胎的白色卡罗拉。我躬身进去,驱车返回机场,然后去咖啡店找到雪，提议用余下的三个小时去附近兜风。

"雪下成这模样，兜风不是什么也看不见吗？"她吃惊似的说，"再说到底去哪里呢？"

"哪里也不去，开车跑路就是。"我说，"可以用大音量听音乐。不是想听音乐吗？保准你听个够。一个劲儿听随身听，要把耳朵听坏的。"

她歪着头，似乎犹豫不决。我站起身，说声"走吧"，她便也起身跟出。

我扛起旅行箱，放到车后，随即在雪花飘舞的路上漫无目的地缓缓驱车前行。雪从挎包里取出磁带，放进车内音响，按动开关。大卫·鲍伊唱的《中国女孩》（*China Girl*），其次是菲尔·科林斯、星船（Starship）、托马斯·多尔比（Thomas Dolby）、汤姆·佩蒂与伤心人乐团、霍尔与奥兹、汤普森双胞胎（Thompson Twins）、伊基·波普、"香蕉女郎"。一首接一首全是十几岁女孩喜欢听的音乐。滚石乐队唱了《我要去》（*Going to a Go Go*）。"这支歌我知道，"我说，"过去由奇迹乐队（The Miracles）唱来着，史摩基·罗宾逊和奇迹乐队。那还是我十五六岁的时候。"

"呃。"雪显得兴味索然。

"Going to a Go Go."我随声唱道。

接下去是保罗·麦卡特尼和迈克尔·杰克逊唱的《说说说》（*Say Say Say*）。路上跑的车很少，可以说几乎没有。车刷吃力地把窗上的雪叭嗒叭嗒扫落下去。车内很暖和。摇摆舞曲听起来蛮舒服，就连杜兰·杜兰也令人心神荡漾。我感到一阵身心舒展，不时地附和着哼唱几句，在笔直的路上驱车前往。雪看上去情绪也有所好转。这盘九十分钟的磁带听完，她的目光落在我从租车处借来的磁带上："那是什么？"我答说是"老歌"里的，在返回机场的路上用来听着消磨时间。"想听一下。"她说。

"不知你中意不中意，全是旧曲子。"

"无所谓，什么都行。这十多天听的全是同一盘磁带。"

于是我将磁带塞进去。首先是山姆·库克的《美妙世界》(*Wonderful World*)——"管它什么历史，我几乎一无所知……"这支歌不错。山姆·库克，在我初中三年级时他遇枪击而死。接下去是巴迪·霍利的《噢，男孩！》(*Oh，Boy!*)，巴迪·霍利也死了，死于空难；鲍比·达林的《飞越情海》(*Beyond the Sea*)，鲍比·达林也死了；"猫王"埃尔维斯的《猎狗》，埃尔维斯也死了，死于吸毒。都死了。再往下是查克·贝里唱的《甜蜜十六岁》(*Sweet Little Sixteen*)，艾迪·科克兰（Eddie Cochran）的《夏日蓝调》(*Summertime Blues*)，艾佛利兄弟的《醒醒小苏西》(*Wake up Little Susie*)。

我碰到记得的部分，便随之哼唱。

"你还真记得不少。"雪钦佩似的说。

"那当然。过去我也和你同样喜欢听摇滚乐。"我说，"差不多和你同样年龄的时候，整天抱着收音机不放，攒零花钱去买唱片。摇滚乐——当时以为天底下再没有比它更美妙的东西了，一听就忘乎所以。"

"现在呢？"

"现在也还听，还是有我喜欢的，但不至于倾心到背得下歌词的地步，不像过去那样激动。"

"为什么？"

"为什么呢？"

"告诉我。"雪说。

"大概是因为听得出好的不多吧。"我说,"真正好的少之又少。什么都是这样。书也好电影也好音乐会也好,真正好的不多,摇滚乐也是。听一个小时收音机至多能听到一支好的,其余统统是大批量生产的垃圾。但过去可没想得这样认真,听什么都觉得开心。年轻,时间多的是,还谈着恋爱。再无聊的东西,再细小的事情,都可以用来寄托自己颤抖的心灵和情思。我说的你可明白?"

"多多少少。"

德尔维京人(The Dell-Vikings)的《跟我走》(*Come Go with Me*)旋律响起,我跟着唱了一会。"挺无聊吧?"我问。

"不,还可以。"她说。

"还可以。"我重复道。

"现在还没谈恋爱?"雪问。

我认真思考片刻。"这问题很难回答。"我说,"你有喜欢的男孩子?"

"没有,"她说,"讨厌的家伙倒多得躲都躲不及。"

"心情可以理解。"我说。

"还是听音乐开心。"

"这心情也可理解。"

"真的理解?"说着,雪眯缝起眼睛,怀疑地看着我。

"真的理解。"我说,"人们称之为逃避行为。那也无所谓,由人们说去好了。我的人生是我的,你的人生是你的。只要你清楚自己在寻求什么,那就尽管按自己的意愿去生活。别人怎么说与你无关。那样的家伙干脆喂大鳄鱼去好了。过去在你这样的年纪我就这样想,现在也还是这样认为,或许因为我作为一个人还没有成熟，要不然就是我永远正确。我弄不明白，百思不得其解。"

吉米·吉尔默（Jimmy Gilmer）唱起《糖果小屋》（*Sugar Shack*）。我从唇间吹着口哨，驱车前行。路的左侧，雪白的原野横无涯际。"小小木造咖啡屋，浓缩咖啡香如故"——一支好歌。一九六四年。

"喔，"雪说，"你好像有点与众不同。别人不这样说？"

"哪里。"我否定道。

"结婚了？"

"一次。"

"离了？"

"嗯。"

"为什么？"

"她离家跑了。"

"真的，这？"

"真的。看中了别的男人，就一起跑到别的地方去了。"

"可怜。"她说。

"谢谢。"

"不过，你太太的心情似乎可以理解。"

"怎么个理解法儿？"我问。

她耸耸肩，没有回答。我其实也并非想听。

"嗯，吃口香糖？"雪问。

"谢谢。可我不要。"

我们的关系稍有改善，一块儿唱起"沙滩男孩"的《冲浪USA》。挑简单的唱，如"inside-outside-U. S. A"等，但很惬意。还一起唱了《救救我，朗达》（*Help Me Rhonda*）。我还不至于百无一能，不至于是吝啬鬼爷爷。这时间里，雪花渐渐由大变小。我开车回机场，把钥匙还给租车服务处，然后把行李办了托运，三十分钟后登上机舱。飞机总共晚了五个小时才起飞。起飞不久，雪便睡过去了。她的睡相十分姣好妩媚，仿佛是用现实中所没有的材料制成的一座精美雕像，只消稍微用力一碰便会毁于瞬间——她属于这种类型的美。空姐来送饮料时，看见她这副睡相，露出似乎十分诧异的神色，并朝我莞尔一笑。我也笑了笑，要了一杯金汤力，边喝边想喜喜，在脑海里反反复复地推出她同五反田在床上拥抱的场面。摄影机来回推拉，喜喜置身其中。"你这是怎么了？"她说。

"你这是怎么了？"——思考发出回声。

16

在羽田机场取出行李,我问雪家住哪里。

"箱根。"

"真够远的。"我说。晚上八点都过了,无论乘出租车还是乘什么,从这里回箱根都不是闹着玩的。"在东京没有熟人?亲戚也好朋友也好,哪个都行。"

"这些人都没有。但公寓倒是有,在赤坂。不大,妈妈来东京时用的。可以去那里住,里边一个人也没有。"

"没有家人?除妈妈以外?"

"没有,"雪说,"就我和妈妈两人。"

"唔。"看来这户人家情况颇为复杂,但终究不关我事,"反正先搭出租车去我那里,找地方一起吃顿晚饭,吃完用车送你回公寓。这样可好?"

"怎么都好。"她说。

我拦了辆出租车,赶到我在涩谷的寓所,叫雪在门口等着,自己进房间放下行李,解下全副武装,换上普通衣服:普通轻便运动鞋、普通皮夹克和普通毛衣。然后下去让雪钻进"斯巴鲁",开车跑了十五分钟,到得一家意大利餐馆吃饭。我吃的是意大利饺子和蔬菜沙拉,她吃蛤蜊意面和菠菜。又要了一盘意式海鲜天妇罗,两人一分为二。这天妇罗量相当不小，看样子她饿得够呛，还吃了块提拉米苏。我喝了一杯浓缩咖啡。"好香！"她说。

我告诉她，我最清楚哪里的饭店味道好，并且讲了自己到处物色美食店的工作。

雪默默地听着我的话。

"所以我很了解。"我说，"法国有一种猪，专门哼哼唧唧地寻找地下的蘑菇。我和那猪一样。"

"不大喜欢工作？"

我点点头，说："不行，怎么也喜欢不来。那工作毫无意义可言。找到味道好的饭店，登在刊物上介绍给大家，告诉人家去那里吃那种东西。可是何苦非做这种事不可呢？人家喜欢吃什么就吃什么不就行了吗？对吧？为什么偏要你一一指点该吃什么不该吃什么呢？为什么偏要你连怎样看菜谱都指手划脚一番呢？况且，被你介绍过的那家饭店，随着名气的提高，味道和服务态度反倒急剧滑坡。十有八九都是如此，因为供求之间的平衡被破坏了，而这恰恰就是我们干的好事。每当发现什么，就把它无微不至地贬低一番。一发现洁白的东西，非把它糟蹋得面目全非不可。人们称之为信息，称把生活空间底朝天过一遍筛子是什么信息的集约化。这种勾当简直烦透人了——自己干的就是这个。"

雪一直从桌子对面看着我，活像看什么珍奇动物。

"可你还在干吧？"

"工作嘛。"我说。接着我突然意识到坐在我对面的不过是个十三岁的孩子。怎么搞的，瞧我在向一个小孩子说些什么！"走吧！"我说，"夜深了，送你回公寓。"

乘上"斯巴鲁"，雪拿起身旁随便扔着的磁带，塞进音响。那是我自己转录的老歌的带子，常常一个人边开车边听。四顶尖组合（Four Tops）的《伸出手来，有我在》（*Reach Out I'll Be There*）。路面车少人稀，很快来到赤坂，我便向雪问她公寓的位置。

"不想告诉你。"雪说。

"为什么？"我问。

"因为不想回去。"

"喂，夜里十点都过了。"我说，"整整折腾了一天，比狗还困。"

雪从旁边座席上盯视着我的脸。尽管我一直注视着前方路面，还是感觉得出落在我左侧脸颊上的视线。那视线很不可思议：其中并不含有任何感情，却又使我悸动不已。如此盯视良久，她才转向另一侧车窗的外面。

"我不困。再说现在回房间也是一个人，很想再兜兜风，听听音乐。"

我沉吟一下，说："一个小时。完了就回去乖乖睡觉，好吗？"

"好的。"

我们一面听音乐，一面在东京街头转来转去。如此做法，带来的结果无非是加速空气污染，使臭氧层遭到破坏，噪音增多，人们神经紧张，地下资源枯竭。雪把头偎在靠背上，一声不响地茫然望着街头夜景。

"听说你母亲在加德满都？"我问道。

"嗯。"她懒慵慵地回答。

"那么，母亲回来之前就你一个人喽！"

"回箱根倒是有一个帮忙的阿姨。"

"唔,"我说,"常有这种情况?"

"你指的是扔下我一个人不管?常有的呀,她那人,脑袋里装的全是她的照片。人是没有坏心,但就是这个样子。总之只考虑她自己,有我没我根本不放在心上。我好比一把伞,她走到哪忘到哪。兴致一来说走就走。一旦起了去加德满都的念头,脑袋里就只有加德满都。当然事后也反省也道歉,但马上又故伎重演。这次心血来潮地把我带去北海道,带去自然好,可我只能整天在宾馆房间里听随身听,妈妈几乎顾不得回来,吃饭也我一个人……但我已经习惯了。就说这回吧,她说是说一个星期后回来,实际也指望不得,谁晓得从加德满都又去什么地方!"

"你母亲叫什么名字?"我问。

她说出母亲的名字。我没有听说过。"好像没听说过。"我说。

"另有工作用名。"雪说,"工作中一直用'雨'这个名字,所以才把我搞成'雪'。你不觉得滑稽?就是这样的人。"

提起雨我倒是晓得,任何人都晓得,这是个大名鼎鼎的女摄影家,但她从不在电视报纸上抛头露面,从不介入社会,本名叫什么几乎无人知晓,只知道她独来独往,自行其是,摄影作品角度尖锐,富有攻击性。我摇了摇头。

"那么说,你父亲是小说家?叫牧村拓,大致不错吧?"

雪耸了耸肩:"那人也不是坏人,才华可是没有。"

雪的父亲写的小说,过去我读过几本。年轻时写的两部长篇和一部短篇集的确不坏,文笔和角度都令人耳目一新,所以书也还算畅销,本人也俨然成了文坛宠儿,接连不断地出现在电视杂志等各种画面场面,对所有的社会现象评头品足,并和当时崭露头角的摄影家雨结了婚。这是他一生的顶点，后来便江河日下。好像也没什么特殊缘由，而他却突然写不出像样东西来了。接着写的两三本，简直无法卒读。评论家们不赞一词，书也无人问津。此后，牧村拓一改往日风格，从浪漫纯情的青春小说作家突然变成大胆拓新的超前派人物，但内容的空洞无物却并无改变。文体也是拾人牙慧，不过是仿照法国一些超前卫派小说，支离破碎地拼凑起来而已，简直惨不忍读。尽管如此，几个想象力枯竭的新型好事评论家居然赞扬了一番。两年过后，连这几个评论家大概也觉得自讨没趣，再不鼓吹了。至于何以出现这种情况我固然无从知晓，总之他的才华已在最初三本书里耗费一空。不过文章还做得出来，因此仍在文坛周边团团打转，犹如一条被阉割的狗只凭过去的记忆在母狗屁股后嗅来嗅去。那时雨已经同他离婚——准确说来，是把他甩了，至少社会上都这样认为。

然而牧村拓并未就此鸣金收兵，而以探险家这块招牌向新的领域施展拳脚。那是七十年代初期。滚蛋去吧超前派，如今时髦的是行动与探险。于是围绕世界上鲜为人知的地带大做文章。他同爱斯基摩人一起吃海豹，在非洲同土著居民共同生活，去南美采访游击战，并且咄咄逼人地抨击书斋型作家。起始这样还未尝不可，但十年一贯如此——怕也在所难免——人们自然厌烦起来。况且世界上原本也没那么多险可探，又并非利文斯敦和阿蒙森时代。探险色彩渐次淡薄，文章却愈发神乎其神起来。实际上，那甚至已算不上探险。他的所谓探险，大多同制片人、编辑以及摄影师等拉帮结伙。而若电视台参与，势必有十几名工作人员、赞助人加入队伍。还要演出，而且愈是后来演出愈多。这点同行之间无人不晓。

估计人本身并不坏,只是缺乏才华,如她女儿说的那样。

对她这位作家父亲,我再没有说什么,雪也似乎懒得说,而其他话我又不愿开口。

我们默默地欣赏音乐。我握着方向盘,注视着前面行驶的蓝色宝马的尾灯,雪则一边用靴尖踩着所罗门·伯克(Solomon Burke)歌唱的节拍,一边观望街景。

"这车不错。"稍顷,雪开口道,"什么牌子?"

"斯巴鲁,"我说,"二手老款。世上不大会有人故意夸它还夸出声来。"

"也不知为什么,坐起来总像感到很亲切。"

"大概是因为这车得到我喜爱的缘故吧。"

"那样就会产生亲切感?"

"协调性。"

"不大明白。"雪说。

"我和车是互相配合的,简单说来,就是说,我进入车内空间,并且爱这辆车。这样里边就会产生一种气氛,车会感受到这种气氛。于是我变得心情愉快,车也变得心情愉快。"

"机械也会心情愉快?"

"不错。"我说,"原因我说不清,反正机械也会心情愉快,或烦躁不安。理论上我无法解释,就经验来说是这样,毫无疑问。"

"和人的相爱是一回事?"

我摇摇头:"和人不同,对机械的感情是固定在同一场合的,而对人的感情则根据对方的反应而经常发生微妙的变化。时而动摇,时而困惑,时而膨胀,时而消失,时而失望,时而不悦。很多场合很难从理论上加以控制,而对'斯巴鲁'则不一样。"

雪略加思索，问道："你和太太没能沟通？"

"我一直以为是沟通的。"我说，"但对方不那样认为，见解不同罢了。所以才离家出走。或许对她来说，同别的男人出走比消除见解上的差异来得方便、来得痛快。"

"不能像跟'斯巴鲁'那样和平共处？"

"可以这样看。"说罢，我不由心中叫道：乖乖，瞧我跟一个十三岁女孩说些什么？

"嗳，你对我是怎么看的？"雪问。

"我对你还几乎一无所知。"我回答。

她又定定地看着我的左脸，那视线甚是尖锐，我真有点担心把脸颊盯出洞来。明白了——我想。

"在我迄今为止约会过的女孩当中，你大概是长得最为漂亮的。"我看着前面的路面说，"不，不是大概，确实最为漂亮。假如我回到十五岁，非跟你恋爱不可。可惜我都三十四岁了，不可能动不动就恋爱。我不愿意变得更加不幸。还是'斯巴鲁'更叫人开心。这样说可以吧？"

雪又盯了我一会儿，但这回视线已平和下来，说了声"怪人"。经她如此一说，我也觉得自己怕是果真成了人生战场上的败北者。她想必并无恶意，但对我确是不小的打击。

十一点十五分，我们返回赤坂。

"那么……"我不由自言自语。

这回雪老老实实地告诉了她公寓的位置。那是一座小巧玲珑的红瓦建筑，位于乃木神社附近一条幽静的街道上。我把车开到门前刹住。

"钱款的事，"她在座席上稳坐未动，沉静地开口道，"机票啦饭钱什么的……"

"机票等你妈妈回来再付也可以。其他的我出，不必介意。花钱分摊那种约会我是做不来的。只是机票除外。"

雪未作声，耸耸肩，推开车门，把嚼过的口香糖扔到绿植盆里。

"谢谢。不客气。"我喃喃有声地自我寒暄完毕，从钱夹里取出名片递过去，"你母亲回来时把这个交给她。另外，要是你一个人有什么为难的，就往这儿打个电话。只要我力所能及，肯定帮忙。"

她捏住我的名片仔细看了一会儿，放进大衣口袋。

"怪名。"她说。

我从后座拉出重重的旅行箱，推上电梯运到四楼。雪从挎包里掏出钥匙开门，我把旅行箱推入室内。里面只有三个空间：厨房兼餐厅、卧室和浴室。建筑物还较新，房间里如样板房似的拾掇得整整齐齐。餐具、家具和电器一应俱全，且看上去都很高级而清雅，只是几乎感觉不到生活气息，想必是出钱请人在三天内全部购置齐全的。格调不错，但总好像缺乏现实感。

"妈妈偶尔才用一次的，"雪跟踪完我的视线，说，"这附近她有工作室，在东京时几乎都住在工作室里，那里睡那里吃。这里偶尔才回来。"

"原来如此。"好个忙碌的人生。

她脱去毛皮大衣，挂上衣架，打开煤气取暖炉。随后，不知从哪里拿来一盒维珍妮牌女士香烟,取一支叼在嘴上,无所谓似的擦火柴点燃。我认为十三岁女孩吸烟算不得好事。有害健康,有损肌肤。不过她的吸烟姿势却优美得无可挑剔,于是我没有表示什么。那悄然衔上过滤嘴的薄薄的嘴唇,如刀削般棱角分明,点火时那长长的睫毛犹如合欢树叶似的翩然垂下,甚是撩人情怀。散落额前的几缕细发,随着她细小的动作微微摇颤——整个形象可谓完美无缺。我不禁再次想道:我若十五岁,肯定堕入情网,堕入这春雪初崩般势不可挡的恋情,进而陷入无可自拔的不幸深渊。雪使我想起我结识过的一个女孩——我十三四岁时喜欢过的女孩,往日那股无可排遣的无奈蓦地涌上心头。

"喝点咖啡什么的?"雪问。

我摇摇头:"晚了,这就回去。"

雪把香烟放在烟灰缸上,起身送我到门口。

"小心烟头上的火和炉子。"

"活像父亲。"她说。说得不错。

我折回涩谷寓所,歪在沙发上喝了瓶啤酒,然后扫了一眼信箱里的四五封信:都是工作方面的,而那工作又无关紧要。于是我暂且不看内容,开封后便扔到了茶几上。浑身瘫软无力,什么也不想干,然而心情又异常亢奋,很难马上入睡。漫长的一天,一再拖延的一天。似乎坐了一整天游乐园里的过山车,身体仍在摇晃不已。

到底在札幌逗留了几天时间呢?我竟无从记起。各种事情纷至沓来，睡眠时间又颠三倒四。天空灰蒙蒙一片。事件与日期纵横交错。首先同服务台女孩有一场约会，然后给往日的同伴打了个电话，请他调查海豚宾馆。接下去是同羊男见面交谈，去电影院观看有喜喜和五反田出场的电影，同十三岁的漂亮女孩同唱"沙滩男孩"，最后返回东京。一共几天来着？

计算不出。

一切有待明日，可以明天想的事明天再想好了。

我去厨房倒了杯威士忌，什么也没加地喝着。随即拿过原来剩下的半包薄脆饼干，嚼了几片。饼干有点发潮，像我脑袋似的。然后拿起旧唱片，拧小音量放唱起来。那是令人怀念的摩登一族（The Modernaires）和汤米·多尔西（Tommy Dorsey）的歌，但已落后于时代，像我脑袋似的，而且有了噪音。但不连累任何人，闭门不出，自成一体，像我脑袋似的。

你这是怎么了？喜喜在我脑袋里说道。

镜头迅速一转：五反田匀称的手指温情脉脉地抚摸着她的背，犹如在探寻其中隐藏的水路。

你说这是怎么了，喜喜？我的确相当迷惘相当困惑。我不再像过去那样自信，当然爱与二手"斯巴鲁"除外。是吧？我嫉妒五反田匀称的手指。雪已经把烟头完全熄灭了吗？完全关好煤气炉开关了吗？活像父亲，一点不错。我对自己缺乏自信。难道我将在高度发达的资本主义社会这种如同大象墓场的地方如此喃喃自语地沦为老朽吗？

但，一切有待明日。

我刷了牙，换上睡衣，把杯里剩的威士忌喝干。刚想上床，电话铃响了。我站在房间正中定定地看着电话机，最终还是拿起了听筒。

"刚把炉子关掉。"雪说,"烟头也完全熄了,这回可以了吧?还不放心?"

"可以了。"我说。

"晚安。"

"晚安。"

"喂,"雪略一停顿,"你在札幌那家宾馆里看见身披羊皮的人了吧?"

我像要孵化一只有裂纹的鸵鸟蛋似的怀抱电话机,在床边坐下。

"我知道,知道你看见了。我一直没吭声,但心里知道,一开始就知道。"

"你见到羊男了?"我问。

"哦——"雪含糊其辞,打了个响舌,"等下次吧,下次见面再慢慢说。今天困了。"

言毕,"咔"一声放下电话。

太阳穴开始涨痛。我又去厨房喝威士忌。身体仍在不由自主地摇摇晃晃。过山车发出声响,开始启动。连接上了——羊男说。

连接上了——思考发出回声。

一切开始逐渐连接。

17

　我靠着厨房水槽,又喝了一杯威士忌。到底怎么回事呢?我很想给雪打个电话,问她何以晓得羊男,但太累了,毕竟奔波了整整一天,再说她放下电话前说了句"等下次"。看来只好等下一次,何况我还根本不知道她公寓的电话号码。
　　我上了床。横竖睡不着,便看着枕旁的电话机,看了十至十五分钟。因我觉得说不定雪会打电话来,或者不是雪而是其他人。看着看着,我觉得这电话机很像一颗被人遗落的定时炸弹,谁也不晓得它何时炸响,只知道其炸响的可能性,只要时间一到。再仔细看去,发觉电话机的形状很是奇特。非常奇特。平时未曾注意,现在端详起来,其立体性似乎给人一种不可思议的紧迫感。它既像是迫不及待地想要说话,又仿佛在怨恨自己受缚于电话这一形态,从而又像一个被赋予笨拙肉体的纯粹概念。电话!
　　我想到电话局,那里连接着所有电话线。电话线从我这房间里通往无限遥远,在理论上可以同任何人连在一起。我甚至可以给安克雷齐(Anchorage)打电话,可以给海豚宾馆、给往日的妻子打电话。其可能性无可限量。而总连接点便是电话局。那里用电子计算机处理连接点,通过编排数据使连接点发生转换,实现通讯。我们通过电线、地下电缆、海底隧道以至通讯卫星而连在一起,由庞大的电脑系统加以控制。但是,无论这种连接方式何等优越、何等精良,倘若我们不具有通话的意志,它就无法发挥任何连接作用。并且,纵使我们有这种意志,而若像眼下这样不晓得(或忘了询问)对方的电话号码,也无法连在一起。也有时候尽管问了电话号码而一时忘却或将备忘录遗失,甚至有时候尽管记得电话号码而拨错转盘,这样一来,我们同哪里也连接不上。可以说,我们是极其不健全极其不会反省的种族。不止于此,即使这些条件完全具备而得以给雪打电话,也有可能碰一鼻子灰——对方丢过一句"我现在不想说,再见",旋即"咔"一声放下电话。这样,通话也无从实现,而仅仅成为单方面的感情提示。

面对以上事实,电话似乎显得焦躁不安。

她(也许是他。这里姑且把电话视为女性形象)对自己不能作为纯粹概念自立而感到焦躁,对通讯是以不稳妥不健全的意志为基础这点感到气愤。对她来说,一切都是极其不完美、极其突发、极其被动的。

我把一只臂肘支在枕头上,打量着电话机的这种焦躁情绪。但我无能为力,我对电话机说:那不是我的责任。所谓通讯本身就是这么一种东西,就是不完美的、突发的、被动的。她所以焦躁不安,是因为将其作为纯粹概念来把握的缘故。这怪不得我,无论去任何地方都恐怕免不了焦躁。或许她由于属于我的房间而焦躁得厉害些,在这点上我也感到有几分责任,也觉得自己大约在不知不觉之中煽起了这种不完美性、突发性和被动性,也就是从中掣肘。

继而我蓦地想起往日的妻子。电话一声不响地谴责我,像妻子一样。我爱妻子,一起度过了相当快乐的时光。两人有说有笑，到处游山玩水，做爱不下数百次。然而妻子又时常这样谴责我，半夜里，沉静地、执着地谴责我的不完整性、突发性和被动性。她焦躁不安。我们同舟共济。但她所追求所向往的目的同我的存在之间有着决定性的差异。妻子追求的是通讯的自立性，是通讯高扬起纤尘不染的白旗将人们引向不流血革命的辉煌场面，是完美性克服不完美而最终痊愈的景况——对她来说这就是爱，但对我则当然不同。爱之于我，是被赋予了不匀称肉体的纯粹概念，是气喘吁吁地挤出地下电缆而总算捕捉到的结合点，是非常不完美的：时而串线，时而想不起号码，时而有人打错电话。但这不是我的过错。只要我们存在于肉体之中，这种情况就将永远持续，此乃规律所使然。我对她如此加以解释，不知解释了多少次。

但有一天，她还是离家出走了。

也许是我煽起并助长了这种不完美性。

我边看电话边回忆我同妻子的做爱。离家前的三个月时间里，她一次也没同我睡过，因为她已开始同别的男人睡了，但我当时完全蒙在鼓里。

"喔，对不起，你到别处找其他女的睡去好了，我不生气的。"她说。

我以为她开玩笑，实际上是其真心话。我说我不愿意跟其他女的睡——是真的不愿意。

"我还是希望你同别人睡去。"她说，"另外也要各自重新考虑一下以后的事。"

最终我和谁也没睡。倒不是我这人在性方面有洁癖，只是不愿意为了重新考虑什么便乱睡一通。我是因为想和谁睡才睡的。

时过不久,她离家出走了。莫非当时我若按她说的去找其他女孩睡,她便乖乖留下不成?难道她是想通过那种方式来使得她同我之间的通讯多少获得自立?滑稽透顶!我当时可是压根没有另觅新欢的念头,至于她做何打算我无从推测,因为她对此讳莫如深,即使离婚之后也避而不谈,只说了几句极具象征性的话,这也是她遇到重大事情时的惯常做法。

高速公路上的隆隆声过了十二点也未中止,摩托车尖刺的排气声不时响彻夜空。尽管有防音密封玻璃阻隔,使声音听起来含糊而迟缓,但其存在感却显得滞重而深沉。它在那里存在,连接我的人生,将我圈定在地表的某一位置。

电话机看得厌了,我合起双眼。

刚一合眼,一种虚脱感便迫不及待地悄然占满了整个空白,十分巧妙十分快捷,旋即,困意蹒跚而来。

☙ ☙ ☙

吃罢早餐,我翻开通讯录,找到一个在娱乐圈做经纪人的熟人,给他打了个电话。以前我为一家刊物当记者的时候,工作上和他打过几次交道。时值早上十点,他当然还卧床未起。我道歉把他叫醒,说想知道五反田的联系方式。他不满地嘟囔几声,好在还是把五反田所在制片公司的电话号码告诉了我,是一家大牌制片公司。我拨动号码,一个值班经理出现了。我道出刊物名称,说想同五反田取得联系。"调查吗?"对方问。"准确说来不是的。"我回答。"那么干什么呢?"对方问,问得有理。"私事。"我说。"什么性质的私事?""我们是中学同学,有件事无论如何得同他联系上。"我回答。"你的名字?"

我告以姓名,他记下。"是大事。"我说。"我来转告好了。"他表示。"想直接谈。"我拒绝。"那种人多着哩,"他说,"光是中学同学就有好几百。"

"事情很关键,"我说,"所以要是这次能给联系上,作为我,我想也会在工作上提供方便。"

对方沉吟片刻。我当然是在说谎。其实我是没有能力提供方便的。我的工作不过是听命于人,人家叫我去采访我才敢去。但对方不明白这点,明白就不好办了。

"不是要写调查报告吧,"对方说,"要是写调查报告,可得通过我正式安排才行。"

"不是,百分之百的私事。"

他让我告之以电话号码,我告诉了他。

"是中学同学对吧,"他叹口气说,"明白了。今天晚上或明天早上让他打电话过去。当然,要看他本人乐不乐意。"

"那是的。"我说。

"他很忙,也可能不乐意同中学同学通话。又不是小孩子,总不能把他拉到电话机这儿来。"

"那是那是。"

对方边打个哈欠边放下电话。没办法,才早上十点。

上午,我去青山的纪之国屋买东西。到停车场,我把"斯巴鲁"停在"萨博"和"奔驰"之间。可怜的老款"斯巴鲁",活像我本人这副寒酸相。不过在纪之国屋采购我倒是很喜欢。说来好笑,这家店的生菜保鲜的时间最长,为什么我不清楚,反正就是这样。说不定是闭店后店员把生菜集中起来施以特殊训练的结果。果真如此我也毫不惊讶——在高度发达的资本主义社会什么事都有可能。

出门时我接上了录音电话,但没有任何话音留下。谁也没打电话来。我一边听收音机里的《黑豹》(*Theme From Shaft*),一边把买来的蔬菜分别包好放进冰箱。那男的是谁?夏福特!

之后,我到涩谷一家影院又看了一遍《一厢情愿》,已经是第四遍了,但还是不能不看。我大体估算一下时间,走进电影院,痴痴地等待喜喜出场。我把全副神经都集中在那组画面上,不放过任何一个细小部分。场景始终如一:周日的早上,随处可见的平和的晨光,窗口的百叶窗,女郎的裸背,背上游动的男人手指。墙上挂着勒·柯布西耶的画,床头枕旁摆着"顺风"威士忌酒瓶。玻璃杯两只,烟灰缸一个,七星烟一盒。房间里有组合音响,有花瓶,花瓶里插着雏菊样的花。地板上扔着脱下的衣服,还可以看到书架。镜头迅速一转,喜喜!我不由闭起眼睛,旋即睁开:五反田正抱着喜喜,轻轻地、温柔地。"岂有此理"——我心中暗想,不料竟情不自禁地脱口而出。旁边一个大约同我隔四个座位的年轻男人朝我递来一瞥。主人公女孩出场了。她梳着一束马尾辫,身穿派克风衣和蓝牛仔裤,脚上一双红色阿迪达斯运动鞋,手里提着蛋糕或曲奇样的东西。她跨进房间,又即刻逃走。五反田神色茫然。他从床上坐起,用凝视耀眼金光般的眼神死死盯着女孩走后留下的空间。喜喜则把手搭在他肩上,神色忧郁地说:"你这是怎么了?"

我走出电影院,在涩谷街头踯躅。

由于已进入春假,街上触目皆是初高中生。他们看电影,在麦当劳吃一些宿命性垃圾食品,在《POPEYE》、《Hot-Dog

PRESS》和《Olive》等推荐的商店里购买毫无用处的杂货，把零花钱扔在游戏厅里。这一带的店铺全都播放震耳欲聋的音乐：史提夫·旺达、霍尔与奥兹的唱片、弹子球房进行曲、右翼宣传车的军歌等等。所有的声响浑融一团，组合成混沌般的喧嚣世界。涩谷站前有人在发表竞选演说。

我边走边回想五反田在喜喜背上的那修长而匀称的十根手指。步行到原宿之后，我穿过千驮谷走到神宫球场，又从青山大街走到墓地下。到得根津美术馆，从 FiGARO 店前前面通过后，再次走到纪之国屋，最后经仁丹大厦返回涩谷。距离相当不短，到涩谷已是薄暮时分。站在坡上望去，只见各色霓虹灯开始闪烁的街道上，身裹黑乎乎风衣的面无表情的公司职员，犹如溯流而上的冷冰冰的鲑鱼群，以同样的速度游动不息。

回到房间，发现录音电话的红灯亮着。我打开灯，脱去风衣，从冰箱里取出一罐啤酒喝了一口，然后在床边坐下，按动电话上的声音回放键。于是磁带卷回，送出五反田的声音：

"噢，好久没见了！"

18

"噢，好久没见了！"五反田说道。声音爽朗清晰，既不快又不慢，既不大又不小，既无紧张之感又不过于轻松，一切恰到好处。一听就知道是五反田的声音，那是一种只消听过一次便不易忘记的声音，就像他的笑容、洁白整齐的牙齿和挺秀端庄的鼻梁一样令人难以忘怀。这以前我从来未曾注意过和想起过他的声音，尽管如此，其声音还是犹如夜半鸣钟一般，使得埋伏在我脑海一隅的潜在性回忆刹那间历历浮现出来。

"今天我在家，请往家里打电话好了，反正我通宵不睡。"接着重复两遍电话号码，道一声"再会"，放下电话。从电话号码的区号看来，其住处同我的寓所相距不远。我记下他的号码，慢慢拨动电话。铃响第六次时，响起录音电话磁带上的女性声音：现在不在家，请将留言录进磁带。我便道出自己姓名、电话号码和打电话时间，并说自己一直待在房间里。这世道也真是忙乱得够呛。放下电话，我进厨房细细切了几棵芹菜，拌上蛋黄酱，边嚼边喝啤酒。这工夫，有电话打来，是雪的。雪问我在干什么，我说在厨房嚼着芹菜喝啤酒。她说那太惨了，我说也没什么惨的。更惨的事多着呢，只不过她不知道罢了。

"现在你在哪儿？"我问。

"还在赤坂公寓嘛，"她说，"一会儿不出去兜兜风？"

"对不起，今天不成。"我回答，"正在等一个有关工作的重要电话，下次再去吧。唔，对了，昨天你说看见那个披羊皮的人了？我想好好听听，那可是件顶大顶大的事。"

"下次吧。"言毕，只听"咔"的一声，电话毅然决然地放下了。

好家伙——我不由在心里叫道，看着手里的听筒发呆了半天。

嚼罢芹菜，我开始琢磨晚饭吃点什么。意大利面不错，把两头大蒜切得粗些放入，用橄榄油一炒。可以先把平底锅倾斜一下，使油集中一处，用文火慢慢来炒。然后将红辣椒整个扔进去，同大蒜一起炒，在苦味尚未出来时将大蒜和辣椒取出。这取出的火候颇难掌握。再把火腿切成片放进里边炒，要炒得脆生生的才行。之后把已经煮好的意大利面倒入，大致搅拌一下，撒上一层切得细细的欧芹碎。最后再另做一个清淡爽口的马苏里拉奶酪和番茄沙拉。不错不错！

不料刚烧开煮意面的水，电话铃又响了，我关掉煤气，到电话机那里拿起听筒。

"噢，好久没见了，"五反田说，"怪想念的。身体还好？"

"凑合。"我说。

"经理告诉我，说你有什么事。总不至于又要一起去解剖青蛙吧？"他似乎很开心地嗤嗤笑道。

"啊，有句话想问问。估计你很忙，就打了个电话去。事是有点蹊跷，就是……"

"喂喂，现在忙着？"五反田问。

"没有，没忙什么。闲得正要做晚饭。"

"那正好。怎么样，一起到外面吃顿晚饭如何？我正准备拉个人做伴儿。一个人闷头吃不出个滋味。"

"这合适么，风风火火给你打电话就……就是说……"

"客气什么！反正每天到一定时间肚子就要饿，乐意也罢不乐意也罢，总得填肚子，又不是专门陪你勉强吃。只管慢慢吃，边喝酒边聊聊往事，已经好久没见到老熟人了。我可是真想见面，只要你方便。还是说不方便？"

"哪里，提出有话要说的是我嘛。"

"那好，我这就去接你。在哪儿，你？"

我说出地址和公寓名。

"唔，就在我附近，二十分钟后到。你准备一下，我到你就出来。现在肚子饿得够受的，等不及。"

我答应一声，放下电话。随即歪头沉思：往事？

自己同五反田之间有什么往事可谈呢？我全然不知。当时两人关系又不特别亲密，甚至话都没正经说过几句。人家是班上金光万道的全智全能人物，而我说起来只是默默无闻的存在。他还记得我名字这点已足以使我觉得是个奇迹，更何往事之有？何话题之有？但不管怎样，较之碰一鼻子冷灰，当然是眼下这样好似百倍。

我三下五除二剃去胡须，穿上橙黄色条纹衬衫，外加 Calvin Klein 粗花呢夹克，扎上那条昔日女朋友在我生日时送的阿玛尼针织领带。然后穿上刚刚洗过的蓝牛仔裤，登上那双刚刚买来的雪白的雅马哈网球鞋。这是我衣箱中最潇洒的一套装备,我期待对方能够理解我的这种潇洒。迄今为止,还从来未曾同电影演员一起吃过饭,不晓得此时此刻应该如何装束。

二十分钟刚过他便来了。一位五十岁光景的说话礼貌得体的司机按响我的门铃,说五反田在下边等我。既然有司机来,我估计开的是"奔驰",果不其然。而且这"奔驰"特别大,银光熠熠,俨然汽艇一般。玻璃从外边看不见里面,随着"沙"一声令人快意的声响,司机拉开车门,让我进去,五反田坐在里面。

"嗬——到底是老同学!"他微微笑着说道。因没有握手,我顿感一阵释然。

"好久没见了。"我说。

他穿一件极为普通的V领毛衣,外罩一件藏青色风衣,下身是一条磨得很厉害的奶油色灯芯绒长裤,脚上登一双亚瑟士慢跑鞋。这身打扮实在别具一格,本来是无所谓的衣物,然而穿在他身上却显得十分高雅醒目,倜傥不群。他笑眯眯地打量着我的衣服。

"潇洒,"他说,"有审美力。"

"谢谢。"

"像个电影明星。"他并非揶揄,只是开玩笑。他笑,我也笑了。于是两人都轻松下来。接着五反田环顾一下车中,说:"如何,这车够派头吧?必要的时候制片公司借给你使用,连同司机。这样不会出事故,也可避免酒后开车,万无一失。对他们也好,对我也好,皆大欢喜。"

"有道理。"我说。

"如果自己用,就不开这样的家伙。我还是喜欢更小一点的车。"

"保时捷？"我问。

"玛莎拉蒂。"

"我喜欢更小的。"

"思域？"

"斯巴鲁。"

"斯巴鲁，"五反田点点头，"说起来，这车我以前用过，是我买的第一辆车，当然不是用经费，自己掏的腰包。是二手车，花掉了演第一部电影的酬金。我十分开心，开着它去制片公司上班，但在我当男二号演第二部影片的时候，马上被提醒说不能坐什么斯巴鲁，如果想当电影明星的话。于是我换了一辆。那里就是这样的世界。不过那车是不错，实用、便宜，我很喜欢它。"

"我也喜欢。"我说。

"你猜我为什么坐玛莎拉蒂？"

"猜不出。"

"因为要使用经费。"他像透露丑闻似的皱起眉头说道，"老板叫我大把大把地使用经费，说我用得不够劲儿，所以才买高级车。买了高级车，经费一下子用掉好多，皆大欢喜。"

乖乖，难道这伙人脑袋里考虑的全是经费不成？

"肚子瘪了，"他摇摇头，"很想吃上几块厚厚的牛排。能陪陪我？"

我说随便。他便把去处告诉司机，司机默默点头。五反田看着我的脸，微微笑道："好了，还是谈点个人生活吧。你一个人准备晚饭，这么说是单身喽？"

"是的。"我说，"结婚，离了。"

"哦，彼此彼此。"他说，"结婚，离了——付了笔赔偿金？"

"没付。"

"分文没付？"

我点点头："人家不要。"

"幸运的家伙！"他笑吟吟地说，"我也没付赔偿金，结婚把我搞得一文不名。我离婚的事多少知道？"

"大致。"

他再没说什么。

他是四五年前同一个当红女演员结婚的，两年刚过便以离异告终。周刊上就此连篇累牍地大做文章，真相照例无从知晓。不过总的说来好像是因为他同女演员家人关系不好的缘故，这种情况也是常见的。女方在公私两方面都有远非等闲之辈的三亲六戚前呼后拥。相比之下，他则是公子哥出身，一直无忧无虑，顺顺当当，处事不可能老练。

"说来奇怪，本来还在想一起做物理实验的事，可再见面时却双双成了离过婚的人。不觉得离奇？"他笑容可掬地说道，随后用食指尖轻轻摸了下眼皮，"我说，你是怎么离的？"

"再简单不过：一天，老婆出走了。"

"突然地？"

"是的。什么也没说，突然一走了之，连点预感也没有。回到家时，人不见了。我还以为她到哪里买东西去了，做好晚饭等她，直到第二天早上也没见回来。一周过去了，一个月过去了，还是没有回来。回来的只是离婚申请表。"

五反田沉思片刻，吐出一声叹息，说："这么讲也许使你不悦，但我想你还是比我幸福的。"

"何以见得？"

"我那时候，老婆没有出走，反而把我赶出家门，不折不扣地。就是说有一天我被轰了出来。"他隔着车窗玻璃眼望远方，"太不像话了！一切都是有预谋的，而且蓄谋已久，简直是诈骗。不知不觉之间，好多东西全被做了手脚，偷梁换柱。做得十分巧妙，我丝毫也没察觉。我和她委托的是同一个税务顾问，由她全权处理，太信任她了。原始印章、证书、股票、存折——她说这些东西申报纳税时有用，让我交给她，我就毫不怀疑地一股脑儿交了出去。对这类啰嗦事我本来就不擅长，能交给她办的全部交给了她。想不到这家伙同她家里人狼狈为奸，等我明白过来时早已成了身无分文的穷光蛋，简直是被敲骨吸髓。然后把我当成一条没用的狗一脚踢出门去。可算领教了！"说着，他又露出微笑，"我也因此多少长成了大人。"

"三十四岁了，愿意不愿意都是大人。"

"说得对，一点不错，千真万确。人这东西真是不可思议，一瞬之间就长了好多岁。莫名其妙！过去我还以为人是一年一年按部就班地增长岁数的哩。"五反田紧紧盯住我的眼睛说，"但不是那样，人是一瞬间长大变老的。"

五反田领我去的牛排馆位于六本木街边僻静的一角，一看就知是高级地方。"奔驰"刚在门口停住，经理和服务员便从里面迎出。五反田叫司机大约一个小时后再来，于是"奔驰"犹如一条十分乖觉的大鱼，悄无声息地消失在夜色之中。我们被引到稍微往里的靠墙座位上。店内清一色是衣着入时的客人，但只有穿灯芯绒长裤和慢跑鞋的五反田看上去最为洒脱。原因我说不上来，总之他就是令人刮目相看。我们进去后，客人无不抬头，目光在他身上闪闪烁烁。但只闪烁了两秒便收了回去，大概觉得看久了有失礼节吧。这世界也真是复杂。

落下座，我们先要了两杯兑水的苏格兰威士忌。他提议为前妻们干杯，当即喝了起来。

"说来傻气，"他提起话头，"我还在喜欢她，尽管倒了那么大的霉，但我仍旧喜欢她，念念不忘。别的女人死活喜欢不来。"

我一边点头一边望着平底水晶杯中形状优雅的冰块。

"你怎么样？"

"你是问我怎么看待前妻？"我问。

"嗯。"

"说不清。"我直言相告，"我并不希望她出走，然而她出走了，说不清怨谁。总之事情已经发生，已是既成事实，而且我力图花时间适应这一事实，除此之外我尽可能什么都不想。所以我说不清楚。"

"唔，"他说，"这话不使你痛苦？"

"有什么好痛苦的，"我说，"这是事实，总不能回避事实。因此谈不上痛苦，只是一种莫名之感。"

他"啪"地打了一声响指。"对，对对，莫名之感，完全正确！那是一种类似引力发生变化的感觉，甚至无所谓痛苦。"

服务员走来，我们要了牛排和沙拉，牛排都要三分熟的。接着要来第二杯兑水威士忌。

"对了，"他说，"你说找我有什么事，先让我听听好了，趁着还没醉过去。"

"事情有点离奇。"

他朝我转过楚楚动人的笑脸——虽说这笑脸训练有素,但绝无造作之感。

"我就喜欢离奇。"

"最近看了一部你演的电影。"

"《一厢情愿》,"他皱着眉低声道,"糟糕透顶的影片。导演糟糕透顶,脚本糟糕透顶,一如过去。所有参与过那部电影的人都想把它忘掉。"

"看了四遍。"我说。

他用窥看幻景般的眼神看着我。"打赌好了,我敢说在银河系的任何地方,没有任何人会看那电影看上四遍。赌什么由你。"

"电影里有我知道的一个人。"我说。然后补上一句,"除去你。"

五反田把食指尖轻轻按在太阳穴上,眯细眼睛对着我。

"谁?"

"名字不知道。就是星期天早上同你一起睡觉的那个角色,那个女孩。"

他呷了口威士忌,频频点头道:"喜喜。"

"喜喜,"我重复一次。好离奇的名字,恍若另外一个人。

"这就是她的名字,至少还有人晓得她这个名字。这名字只在我们独特的小圈子里通用,而且这就足矣。"

"能和她联系上?"

"不能。"

"为什么?"

"从头说起吧。首先,她不是职业演员,联系起来很麻烦。演员这号人有名也罢无名也罢,都从属于固定的一家制片公司,所以很快就能接上头,大部分人都坐在电话机前等待有人联系。但喜喜不同,她哪里都不属于,只是碰巧演了那一部,百分之百的临时工。"

"为什么能演上那部电影呢?"

"我推荐的。"他说得很干脆,"我问喜喜演不演电影,然后向导演推荐了她。"

五反田喝了口威士忌,撇了撇嘴。"因为那孩子有一种类似天赋的东西。怎么说呢,存在感——她有这种感觉,感性好。一不是出众的美人,二没有什么演技,然而只要有她出现,画面就为之一变,浑然天成,这也算是一种天赋。所以就让她上了镜头,结果很成功,大家都觉得喜喜身上有戏。不是我自吹,那组镜头相当够味儿,活龙活现!你不这样认为?"

"是啊,"我说,"活龙活现,的确活龙活现。"

"这么着,我想就势把那孩子塞进电影界,我相信她会干下去。但是没成,人不见了,这是第二点。她失踪了,如烟,如晨露。"

"失踪?"

"嗯,不折不扣地失踪。有一个月没来试演室了,哪怕只来一次,就可以在一部新影片里得到一个蛮不错的角色,事先我已打通了关节,并且提前一天给她打去电话,同她约好了时间,叫她不要迟到。但喜喜到底没能露面。此后再无下文,石沉大海。"

他竖起一根手指叫来男服务员,又要了两杯兑水威士忌续杯。

"有句话要问，"五反田说，"你可同喜喜睡过？"

"睡过。"

"那么，唔，就是说，如果我说自己同她睡过的话，对你是个伤害吧？"

"不至于。"

"那好，"五反田放心似的说，"我不善于说谎，照实说好了。我和她睡过好几次。是个好孩子，人是有一点特别，但有那么一种打动人的魅力。要是当演员就好了，或许能有个不错的归宿。可惜啊！"

"不晓得她的住址？真名就叫那个？"

"没办法，查不出来。谁也不知道，只知道叫喜喜。"

"电影公司的财务部该有支出凭证吧？"我问，"就是演出费支出存根。那上面是应该写有真名和住址的，因为要代征税款。"

"那当然也查过，但还是不行。她压根儿没领演出酬金。没领钱，自然没存根，空白。"

"为什么没领钱呢？"

"问我有什么用，"五反田喝着第三杯威士忌说道，"大概是因为不想让人知道姓名住址吧？不清楚。她是个谜。不过反正你我之间有三个共通点：第一中学物理实验课同班，第二都已离婚，第三都同喜喜睡过。"

一会儿，沙拉和牛排端来。牛排不错，三分熟，火候恰到好处，如画上的一般。五反田兴致勃勃地吃着。他吃饭时看上去很不拘小节，若是上宴会礼仪课，恐怕很难拿到高分。但一块儿吃起来却很叫人愉快，一副津津有味的样子。如果给女孩看见，很可能说成富有魅力。做派这东西可谓与生俱来，不是想学就能马上学到的。

"哦,你是在哪里认识喜喜的?"我边切牛排边问。

"哪里来着?"他想了想说,"噢——是叫女孩的时候她来的。叫女孩,对了,就是打电话叫,知道吗?"

我点点头。

"离婚后,我基本上一直跟这种女孩睡觉,省得麻烦。找生手不好,找同行又容易被周刊捅得满城风雨,而这种女孩只消打个电话就到。价钱是高,但可以保密,绝对。都是专门组织介绍来的,女孩一个强似一个,其乐融融。训练有素嘛,但并不俗气世故,双方都开心。"

他切开牛排,有滋有味地细嚼慢咽,不时啜一口酒。

"这牛排不错吧?"他问。

"不错不错,"我说,"无可挑剔,一流。"

他点头道:"不过每月来六回也就腻了。"

"干嘛来六回?"

"熟悉嘛。我进来没人大惊小怪,店员也不交头接耳叽叽喳喳。客人对名人也习以为常,不贼溜溜地往脸上看。切牛排吃的时候也没人求签名。如果换一家别的饭店,就别想吃得安稳。我这是实话。"

"看来活得也够艰难的。"我说,"还要大把花经费。"

"正是。"他说,"刚才说到哪里了?"

"叫应召女郎那里。"

"对,"五反田用餐巾边擦一下嘴角,"那天,本来叫的是我熟悉的女孩,不巧她不在,来的是另外两个,问我挑哪个。我是贵宾,服务当然周到。其中一个就是喜喜。我一时犹豫不决,加上觉得麻烦,索性把两个都睡了。"

"唔。"

"不会受伤？"

"没关系。高中时代倒也许。"

"高中时代我也不会干这种事。"五反田笑道，"总之，是同两个人睡的。这两人的搭配也真是不可思议：一个雍容华贵，华贵得令人目眩，人长得十分标致，身上没有一处不值钱，不骗你。世上的漂亮女孩我见得多了，在那里边她也属上等。性格又好，脑袋也不笨，说话头头是道。喜喜则不是这样。好看也好看，但算不上美女。说起来，那种俱乐部里的女孩，个个都长得如花似玉。她怎么说好呢……"

"不拘小节。"我说。

"对，说得对，是不拘小节，的确。衣装随随便便，说话三言两语，妆也化得漫不经心，给人的感觉是一切无所谓。但奇怪的是，我却渐渐被她吸引住了，被喜喜。三人干完之后，就一起坐在地板上边喝酒边听音乐、聊天。好久都没那么畅快过了，好像回到了学生时代。很长很长时间里都没有过那么开心的光景。那以后，三人睡了好几次。"

"什么时候开始的？"

"当时离婚已有半年，算起来，应该是一年半前的事。"他说，"三人一起睡，我想大约有五六次。没和喜喜两人单独睡过。怎么回事呢？本来可以睡的。"

"那又为什么呢？"

他把刀叉放在盘子上，又用食指轻轻按住太阳穴，想必这是他考虑问题时的习惯。女孩见了，恐怕又要说是一种魅力。

"也许出于害怕。"五反田说。

"害怕？"

"和那孩子单独在一起，"说着，他重新拿起刀叉，"喜喜身上，有一种撩拨人挑动人的东西，至少我有这种感觉，尽管十分朦胧。不，不是挑动，表达不好。"

"暗示、诱导。"我试着说。

"嗯，差不多。说不清，只是一种模模糊糊的感觉，无法准确表达。反正，我对单独同她在一起不太积极，尽管对她要倾心得多。我说的你大致明白？"

"好像明白。"

"一句话，我觉得同喜喜单独睡恐怕轻松不起来，觉得同她打交道会使自己走到更深远的地方。而我追求的并不是那个，我同女孩睡觉不过是为了轻松轻松。所以没同喜喜单独睡，虽然我非常喜欢她。"

之后，我们默默地吃着。

"喜喜没来试演室那天，我给那家俱乐部打了电话，"稍顷，五反田陡然想起似的说道，"指名要喜喜来。但对方说她不在，说她不见了，失踪了，不知不觉地。或许我打电话时对方故意说她不在，搞不清，没办法搞清。但不管怎样，她从眼前消失了。"

男服务员过来撤下盘子，问我们要不要饭后咖啡。

"还是酒好一些。"五反田说，"你呢？"

"奉陪就是。"

于是上来了第四杯兑水威士忌。

"你猜今天白天我做什么了？"

我说猜不出。

"当牙医助手来着，逢场作戏。我一直在正播放的一部电视连续剧中扮演牙医。我当牙科医生,中野良子当眼科医生。两家医院在同一条街上,两人又是青梅竹马,但偏偏结合不到一起……大致就是这么个情节。老生常谈,不过电视剧这玩意儿大多是老生常谈。看了?"

"没有。"我说,"我不看电视,除了新闻。新闻也一周才看一两次。"

"明智!"五反田点头称是,"俗不可耐。要不是自己出场,我绝对不看。不过居然很受欢迎,受欢迎得很。老生常谈才能得到大众的支持,每周都接到一大堆来信。还接到全国各地牙科医生的来信,有的说手势不对,有的说治疗方法有问题,鸡毛蒜皮的抗议多得很。还有的说看这样的节目急死人。不愿意看,不看不就完了!你说是吧?"

"或许。"我说。

"不过,每有医生或学校老师的角色,还是总把我叫去。也不知扮演了多少个医生,只差肛肠科医生没演过,因为那东西不好上电视。连兽医、妇产科医生都当过。至于学校老师,各种科目的统统当过。你也许不相信,家政科的老师都当过。什么缘故呢?"

"因为你能给人以信赖感吧!"

五反田点点头:"想必、想必是这样。过去扮演过一次境遇不幸的二手车推销员——有一只眼是假眼,嘴皮子的功夫十分了得。我非常喜欢这个角色,演得很来劲,自觉演得不错。但是不行。接到很多来信,说让我演这种角色太不像话,欺人太甚。还说要是再分配我演这等人物,他们就不买节目赞助商的产品。当时的赞助商是谁来着?大概是'狮王'牙膏,不然就是'Sunstar',记不得了。总之我这角色演到一半就没了,消失了，本来是个相当有分量的角色，却稀里糊涂地消失不见了，真可惜，那么有意思的角色……从那以来，演的就全是医生、教师，教师、医生。"

"你这人生够复杂的。"

"或许又很单纯。"他笑道，"今天在牙科医生那里当助手的时候，又学了些医疗技术。那里已经去好多次了，技术也有相当的进步，真的，医生都夸奖来着。老实说，简单治疗我已经担当得起。当然要戴上口罩，使得谁也看不出是我。不过和我交谈起来，患者都显得很是轻松愉快。"

"信赖感。"我说。

"唔。"五反田说，"我自己也那样想。而且那样做的时候，自己也感到胜任愉快。我时常觉得自己恐怕真的适合当医生或老师，假如真的从事那种职业，我这人生该是何等幸福！其实这也并非不可能，想当就能当上。"

"现在不幸福？"

"很难回答。"五反田说着，把食指尖按在额头正中，"关键是信赖感问题，如你所说。就是说自己能否信赖自己。观众信赖我，但信赖的不过是我的假象，我的图像而已。关掉开关，画面消失之后，我就是零。嗯？"

"呃。"

"但要是我当上真正的医生或老师，就没有什么开关，我永远是我。"

"可是现在当演员的你也总是存在的嘛！"

"经常为演出累得筋疲力尽，"五反田说，"四肢无力，头昏眼花，搞不清真正的自己为何物，分不出哪个是我本人哪个是扮演的角色，辨不清自己同自己影子的界线。自我的丧失！"

"任何人都多少有这种情况，不光你。"我说。

"那当然，我当然知道，谁都有时候失去自己，但在我身上这种倾向过于强烈，怎么说好呢，致命的！向来如此，一直如此。坦率地说，我很羡慕你来着。"

"我？"我吃了一惊，"不明白，我有什么可值得羡慕的？摸不着头脑。"

"怎么说呢，你看上去好像我行我素，至于别人怎么看怎么想，你好像不大放在心上，只是做自己想做的事情，并设法做得容易些。就是说，你确保了完整而独立的自己。"他略微举起酒杯，看着里面透明的酒，"我呢，我总是优等生，从懂事时起就是。学习好，人缘好，长相好，老师信赖父母信赖，在班里总当干部。体育又好，打棒球时只要我一挥棒，没有打不中的。搞不清为什么，总之百发百中。这种心情你明白吧？"

"不明白。"

"这样，每次有棒球比赛，大家就来叫我，我不好拒绝。讲演比赛必定让我当代表，老师让我上台，我不能不上，而一上就拿了名次。选学生会主席时我也逃脱不了，大家都以为我肯定出马。考试时大家也都预料我必然名列前茅。上课当中有难解的问题，老师基本上指名要我回答。从来没迟到过。简直就像我自身并不存在，我做的仅仅是我以为自己不做就不妥当的事。高中时代也是这样，如出一辙。噢，高中不和你同校，你去公立，我上的是私立实验学校。那时我参加了足球队。虽说是实验学校，足球还是蛮厉害的，差一点儿就能参加全国联赛。我和初中时差不多，算是个理想的高中生。成绩优异，体育全能，又有领导能力，是附近一所女校学生追逐的对象。恋人也有了，是个漂亮女孩，棒球比赛时每次都来声援，那期间认识的。但没有干,只是相互触摸一下。一次去她家玩,趁她父母不在用手搞的,急急忙忙,但很快意。在图书馆约会过。简直是画上画的高中生,同NHK的青春题材电视剧里的没什么两样。"

五反田啜了口威士忌,摇摇头。

"上大学后情况有点不同了。闹学潮,总决战,我自然又成了头目。每当有什么举动我必是头目无疑,无一例外。固守学潮据点,和女人同居,吸大麻,听深紫乐队(Deep Purple)。当时大伙都在干这种勾当。机动队开进来,把我抓进拘留所关了几天。那以后因没事可干,在那个和我同居的女郎劝说下,试着演了一场戏。最初是闹着玩,演着演着就来了兴致。虽说我是新加入的,但分到头上的角色都不错。自己也发觉有这方面的才能,演什么像什么,直率自然。大约干了两年,得到了不少人的喜爱。那时自己着实胡闹了一番,酒喝了又喝,睡的女人左一个右一个,不过大家也都这个德性。后来电影公司的人找上门,问我愿不愿意演电影。我出于兴趣,便去一试。角色不坏,是个多愁善感的高中生。紧接着分得第二个角色,电视台也有人来找,往下你可想而知。于是忙得不亦乐乎,只好退出剧团。退出时当然费了好一番口舌,但没有办法,我总不能永远光演先锋派戏剧。我的兴趣在于开拓更广阔的天地,结果便是今天这副样子,除了当医生就是当老师。广告也演了两个,胃药和速溶咖啡。所谓广阔天地也不过尔尔。"

五反田叹息一声,叹得十分不同凡响,但叹息毕竟是叹息。

"你不认为我这人生有点像画上画的?"

"不知有多少人还画不了这么巧妙。"我说。

"倒也是。"他说,"幸运这点我承认。但转念一想,又好像自己什么都没选择。半夜醒来时每次想到这点,都感到十分惶恐:自己这一存在到底在什么地方呢?我这一实体又在哪里呢?我只不过是在恰如其分地表演接踵而来的角色罢了,主体上没做出任何选择。"

我什么都没说,说什么都没用,我觉得。

"我谈自己谈得太多了吧?"

"没什么,"我说,"想谈的时候就谈个够。我不会到处乱讲的。"

"这个我不担心。"五反田看着我的眼睛说,"一开始就没担心,刚接触你时我就信任你。原因讲不出,就是信任你。觉得在你面前可以畅所欲言,毫无顾忌。我并非对任何人都这样说话,或者说,几乎对谁都没这样说过。跟前妻说过,一五一十地。我们经常一起交谈,和和气气,相互理解,也相亲相爱来着,直到被周围那群混蛋蜂拥而上挑拨离间时为止。假如只有我和她两人,现在也肯定相安无事。不过,她精神上确实有极其脆弱不稳之处。她是在管教严厉的家庭长大的,过于依赖家庭,没有自立能力。所以我……不不,这样扯得太远了,要扯到别的事情上去。我想说的是在你面前我可以开怀畅谈,只怕你听得耽误正事。"

"没什么可耽误的。"我说。

接着,他讲起物理实验课。讲他如何心情紧张,如何想万无一失地做完实验,如何必须给理解力差的女孩一一讲清,如何羡慕我在那时间里悠然自得地熟练操作等等。其实,初中物理实验时间里自己做了些什么,我已全然记不得了,因此我根本搞不清他羡慕我什么。我记得的只有他动作娴熟而洒脱地进行实验操作的情景,他点煤气喷灯和调整显微镜时那极其优雅的手势,以及女生们犹如发现奇迹般地盯视他一举一动的眼神。我之所以能悠然自得,无非是因为他把难做的都包揽下来了。

但我对此没表示什么,只是默默听他娓娓而谈。

过不一会儿,一个他熟人模样的衣冠楚楚的四十多岁男士走来,"忽"地拍了一下五反田的肩膀,口称"哟——很久不见了"。此人腕上戴一块劳力士表,金辉闪闪,耀眼炫目。他先看我看了大约五分之一秒,活像在看门口的擦鞋垫,旋即把我扔在一边不管。尽管我扎着阿玛尼领带,但他在五分之一秒时间里便看出我并非什么名人。他同五反田闲聊了半天,什么近来如何啦,很忙吧,再去打高尔夫球呀之类。之后劳力士男士又"嘭"一声拍了下五反田的肩膀,道声再会,扬长而去。

男士走后,五反田把眉头皱起五毫米,竖起两指叫男服务员结账。账单拿来后,他看也没看就用圆珠笔签了名。

"不必客气,反正是经费。"他说,"甚至不是钱,只是经费。"

"多谢招待。"我说。

"不是招待,是经费。"他淡漠地说。

19

　　五反田和我乘上他的"奔驰",到麻布后街一家酒吧喝酒。我们拣吧台尽头处的位置坐下,喝了几杯鸡尾酒。五反田看来酒量蛮大,怎么喝都全然没有醉意,语调也好表情也好都毫无变化。他一边喝酒一边谈天说地,讲了电视台的庸俗无聊,讲了节目主持人的愚不可及,讲了演员们令人作呕的低级趣味,讲了新闻专题中评论家的信口雌黄。讲得妙趣横生,语言生动,独具慧眼。

　　之后,他说想听听我的情况,问我这以前的所作所为。于是我简明扼要地讲了一遍,讲了大学毕业后和朋友开事务所做广告当编辑,讲了结婚与离婚,讲了正当工作顺利时因故离职而眼下当自由撰稿人,讲了钱虽不多却无暇使用……如此概略地讲来,一切都似乎风平浪静,不像我自己的人生。

　　这时间里,酒吧渐渐人多起来,谈话变得不大方便。有人鬼鬼祟祟地看他的脸。"到我家去吧,"说着,五反田站起身来,"就在这附近,谁也没有,有酒。"

　　他的公寓从酒吧转过两三个拐角就是。他告诉"奔驰"司机可以回去了。公寓派头十足,连电梯都是两部,有一个需有专用钥匙。

　　"公寓是离婚后被撵出家门时事务所给买的。"他说,"因为作为一个有名的电影演员，被老婆轰出家门后身无分文地住在廉价宿舍里很是不妙，有损形象。当然租金由我出。形式上是事务所借给我的，而租金从经费里扣，何乐不为！"

他的房间在最顶层，客厅宽宽大大，起居室两个，有厨房，有阳台。从阳台望去，东京塔历历在目。家具格调不错，简洁明快，一看就知道价格不菲。客厅是木地板，上面铺着好几张波斯地毯，花纹都很别致。沙发很大，软硬适中。几盆大型观叶植物配置得赏心悦目。天花板垂下的枝形灯和桌子上的台灯都是一派意大利式现代风格。饰物不多，只有酒柜上面摆着几枚俨然中国明代的瓷盘。房间收拾得一尘不染，大概是女佣每天来给打扫一次。茶几上放着《GQ》和建筑方面的杂志。

"好房间。"我说。

"用来摄影都可以吧？"

"有那种感觉。"我再次环视房间道。

"请室内装饰专家设计起来，都是这个样式。简直成了摄影棚，照起相来倒不错。我时不时地敲敲墙壁，真怀疑是纸扎成的。没有生活气息，徒具其表。"

"那，你来创造生活气息不就行了！"

"问题是没有生活。"他面无表情地说。

他拿一张唱片放在 B&O 唱机上，落下唱针。音箱里传出亲切的 JBL 唱片公司的 P88。JBL 是神经质的监听音箱（Studio Monitor）尚未撒向世界、音箱声响仍保持原声那一时代制造的精品。他放的这张是鲍勃·库珀（Bob Cooper）的黑胶唱片。

"不喝点什么？什么好些？"他问。

"什么都无所谓。你喝什么我喝什么。"

203

他走去厨房，拿来几瓶伏特加和汤力水，一个装满冰块的小桶，还有一个盘子，里面放着三个切开的柠檬。于是我们一边欣赏美国西海岸冷峻而清冽的爵士乐，一边喝着放有柠檬片的伏特加汤力。我暗自思忖，这里的生活气息的确稀薄——不是说一定缺少什么，只是觉得稀薄。虽说稀薄，但并无拘谨之感，关键是想法问题。对我来说，倒是个十分坦然的房间。我坐在舒适的沙发上，心情愉快地喝着伏特加。

"有过各种各样的可能性。"五反田把酒杯举过头，边说边隔着酒杯看天花板上的吊灯，"如果想当医生也能当上，上大学时还选修了教职课，也可以在一流公司工作。结果却是这样，却是这种生活，莫名其妙。本来眼前排列着很多张牌，选任何一张都可以，选任何一张我想都能打得漂亮，我有这个信心。结果反而没能选择。"

"我还没看见过什么牌。"我老实告诉他。他眯起眼睛看着我的脸，微微一笑，大概以为我在开玩笑。

他又斟了杯酒，把柠檬用力一挤，之后将皮扔到垃圾桶里。"连结婚都是水到渠成。我和她一起演电影，自然而然地有了感情。曾在外景地一块儿喝酒，一块儿借车兜风。影片拍完后还约会了好几次。周围的人都以为我俩天造地设，肯定结婚无疑，实际上也随波逐流似的结了婚。也许你不明白，干我们这行其实活动范围很小，和在胡同尽头的简易长棚里生活没什么两样。一旦形成什么潮流，便带有不容抗拒的现实性。不过，我倒是真心喜欢她。在我前半生搞到手的东西里面，那孩子是最地道的一个，婚后我认识到了这点，一心想把她牢牢拴在身边。但是不行。我越是想选择对象，对象越是要挣脱跑掉，无论是她还是角色。如果对方找上门，我会处理得无与伦比的漂亮；但若我主动追求，则肯定从手指间溜之乎也。"

我默默地听着，什么也没表示。

"不是我想得悲观。"他说，"我还在对她恋恋不舍，如此而已。我时常这样想：我不当演员，她也辞去工作，两人一起自由自在地生活该有多好！不要高级公寓，不要'玛莎拉蒂'，什么都不要。只要有个平凡的工作，有个平凡的小家，就再好不过了。也想要个孩子。下班路上同朋友去酒店喝点酒，发发牢骚，回到家里有她。用工资买辆'思域'或'斯巴鲁'——就是这样的生活，细想起来我希望的不外乎这么一种生活，只要有她就行。但是不成。她希望的是另外一种东西。她家里人都在指望她。她母亲是典型的幕后人物，父亲见钱眼开，哥哥搞什么管理，弟弟经常惹是生非，要用钱来收场，妹妹是个正当红的歌手。根本不容脱身。况且她从三四岁开始便被灌输了这种价值观，她一直在这个世界里当小演员，一直在被限定的形象中生活，同你我截然不同，不理解现实世界为何物。不过她心地纯洁，清丽高雅，我懂得这点。但就是不行，无法挽回。嗯，知道吗？上个月我同她睡来着。"

"离婚以后？"

"是的。觉得反常？"

"也没什么太反常。"我说。

"到这房间里来的。为什么来不知道。事先打来电话，问可不可以来玩，我说当然可以。两人仍像过去那样喝酒聊天，并且睡了。好极了。她说她还喜欢我，我说那就言归于好该有多妙，她一声没吭，只是含笑听着。我讲起平平凡凡的家庭生活，如刚才跟你讲过的一样。她仍然含笑听着，其实恐怕什么也没听进去，压根儿就没听。无论怎么说都无动于衷，对牛弹琴。她只是寂寞得想找个人抱一抱，而又恰好找到我头上而已。这样说也许有些过分，但事实就是如此。她同你同我完全是两回事。所谓寂寞，对她来说不过是需要由别人化解的情绪，只消有个人给化解就行，就万事皆休，然后便哪里也不去了。可我不是这样。"

唱片转罢，代之以沉默。他提起唱针，沉吟片刻。

"喂，不叫个女郎来？"五反田问。

"我无所谓，随你的便。"我说。

"花钱买过女人？"

"没有。"

"为什么？"

"想不到。"

五反田耸耸肩，稍微想了一下。"今晚你就陪陪我，"他说，"叫和喜喜来过的那个女孩来，说不定能知道她一点什么。"

"随你。"我说，"恐怕不至于经费里开销吧？"

他边笑边往杯里放冰块。"你也许不相信，还真的是从经费里出。就是这么一种体制。那俱乐部的招牌是宴会服务公司，开的是响当当的干净发票，即使有人来查也不至于轻易露出马脚，结构复杂得很。这样，同女人睡觉便可以光明正大地作为接待费报销。这世道非同小可。"

"高度发达的资本主义社会。"我说。

🌙 🌙 🌙

等待女孩的时间里，我蓦地想起喜喜那对形状绝佳的耳朵,问五反田看过没有。

"耳朵?"他莫名其妙地望着我,"没有,没看过。也许看过,记不得了。耳朵怎么?"

我说没什么。

十二点刚过,两个女孩来了。一个就是五反田称之为"雍容华贵"的那个同喜喜搭过伴儿的女孩。"雍容华贵"在她身上的确当之无愧,看上去就像曾在某处不期而遇,尽管当时未打招呼却又觉得一见如故。就是说,她属于唤起男性永恒之梦那种类型的女孩,不假修饰,清逸脱俗。束腰的双排扣大衣里面是一件绿色羊绒毛衣,下面是一条极为普通的羊毛西裙,首饰只有一对不事雕琢的小耳环。俨然举止得体的四年级女大学生。

另一个女孩一身冷色连衣裙,戴眼镜。我以为妓女不至于戴什么眼镜,居然真有戴的,她虽算不得雍容华贵,但也甚是妩媚。四肢苗条,被太阳晒得恰到好处。她说上周一直在关岛游泳来着。头发很短,用发卡拢得齐齐整整。戴着一副银手镯。动作干脆利落,肌肤滑润光洁,如肉食动物那样绷得紧紧的,显得健美而洒脱。

看见这两个女孩,我不由想起高中班上的同学来。程度固然不同,但每个班级都至少有一两个这种类型的女生。一种容貌漂亮,娴静优雅,一种生机勃勃,魅力四溢。看这气氛,很像同窗联谊会——就像同窗会开完之后,同几个合得来的同学找个轻松随便的地方一起喝第二次酒。这未免想入非非,但的确有这种感觉。五反田看上去也似乎品味出了轻松的意味。他以前可能同两个人都睡过，相互不见外地打着招呼："噢——""还好？"然后把我介绍给两人，说我是他初中同学，舞文弄墨为生。女孩们笑着说声请多关照，那笑容像是在告诉我别拘束，大家都是朋友。在现实世界里是很难见到这类微笑的。我便也寒暄一句。

我们或坐地板或歪在沙发上，喝着兑苏打水的白兰地，一边说笑一边听乔・杰克逊、Chic 乐队和亚伦派森实验乐团的黑胶唱片，气氛十分融洽。我和五反田沉浸在这气氛里，两个女孩也似乎其乐陶陶。五反田为戴眼镜的女孩表演如何装扮牙医。表演得确实好，比真牙医还像牙医，真乃天赋所使然。

五反田坐在戴眼镜的女孩身边，向她小声说着什么，对方不时嗤嗤直笑。不一会儿，雍容华贵的女孩轻轻偎依着我的肩膀，拉起我的手。她身上发出一股妙不可言的香味儿，浓郁得几乎令人窒息。我不由再次觉得像是参加同窗会，对方仿佛在对我嘤嘤低语：那时候不好说出口，其实我真喜欢你，为什么你不跟我约会呢——一场男孩的梦，无尽的遐想。我搂住她的肩。她默默闭起眼睛，用鼻尖在我耳下探来探去，随后吻在我的脖颈上，柔柔地吸了一口。等我注意时，五反田和另一个女孩已经不见，大概是到卧室里去了。她问我能否把灯调暗一点，我便关掉壁灯，只留一盏小台灯。再注意一听，唱片已经换成鲍勃・迪伦唱的《一切都已过去，可怜的宝贝儿》(*It's All Over Now*, *Baby Blue*)。

"给我慢慢脱掉。"她在我耳畔低声说道。于是我为她轻手轻脚地脱去毛衣、裙子、衬衫、长筒袜。我条件反射地想把脱去的东西叠好，但转念一想无此必要，旋即作罢。她也为我脱衣服：阿玛尼领带、李维斯蓝色牛仔裤、T恤，然后在我面前站起只剩得圆鼓鼓的小乳罩和内裤的裸体，笑盈盈地问道：

"怎样？"

"好极了！"我说。她有一个十分好看的身子，匀称动人，充满活力，通体光洁，富有性感。

"怎么个好法？"她问，"说得具体些。要是说得确切，我让你美美地快活一番。"

"使我想起过去，想起高中时代。"我老老实实地说。

她不可思议似的眯起眼睛，笑吟吟地看着我说："你这人，挺独特的。"

"答得差劲儿吧？"

"正相反。"说罢，她来到我身旁，为我做起了我在三十四岁的人生中谁也不曾为我做过的事情，做得精细、大胆、不易想到。不过，也会有人想到的。我放松身体，闭起眼睛，任由她处置。这是我从未有过的性体验。

"不坏吧？"她在我耳边悄声问道。

"不坏。"我说。

那动作像美好的音乐一样抚慰心灵，按摩肉体，麻痹对时间的感觉。其中所有的只是高度浓缩的柔情蜜意，只是空间与时间浑然一体的协调，只是一定形式下的尽善尽美的信息传导，而且是从经费里报销。"不坏"——我说。鲍勃·迪伦在唱着什么。唱什么来着？《大雨将至》(*A Hard Rain's A-Gonna Fall*)！我轻轻地搂过她，她顺从地钻进我的怀里。一边欣赏迪伦一边用经费搂抱雍容华贵的少女，这在我总觉得有点非同寻常，在令人怀念的六十年代不可能想到如此做法。

这不过是一种图像，我想，只要一按开关就会全部消失。一种立体的性场面，一种刺激性感的香水味儿，一种柔软肌肤的感触和炽热的喘息。

我按照固定程式射精完毕，两人一起去浴室洗了身子，然后围着大浴巾回到客厅，一边啜着白兰地，一边听险峻海峡（Dire Straits）还有什么人的黑胶唱片。

她问我舞什么文弄什么墨，我把工作的内容大致讲了一遍。她说好像没什么意思。我说这要看写什么，并说我干的是所谓文化扫雪工。她说她干的是官能扫雪工，接着笑着提议：两人再来一次扫雪。我们便又在绒毯上云雨一番。这次做得十分简单而缓慢。但无论采取怎样简单的形式，她都晓得如何能使我快活。她为什么会知道呢？我很纳闷。

之后，两人并排躺在又长又宽的浴缸里，我开始向她探听喜喜的事。

"喜喜，"她说，"好熟悉的名字。你认识喜喜？"

我点点头。

她像孩子似的噘起嘴唇，喟然叹息一声："她已经不见了，突然失踪了。我们俩，相当要好来着，时常一起出去买东西、喝酒。可她竟不辞而别，一下子无影无踪，在一两个月前。当然，这也没什么可大惊小怪。干我们这行的，用不着提交什么辞职申请，不乐意干悄悄离开就是，只是她的离去叫人遗憾，我同她很合得来。可又有什么办法呢，毕竟不是当女童子军"。她用又长又漂亮的手指抚摸我的小腹，轻碰我的阳物。"你和喜喜睡过？"

"过去一起生活来着，大约四年前。"

"四年前？"她微微笑道，"好像很久很久以前。四年前我还是个乖乖听话的女高中生呢！"

"不能想法见上喜喜一面？"我问。

"难啊！真的不晓得她去了哪里。刚才说过，只是失踪不见了，就像被墙壁吸进去似的。什么线索也没有，想找怕也没法找到。咦，你至今还喜欢喜喜？"

我在水中缓缓舒展四肢，仰望天花板。我至今还喜欢喜喜不成？

"说不清楚。不过想见她倒与这个无关，只是非要见她不可。我总是觉得喜喜想要见我，总是在梦里见到她。"

"奇怪，"她看着我的眼睛说，"我也时常梦见喜喜。"

"什么梦？"

她没有回答，只是沉思似的莞尔一笑。她说想要喝酒，我们便返回客厅，坐在地板上听音乐、喝酒。她靠在我的胸前，我搂着她赤裸的臂膀。五反田和那个女孩大概睡了，一次也没从里边出来。

"嗳，也许你不信，我觉得现在和你这样很开心，真的。这跟应付事务呀逢场作戏什么的不相干，开心就是开心，不骗你。肯信吗？"她说。

"信。"我说，"我现在也开心得很，轻松得很，就像开同窗会似的。"

"你是有点特别！"

"喜喜的事，"我说，"就没有一个人知道？她的住所、真名……"

她慢慢摇了摇头："我们之间，几乎不谈这个。大家的名字都是随便取的，比如喜喜，我叫咪咪①，另外那个女孩叫玛

---

① 原文是"メイ"，读作"mei"，日语中与英文"May"和羊的叫声谐音。

咪，都是两个字。至于个人生活，互相都不知道，也不打听，这是礼节。除非对方主动提起。大家关系很好，一团和气，搭伴儿出去游玩。但这不是现实，不是。根本不晓得对方是什么样的人。我是咪咪，她是喜喜。我们没有现实生活，怎么说呢，有的只是一种幻觉，空中飘浮的幻觉，轻飘飘的。名字无非是幻觉的代号，所以我们尽可能尊重对方的幻觉。这个，你可明白？"

"明白。"我说。

"客人中也有同情我们的，其实大可不必。我们做这事不仅仅为了赚钱，此时此刻对我们也是一种快乐。俱乐部实行严格的会员制，客人品质可靠，并且都会使我们享受到快乐，我们也沉浸在愉快的幻觉中。"

"快乐的扫雪工。"

"对，快乐的扫雪工。"说着，她在我胸部吻了一口。"时不时打雪仗。"

"咪咪，"我说，"过去我真认识一个叫咪咪的女孩，出生在北海道一个农家，在我事务所旁边一家牙科医院当收发员。大伙都管她叫山羊咪咪。长得有点黑，又瘦，倒是个好孩子。"

"山羊咪咪。"她重复道，"你的名字？"

"小熊维尼。"

"简直是童话。"她说，"妙极！山羊咪咪和小熊维尼。"

"真是童话。"我也说道。

"吻我！"咪咪说，我便抱过她吻着。一个痛快淋漓的吻，一个撩人情思的吻。随后我们又喝了不知几杯白兰地苏打，听警察乐队的唱片。警察乐队——又一个俗不可耐的乐队名称。何苦叫什么警察乐队呢？我正想着，咪咪已经在我怀里甜甜地睡过去了。睡梦之中的咪咪，看起来并不显得雍容华贵，而更像一个常可见到的多愁善感的普通少女。于是我又想起同窗会。时针已过四时，周围万籁俱寂。山羊咪咪与小熊维尼。纯粹的幻觉。用经费报销的童话。警察乐队。奇妙的又一天。看似连接而未连接，顺线摸去，俄尔应声中断。我同五反田谈了许多，甚至开始对他怀有某种好感。同山羊咪咪萍水相逢，并云雨一番，一时欢愉无限。我成了小熊维尼。官能扫雪工。但仍然飘零无依。

我在厨房煮咖啡时，三个人睡醒过来。清晨六点半。咪咪身穿浴袍，玛咪穿着五反田的佩斯利图案睡衣的上件，五反田穿其下件。我则是蓝牛仔裤加Ｔ恤。四人围着餐桌喝咖啡，烤吐司来吃，相互传递黄油和橘子酱。收音机短波正在播放"巴洛克音乐献给您"。亨利·普赛尔。颇有野营之晨的味道。

"好像野营的早晨。"我说。

"正是。"咪咪赞同道。

七点半时，五反田打电话叫来出租车，送两个女孩回去。临走，咪咪吻了我一下，说："要是碰巧见到喜喜，请代我问好。"我悄然递过名片，告诉她，有什么消息打电话给我，她点头答应。

"有机会再一起扫雪！"咪咪闭起一只眼睛说。

"扫雪？"五反田问。

剩下两人后，我们又喝了一杯咖啡，咖啡是我煮的，我煮咖啡很有两手。太阳悄悄升起，照得东京塔闪闪耀眼。眼前这光景，使我想起以前的雀巢咖啡广告，那上面好像也有晨光中的东京塔。东京之晨从咖啡开始——这样说也许不对。对不对都无所谓，反正东京塔沐浴着朝晖，我们在喝咖啡，而且或许我因此才想起雀巢咖啡广告的。

正经男女已到了上班或上学的时间，而我们则不是这样，同雍容华贵而技艺娴熟的女孩寻欢作乐了一个晚上，现在正喝着咖啡发呆。往下无非是蒙头大睡。喜欢也罢不喜欢也罢，我和五反田的——尽管程度有别——生活方式都已偏离世间常规。

"往下干什么，今天？"五反田朝我转过头。

"回去睡觉。"我说，"没什么安排。"

"我这也就睡上一觉，中午要见个人，有事商谈。"

接着，我们默然看了一会东京塔。

"怎样，还算快活？"五反田问。

"快活。"我说。

"进展如何？喜喜有消息吗？"

我摇摇头。"只说是突然消失，和你说的一样。没有线索，连真名实姓都不知道。"

"我也在电影同行里打听打听，"他说，"碰巧打听到一点也未可知。"

说罢，他抿了抿嘴唇，用咖啡匙的柄部搔搔太阳穴。女孩见了，说不定又要动心。

"我说，找到喜喜你又打算怎么样呢？"他问，"重温旧梦？是吧？或者仅仅出于思念？"

"说不清。"我说。

我的确说不清。见到后的打算只能见到后再说。

喝完咖啡，五反田驾驶他那辆通体闪着幽光的褐色"玛莎拉蒂"，把我送回涩谷公寓。本来我说搭出租车回去，但他说相距近，执意送我回来。

"最近可以再打电话找你？"他说，"和你交谈很有意思。我没有几个谈得来的朋友。只要你方便，很想过几天再见面，好么？"

"没问题。"我对他招待的牛排、酒和女孩表示谢意。

他没有做声，只是静静摇头。不说我也完全理解他的意思。

20

此后几天风平浪静。每天都有几个有关工作的电话打来，我一次也没接，只管由录音电话录下了事。看来我的人缘尚未彻底衰竭。我自己做饭，每天去涩谷街上看一次《一厢情愿》。正值春假，电影院虽然算不上满员，但也相当拥挤。观众几乎都是中学生，真正的大人恐怕只我一个。他们来电影院，只是为了目睹女主角或当红歌星的风采，至于电影的情节和水平如何，则全然不加理睬。每当他们心目中的影星出现时，便"叽里哇啦"地扯着嗓门大吼大叫，简直同野狗收容所里的光景一般。而出现的影星如果不是他们所期待的，便"吧唧吧唧"或"咔嘣咔嘣"地嘴里吃个不停，再不然就用尖利刺耳的声音骂不绝口——什么"缩回去"、"滚你的吧"之类。我心中不由闪过一个念头：要是一把火连电影院烧个干净岂不人心大快！

《一厢情愿》开始后，我定定地注视着片头字幕，里边果然用小字印着"喜喜"。

喜喜出场的镜头一完，我便走出影院，在街上漫步。路线和往日大致相同：原宿、神宫球场、青山墓地、表参道、仁丹大厦、涩谷。途中有时也喝杯咖啡休息一下。春天步履坚定地光临大地，到处洋溢着令人亲切的春天气息，地球顽强而有条不紊地继续绕太阳公转。神秘的宇宙！每当冬去春来，我都要思索一番宇宙的神秘性：为什么春天的气息岁岁相同呢？每年春天来临必定散发出这种气息——微妙，缥缈，若有若无，且年年如一。

　　街头巷尾，竞选宣传画泛滥成灾，且每张面孔都丑陋不堪。竞选宣传车也到处狂奔乱窜，根本听不清讲些什么，徒增噪音而已。我一边回想喜喜一边在街上不停地行走。这时间里，我发觉自己的双腿开始一点点恢复了原有步调。步履变得轻松而踏实，而且大脑的运转也随之带有前所未有的机敏和锐气。尽管速度迟缓，但我确实在一步一个脚印地向前迈进。我目的明确，因而自然而然地掌握了步法。兆头不错。要跳要舞！想得再多也无济于事，关键是要步步落在实处，保持自身的体系与节奏，同时密切注意这股势头将把自己带往何处，我依然在这边的世界里。

　　三月末的四五天时间就这样安然无恙地过去了。表面上未取得任何进展。买东西，在厨房做几口饭菜，去电影院看《一厢情愿》，长时间散步。回到家里便打开录音电话来听，内容全是工作方面的。夜晚一个人看书喝酒。每天都这样循环反复。如此日复一日，迎来了因艾略特的诗歌和贝西"伯爵"的演奏而出名的四月。深夜自斟自饮之时，便不由想起同山羊咪咪的那场欢娱，那次扫雪。那是奇特而独立的记忆，同任何场所也不相接，同任何人也不相连，无论五反田还是喜喜。它恍若一幕栩栩如生的梦。尽管连任何细节都记得真真切切，甚至在某种意义上比现实还要鲜明，然而归根结蒂不同任何存在发生关联。但对于我，则似乎求之不得。那是在极其有限的形式下的心灵契合，是两人同心协力对遐想式幻觉的珍惜。那仿佛是在说别拘束大家都是朋友的微笑，那野营之晨，那声"正是"。

我开始想象五反田同喜喜睡觉的场景。难道她也像咪咪那样为五反田提供富有刺激性的服务？或者说那种服务是该俱乐部所属女孩作为职业基本技能而掌握的专利？抑或是唯独咪咪的个人发明呢？我不得而知，也不便向五反田请教。和我同居时，总的说来喜喜在性方面是被动的。我每次抱她，她都温顺地予以配合，但从来不曾主动出击，或做出某种积极的表示。被我搂抱之时，我感到喜喜是瘫软的，将全副身心沉浸在欢娱之中。我对此也未曾有过不满足，因为尽情地搂她抱她实在是一种难得的享受。柔软的肢体，恬适的呼吸，温暖的下部。对我这已足够了。所以我怎么也想象不好她向别人——例如五反田——积极提供技艺高超的性服务的场面。当然，这也许是因为我想象力贫乏的缘故。

妓女对私生活和职业两方面的性活动是怎样区分的呢？在这个问题上我全然揣度不出。如同我向五反田说过的那样，这以前我一次也没同妓女睡过。我同喜喜睡过，喜喜是妓女。但我当时并非同作为妓女的喜喜睡，而是同作为个人的喜喜睡。与此相反，就咪咪来说，我是同作为妓女的咪咪睡，而并非同作为个人的咪咪睡，所以即使把二者加以对比，恐怕也没多大意思。这一问题越是深究越是费解。说起来，性活动这东西究竟在多大程度上属于精神上的，在多大程度上属于技术上的呢？在多大程度上属于真情，多大程度上属于做戏呢？充分的前戏是发自精神，还是出于技巧呢？喜喜果真是沉浸在同我交欢的快感之中吗？她在电影中是真的在表演技巧，还是由于五反田手指抚摸背部而心荡神迷呢？

真相与假相交相混淆。

譬如五反田。他的医生形象不过是假相,却比真正的医生还要像模像样,还要使人信赖。

而我的假相又是什么呢?我身上有没有呢?

要跳要舞,羊男说,而且要跳得优美动人,跳得大家心悦诚服。

既然要使大家心悦诚服,那么我恐怕也该具有假相才是。果真如此,大家能对我的假相心悦诚服吗?也许能的,我想。但又有谁肯对我的真相心悦诚服呢?

睡意袭来,我用水冲冲杯子,刷牙睡觉。待睁眼醒来,已是第二天。一天天倏忽而过,开始迎来四月,迎来四月上旬——比杜鲁门·卡波蒂的文章还要纤弱细腻、流转不居、多情善感、风光明媚的朝朝暮暮。上午,我去纪之国屋买调配妥当的蔬菜,买一打罐装啤酒和三瓶打折葡萄酒,买咖啡豆,买用来做三明治的烟熏三文鱼,买味噌和豆腐。回到家里,打开录音电话一听,里面出来雪的声音。她用无所谓有气无力或无气有力的声音说十二点再打一次电话,让我在家等候,随即"咔"一声挂断电话。这"咔"一声对她来说大概是一种身体语言。钟已指向十一时二十分,我去厨房煮了一杯又浓又热的咖啡,坐在地板上一边喝一边翻阅新出版的埃德·麦克贝恩的87分局系列新书,早在十年以前我便下决心不再读这玩意儿了,但每次有新书出来,又总是买回一本。就算是惰性,十年时间也未免太长了点。十二点零五分,电话打来——雪的。

"还好?"她问。

"好得很。"

"现在做什么呢？"

"正准备做午饭。把早已调配妥当的脆生生的生菜和烟熏三文鱼切得像剃刀刃一样薄，再加冷水浸过的洋葱和芥末做三明治来吃。纪之国屋的法国黄油很适合用来做这东西。弄得好，说不定可以赶上神户三明治熟食店里的烟熏三文鱼三明治的味道。也有时候弄糟。但凡事只要树立目标并加以不屈不挠地努力，总会取得成功。"

"傻气！"

"不过味道极好。"我说，"不信去问蜜蜂，去问三叶草好了。真的可口无比。"

"什么呀，你说的？干吗扯到蜜蜂和三叶草？"

"比如嘛。"

"瞧你这人！"雪叹着气说，"你要多少长大些才行，三十四岁了吧？在我眼里都有点傻里傻气。"

"是叫我世俗化不成？"

"想去兜风，"她不理会我的提问，"今天傍晚有空？"

"想必有空。"我想了想说。

"五点钟来赤坂公寓接我。位置还记得？"

"记得。"我说，"喂喂，你一直待在那里，一个人？"

"是啊，回箱根也什么都没有。家里空空荡荡，又在山顶尖。那种地方不愿意一个人回去，还是这儿有意思。"

"妈妈呢？还没回来？"

"不晓得，谁晓得她。杳无音信。也许还在加德满都吧！所以我不是说了么，那个人根本指望不得，天晓得她什么时候回来。"

"花钱呢？"

"钱没问题,银行卡随我使用,早就从妈妈的钱夹里抽了一张。她那人,银行卡少一张根本觉察不到。况且我也得自卫嘛,总不能坐以待毙。她就是那种神经兮兮的人,没什么奇怪。你不那样认为?"

我避而不答,搪塞说:"饭吃得可好?"

"吃啊。这叫什么话,不吃饭岂不死了?"

"我是问你吃得可好?"

雪清了清嗓子说:"肯德基、麦当劳、冰雪皇后(DQ),还有热气腾腾的便当。"

垃圾食品。

"五点去接你。"我说,"去吃点正经东西。你那饮食生活实在太马虎。青春期女孩应该吃得像样些。那种生活时间长了,长大要月经不调的,当然你可以说调不调是你自己的事。问题是,你要是月经不调,周围人都跟着倒霉,也该为周围人着想才是。"

"傻气。"雪低声道。

"对了,要是不讨厌的话,把你赤坂公寓的电话号码告诉我好吗?"

"为什么?"

"眼下这种单线联系是不公平的。你知道我的电话,我却不知道你的。你高兴时可以打电话给我,我高兴时却不能打电话给你,这不公平。再说比如今天这场约会,一旦有急事要变更,联系不上就大不方便。"

她略微犹豫似的哼了哼鼻子,最终还是把号码告诉了我。我记在手册通讯录中五反田的下边。

"不过可别随意变更哟,"雪说,"那种风风火火的人有妈妈一个就足够了。"

"放心，我不会随意变更，不骗你。不信你去问蝴蝶、去问苜蓿好了。像我这样严格守约的人怕没有几个。当然喽，世上有突发事故的存在，就是说会突然发生始料未及的事，世界毕竟广大而复杂。那时我也许应付不了，如果同你联系不上就非常狼狈。我说的你可明白？"

"突发事故。"她重复道。

"晴天霹雳。"

"最好别发生。"雪说。

"但愿如此。"

然而确实发生了。

21

他们是下午三点过后来的，两个人。我正淋浴时门铃响了。在我穿上浴袍开门之前响了八次，那响声直叫人皮肤发麻，竟同催命一般。我打开门，见是两个男士。一个四十有余，另一个同我年纪相仿。年纪大的个头颇高，鼻子有块伤疤。虽说时值初春，却已晒成相当水平——犹如渔夫那样深刻而现实，显然不是在关岛海滨或滑雪场晒出来的。头发一看便显得坚挺不屈，手掌大得出奇，身穿一件灰色风衣。年轻的则身材偏低，头发偏长，眼睛偏细，目光偏尖，活脱脱一副过去的文学青年模样，就差这里不是同人杂志的聚会场所，而他也未撩起长发说一句"我是三岛①嘛"。大学时代班上也有几个这等人物。此君身穿藏青色直领风衣。两人脚上都是不时髦的黑皮鞋，价廉质次，皱皱巴巴，即使丢在路上，行人怕也要躲着过去。看来这两个绅士哪个都不是我想要积极结交的角色，我姑且将他俩命名为"渔夫"和"文学"。

文学从风衣口袋里掏出警察证，一声不响地递到我面前——犹如电影镜头一般。我还从来没有看过警察证为何物，冷眼看去，似乎并非伪造，同皱皱巴巴皮鞋的皱皱巴巴相差无几。但当他将其从口袋里拿出递过来时，我竟恍惚觉得是有人在向我兜售同人杂志。

"赤坂警察署的。"文学说。

我点点头。

渔夫双手插进风衣口袋,默不作声,只是漫不经心地把一只脚伸在门口,大概存心不让我关门。得得,愈发像是电影了。

文学将警察证放回衣袋,从上到下打量了我一番。我头发湿漉漉的,只穿浴袍,一件绿色瑞诺玛浴袍。当然是专利产品,转身时背上分明写着瑞诺玛。洗发水用的是威娜。全身上下无任何自惭形秽之处,于是我以逸待劳,看对方吐出的是何等言语。

"想找您了解一点情况。"文学开口了,"很抱歉,如果方便,劳驾去署里一次好吗?"

"了解?哪方面的?"我问道。

"这个嘛,到时再奉告。"对方说,"只是了解情况需要很多形式和材料,所以想请您到署里去,要是可以的话。"

"换换衣服可以吧?"

"当然可以,请请。"文学神色一成不变,声音平淡之极,表情呆板之至。我不由得想,假如五反田扮演刑警,肯定更逼真更形象。现实倒不过如此而已。

我在里边房间更衣的时间里,两人一直在开着的门口伫立不动。我穿上常穿的蓝牛仔裤、灰毛衣和粗呢夹克,吹干头发,梳理一下,把钱夹、手帐和钥匙塞进衣袋。然后关窗,熄灯,拧好煤气开关,打开录音电话,最后登上深蓝色Topsider。两人不无稀罕地盯着我穿鞋。渔夫仍一只脚放在

---

① 指日本作家三岛由纪夫。

门口。

离公寓大门不远处,颇为隐蔽地停着一辆普普通通的警车,驾驶座上坐着一位身穿制服的警官。渔夫先上,接着我上,最后文学上。和电影镜头一模一样。文学关上车门,车便在沉默中开始前行。

路面很挤,警车缓缓驶动,没有拉响警笛。坐起来同出租车的感觉差不多,只不过没有计程表。停的时间比跑的时间还长,周围汽车的司机因此得以左一眼右一眼盯视我的脸,但无人搭腔。渔夫合拢双臂正视前方,文学则像在练习风景素描,神情肃然地观望窗外。他到底在描写什么呢?恐怕不外乎堆砌怪异字眼的抑郁描写吧——"作为概念的春光伴随着黑暗的潮流汹涌而来。她的到来摇晃起匍匐在城市间隙的无名之辈的欲念,而将其无声地冲往不毛的流沙。"

我很想将这段文字逐一修改下去。何为"作为概念的春光"?何为"不毛的流沙"?但终究觉得傻气,于是就此作罢。涩谷街头,依然到处挤满身穿小丑样奇装异服且看上去头脑浑浑噩噩的初中生。既无欲念又无流沙,什么也没有。

到得警察署,我被领进二楼询问室。这是一间四张半榻榻米大小的房间,有一扇小窗,窗口几乎射不进光线,大概同旁边的建筑物挨得太近。正中有一张桌子,两把办公椅,还有两把备用塑料椅。墙上挂着一个简单得不能再简单的钟。此外别无他物,没有挂历,没有画幅,没有书架,没有花瓶,没有标语,没有茶具,唯有桌、椅、钟三样。桌上放着烟灰缸和文具盒,一角堆着文件夹。两人进屋后脱去风衣,折起放在备用椅上,然后叫我在电镀办公椅上落座。渔夫在我对面坐定,文学稍离开一点站好,"啪啦啪啦"地翻动手册。两人半天一声未吭，我自然无言以对。

"好了，昨天夜里你干什么来着？"渔夫终于打破多时的寂静。想来，渔夫开口这还是第一次。

昨天夜里？昨天夜里是哪个夜里？我搞不清昨天夜里同前天夜里有何区别，搞不清前天夜里同大前天夜里区别何在。这固然不幸，但是事实。我沉思良久——回忆需要时间。

"我说你，"渔夫干咳一声，"法律上的东西这个那个理论起来是很费时间。而我问的非常简单：昨天傍晚到今天早上你干什么来着？还不简单？回答也没什么亏可吃吧？"

"所以正在想嘛！"我说。

"不想就记不起来？才是昨天的事哟！又不是问你去年八月份干什么，大可不必动脑思考吧？"

我很想说所以才想不起来，但未出口。大概他们理解不了一时性记忆丧失为何物，从而认定我头脑出了故障。

"等你，"渔夫说，"等着你，尽管慢慢想吧。"他从上衣袋里掏出"七星"，用硕大的打火机点燃。"不吸一支？"

"不要。"我说。《布鲁特斯》（*BRUTUS*）上告诫：先进的城市生活者不吸烟。但这两个人全然不予理会，津津有味地大吸特吸。渔夫吸"七星"，文学吸短支"希望"。两人几乎都是大烟筒。他们不可能读什么《布鲁特斯》，一对不合潮流的落伍者。

"等五分钟好了。"文学依然用毫无感情色彩的淡漠声调说道，"但愿这时间里你能完完全全地想起来——昨天夜里在哪里干什么来着。"

"所以此人才成其为知识人。"渔夫朝向文学说道，"说起询问早都询问过了，指纹都登录在案。学潮、妨碍执行公务、材料送审，这些早已习以为常。久经沙场。厌恶警察。熟悉法律。对于由宪法保障的国民权利之类了如指掌，不马上提出请律师来才怪。"

"可我们不过是在征得他同意之后请他走一遭，问问极简单的问题呀！"文学满脸惊诧地对渔夫说，"又不是要逮捕他。莫名其妙，根本不存在请律师来的理由嘛！干嘛想得这么复杂呢？真是费解。"

"所以我想，此人恐怕不单单是厌恶警察，大凡同警察这一词眼有关的东西，生理上统统深恶痛绝！从巡逻车到交通巡查，恐怕死都不会协助我们。"

"不过不要紧的，早回答早回家嘛。只要是从现实角度考虑问题的人，肯定会好好回答的，绝不至于仅仅因为一句昨晚干什么就劳律师大驾。律师也很忙嘛。这点道理知识人还是懂的。"

"难说。"渔夫道，"假如懂得这个道理，互相就可以节约时间喽！我们忙，他大概也不闲。拖下去双方浪费时间，再说也辛苦。这东西够辛苦的。"

两个人如此表演对口相声之间，五分钟过去了。

"那么，"渔夫说，"怎么样，你该想起什么了吧？"

我一想不起来，二也不愿意想。也许不久想得起来，反正现在无从想起。记忆丧失后尚未恢复。"为什么要问我这个？我要知道一下事由。"我说，"在不明白事由的情况下我什么也不能讲；在事由不明的时间里，我不想讲于己不利的话。按照礼节，了解情况之前应先说明事由才是。你们这种做法完全不符合礼节。"

"不想讲于己不利的话。"文学像在推敲文章似的鹦鹉学舌,"不符合礼节……"

"所以我不是说这才成其为知识人吗,"渔夫接道,"对事物的看法自成一体。厌恶警察。订《朝日新闻》,看《世界》杂志。"

"既没订《朝日新闻》,也没看《世界》。"我说,"总之在讲明为什么领我到这里来的事由之前,我无可奉告。你们要疑神疑鬼,那就疑去好了,反正我有时间,时间多少都有。"

两名刑警面面相觑。

"讲明事由后你就可以回答提问喽?"渔夫问。

"或许。"我说。

"此人倒有一种含而不露的幽默感。"文学一边目视墙壁上端一边抱臂说道,"好一个或许。"

渔夫用手指肚碰了碰鼻梁上笔直的横向疤痕。看样子是刀伤,相当之深,周围肌肉被拽得吃紧。"喂喂,"他说,"我们可是很忙,不是开玩笑,真想快点结束了事。我们也并不喜欢无事生非,要是情况允许,我们也想六点回家,和家人慢慢吃顿好饭。况且对你一无仇二无冤,只要告诉我们昨天夜里你在哪里干了什么,别无他求。要是没做亏心事,讲出来也不碍事吧?还是说你有什么亏心事而讲不出口不成?"

我目不斜视盯着桌面上的玻璃烟灰缸。

文学"啪"地摔了一下手册,揣进衣袋,有三十秒钟谁也没有作声。渔夫又点燃一支"七星"。

"久经沙场。"渔夫道。

"莫非要叫人权保护委员会来?"文学说。

"喂喂,这还谈不上什么人权不人权的。"渔夫道,"这是市民的义务。市民须尽可能对警察的破案工作予以协助,这在法律上写得明明白白，你所喜欢的法律上可就是这样写的。你为什么对警察那般深恶痛绝呢？向警察问路什么的在你也是有的吧？小偷进来你也要给警察挂电话吧？彼此彼此嘛！可为什么连这么一点小事你都横竖不肯协助呢？不就是走走形式的简单问题吗？昨天夜晚你在哪里干了什么？根本用不着费事，快点答完算了！我们也好往下进行，你也好回家，皆大欢喜。你不这样认为？"

"我想先知道事由。"我重复道。

文学从口袋里掏出纸巾，肆无忌惮地擤了一通鼻涕。渔夫从桌子抽屉里取出塑料尺，"啪嗒啪嗒"地拍打手心。

"我说，你还不明白？"文学将纸巾扔进桌旁的垃圾桶，"你在使自己的处境变得越来越糟。"

"知道吗，现在不是一九七〇年，没有闲工夫和你在这里玩什么反权力游戏。"渔夫忍无可忍似的说，"那样的时代早已过去了。我也罢你也罢任何人也罢，都已被一个萝卜一个坑地安在社会里，由不得你讲什么权力或反权力，谁也不再那样去想。社会大得很，挑起一点风波也捞不到什么油水。整个体系都已形成，无隙可乘。要是你看不上这个社会，那就等待大地震好了，挖个洞等着！眼下在这里怎么扯皮都没便宜可占，你也好我们也好，纯属消耗。知识人该懂得这个道理吧？"

"说起来，我们是有点累了，话也可能说得不大入耳。这是我们不对，特此道歉。"文学一边"噼里啪啦"翻着手册一边说，"不过，我们的确累了。马不停蹄地干，昨晚到现在几乎没睡上觉，五天没见到孩子了，饭也是胡乱凑合。也许你看不顺眼，可我们也在为社会尽我们的力。而你到这里来，硬是憋着劲儿一言不发，我们自然要不耐烦。明白吗？说你使自己的处境越来越糟,指的就是我们一累心里就烦得不行,以致本来可以简单完结的事却完结不了,容易节外生枝。当然喽,你有可以求助的法律,有国民的权利,但那东西运用起来需要时间,而在那时间里很可能遇到不快。法律这玩意儿啰嗦得很,费事得很,而且总有个酌情运用的问题。这些你能理解吧?"

"别误解,这不是吓唬你。"渔夫道,"他是忠告你。我们也不愿意让你遇到不快嘛!"

我默默地看着烟灰缸。这烟灰缸没有任何标记,又旧又脏。最初玻璃也许还透明,但如今则不尽然,而呈浑浊的白色,底角还有油腻。我揣摩它恐怕在这桌子上已经放了不知多少岁月——十年吧。

渔夫久久地摆弄着塑料尺。

"也罢,"他无可奈何地说,"那就说明一下事由。实际我们提问也是该讲究顺序,你的说法也有几分道理,就按顺序来好了,事情既已至此。"

言毕,将尺置于桌面,拉出一本文件夹,啪啪翻了几页,拿起一个信封,从中取出大幅照片,放在我的面前。我将这三张照片拿在手中审视。照片是真的,黑白两色,一看便知不是艺术摄影。照片上是个女子。第一张照的是裸背,女子俯卧床上,四肢修长,臀部隆起,头发像扇面一样摊开,掩住头部。两腿略微分离,下部隐约可见,胳膊向两侧随意伸出。女子看来是在睡觉。床无甚特征。

第二张更逼真。女子仰面而卧,整个身子袒露无余,四肢呈立正姿势。无须说,女子已经死了。眼睛睁开,嘴角往一旁扭歪,扭得很怪。是咪咪!

我又看第三张照片。这张是面部特写。是咪咪,毫无疑问。但她已不再雍容华贵,而显得冻僵般的麻木不仁。脖子周围有一道仿佛被揉搓过的痕迹。我一时口干得不行,连咽唾液都很困难,手心皮肤阵阵发痒。咪咪,那场绝妙的欢娱!曾和我快活地扫雪不止,直至黎明。曾和我一起听险峻海峡,一起喝咖啡。然而她死了,现已不在人世。我很想摇头,但没摇。我把三张照片重叠收好,若无其事地交还给渔夫。两人全神贯注地观察我看照片时的反应。我用催问的神情看了看渔夫的脸。

"认识这个女孩吧?"渔夫开口道。

我摇头说不知道。如果我说认识,势必将五反田卷入进去,因为他是我同咪咪的中介。但眼下不能在此将他卷进去。或许他已经卷入,这我无从推断。果真如此,果真五反田道出我的名字并说我同咪咪睡过,那么我的处境就相当尴尬,等于说伪造口供。那样一来,可就非同儿戏。这是一次赌注。但不管怎样,不能从我口里吐出五反田的名字。他和我情况不同。如若说出他来,必然舆论大哗,周刊蜂拥而至。

"再仔细看一遍!"渔夫以颇含不满的缓慢语调说道,"事关重大,再仔细看一遍,然后请回答。如何?对这女子可有印象?请不要说谎。我们可是老手,谁个说谎当即一目了然。对警察说谎,后果可想而知。明白吗?"

我再次慢慢地看了一遍三张照片。本来恨不得背过脸去,但不能。

"不认识。"我说,"但她死了。"

"是死了。"文学富有文学性地重复一遍,"彻底死了,的确死了,完全死了,一看便知。我们看到了,在现场。蛮不错的女子,一丝不挂地死了。一看就知是个不错的女子。但已经死掉，不错也罢什么也罢都无所谓了，赤身裸体也无所谓了。死人一个而已。再放下去就会腐烂，皮肤胀裂，腐肉冒出，臭气熏天，蛆虫四起。看过那种光景？"

我说没有。

"我们看过好几次了。到那步田地，女子错与不错早已分辨不出，一堆烂肉罢了，和烂掉的牛排一样。闻了那种臭味，好久都咽不下饭。虽说我们是老手，可唯独这种臭味受用不了，没法习惯。再过一段时间，就只剩有骨头，这回臭味是没了，一切都已干干巴巴，白生生的，也还好看。总之骨头是干净的，不坏。不过，这女子还没到那般地步，没有腐烂，没见骨头。仅仅是死掉，仅仅是变僵，硬挺挺的。是个不错的女子，这点分明看得出来。要是能趁她活着的时候和她尽情大干一场该有多妙！但如今目睹裸体也兴奋不起来，因为已经死了。我们和死人毕竟截然不同。人一死，就是一尊石像。就是说，这里边有个分水岭，一旦越过分水岭一步，就成了零，真真正正的零。等待的只有火化。多好的女孩，可怜！要是活下去，肯定更好无疑，可惜！哪个杀的？伤天害理。这女孩也有生存的权利，才二十岁刚出头。是被人用长筒袜勒死的。一下子死不了，到咽气要花不少时间。痛苦到极点。她自己也知道要死，心想我为什么非要在这种地方死去不可呢。她肯定还想活。她感觉得出氧气少得让人窒息，脑袋一阵发晕，小便失禁，拼命挣扎，但力气不够，最后慢慢死去。死得够惨的。我们想把使她惨死的罪犯捉拿归案，必须捉拿。这是犯罪！而且是非常残忍的犯罪，强者使用暴力杀害弱者，不能听之任之。如果听之任之，将动摇社会的根基。必须逮住罪犯，严惩不贷。这是我们的义务。否则，罪犯还可能继续杀害其他女孩。"

"昨天午间,这女孩在赤坂一家高级宾馆订了一间双人房,五点时一个人住了进去。"渔夫说,"说是丈夫随后到。姓名和电话都是假的。钱是预付过的。六点时要了一个人吃的晚饭,叫送到房间去。那时是一个人。七点时把碟碗放到走廊,并挂出'请勿打扰'的牌子。第二天十二点是退房时间,十二点半时服务台打去电话,没人接。门上仍挂着'请勿打扰'。敲门也不应,于是宾馆人员用另配的钥匙把门打开。结果女孩已经赤裸裸地死了,像第一张照片那样。谁也没见到有男子进来。最顶层是餐厅,人们经常乘电梯上上下下,出入频繁。因此这家宾馆常用来约会,以掩人耳目。"

"手袋里没有任何东西可以成为线索。"文学说,"没有驾驶证,没有手帐,没有信用卡,没有银行卡,什么也没有。衣服上没有任何字样。有的只是化妆品和装有三万多日元的钱包,以及口服避孕药,再没有其他的。不,还有一样:钱包最里边一个不易注意到的地方,有一张名片,你的名片。"

"真的不认识?"渔夫叮问道。

我摇头否认。如果可能,我何尝不想配合警察把那个杀害她的凶手抓到。但我首先要为活着的人着想。

"那么,能告诉昨天你在什么地方做什么了?这回该明白我们特意请你来这里了解情况的事由了吧?"文学说。

"六点时一个人在家吃饭,然后看书,喝了几杯酒,不到十二点就睡了。"我说,记忆好歹复苏过来,大概是因为看到咪咪死尸照片的缘故。

"那时间里见谁了没有?"渔夫询问道。

"谁也没见,一直我一个人。"

"电话呢？谁也没打来电话？"

我说谁也没打来电话。"九点倒有个电话打来，因为接上录音电话没有听到。后来一听，是工作方面的。"

"为什么人在家还用录音电话？"渔夫问。

"眼下正休假，懒得同别人谈工作。"

他们想知道来电话那个人的姓名和电话号码，我讲了出来。

"那么说，你一个人吃完晚饭一直看书喽？"渔夫又问。

"先收拾好碗筷，然后才看的。"

"什么书？"

"卡夫卡的《审判》，或许你不相信。"

渔夫在纸上写卡夫卡的《审判》。"审判"二字写得不准确，文学从旁指教。不出所料，文学果然晓得《审判》。

"看它看到十二点，是吧？"渔夫说，"还喝了酒……"

"傍晚喝啤酒，接下去是白兰地。"

"喝了多少？"

我想起来了。"啤酒两听，白兰地一瓶的四分之一左右。还吃了个桃子罐头。"

渔夫一一记在纸上。还吃了个桃子罐头。"此外要是有能想起来的，再想想好吗？哪怕再小的事也要得。"

我沉吟多时，再也想不起什么。那确实是个连细微特征也没有的夜晚。我只是一个人静静地看书，而咪咪却在这个连细微特征也没有的静静夜晚被人用长筒袜勒死了。

"想不起来。"我说。

"喂，最好认真想想嘛，"文学干咳一声，"你现在可是处于不利位置哟？"

"随你。我又没有做什么，无所谓利与不利。"我说，"我是个靠自由撰稿为生的人，因工作关系，名片也不知散发了多少。至于那女孩怎么会有我的名片，我却是没办法搞清——总不至于说是我杀害了那孩子吧！"

"若是毫不相干的名片，恐怕不会只特意挑出一张珍藏在钱包最里头吧？"渔夫说，"我们有两个假设。一个是这女子同你们那个行业有关，在宾馆里同一男子偷情而被对方杀了。这男子把手袋里大凡可能留下后患的东西清洗一空，唯独这张名片因藏在钱包最尽头而未能带走。另一个假设是，这女子是风月老手、娼妓、高级娼妓，使用一流宾馆的那类。这类人身上不会带有可能暴露身份的东西，由于某种原因她被客人杀害。罪犯没有取钱，估计非比一般。可以推导出这两种假设吧？如何？"

我默默地歪一下头。

"不管怎样，你的名片是个把柄。因为现阶段我们手里除此外没有任何线索。"渔夫一边用圆珠笔头"橐橐"地敲击桌面，一边再三强调似的说道。

"名片那东西不过是印有名字的纸片而已。"我说，"成不了证据，什么也成不了，反正凭这纸片什么也证明不了。"

"此时此刻，"一直用圆珠笔头敲击桌面的渔夫说道，"是什么也证明不了，的确证明不了。现在鉴别人员正在房间里对遗物进行检查，同时解剖尸体。到明天，不少事情就会清楚一些，并找出其间的脉络。只好等到明天，等好了。等的时间里希望你再好好想一想。可能要熬个通宵，反正要搞彻底才行。时间一长，有很多东西便可能回忆起来。让我们再从头来一次，请您把昨天一天的活动仔细过一遍筛子，从早到晚一个不漏地……"

我瞟一眼墙上的挂钟,时针已懒洋洋地指向五点十分。我突然想起同雪的约会。

"能借电话用一下吗?"我问渔夫,"原定五点钟有个约会,很重要的约会,得告诉一声才好。"

"和女孩?"渔夫问。

"嗯。"

他点点头,把电话推到我这边来。我掏出手册,找到雪的电话号码,拨动号码盘。铃响到第三遍,她接起电话。

"是要说有事来不了吧?"雪先发制人。

"出了意外,"我解释说,"倒不是我的责任,但实在脱身不得,被领来警察署,正接受询问,是赤坂署。解释起来话长,总之看样子轻易解脱不了,抱歉抱歉。"

"警察?你搞什么来着,到底?"

"什么也没搞。只是作为杀人案协助调查的人给警察叫了来。城门失火,殃及池鱼。"

"滑稽。"雪听起来无动于衷。

"是的。"我承认。

"喂,总不会是你杀的吧?"

"当然不是我杀的。"我说,"我是屡遭失败屡出差错,但绝没杀人。不过是问问情况,提问接二连三。反正对你不起,另外找时间将功赎罪就是。"

"滑稽透顶!"言毕,雪"咔"一声放下电话。

我也放下听筒,把电话还给渔夫。两人聚精会神地倾听我和雪的对话,似乎并无所得。假如他俩知道我是同一个十三岁女孩约会,必定进一步加深对我的怀疑。说不定以为我是个异常性欲者之流。一般来说，三十四岁的男子断不会同十三岁女孩约会。

两人就我昨天一昼夜的坐卧行止无微不至地叮问一遍，并记录在案——把厚纸垫在底下，在便笺样的纸张上用圆珠笔写得密密麻麻。那东西实在毫无意义，真正的滑稽透顶，纯属浪费时间浪费劳力。上面不厌其详地写着我吃了什么去了哪里，一五一十地记着我晚饭所吃的魔芋的煮法。我半开玩笑地介绍了鲣鱼干的削法。但玩笑在他们面前行不通，居然也认认真真地记录下来。结果搞成了一份相当厚实的文稿，可惜全无价值可言。六点半，两人叫近处一家饭店的外卖点送来便当。便当不怎么高级，和垃圾食品差不多，里面不外乎肉丸、土豆沙拉、煮鱼肉卷之类，无论味道还是用料都不敢恭维，油腻腻咸滋滋的。咸菜用的是人工着色剂。然而两人吃得煞是有滋有味，我便也一扫而光。原以为折腾得饭也难以下咽，看来那只是一时的气恼。

吃罢饭，文学端来淡而无味的温吞茶，两人一边喝茶一边又大过烟瘾。狭小的房间里烟雾蒸腾，害得我眼睛作痛，上衣也沾上了尼古丁味儿。用完茶，询问即刻开始。无聊提问的无尽循环。诸如《审判》从哪里读到哪里，何时换的睡衣等等。我向渔夫介绍了卡夫卡小说的梗概，但似乎未能引起他的兴致。对他来说，那情节恐怕未免是家常便饭。我不由担心，弗兰茨·卡夫卡的小说能否流传到二十一世纪。不管怎样，他竟连《审判》的主要情节也记录下来。何苦一一把这东西记录在案呢？我实在感到纳闷。端的是弗兰茨·卡夫卡式。我逐渐觉得傻气觉得厌倦起来。况且也累了，脑袋开始运转不灵。这一切太鸡毛蒜皮，太没有意义了。然而他们依然穷追不舍地抓住所有事项的间隙喋喋不休，且将我的答话一字不漏地记在纸上。有时碰到不会写的字，渔夫便问文学。对如此作业，两人似乎毫无厌烦情绪。估计疲劳还是有的，但绝不懈怠。哪怕是再琐碎的事，也竖耳倾听，目光炯炯，以便随时找出漏洞。两人不时交替出去五六分钟，然后转回。坚韧不拔的斗士！

时值八点，询问人由渔夫换成文学。渔夫的两臂看上去到底有些疲劳，站着伸展挥舞一番，并转了几圈脖子，接下去又是吸烟。文学开问前也先吸了一支。换气不良的房间里，活像天气预报的气象图一般云遮雾绕，迷蒙一团。垃圾食品和香烟云雾。我真想去外面尽情来个深呼吸。

我提出想去厕所。文学指点说出门向右，到头往左。我慢慢小便，深深呼吸，缓缓踱回。在厕所里做深呼吸说来未免反常，实际上味道也并不好得沁人心脾。但想到遇害的咪咪，便不好挑三拣四。起码我还活着，还能呼吸。

从厕所回来，文学重开战局。他详细地问了昨晚打来电话那个人的情况。和我算什么关系？在什么工作上相识的？打电话为哪桩事？为什么没有马上回电话？为什么休那么长的假？经济上支撑得了吗？税金申报了没有？如此啰嗦个没完没了。我每次回答，他都同渔夫一样花时间用工整的楷书记录在纸上。莫非他真的以为这种作业有意义不成？我无从判断。或许对他们来说这不过是日常工作，无须考虑有无意义。不折不扣的弗兰茨·卡夫卡式。两人之所以无休无止地把这无聊的事务性作业故意拖延下去，说不定是存心为了把我拖垮，以便挖出真相。果真如此，他们实际上已经如愿以偿——我已经筋疲力尽，有问必答，答无不尽。总之我一心想早早结束了事。

但十一点时作业仍未终止，连终止的征兆也没有。十点渔夫走出房间,十一点折回。看样子是打了个盹,眼睛有点发红。他将自己不在时记录的内容过目一遍,然后将文学取而代之。文学端来三杯咖啡。是速溶咖啡,且加了砂糖和牛奶。垃圾食品。

我早已无心恋战。

十一点半时我又累又困,遂宣布我不再开口说话。

"麻烦透了!"文学一边在桌上咔嚓咔嚓地挤压手指关节,一边俨然真的为难似的说,"此事刻不容缓,对破案又很重要。抱歉得很,要是可以,我想坚持最后搞完算了。"

"这种询问,我怎么都看不出有什么重要。"我说,"坦率说来,我看全是鸡毛蒜皮的小事。"

"可是,鸡毛蒜皮到后来也相当有用。根据鸡毛蒜皮侦破的案例不在少数,相反,因为忽视鸡毛蒜皮而事后追悔莫及的情况也并非个别。因为这毕竟是杀人案,一个人因杀致死。我们也都在严肃对待。对不起,请再忍耐再配合一下。说实在的,如果我们有意,完全可以让上级批准把你作为重要参考人拘留起来,但那样会使双方增多麻烦,对吧?那需要很多材料,而且再不可能通融。所以我们想还是稳妥一点为好,只要你肯配合,我们就不至于采取强硬措施。"

"要是困,在休息室睡一会儿如何?"渔夫从旁插话,"躺下很可能重新想起什么。"

我点点头,哪里都好,总比待在这烟味熏人的房间里强。

渔夫把我领往休息室。走过阴冷的走廊,迈下更阴冷的楼梯,又进入走廊,到处充满阴森森的气息。他们说的休息室原来竟是拘留所。

"这地方在我眼里好像是拘留所。"我浮起非常非常苦涩的微笑说道,"假如我没有弄错的话。"

"只有这个地方,对不起。"

"纯属笑话!我回家。"我说,"明早再来。"

"喂喂,不上锁的。"渔夫说,"就算求你了,就忍耐这一天吧。拘留所不上锁也是普通房间嘛。"

我再懒得同他舌来唇去,凑合一下算了。拘留所不上锁的确也是普通房间。况且我已累得一塌糊涂,困得一塌糊涂,再没心思同任何人讲话,懒得开口。我摇摇头,不声不响地一头栽倒在硬邦邦的床上。熟悉的感触。湿乎乎的床垫和廉价毛巾被。厕所的气味。绝望感。

"不上锁的。"渔夫说罢,关上门,门咣地发出冷冰冰的声响。上锁也好不上锁也好,反正声音同样冰冷。

我喟叹一声,盖上毛巾被。有谁在什么地方大声打鼾,鼾声听起来既像是十分遥远,又似乎很近。仿佛地球在我不知道的时间分裂成无数块互不往来的无可挽回的薄薄断层,鼾声便是从那断层的缝隙中发出来的,哀怨凄婉,飘忽不定,而又真切可闻。是咪咪!如此说来,昨晚我还想起你来着,那时不知你仍活着,还是已经死去。但不管怎样,那时我是想起你来着,想起同你的欢娱,想起为你轻轻脱衣服的光景。怎么说呢,那简直像是同窗会。我是那样地轻松快活,犹如世界上所有的螺丝都松缓下来。我已好久未曾体味过这种心情了。然而,咪咪,我现在却什么都不能为你做,对不起,什么都无能为力。我想你也明白,我们面临的人生都是极其脆弱的。作为我,不能把五反田卷到丑闻中去。他是在形象世界里生存的人,一旦他同妓女睡觉并作为杀人案参考人被传唤的事公诸于世,其形象必将受到损害,其主演的电视节目和广告便很可能跌价。说无聊便也无聊，无聊的形象，无聊的世道。但他将我视为朋友并予以信任，所以我也要把他作为朋友来对待。这是信义问题。咪咪，山羊咪咪，和你在一起我非常开心，能和你相抱而卧我是那般惬意，简直是童话。我不知道那对你是不是一种慰藉，反正我一直没有忘记你记着你。我们俩扫雪一直扫到早上——官能式扫雪。我们使用经费在幻觉天地里相依相偎，小熊维尼和山羊咪咪。你被勒脖子时想必痛苦万状，你不想告别人世吧，大概，但我现在什么也不能为你做。老实说我不知道这是否正确，但此外我别无选择。这便是我的生存方式，是社会体系所使然。所以我只能守口如瓶。安息吧！山羊咪咪，至少你可以不必醒第二次，不必死第二回。

休息吧，我说。

休息吧，思考发出回声。

正是，咪咪应道。

22

第二天的内容几乎是第一天的重复。早上三人又在同一房间集中，闷声喝咖啡，吃面包。这回的面包还凑合，羊角形的。吃完，文学把电动剃须刀借我一用。我原本不喜欢电动的，也只好用来应付一下。没有牙刷，只得在漱口上下了番功夫。接下去就是询问。无聊而无关紧要的询问。合法的拷问。这名堂犹如上发条的蜗牛玩具，断断续续持续到中午。大凡能问的两人都已问了，看样子已再无问题可问。

"啊，也就这样子了。"渔夫把圆珠笔置于桌面，说道。

两名刑警不约而同地呼出一口长气，我也长吁一声。我揣摩，两人把我扣在这里的目的大概是为了争取时间。无论如何他们不可能仅凭遇害女子钱包里有张名片这一点就取得拘留许可，纵使我提供不出我不在现场的有力证据。所以他们只能设下这傻里傻气的卡夫卡式迷宫，把我牵制住不放，直到指纹和尸体解剖的结果证明我不是罪犯时为止。荒唐透顶！

但不管怎样，询问算是到此为止。我可以回家，洗澡，刷牙，像样地剃胡须，喝像样的咖啡，吃像样的饭食。

"好了，"渔夫直起身，通通地敲着腰部说道，"该吃午饭了吧？"

"询问像是完了，我这就回家。"

"那还不成。"渔夫难以启齿似的说。

"为什么?"

"需要签名,证明你是这么说的。"

"可以可以,签名好了。"

"签之前请确认一遍内容有无出入,要一行一行地看,事关重大嘛。"

于是我拿起三四十页之厚而又写得密密麻麻的公用笺,逐字逐句地仔细阅读起来。我边读边想,二百年过后,这等文章也许具有风俗研究的资料价值,其近乎病态的详细而客观的叙述,对研究人员想必有所帮助——城里一个三十四岁独身男性的生活光景不难在其眼前历历浮现出来。虽说没有代表性,但毕竟是时代的产儿。问题是此时在警察署询问室里阅读起来,却是平添烦恼。花了十五分钟才读完。好在是最后一关,读完签上名,即可回家了事。读毕,我把记录纸在桌面上橐橐地蹾齐。

"可以可以,"我说,"完全可以,内容上我没有异议。签名就是,签在哪里?"

渔夫用手指飞快地转动圆珠笔,看着文学。文学拿起桌面上的短支"希望",抽出一支,叼在嘴上点燃,蹙起眉头盯着烟火。我腾起一种极其不快的预感。

"没有那么简单。"文学用分外徐缓的语调说道,如同内行人向外行人再三叮嘱什么,"这类材料,须是亲笔才行。"

"亲笔?"

"也就是,务必亲手抄写一遍,由你,用你的字。否则法律上无效。"

我往那叠公用笺上扫了一眼。我连发火的气力都没有了,我很想发火,很想骂一声岂有此理,很想拍案声称自己是受法律保护的公民,告诫他们没有这种权利,很想起身一走了之。正确说来他们也明白没有阻挡我的权利。但我太累了,累得什么都不想做,什么都不想争辩,无论对谁。我觉得与其争辩,莫如言听计从为好,那要省事得多。权当傀儡好了,累得当傀儡。过去可不是这样,过去是要好好发一顿火的。垃圾食品也罢,香烟云雾也罢,电动剃须刀也罢,根本不在话下。如今年龄大了,变得懦弱起来。

"不抄。"我说,"累了,回家。我有权回家,谁也挡不了。"

文学发出模棱两可的语声,既像呻吟又像打哈欠。渔夫仰望天花板,用圆珠笔头通通地敲击桌面,且颇有节奏:通通通、通,通通、通、通、通……

"话要那么说,事情可就麻烦了。"渔夫开口道,"也罢,既然如此,那么我们申请拘留许可就是。那样一来,可就再不可能这么和风细雨了。噢,也好,那样倒好办一些。嗯,是吧?"他问文学。

"是啊,那样反而好办。好,就那样好了。"文学应道。

"随便。"我说,"但在许可批下来之前我是自由的。就待在家里不动,批下来上门找我就是。横竖我得回家,在这里闷得慌。"

"拘留许可批下来之前,可以暂时约束人身自由。"文学说,"这条法律是有的。"

我本想叫他把六法全书搬来,把那条指给我看,可惜精力体力现已耗费一空。虽然明明晓得对方是虚张声势,也无力同其两军对垒。

"明白了。"我不再坚持,"就按你们说的办。不过得让我打个电话。"

渔夫把电话推过。我给雪打了第二次电话。

"还在警察署,"我说,"看来得待到晚上,今天你那里去不成了,对不起。"

"还在那里?"她惊愕道。

"滑稽!"我抢先说出。

"怕不正常吧!"雪换个说法,词汇倒还丰富。

"干什么呢,现在?"

"没干什么,"她说,"闲得没什么可干。躺着听音乐,吃蛋糕,翻翻杂志什么的,就是这样。"

"噢——"我说,"反正出来就打电话过去。"

"能出来就好。"雪淡淡地说。

两人依然侧耳倾听我在电话中的言语,但似乎依然一无所获。

"那,反正先吃午饭吧!"渔夫说。

午饭是荞麦面。面条脆弱得很,刚用筷子挑起便断成两截。犹如病人用的流质,带有不治之症的味道。但两个人吃得十分香甜,我便也学其样子吃了下去。吃罢,文学又端来不凉不热的茶水。

午后如同深不可测的浑水河,静静流逝,房间里惟闻挂钟走动的喀喀声。隔壁房间不时响起电话铃声。我只管在公用笺上奋笔疾书。两名刑警轮流歇息,时而到走廊小声嘀咕。我默默地伏案驱动圆珠笔,把这百无一用的无聊文章从左往右直录下来:"六点十五分左右,我准备做晚饭,首先从电冰箱里取出魔芋……"纯属消耗。傀儡!我对自己说道,地地道道的傀儡，一味奉旨行事，毫无怨言。

　　但也不尽然，我想。不错，我是有点当傀儡，但最主要的是对自己没有信心，所以才不敢抗争，自己的所作所为果真正确吗？难道不应该放弃对五反田的包庇而如实说明真相协助警方破案吗？我是在说谎。而说谎，任何种类的说谎都不会是令人愉快的，纵使为了朋友。我可以讲给自己听：无论做什么事都不可能使咪咪获得再生。我诚然可以这样说服自己，然而腰杆硬不起来，因而只好闷头抄写不止。傍晚，抄出二十页。长时间用圆珠笔写这么小的字是很辛苦的劳作。渐渐地，手腕变酸，臂肘变重，手指变痛，头脑变昏，于是下笔写错，写错须用横线勾掉，并按以指印，不胜其烦。

　　晚间又是便当。我几乎提不起食欲，喝口茶都有些反胃。去卫生间对镜子一看，面目竟那般憔悴，自己都为之吃惊。

　　"结果还没出来？"我问渔夫，"指纹、遗物和尸体解剖的结果？"

　　"没有，"他说，"还得一会儿。"

　　我好歹熬到十点，差五页没有抄完。而我的能力已达到极限，多一个字也写不出了——我这样想也是这样说的。于是渔夫又把我领去拘留所，到那里歪身便睡。没刷牙也好，没换衣服也好，统统顾不得了。

　　早上起来，我又用电动剃须刀剃了胡子，喝了咖啡，吃了羊角面包。想起还剩五页，便用两个小时抄了，然后逐页工整地签上名字，按以指印。文学拿起检查一遍。

　　"这回可以解放了吧？"我问。

　　"再回答一点点问题就可以回去了。"文学说，"放心，很简单，是我想起要补充的。"

我叹口气:"不用说,又要整理成材料吧?"

"当然。"文学说,"很遗憾,衙门就是这样的地方,文件材料就是一切。没有材料没有印鉴,等于什么也没有。"

我用指尖按住太阳穴,里边似乎有什么硬硬的异物钻了进去,在头脑里膨胀起来,且已无法取出。晚了!要是再早几天,本来可以顺利取出。可怜之至!

"别担心,花不了多少时间,马上就完。"

正当我无精打采地回答新的琐碎提问时,渔夫返回房间,叫出文学。两人在走廊里嘀嘀咕咕。我背靠椅背,仰起头,观察天花板边角处污痕一般附着的霉斑。那霉斑看上去竟同尸体照片上的阴毛无异。从那里往下,沿着墙壁裂缝渗出许多斑斑点点,仿佛瓷窑里烧出来的。那霉斑我想大约沁有无数出入这房间之人的体臭和汗味儿,也正是这些东西经过几十年的演变而成为如此黑乎乎的斑点。这么说来,我好像已经好久没见到外面的风景,好久没有听到音乐了。冷酷绝情的场所!这里,他们企图调动所有手段来扼杀人的自我人的感情人的尊严人的信念。为了不致留下看得见的外伤,他们在心理战术上大做文章,巧妙地布下形同蚁穴的官僚主义迷宫,最大限度地利用人们的不安,使其避开阳光,使其吃低营养食物,使其出汗,从而促成霉斑。

我在桌上整齐地合拢双手,闭目回想雪花纷纷的札幌街头,回想庞大的海豚宾馆和服务台那个女孩。她现在怎么样了呢?大概仍然站在服务台里嘴角挂着闪闪耀眼的营业性微笑吧。现在我很想从这里打电话同她交谈,很想开一句下里巴人的玩笑。然而我连其姓名都不知道,姓名都不知道。无法打电话。是个可爱的女孩,尤其她工作中的身姿是那样的撩人心弦。宾馆精灵。她喜爱宾馆里的工作。与我不同,我从未喜爱过什么工作。工作起来倒也一丝不苟,但一次也未喜爱过。而她却喜爱工作本身。离开工作岗位,她便显得弱不禁风,显得惶惶不安。当时我若有意,肯定能同她睡在一起,但没有睡。

我很想再同她交谈一次。

趁她尚未被人杀害。

趁她尚未失踪。

23

　　片刻，两名刑警折回房间。这回都没有落座。我仍呆呆地眼望霉斑。

　　"你可以回去了，已经可以了。"渔夫声音淡漠，"辛苦了。"

　　"可以回去？"我愕然反问。

　　"询问结束了，完事了。"文学接道。

　　"情况发生了很多变化，"渔夫说，"已经不便继续把你留在这里了。可以回去了，辛苦了。"

　　我穿上满是烟味儿的夹克，离座站起。缘故尚不明了，但看来还是趁对方变卦之前快快溜走为妙。文学送我到门口。

　　"跟你说，昨天晚间就已看出你不是罪犯。"他说，"鉴别和解剖的结果，证明你同此案毫无瓜葛。残留精液的血型不符，也没发现有你的指纹。不过，你有所隐瞒，所以才留住不放，以便从你嘴里敲打出点什么。你有所隐瞒这点我们看得出来，凭直觉，凭职业直觉。那女子是谁，提示一下你总可以做到吧？然而你由于某种理由隐瞒了下来。这是不对的。我们没那么容易蒙混，老手嘛，况且人命关天。"

　　"对不起，你说的我莫名其妙。"我说。

　　"也可能还要劳你前来。"他从衣袋里掏出火柴，用火柴杆按着指甲根说,"动起真格来,我们可是要一追到底的。这回要准备得万无一失,即使你把律师拉来,我们也眼皮都不眨一下。"

"律师?"我问。

但此时他已消失在建筑物里边了。我拦辆出租车赶回住处,往浴缸里放满水,慢慢地将身体沉入其中。然后刷牙、剃须、洗头。浑身全是烟味儿。鬼地方,蛇洞一样。

洗罢澡,我煮了些花椰菜,边吃边喝啤酒,接着放上一张阿瑟·普里索克(Arthur Prysock)在贝西伯爵乐团伴奏下演唱的唱片。唱片华丽无比,十六年前买的,一九六七年。听了十六年,百听不厌。

随后我稍睡了一觉。出门拐弯,又转了回来——便是这种睡法。约睡了三十分钟。睁眼醒来,看表才不过一点。我拿起泳衣和毛巾塞进手提袋,乘上"斯巴鲁"赶去千驮谷室内游泳池,畅畅快快游了一个小时。如此好歹恢复了人的心绪,食欲也多少上来了。我给雪挂去电话,她在。我告诉说已经从警察署脱身出来,她冷冷地说那好。我问吃了午饭没有,她说还没有,早上到现在只吃了两个奶油泡芙。饮食生活照样不成体统,我想。我说这就去接,一起去吃点什么。她嗯了一声。

我驾起"斯巴鲁",绕过外苑,沿着绘画馆前的林荫道,从青山一丁目驶至乃木神社。春意一天浓似一天。在我滞留赤坂警察署两个晚上的时间里,风的感触已变得温情脉脉。树的叶子愈发青翠迎人,光线已失去棱角,变得和蔼可亲,就连城市的噪音也如田园交响曲一般娓娓动听。世界如此美好,肚子也觉得饿了。太阳穴里边硬硬的异物不知何时已经消失。

我刚一按门铃,雪便跑下楼来。她今天穿一件大卫·鲍伊运动衫，外套褐色真皮夹克，肩上一个帆布挎包。挎包上别着流浪猫乐队（Stray Cats）、史提利·丹（Steely Dan）和文化俱乐部（Culture Club）的徽章。好个奇妙的搭配，不过也无所谓。

"警察署有意思？"雪问。

"一塌糊涂，"我说，"和乔治男孩（Boy George）的歌唱同样一塌糊涂。"

"唔。"她无动于衷。

"下回给你买个猫王徽章，替换一下。"我指着挎包上文化俱乐部的徽章说道。

"怪人。"她说。果然词汇丰富。

我首先把她领进一家像样的饭馆，让她吃了用全麦面包做的烤牛肉三明治和蔬菜沙拉，喝了真正新鲜的牛奶。我也吃了同样的食物，喝了杯咖啡。三明治味道不错，酱汁清淡爽口，肉片柔软滑嫩，用的是地地道道的辣根酱和芥末酱，味道冲得势不可挡。这才叫吃饭。

"喂，往下去哪里？"我问雪。

"辻堂。"

"那好，"我说，"就去辻堂。不过为什么去辻堂呢？"

"我爸爸住在那里，"雪答道，"他说想见你。"

"见我？"

"他人并不那么坏的。"

我喝着第二杯咖啡，摇摇头说："我不是说他人不好，是想说你爸爸为什么要特意见我。你向爸爸提起我了？"

"嗯，在电话里。告诉他是你把我从北海道领回来的，还说你给警察带去回不了家。结果爸爸就通过一个认识的律师向警察打听了你的情况。他在这方面交游很广,相当讲究现实。"

"原来如此,"我说,"是这样!"

"顶用吧?"

"顶用,顶用得很。"

"我爸说了,说警察没权利扣住你不放,你要是想回去,任何时候都可以回去,在法律上。"

"知道的,这个。"

"那干吗不回去?说声回去不就完了!"

"问题没那么简单。"我稍想一下说,"或许是自我惩罚吧。"

"不一般。"她支着下颏说。词汇确够丰富。

❦ ❦ ❦

我们坐着"斯巴鲁"往辻堂驶去。偏午时分,路上车少人稀。雪从挎包里掏出很多磁带,放进音响。从鲍勃·马利的《出埃及记》到冥河乐队的《机器人先生》(*Mr. Robot*),各色音乐在车内流淌不止。有的兴味盎然,也有的单调无聊,但都同窗外景致一样稍纵即逝。雪几乎没有开口,舒舒服服靠着座席欣赏音乐。她拿起我放在仪表盘的太阳镜戴上,吸了一支维珍妮牌女士香烟。我则默默地集中精力开车,不时地变换车挡,眼睛盯视远处的路面,仔细地辨认每一个交通标识。

有时候我很羡慕雪,她今年才十三岁。在她眼里,一切都是那样的新鲜,包括音乐、风景和世人,想必同我得到的印象大相径庭。我在过去也是如此。我十三岁的时候,世界要单纯得多。努力当得报偿，诺言当得兑现，美当得保留。但十三岁时的我并不是个特别幸福的少年。我喜欢一个人待在一边，相信孤单时的自己，可是在大多数情况下容不得只有我自己。我被禁锢在家庭与学校这两大坚不可摧的樊笼之中，感到一阵阵焦躁不安。一个焦躁的少年。我恋上了一个女孩，这当然不可能如愿。因为我连恋爱为何物都一无所知，甚至没有同她说过几句话。我性格内向，反应迟缓。我很想对老师和父母强加于我的价值观大唱反调，却吐不出相应的言词。无论干什么都干不顺当。同无论干什么都左右逢源的五反田恰成对比。不过，我可以捕捉到事物新鲜的风姿，那实在是令人快慰的时刻。香气四下飘溢，泪水滴滴灼人，女孩美如梦幻。摇滚乐永远是摇滚乐，电影院里的黑暗是那样的温柔而亲切，夏日的夜晚深邃无涯而又撩人烦恼。是音乐、电影和书本陪我度过这几多焦躁的日夜晨昏，于是我记住了山姆·库克和瑞奇·尼尔森唱片里的歌词。我构筑了独有我自己的小天地，并生活其中。那时我十三岁，与五反田在同一个物理实验班。他在女孩们热辣辣的目光中擦燃火柴，优雅地点燃煤气喷灯，忽地一闪。

他为什么偏偏羡慕我呢？

令人费解。

"喂，"我跟雪搭话，"给我讲讲穿羊皮那个人的事好吗？你在哪里遇见他的？又怎么晓得我见过他？"

她朝我转过脸，摘下太阳镜，放回仪表盘，然后微微耸下肩："那之前能先回答我的提问？"

"可以。"

雪随着菲尔·科林斯的歌声——犹如醉了一整夜后醒来见到的晨光那样迷蒙而哀婉的歌声——哼唱了一会儿，随后又把太阳镜拿在手里,摆弄着眼镜腿的弯钩。"以前在北海道时你不是跟我说过吗,说我在你约会过的女孩当中是最漂亮的。"

"是那样说过。"

"那是真的,还是为了讨我欢心?希望你坦率地告诉我。"

"是真的,不骗你。"我说。

"同多少人约会过,这以前?"

"数不胜数。"

"两百个?"

"不至于。"我笑了笑,"我没有那么好的人缘,倒不是说完全没有,但总的来说仅限于局部。幅度窄,又缺乏广度。充其量也就十五个左右吧。"

"那么少?"

"惨淡人生。"我说,"暗,湿,窄。"

"限于局部。"

我点点头。

她就我这人生沉思了一会,但似乎未能充分理解。勉为其难,年纪太小。

"十五个?"她说。

"大致。"我再次回顾了一下我那微不足道的三十四年人生之旅,"大致十五个。顶多不超过二十个吧。"

"才二十个!"雪失望似的说,"就是说在那里边我是最漂亮的咯?"

"嗯。"

"没怎么同漂亮女孩交往过?"她问。接着点燃第二支烟。我发现十字路口站着警察,便抢过扔出窗口。

"同相当漂亮的女孩也交往过的。"我说,"但数你顶漂亮,不骗你。这么说不知你能不能理解:你的漂亮是自成一格的漂亮,和别的女孩不同。不过求求你,别在车里吸烟。从外面看得见,而且熏得车子满是烟味。上次也跟你讲过,女孩小时吸烟吸过量,长大会变得月经不调。"

"滑稽!"

"讲一下披羊皮那个人。"我说。

"羊男吗?"

"你怎么知道这个名字?"

"你说的呀,前几天的电话里。说是羊男。"

"那样说的?"

"是啊。"

道路有些堵塞,等信号灯等了两次。

"讲讲羊男,在哪里遇见的?"

雪耸耸肩:"我,并没见过羊男,只是一时的感觉。看见你以后,"她把细细长长的头发一圈圈缠在手指上,"我就有那种感觉,感觉有个身披羊皮的人,你身上有那种气氛。每次在宾馆见到你,我都产生那种感觉。所以才那么问你,并不是说我特别了解什么。"

等信号灯的时间里,我思考着雪的这番话。有必要思考,有必要拧紧头脑的螺丝,拧得紧紧的。

"所谓一时的感觉,"我问道,"就是说你心目中出现了他的身影,羊男的身影?"

"很难表达,"她说,"怎么说好呢,反正并不是说羊男那个人的身影真真切切地在眼前浮现出来,你能明白?只是说目睹过那一身影的人的感觉像空气一样传到我身上,眼睛是看不见的。虽说看不见，但我可以感觉到，可以变换成形体——准确说来又不是形体，类似形体罢了。即使能够将其原封不动地出示给别人，我想别人也根本摸不着头脑。就是说，那形体独有我一个人明白。哎，我怎么也解释不好。傻气！喂，我说的你明白？"

"模模糊糊。"我坦率地回答。

雪皱起眉头，咬着太阳镜的弯钩。

"是不是可以这么认为呢，"我试着问，"你感觉到了我身上存在或依附我而存在的某种感情或意念，并且可以将其形象化，就像描绘象征性的梦境一样？"

"意念？"

"就是思想冲动。"

"嗯，或许，或许是思想冲动，但又不完全如此。还应该有促使思想冲动形成的东西，那东西又非常之强——大约可以称为意念驱动力。而我便感觉出了它的存在，我想是一种感应。并且我可以看见它，但不像梦。空白的梦，是的，是这样的，空白的梦。其中没有任何人，没有任何身影。对了，就像把电视荧屏的亮度忽儿调得极亮忽儿调得极暗时一样。虽然上面什么也看不见，但若细细分辨，肯定有谁存在其中。我感觉出了那个，感觉出了那里边有个身披羊皮的人。不是坏人，不，甚至不是人，但并不坏。只是看不见，像明矾画似的，有是有的，知道有，但看不见。只能作为看不见的东西看，没有形体的形体。"她伸下舌头，"解释得一塌糊涂。"

"不，你解释得很好。"

"当真？"

"非常出色，"我说，"你想说的我隐约明白，但理解还需要时间。"

穿过町中，来到辻堂海滨后，我把车停在松林旁边停车场的白线内。里面几乎没有车。我提议说稍微走一阵。这是四月间一个令人心旷神怡的下午。风似有若无，波平浪静。海湾那边就像有一个人轻轻拉曳床罩一般聚起道道涟漪，旋即荡漾开去。波纹细腻而有规则。冲浪者只好上岸，仍穿着潜水服坐在沙滩上吸烟。焚烧垃圾堆的白烟几乎笔直地伸向天空。左边，江之岛犹如海市蜃楼一般依稀可辨。一只大黑狗满脸沉思的神情，沿着水岸交际处以均匀的小快步从右往左跑去。海湾里渔舟点点，其上空海鸥如白色的漩涡，悄无声息地盘旋不止。海水似也感觉到了春意。

我们沿着海边的人行道，朝着藤泽方向一路慢慢走去，不时同慢跑者或骑着自行车的女高中生擦肩而过。到得一处合适的地方，两人便坐在沙滩上观海。

"时常有那种感觉？"我问。

"不是时常，"雪说，"偶尔。只是偶尔感觉得到。能使我感觉得到的对象没那么多，寥寥无几。而且我尽量避免那种感觉。一旦感觉到什么，我就迫使自己去想别的。每当意识到可能有所感觉，我就'啪'一声关闭起来。那种时候凭直觉意识得到。关闭之后，感觉就不至于陷得那么深。这和闭上眼睛是一回事。只不过关闭的是感觉。那一来，就什么也看不见。有什么是知道的，但看不见。如此坚持一会儿，便再也看不见什么，对了，看电影时，当预感要出现恐怖场面的时候，不是会闭起眼睛吗？和那一样，一直闭到那场面过去，闭得紧紧的。"

"为什么要闭？"

"因为不愉快。"她说,"过去——更小些的时候——是不关闭的。在学校也是,一感觉到什么就说出口来。但那样弄得大家都不痛快。就是说,我连谁将要受伤都晓得,于是对要好的同学说'那人要受伤的'。结果那人真的受了伤。这样有过几次,大家都把我当成什么妖怪,甚至管我叫'小妖',风言风语的。我当然伤心得不得了。从那以后就什么也不再说了,对谁也不说。每当看见什么,感觉到什么,我就不声不响地把自己关闭起来。"

"可我那时候没有关闭吧?"

她耸耸肩:"像是太突然了,来不及。那图像冷不防地浮现出来——在第一次见到你时,在宾馆酒吧里。当时我正在听音乐,听摇滚乐……什么都听,杜兰·杜兰也好,大卫·鲍伊也好……嗯,反正是我正听音乐的时候。我没怎么提防,整个身心放松下来。所以我喜欢音乐。"

"就是说你大概有预知能力吧?"我问,"比如你可以事先知道谁将要受伤等等,对吧?"

"说不准。我觉得好像和这个还不大一样。我不是预知什么,只是感觉得出其中存在的征兆。怎么表达好呢,每当发生什么之前,总有一种相应的气氛吧?明白不?譬如玩单杠摔伤的人,总有粗心大意、盲目自信的表现吧?或者得意忘形什么的。对这种情绪上的波动,我非常非常敏感。它像块状空气一样,危险——每当我闪过这一念头,那空白梦境般的图像便倏地产生出来。是产生,是发生,而不是预知。尽管图形模糊得多,但毕竟发生了,而且我能看见,但我再不能说什么。一说什么,大家就管我叫妖怪。我只是看着。我觉得此人可能烧伤,结果真的烧伤了。但我什么也不能说,这滋味很不好受吧？自我厌恶！所以我才关闭起来。一旦关闭，也就避免了自我厌恶。"

她抓起砂子玩着。

"羊男真有其人？"

"真有。"我说，"那宾馆里有他住的地方。宾馆之中还有另一个宾馆，那是一般人看不见的场所，但的的确确保留在那里。为我保留，为我存在。他就在那里生活，把我同许多事物连接在一起。那场所是为我设的，羊男在那里为我工作。假如没有他，我和许许多多的东西就连接不好。他负责这方面的管理，像电话接线员一样。"

"连接？"

"是的。当我寻求什么，打算同其连接起来的时候，他就为我接上。"

"不大明白。"

我也学雪的样子，捧起细砂，让它从手指间漏下去。

"我也不大明白，是羊男对我那样解释的。"

"羊男很早以前就有了？"

我点点头："嗯，很早就有的，从我还是孩子的时候，我就无时无刻不感觉到他的存在，觉得那里有什么。不过其成为羊男这一具体形体，则是不久前的事。随着我年龄的增长，羊男开始一点点定型，其所在的世界也开始定型。什么缘故呢？我也不得而知。大概是因为有那种必要吧。年龄增大以后我失却了很多很多东西，因而才有那种必要。就是说，为了生存下去，恐怕需要那种帮助。但我还搞不清楚，也许有其他原因。我一直在考虑，但得不出结论。傻气！"

"这事跟谁说过？"

"没，没有。说了估计也没人肯信。没有人理解的。再说我又说不明白。提起这话今天还是第一次。我觉得同你可以说得明白。"

"我也是头一次说得这么详细。这以前始终没有说过。爸爸妈妈倒是知道一些，但我从未主动说起过。很小的时候我就觉得这种话还是不说为好，本能地。"

"这回能互相说出来，真是难得。"

"你也是妖怪帮里的一个哟！"雪摆弄着砂子说。

返回停车场地的路上，雪讲起她的学校，告诉我初中是何等惨无人道的地方。

"从暑假开始一直没有上学。"她说，"不是我讨厌学习，只是讨厌那个场所。忍受不了。一到学校心里就难受得非吐不可。每天都吐。一吐就更受欺侮了，统统欺侮我，包括老师在内。"

"我要是和你同班，绝不会欺侮你这么漂亮的女孩。"

雪久久地望着大海："不过因为漂亮反遭欺侮的事也是有的吧？况且我又是名人的女儿。这种情况，或被奉为至宝，或被百般欺侮，二者必居其一，而我属于后者。和大家就是相处不来，我总是紧张得不行。对了，我不是必须经常把自己的心扉偷偷关闭起来吗？这也就是我整天战战兢兢的起因。一旦战战兢兢，就像个缩头缩脑的野鸭子似的，于是都来欺侮，用那种低级趣味的做法。简直低级趣味得叫人无法相信，羞死人了，实在想不到会那么卑鄙。可我……"

我握住雪的手。"没关系，"我说，"忘掉那种无聊勾当，学校那玩意儿用不着非去不可，不愿去不去就是。我也清楚得很，那种地方一塌糊涂，面目可憎的家伙神气活现，俗不可耐的教师耀武扬威。说得干脆点，教师的百分之八十不是无能之辈就是虐待狂。或者是无能之辈兼虐待狂。满肚子气没处发，就不择手段地拿学生出气。繁琐无聊的校规多如牛毛，扼杀个性的体制坚不可摧，想象力等于零的蠢货个个成绩名列前茅。过去如此，现在想必也如此，永远一成不变。"

"真那样看待？"

"那还用说！关于学校的低俗无聊，足足可以讲上一个钟头。"

"可那是义务教育呀，初中。"

"那是别的什么人认为的，不是你那样认为。你没有义务非去受人欺侮的场所不可，完全没有。而讨厌它的权利你却是有的，你可以大声宣布'我讨厌'。"

"可往后怎么办呢？就这样下去不成？"

"我十三岁时也曾经那样想过，以为人生就将这样持续下去。但不至于，车到山前必有路。要是没有路，到那时再想办法也不迟。再长大一点，还可以谈恋爱，可以让人买胸罩，观察世界的角度也会有所改变。"

"你这人，真是傻气，"她吃惊似的说，"告诉你，如今十三岁的女孩，胸罩那东西任谁都有的。你怕是落后半个世纪了吧？"

"噢。"

"嗯，"雪再次定论，"你是傻透了！"

"有可能。"

她不再说什么，在我前头往停车处走去。

24

雪的父亲的房子靠近海边，到达时已是薄暮时分。房子古色古香，宽宽大大，院子里草木葳蕤，有一角还保留着湘南作为海滨别墅地带时期的依稀面影。四下悄然无声，春日沉沉西坠，气氛十分和谐。点点处处的庭院里，株株樱树含苞欲放。樱花开罢，玉兰花不久便将绽开花蕾。此种色调和芳香每天都略有不同的朝朝暮暮，可以使人感觉到季节的交相更迭。这等场所居然被保存下来了。

牧村家四周围着高高的板墙，大门是古式的，带有顶檐，唯独名牌十分之新，黑色的墨迹赫然勾勒出"牧村"二字。一按门铃，稍顷出来一位二十四五岁的高个男子，把我和雪让进里边。男子一头短发，彬彬有礼，对我对雪都很客气，看样子已经与雪相见多次了。他笑的方式同五反田差不多，给人以玉洁冰清的愉悦之感，当然远不及五反田那般炉火纯青。他一边带我们往院子里头走，一边说他是给牧村先生当助手的。

"开车，送稿，查资料，陪着打高尔夫球、打麻将、出国，总之无所不做。"其实并没有问他，他兀自乐在其中似的向我介绍起来，"用句老话，就算是伴读书童吧。"

"唔。"我应道。

雪看样子很想说他一句"傻气"，但未出口。她说话大概也是要看对象的。

牧村先生正在内院练高尔夫球。在两棵松树之间拉了张绿色的网，瞄准正中目标猛地将球击出。可以听见球杆挥起时那"嗖"的一声——那是世上我最讨厌的声音之一，听起来十分凄凉幽怨。何以如此呢？很简单：偏见而已。我是无端地厌恶高尔夫球这项运动。

我们进去后，他回头把球杆放下，拿起毛巾仔仔细细地擦去脸上的汗，对雪说了句"你来啦"。雪倒像什么也没听见，避开目光，从夹克袋里掏出口香糖，剥掉纸投入口中，咕嘎咕嘎地大嚼起来，随手把包装纸揉成一团扔到树盆里。

"'您好'总要说一句吧？"牧村道。

"您好！"雪勉强地说完，双手插进夹克口袋，一转身不见了身影。

"喂，拿啤酒来！"牧村先生粗声大气地命令书童。书童声音洪亮地应罢，快步走过院子。牧村先生大声咳嗽一声，"呸"地往地面吐了一口，又拿起毛巾擦脸上的汗。他对我的存在视而不见，只管目不转睛地盯视绿色的网和白色的目标，仿佛在综合观察什么。我则茫然看着长有青苔的石块。

此时此地的气氛，我总觉得有点不大自然，有点造作，有点滑稽好笑。并不是说哪里有什么欠妥，也不是谁有什么差错，只是觉得有一种模仿性的拙劣痕迹。表面看来大家各得其所，各司其职。作家与书童。但若放在五反田身上，我想会表演得更加妙造自然，更加富于魅力。他那人干什么都干得漂亮，无论脚本多么糟糕。

"听说你关照了雪。"先生开口了。

"算不得什么，"我说，"不过一起乘飞机回来罢了，什么也没做的。反倒是我劳您在警察那边费了心,帮了大忙,实在谢谢。"

"唔,啊,不,哪里哪里。反正算是再不互欠人情。别介意。况且是女儿求的我,她有求于我可是稀罕事。没有什么。我也向来讨厌警察,一九六〇年害得我也好苦。桦美智子死的时候,我在国会外面来着。很久很久了,很久很久以前……"

说到这里,他弯腰捡起高尔夫球杆,转向我,边用球杆通通地轻敲腿部,边看着我的脸,又看看我的脚,再看着我的脸,俨然探索脚和脸之间的关系。

"很久很久以前,何为正义,何为非正义,心里一清二楚。"牧村拓说。

我点点头,未表现出很大热情。

"打高尔夫球?"

"不打。"

"讨厌?"

"无所谓讨厌喜欢,没有打过。"

他笑道:"不存在无所谓讨厌喜欢吧。大体说来,没打过高尔夫球的人都属于讨厌那一类,百分之百。直言相告好了,很想听听直言不讳的意见。"

"不喜欢,如果直言相告。"

"为什么?"

"哪一样都使我觉得滑稽。"我说,"比如神乎其神的用具、故弄玄虚的高尔夫球车、旗子、衣着和鞋,以及蹲下观察草地时的眼神、侧耳的方式,总之,没有一样合我的意。"

"侧耳方式?"他满脸疑惑地反问。

"随便说说,没什么意思。我只是想说大凡同高尔夫球有关的一切我都看不顺眼。侧耳方式是开玩笑。"

牧村又用空漠的眼神看了我好半天。

"你这人有点不同一般吧？"他问。

"完全一般。"我说，"再普通不过的人，只是玩笑开得不够风趣。"

不大工夫，书童拿着两瓶啤酒和托有两只杯子的盘子走来。他把盘子放在檐廊上，用开瓶器打开瓶盖，往杯里斟满啤酒，又快步离去。

"噢，喝喝！"他去檐廊上躬身坐下，说道。

我客气一下，拿起酒杯。喉咙正又干又渴，喝起来格外可口。不过还要开车，多喝不得，只限一杯。

牧村的年龄，确切的我不清楚，应在四十五岁上下。个头并不很高，但由于身材长得魁伟，看上去块头很大。胸脯厚实，胳膊粗脖子粗。脖子粗得有点过分，倘稍细一些，说是运动员也未尝不可。可惜粗得几乎同下颏直接相连，耳朵下边的肉又松弛得无可救药，显然是多年忽视运动的结果。如此状态，纵使再打高尔夫球也于事无补。而且年龄越来越大，毕竟岁月不饶人。过去我从照片上见到的牧村拓则正当青年，端庄秀气，目光炯炯。虽然算不得英俊，但总有一种引人注目之处，俨然一副文坛新秀风采，前途无可限量。那是多少年前来着？十五六年以前吧？如今眼神仍带些许锐气，在光线与角度的作用下，看上去有时依然顾盼生辉。头发很短，白发已随处可见。或许是打高尔夫球的关系，皮肤晒得同酒红色的鳄鱼牌Polo衫难分彼此。Polo衫自然没扣纽扣。脖颈太粗，Polo衫在他身上相当局促。脖子这东西，太细显得饥寒交迫，过粗则显得热不可耐，个中分寸甚难把握。若是五反田，我想肯定会穿得潇洒有致。喂喂，老想五反田怎么成！

"听说你靠写什么东西为生。"牧村说。

"谈不上是写，"我说，"提供补白填空的只言片语而已。内容不论，只要写成文字就行。那东西总得有人来写，由我来写罢了。同扫雪工一样，文化扫雪工。"

"扫雪工，"说着，牧村瞥了一眼身旁的高尔夫球杆，"好幽默的说法！"

"多谢。"

"喜欢写文章？"

"对我眼下干的事，既说不上喜欢也算不上讨厌，不是那种档次上的工作。不过，有效的扫雪方法这玩意儿确实还是有的，例如诀窍啦技巧啦姿势啦用力方式啦等等。琢磨这些我并不讨厌。"

"答得痛快。"牧村赞叹似的说。

"档次越低，事物越单纯。"

"哪里！"接着沉默了十五秒，"扫雪工这说法是你想出来的？"

"是啊，我想是的。"

"我借用一下如何？用一下这个'扫雪工'。这词儿很风趣。文化扫雪工。"

"完全可以，请请。又没申请什么专利。"

"你想说的我也感同身受。"牧村一边捏弄耳轮一边说，"有时我也有这种感觉，觉得写这样的文章又有什么意思呢！过去可不这样认为。那时世界更小，叫人有奔头，对自己的所作所为把握得住，别人追求什么，也完全了然于心。传媒圈本身很小，像个小村子，大家见面都相识。"

他一口喝干杯里的啤酒，拿起瓶子把两个人的杯子斟满。我说不要，他没理。

"可现在不同。所谓正义云云，谁都不懂，全都不懂。所以只能应付好眼前的事。扫雪工，如你所说。"说罢，他又盯住两棵树干之间那张绿色的网。草坪上落有三四十个白色高尔夫球。

我啜了口啤酒。

牧村开始考虑往下该说什么。考虑需要时间，但他本人似乎并未意识到这点。因为他已习惯众人静等他的谈话。无奈，我也只好静等他重开话题。他一直用手指摆弄着耳轮，俨然清点一捆崭新的钞票。

"女儿同你很合得来，"牧村说，"她并非同任何人都合得来，或者说几乎同任何人都合不来。和我没有几句话好说。和她母亲虽也说不上几句，但起码还算尊敬。对我则连尊敬也没有，一点儿也没有，甚至瞧不起我。她压根儿没有朋友，好几个月连学也没上，光是闷在家里一个劲儿听那些乌七八糟的音乐。可以说很成问题，实际上班主任老师也是这样说的。和别人格格不入，同你却合得来——怎么回事呢？"

"怎么回事呢……"

"脾气相投？"

"或许。"

"对我女儿，你怎么看？"

回答之前，我踌躇了一下，这简直同面试无异，不知该不该直言无忌。"正值棘手的年龄。本来就棘手，家庭环境又恶劣得几乎无可收拾。谁也不照看她，谁也不负责任。没有人和她交谈，没有人能掏出她的心里话。心灵严重受创，而这创伤又无人可医。双亲过于知名,脸蛋过于漂亮,负担过于沉重,而且有与众不同之处,似乎过于敏感……总之有点特殊。原本是个乖觉的孩子,如果照看得当,可以茁壮成长。"

"问题是没人照看。"

"是啊。"

牧村喟然一声长叹,然后把手从耳边收回,久久凝视指尖:"你说得不错,完全正确。不过我是束手无策。首先,离婚时已经明明白白地立下字据,讲明我对雪一概不得插手。没有办法,当时我到处寻花问柳,态度硬不起来。准确地说,现在这么同雪会面其实也要征得雨的许可才行。这名字要命吧,雨雪交加!反正,事情就是这样。其次,刚才我也说了,雪根本不靠近我,我说什么她都当耳旁风。实在叫人无可奈何。我喜欢女儿,当然喜爱,就这么一个孩子嘛!但就是不行,一筹莫展。"

说罢,他又盯视绿网。暮色渐深,四下苍然,散在草地上的白色高尔夫球仿佛满满一筐关节骨撒得满地都是。

"虽说如此,总不能完全袖手旁观吧?"我说,"她母亲为自己的事忙得不可开交,满世界飞来飞去,没时间考虑孩子,甚至连有孩子这点都忘到九霄云外。钱也不给就把孩子扔到北海道宾馆里一走了之,而记起这一点又花了三天时间,三天!领回东京又怎么样呢,一个人整天憋在公寓房间里,哪里也不去,只是听摇滚乐,一味靠吃炸鸡和蛋糕打发日子。学校也不去,同伴也没有,这无论如何都说不过去。当然,这是别人家的事,我这也许是多管闲事。可实在看不下去。莫非我这想法过于注重现实,过于流于常识,过于中产阶级不成?"

"不不,百分之百正确。"牧村缓缓点头,"完全正确,无可指责，百分之二百正确。所以才有件事和你商量，也正因如此才特意把你请到这儿来。"

不祥之感掠过心头。马死了，印第安人的鼓声停止了。一片沉寂。我用小指尖搔搔太阳穴。

"就是，能否请你照看一下雪。"他说，"这里说的照看也不特别麻烦，只要你不时地见她一下，一天两三个小时。两人说说话，一起吃顿像样的饭就可以的，就足矣。我作为请人工作来付酬金。换句话说，你把自己看作不教课的家庭教师就是。你现在挣多少？我想可以基本保证那个数字。其余时间随便你干什么，只希望你一天见她两三个小时。活计还不算差吧？我同雨也在电话里商量过了。她如今在夏威夷，在夏威夷摄影。我大致讲了一下情况，雨已同意拜托给你。她还是以她的方式认真考虑了雪的问题。只不过人有点奇特，神经不地道，才能倒是有，出类拔萃。脑袋一时一个变化，像保险丝断掉似的。什么都给她忘得一干二净。而若论起现实问题，那简直提不起来，加减法都稀里糊涂。"

"不大理解。"我有气无力地笑道，"那样合适么？那孩子需要的是父母的爱，是对方真正打心眼里爱自己的明证。而这个我无法给予，能给予的只有父母。对这点你和你的太太应该有个明确认识，这是第一。第二，这个年代的女孩子无论如何都需要同年代的同性朋友，需要能唤起感情共振的、畅所欲言的同性朋友，光是有这样的朋友本身就会感到十分开心。而我，一来是男的，二来年纪相差悬殊。再说，你也好，太太也好，对我还一无所知吧？十三岁的女孩，在某种意义上已是大人了。而且那么漂亮，精神上又不大稳定，把这样的孩子托付给素不相识的男子合适吗？你对我了解什么呢，到底？我刚才还因为杀人嫌疑被扣在警察署里呢!假如我是罪犯怎么办?"

"你杀的?"

"何至于!"我叹息道。父女俩的问话一模一样,"杀可是没杀。"

"所以不就行了!既然你说没杀,那恐怕就是没杀。"

"何以如此相信?"

"你不是杀人那种类型,不是强奸幼女的类型,这个我一看就晓得。"牧村说,"而且我相信雪的直感。那孩子身上,向来有一种特别敏锐的直感,与一般所说的敏锐还有所不同。怎么说呢,有时敏锐得令人不快,像有什么神灵附体似的。和她在一起,有时我看不见的东西她都能看见,不容你不佩服。明白我这种感觉?"

"多多少少。"我说。

"是她母亲的遗传,那种古怪之处。不同的是她母亲将其集中用于艺术,于是人们称之为天赋;而雪不具有使之集中的对象物,任凭它漫无目的地流溢,一如水从桶里淌出,一如神灵附体。是她母亲的血统,那个。我可是没有,根本没有。我不古怪。所以母女两个才不正经理睬我。我也觉得和她俩生活有些辛苦。短时间里我不想看到女人。你肯定不明白,不明白和雨雪两个一起生活是怎么回事。雨和雪哟,活活要命!简直成了天气预报!但我当然喜欢她俩,现在也时不时给雨打电话交谈,不过绝不想再在一起生活。那简直是地狱。即使我有当作家的才华——有过的——也被那种生活折磨得精光,坦率地说。时下,才华诚然没有了,但我自以为还干得不错。扫雪,高效率扫雪,如你所说,说得真妙。讲到哪里来着?"

"讲到我可不可以相信。"

"对对。我相信雪的直感,雪相信你,所以我相信你。你也相信我好了。我人并不那么坏,有时是写一些不地道的文章,但人不坏的。"他又咳嗽一声,往地面吐一口,"怎么样,不能帮帮忙?帮忙照看一下雪?你说的我也完全明白,那的确是父母的职责。问题是她那个人不大正常,而我又无计可施,刚才已经说过。能指望的人只有你。"

我久久望着自己杯中的啤酒泡沫。何去何从呢?我拿不定主意。不可思议的一家。三个怪人和一个书童星期五,犹如宇宙家族鲁滨孙。

"时常见见她是没有关系的。"我说,"但不能每天都见。一来我也有我要做的事,二来我不喜欢义务性地同人见面。想见的时候才见。钱我不要。眼下我不缺钱花,而且,既然我把她作为朋友交往,那笔开销我自然付得起——如果答应,只能以这种条件答应。我喜欢她,见面恐怕对我也是乐趣。只是我不承担任何责任,可以吗?关于她将来的发展,不用说,最终责任在你们身上。即使为了明确这点,我也是不能拿钱的。"

牧村点点头,耳下的肉摇摇颤颤。靠打高尔夫球那肉是去不掉的,需要从根本上改变生活方式,而这点在他是做不到的。倘能做到,早该做了才是。

"你的意思我十分理解,也合乎情理。"他说,"我不是想往你身上推卸责任,不必顾虑什么责任。除你以外,我们无人可选,所以才这样低头相求,根本不会提起什么责任之类。钱的事到时候再考虑也好,我这人可是有借必还的,这点请你记着。但眼下恐怕你说得有道理,就交给你了,随你怎么办理。要是用钱,我也好雨也好,同哪边联系都行。哪边都不缺钱,不必客气。"

我没表示什么。

"看上去你这人也非常固执。"

"不是固执,只是我也有我的思维体系。"

"思维体系?"他又用手指摆弄起耳轮,"那东西没多大意思,和手工做的真空管扩音器一个样。与其花时间费那个麻烦,不如去音响器材商店买个新的晶体管扩音器,又便宜音质又好。坏了人家马上上门来修,更新时甚至可以把旧的折价。现在不是议论什么思维体系的时代。那东西有价值的时代确实存在过,但今天不同。什么都可以用钱买得到,思维也买得到。买个合适的来,拼凑连接一下就行了,省事得很。当天就可使用,将A插进B里即可,瞬间之劳。用旧了,换个新的就是,换新的更便利。假如拘泥于什么思维体系,势必被时代甩下。是非曲直搬弄不得,那只能让人心烦。"

"高度发达的资本主义社会。"我归纳道。

"一针见血。"牧村拓说。

随后陷入沉默之中。

周围已经相当暗了。附近有只狗神经质地叫着。有人在断断续续地弹奏莫扎特的钢琴奏鸣曲。牧村拓盘腿坐在檐廊上,若有所思地喝着啤酒。我暗想,自回东京以来,见到的全是些奇特分子——五反田、两名高级妓女(一名死了)、一对死缠活磨的刑警、牧村拓和书童星期五。我一边打量暮色深重的庭园,一边侧耳倾听狗的吠声和钢琴的旋律,蓦然觉得现实渐次解体,最后融入夜色之中。诸多物体失去本来面目,失去原有意义,相互交织,形成一个混沌世界。五反田那抚摸喜喜裸背的优雅手指也罢,雪花纷飞的札幌街头也罢,口说"正是"的山羊咪咪也罢,在刑警手中啪嗒啪嗒作响的塑料尺也罢,在漆黑走廊的尽头等待我的羊男也罢，一切的一切都融为一体。莫非疲劳了？没有疲劳，不过是现实悄然消融，融为一个圆圆的混沌球体——恰似某种天体的形状。继而，钢琴响起，犬吠不止，有人说话，在对我说话。

"我说，"是牧村向我搭话。

我抬头看他。

"你怕是知道那女子的事吧？"他说，"就是被害的那个女子。从报上看了。是在宾馆里被杀的吧？报上说是身份不明，只有一张名片在钱包里，因而向名片上的那个人询问情况。没有出现你的名字。据律师说，你在警察署里针锋相对，一口咬定毫无所知。但不至于什么也不知道吧？"

"何以那样认为？"

"一闪之念，"他像拿刀那样把球杆笔直地向前伸出，盯视不动，"隐约之感，蓦地觉得你可能隐瞒着什么。和你交谈之间，我渐渐有这么一种感觉：对枝节问题你顾虑重重，对大的方面却格外宽宏。从你身上不难发现这种模式。蛮有趣的性格。这点同雪很相似。为生存而焦虑不安，而又不为人理解。一旦跌倒便无可挽回。在这个意义上你们是同类。这次也是如此。警察可不是好惹的哟，这次顺利过关，下次就不一定！思维体系好是好，但针锋相对往往以负伤告终。已经不是那个时代喽！"

"不是针锋相对，"我说，"这跟舞步差不多，是习惯性的，不由自主的。一听见音乐就自然而然地手舞足蹈，周围环境改变也视而不见。而且舞步考究繁琐得很，不容你把周围情况一一放在心上。如要一一考虑，势必跳错舞步。这不是跟不上时代，只是反应迟钝。"

牧村仍旧默默地盯着高尔夫球杆。

"与众不同。"他开口道,"你使我联想起什么,什么呢?"

"什么呢?"我问。什么呢?莫不是毕加索的《荷兰风格的花瓶与三个蓄胡骑士》?

"不过我对你是相当中意,相信你这样的人。对不起,务必照看一下雪。迟早我会酬谢你,我这人是有情必报,刚才说过了吧?"

"听见了。"

"那好!"牧村说罢,把球杆轻轻靠墙立定,"好了!"

"报纸上没提其他的?"

"几乎没有。只说是被长筒袜勒死的,说一流宾馆是城市的死角。根本没出现姓名。另外说眼下正在调查身份。就这么多。常有的案件,很快会被忘掉的。"

"是吧。"

"也有人忘不掉。"

"或许。"我说。

25

　　七点,雪一晃儿转回来,说到海边散步去了。牧村问她是否吃了饭再走,雪摇摇头,回答说肚子不饿,这就回去。
　　"也罢,高兴时再来玩就是,这个月我一直待在国内。"牧村说。然后对我致谢,感谢我特意前来,并为未能招待什么表示歉意。我说没有什么。
　　书童星期五送我们出来。里边停车场中,可以看见切诺基吉普,本田 750cc 和越野摩托。
　　"生活好像很有活力嘛!"我对星期五说。
　　"不平静,"星期五想了想说,"他不属于作家那种类型,喜欢动,凡事必动。"
　　"傻气!"雪低声道。
　　我和星期五都装聋作哑。

　　　　　　　　🌙　🌙　🌙

　　钻进"斯巴鲁",雪马上说她肚子饿了。我在海滨"Hungry Tiger"饭店停住车,吃了牛排,喝了无酒精啤酒。
　　"说什么了?"雪边吃餐后甜点布丁边问。
　　没有理由隐瞒,我大致叙述了一遍。

275

"不出所料,"她蹙起眉头说,"也只有他想得出来。那,你怎么回答的?"

"拒绝了,还用说。那种事情不适合我,而且事情本身也不合情理。不过我们不时地见见面也好,为了我们自己,同你爸爸说的无关。我们年龄相差悬殊,生活环境、生活方式以及对事物的感受和看法也或许大不相同,但我觉得我们在很多话题上都谈得来。你不这样认为?"

她耸耸肩。

"要是想见,给我打个电话就行。人和人谈不上义务性地见面,想见就见,想见才见。我们可以相互公开对任何人都绝口不提的事情,秘密共有。怎么样?不好?"

她略一踌躇,"嗯"了一声。

"那种东西要是听任不管,有时会在体内迅速膨胀起来,最后无法控制。要经常放放气,否则,会憋得爆炸,'嘭'的一声,懂吗?那样一来,人生就变得沉重。一个人有话闷在心里是件痛苦的事。你痛苦,我有时也不好受。向谁也说不得,谁也不理解。但我们之间可以相互理解,畅所欲言。"

她点点头。

"我对你什么也不强求,如果你有话想说,尽管打电话给我就是。这同你父亲所说的毫无关系。我也不是想在你面前扮演什么通情达理的兄长或叔父角色。在某种意义上我们是对等的,我们同舟共济——即使为了这点也最好不时见见面。"

她没有应声,吃罢甜点,"咕嘟咕嘟"喝了一杯冷水,然后瞟了一眼邻桌一家胖人狼吞虎咽般进食的情景。一家四口:父母、女儿和一个小男孩,都胖得可观。我臂肘支在桌子上,边喝咖啡边端详雪的脸。的确长得漂亮,细细看去,竟觉得好像有颗小石子砰然抛入心田尽头。心的表面沟壑纵横，且是纵深之处，一般很难接近，然而她却能将石子准确抛入其间——她的美便属于这种类型。我再次想——已经想了二十多回——倘自己年方十五，笃定堕入情网之中。不过，十五岁的我恐怕也不可能理解她的心情。现在可以在某种程度上理解，可以尽我的能力袒护她。但我已三十四岁，绝不至于恋上一个十三岁的女孩，不可能发展那种关系。

班上同学欺负她的心情也并非不可理解。想必因她太漂亮了，漂亮得超出了他们的日常感觉。且太敏感，又绝不肯主动向他们靠近。所以他们才感到惶恐，才歇斯底里地捉弄她欺负她。他们觉得自身亲密无间的共同体由于她的存在而有可能遭受不当的损害。这点与五反田不同。五反田清楚地意识到自己给予他人印象的强烈，而适当地加以削弱，加以控制。他绝对不会给别人带来惶恐。当其存在不知不觉地过于高大完美之时，他便笑容可掬地开句玩笑。玩笑不必很高明，只消给人以愉快给人以轻松的普通玩笑即可，于是大家顿感释然陶然，认为他是个不错的家伙。实际上五反田大概也不错。然而雪则不然，雪心目中只有一个自我，为此而活得焦头烂额。她无暇一一顾及周围人情感的变化并一一采取对策。其结果，既伤害了别人，又通过别人反过来殃及自身。同五反田迥然有别。沉重的人生，对十三岁女孩未免过于沉重，甚至对大人都不胜重荷。

将来她将怎样呢？我无从预料。发展得好，或许可以像她母亲那样发现并掌握某种适于表现自己的方式，在艺术领域施展才华，也可能在除艺术之外的其他领域里找到适合自己天赋的某种工作，并获得社会的承认。这并无根据，只是一种感觉。如牧村拓所说，她有才华，有能力，如有神助，出类拔萃，远非扫雪工所能企及。

也许，她到十八九岁时会变成一个普普通通的少女。这种例子我见过好几个。十三四岁时水晶一般千娇百媚、顾盼生辉的女孩，随着青春期的进展而渐次失去其照人的光彩，其可远观而不可近狎的锐利锋芒也日趋迟钝，成为"漂亮而不出众"的少女，但其本人却显得怡然自得。

雪将沿着哪一条道路成长呢？我当然不得而知。奇妙的是，人这东西有着各所不同的所谓顶峰期，一旦越过，便只能走下坡路，非主观愿望所能左右。至于那顶峰位于何处，任何人都预料不到。以为为时尚早之时，分水岭却倏然而至，惟听天由命而已。有的人十二岁时便达到顶峰，之后碌碌无为；有的人则顶峰期一直持续到辞世；还有的人在顶峰期死去。不少诗人和作曲家，生如疾风骤至，却因过于登峰造极而享年不过三十。毕加索不同，八十岁过后仍画风雄健，挥笔不止，终于在画布前安详离世，这种情况就必须盖棺方能论定。

我将如何呢？

顶峰——这东西于我根本不曾有过。回首望去，甚至觉得人生都无从提起。起伏自是有一点，匆匆爬上，草草跑下。如此而已，一无所成，一无所获，一无所有，既爱过别人，又被人爱过。道路平坦之至，场景单调之极。仿佛在电子游戏机荧屏上往来彷徨，犹如吃豆人那样不断张大嘴巴吃掉迷途中的虚线。途中漫无目的，惟死确凿无疑，迟早罢了。

你未见得获得幸福，羊男说，因此只有跳下去，跳得大家心悦诚服。

我停止思考，略微闭起眼睛。

睁开眼睛时，雪正从桌子对面盯着我。

"不要紧？"她说，"你好像很没精神，是不是我说了什么不该说的话？"

我笑着摇头："不，你什么也没说。"

"想不快的事了？"

"或许。"

"经常？"

"有时。"

雪叹了口气，在桌面上不停地摆弄餐巾纸："有时寂寞得很？就是说，半夜里或什么时候会突然想起不快的事？"

"当然。"

"为什么现在在这里想起？"

"怕是因为你太漂亮了。"我答道。

雪用同她父亲一样空漠的眼神看着我的脸，接着轻轻摇了摇头，再没说什么。

晚饭钱是雪付的。她说爸爸给了好多好多钞票，拿起账单便走到收款机前，从衣袋里掏出五六张万元现钞，用其中一张付了款，找回的零钱数也没数就塞进皮夹克口袋。

"那个人，以为只要给我钱就行了。"她说，"傻气！所以今天由我招待好了。我们是对等的吧，在某种意义上？总是让你破费，我偶尔来一次也可以嘛！"

"谢谢招待。"我说，"为了将来起见，有句话要提醒你一下：你这种做法不大符合古典式男女约会的礼仪。"

"是吗?"

"男女约会吃饭时,饭后女孩不能自己抓起账单就去付款,应该先让男方付,事后再还钱给他。这是常规,若不然会损伤男方的自尊心。我当然无所谓,因为从任何观点来看我都不是在乎常规的人,但世上还有相当多的男人忌讳这一点,毕竟世界还有常规可循。"

"滑稽!"她说,"我才不同那种男人约会呢!"

"啊,那怕也是一种见识。"说着,我把"斯巴鲁"开出停车场。"男女之恋有时未见得合乎常规,未见得可以选择,所谓恋爱也正是这么一种东西。你到了可以让人买胸罩的年龄,想必可以懂得。"

"我说过我有的。"她猛然在我肩上打了一拳,害得我差点儿撞在涂得通红的大垃圾桶上。

"开玩笑,"我刹住车说,"大人们之间常开玩笑,也许那玩笑不怎么文雅,但你总要适应才行。"

"哦。"

"哦。"

"滑稽!"

"滑稽!"

"别鹦鹉学舌!"她说。

我停止鹦鹉学舌,把车最后开出车场。

"不过可不能像刚才那样冷不防地打开车的人,这回不跟你开玩笑。"我说,"那样会撞在什么上面,两人同归于尽。这是男女约会的第二条常规,要平安无事地活下去。"

雪"唔"了一声。

归途车中,雪几乎没有开口,浑身瘫软地靠着座席背,一副若有所思的神情。有时看上去似已睡着。她睡与没睡无多大区别。已经不再听磁带。我小心放上约翰·克特兰(Tohn Coltrane)的《叙事曲》专辑,她也没有抱怨,甚至根本没注意是何声响。我一边小声随之哼唱,一边驱车疾驰。

夜间从湘南回东京,路上相当单调。我全副神经集中于前面车辆的尾灯,也没说什么。驶上首都高速后,雪欠身坐起,不断咀嚼口香糖。之后吸了烟,吸了三四口便扔到窗外。若再吸第二支,我打算说她两句,但她只吸了一支。善解人意,知道我在想什么,懂得适可而止。

到得赤坂她公寓门前,我停下车,招呼说:"到了,小公主!"

她把口香糖包装纸揉成一团,放在仪表盘上,懒洋洋地开门下车,扬长而去。再见也没说,车门也没关,头也没回。神出鬼没的年龄!或许仅仅是生理原因也未可知,不过这倒同五反田所演电影的情节不谋而合。一个正处于复杂年龄的多愁善感的少女。不,倘是五反田,肯定比我来得得心应手,而雪也多半对他一见倾心,否则也无以成其为电影。接下去……罢了罢了,怎么又想到五反田身上?我摇摇头,挪身到副驾驶座,伸手嘭地拉合车门,然后哼着弗雷迪·赫巴德(Freddie Hubbard)的《漠漠红土地》(*Red Clay*),赶回住处。

早上起来,去车站买报纸。时近九点,涩谷站前给上班男女卷起无数漩涡。尽管已是春天,但面带笑容的人屈指可数,而且那也可能并非微笑,而仅是面部的痉挛。我在小卖部前买了两份报纸,坐在唐恩都乐里边吃甜甜圈喝咖啡边看报。哪份报都没报道咪咪之死,通篇累牍讲什么迪士尼乐园开园,什么越柬战争,什么东京都知事竞选,什么中学生不法行径等等,唯独一行也未提及赤坂一家宾馆里一个美丽少女被人勒死的惨案。如牧村拓所说,纯属司空见惯,根本不足以同什么迪士尼乐园开园相提并论。此案有过也罢没有也罢,早已被人忘到脑后,当然也有人忘不掉,我是其中之一,还有杀人者,那两名刑警大概也不至于忘掉。

我想看场电影,便打开电影栏目。《一厢情愿》已经过去。于是我想起五反田,起码应把咪咪的事通知他一声。万一不巧他也受到调查而道出我的名字来,我的处境便十分狼狈。一想到还要给警察敲骨吸髓,就不由大为头痛。

我用唐恩都乐店里的粉色电话拨通五反田的住处。他当然不在,呼应的是录音电话。我说有要事相告,请他同我联系。之后我将报纸扔进垃圾桶,返回住处,边走边思索越南和柬埔寨干吗非动武不可。莫名其妙,这世界确乎变幻莫测。

这是用来调整的一天。

要处理的事堆积如山。谁都会有这样一天,有同现实中的现实短兵相接的一天。

我首先把几件衬衣拿去洗衣店,再把几件衬衣取回。接着去银行提取现金,付电话费和煤气费,把房租转账过去。去鞋铺换了个新后跟,买了闹钟用的电池和六盒空白磁带。返回后边听 FEN① 边拾掇房间。把浴缸刷洗得干干净净,把电冰箱里的东西全部拿出,将内壁彻底擦拭一遍,清点所藏食品。继而擦煤气灶,擦排气扇,擦地板,擦玻璃窗,归拢垃圾,更换床罩枕套,开吸尘器,如此干到两点钟。当我随着音响哼唱冥河乐队的《机器人先生》擦拭百叶窗时,电话铃响了,五反田打来的。

"能不能直接面谈?电话里有点不大合适。"我说。

"可以。不过是否很急?现在事情多得脱身不得,电影和电视剧碰在一起了。两三天后我想可以轻松下来慢慢谈。"

"知道你忙,对不起。问题是一个人死了。"我说,"我们共同认识的人,警察出动了。"

他在电话另一头默不作声。一种岑寂而雄辩的沉默。过去我以为沉默无非是缄口不语,但五反田的沉默则不然,而同其所具备的其他所有素质一样洒脱豁达、机敏睿智。这样说或许离奇:倘若侧耳谛听,仿佛可以听到其大脑以最快速度运转的声响。"明白了。我想今晚可以相见。也许很晚,不影响你?"

"没关系。"

"大概一两点时打电话过来。那之前怎么也抽不出时间,抱歉。"

"可以,不要紧,等着就是。"

放下话筒,我把刚才的对话整个回想一遍。

---

① 以美军为收听对象的远东广播网,Far East Network 之略。

问题是一个人死了，我们共同认识的人，警察出动了。

这岂不简直成了犯罪片！一涉及到五反田身上，一切都变得和电影镜头无异。什么原因呢？我觉得现实似乎在一步步后退，而自己正在熟悉所要扮演的角色——想必是他那种鬼使神差般的特异功能使然吧。我脑海中浮现出五反田戴着墨镜、竖起双排扣大衣从"玛莎拉蒂"上下来的情景。魅力十足，一如子午线轮胎广告。我摇下头，把剩下的百叶窗擦完。别再想了，今天是面对现实的一天。

❧ ❧ ❧

五点，我去原宿散步，在竹下大街寻找猫王徽章，好半天也没有找到。亲吻乐队（KISS）也好旅程乐队（Journey）也好铁娘子乐队（Iron Maiden）也好 AC/DC 乐队也好摩托头乐队（Motorhead）也好迈克尔·杰克逊也好王子乐队也好——这些无所不有，唯独没有猫王。到第三家店，总算发现了"ELVIS·THE KING"，遂买了下来。我开玩笑地问店员有没有"史莱和史东家族合唱团（Sly and the Family Stone）"徽章，那位扎着小包袱布般的发带的十七八岁女店员愣愣地看着我的脸。

"什么？没听说过。不是指新浪潮（New Wave）或朋克（Punk）什么的？"

"噢，介于二者之间吧。"

"最近新名堂层出不穷，真的，魔术似的。"她咂了下舌，"没办法跟上。"

"千真万确。"我同意道。

之后，我在"钓冈"饭店喝了杯啤酒，吃了天妇罗。如此一来二去，时间不知不觉地流逝，到了黄昏时分。日出日落，晓暮晨昏。我作为一个平面性质的吃豆人，无所事事，兀自大口大口地吞食虚线。我觉得事态毫无进展，自己没有接近任何地方，倒是中途又生出了无数伏线，而同关键的喜喜却彻底线断缘绝。我觉得自己只是在岔路上长驱直进，只是在接触主要事件之前的小品演出上白白耗费时间和精力。然而主要事件又在何处上演呢？果真在上演不成？

前半夜无事可干，七点钟去涩谷一家电影院看了保罗·纽曼的《大审判》(*The Verdict*)。电影不坏，但由于几次思想溜号，情节给我看得支离破碎。眼睛注视银幕的时间里，蓦地觉得上面出现了喜喜的裸背，于是在她身上一阵胡思乱想。喜喜，你寻求我什么呢？

电影剧终字幕出现，我昏头昏脑地起身走到外面。在街上走了一会儿，跨进一家我常去的酒吧，一边嚼坚果，一边喝伏特加吉姆雷特，喝了两杯。十点过后，返回住处看书，等待五反田的电话。我不时地往电话机那边扫视一眼，因我觉得电话机似乎在盯着我不放。神经病！

我扔开书本，仰面躺在床上，开始想那只埋在土里的叫沙丁鱼的猫。想必它已完全成了骨头，想必土中寂无声息，骨头也寂无声息——刑警曾说过骨头洁白而漂亮，而且无言无语。是我把它埋在树林中的，装在西友百货的纸袋里埋的。

无言无语。

从沉思中醒来时，虚脱感如水一般无声无息地浸满整个房间。我拨开虚脱感，走进浴室，一边吹着《漠漠红土地》口哨，一边冲淋浴。冲罢去厨房站着喝了罐啤酒。然后闭上眼睛用西班牙语从一数到十,出声地说道"完了",并啪地拍了下手,于是虚脱感像被一阵风吹跑似的无影无踪了。这是我的咒语。过单身生活的人往往会在无意中掌握很多种能力,否则便无法将生命延续下去。

26

五反田的电话是十二点半打来的。

"对不起,如果可以,用你的车到我这儿来好吗?"他说,"我这儿还记得?"

我说记得。

"闹腾得天翻地覆,实在抽不出整块儿时间。不过我想可以在车上谈,所以还是你的车合适,给司机听见怕不合适吧?"

"啊,那是的。"我说,"这就出门,二十分钟后到。"

"好,一会儿见。"他放下电话。

我从附近停车场里开出"斯巴鲁",直奔他在麻布的公寓。只花了十五分钟。一按大门口写有"五反田"字样的门铃,他马上下楼出来。

"这么晚真是抱歉。忙得不可开交,好一天折腾!"他说,"必须马上赶去横滨,明天一大早要拍电影。还得抓紧时间睡一会儿,宾馆已经订妥。"

"那就送你到横滨好了。"我说,"路上也好说话,节省时间。"

"那可帮了大忙。"

五反田钻进"斯巴鲁",不无稀奇地环顾车内。

"心境坦然。"他说。

"同感。"我接道。

"言之有理。"

吃惊的是,五反田果真身穿双排扣风衣,穿得极为得体。太阳镜没戴,戴的是透明光片的普通眼镜,同样恰到好处,一派知识分子味儿。我沿着深夜空旷的路面,向着京滨第三入口处驱车疾驰。

他拿起仪表盘上的"沙滩男孩"磁带,看了半天。

"让人怀念啊!"他说,"过去常听来着,初中时代。'沙滩男孩'——怎么说呢,是一种独具特色的声音,一种亲昵甜蜜的声音。听起来总是让人想起明晃晃的阳光,想起清凉凉的大海,而且身旁躺着一个漂亮的女孩。那歌声使人觉得世界的确是真实的存在。那是神话的世界,是永恒的青春,是纯真的童话,在那里边人们永远年轻,万物永远闪光。"

"呃,"我点点头,"不错,一点不错。"

五反田俨然权衡重量似的把磁带放在手心。

"不过,那当然不可能永远持续下去。都要上年纪,世界也要变。之所以有神话,就是因为每个人迟早要死。什么永世长存,纯属子虚乌有。"

"不错。"

"说起来,从《美妙振动》(*Good Vibrations*)之后,几乎没再听'沙滩男孩',不知怎么就不想听了,而开始听更加强烈更加刺激的东西。奶油乐队、谁人乐队、齐柏林飞艇、吉米·亨德里克斯……总之进入了追求刺激的时代,欣赏'沙滩男孩'的时代已经过去。但至今仍记忆犹新,例如《冲浪女郎》(*Surfer Girls*)等等。童话,可是不坏。"

"不坏，"我说，"其实《美妙振动》之后的'沙滩男孩'也并不坏，有听的价值。比如《20/20》、《野花蜜》(*Wild Honey*)、《荷兰》和《冲浪》(*Surf's Up*)，都是不坏的唱片。我都喜欢，当然没有初期那么光彩夺目，内容也七零八落，但可以从中感受到坚定的意志。而布莱恩·威尔逊（Brian Wilson）则逐渐精神崩溃，最后几乎对乐队不再有什么贡献，但他仍竭尽全力地生存下去，从中不难感受得出殊死的决心。毕竟跟不上时代的节奏了，但并不坏，如你所说。"

"现在听一次试试。"他说。

"肯定不中意的。"

他将磁带塞进随车音响。《玩吧玩吧玩吧》(*Fun，Fun，Fun*) 荡漾开来，五反田随之小声吹起口哨。

"亲切得很。"他说，"喂，你能相信，这东西的流行居然是二十年前的事！"

"简直像是昨天。"我说。

五反田一时用疑惑的神情望着我，随后笑盈盈地说道："你开的玩笑，有的跳跃性还真够大的。"

"人们都不大理解，"我说，"我一开玩笑，十有八九都被当真。这世道也真是了得，连句玩笑都开不得。"

"不过比我所处的世界强似百倍。"他边笑边说，"我那个地方，把玩具狗的粪便放进便当盘里才被看成高级玩笑！"

"作为玩笑，把真正的粪放进去才算高级。"

"的确。"

往下，我们默默欣赏"沙滩男孩"音乐。《加利福尼亚少女》、《409》、《追波逐浪》(*Catch a Wave*)，全是往日的纯情歌曲。细雨飘零下来，雨刷开开停停。雨不大，温情脉脉的春雨。

"提起初中时代，你想起的是什么？"五反田问我。

"自身存在的猥琐与凄惶。"

"此外？"

我略一思索："物理实验课上你点燃的煤气喷灯。"

"干吗又提那个？"他现出不可思议的神情。

"点灯时的姿势，怎么说呢，极其潇洒。给你那么一点，仿佛在人类历史上留下一桩伟大的事业。"

"未免言过其实。"他笑道，"不过你的意思我明白。你是要说……指的是卖弄吧？是的，好几个人都这样说过，以致我当时很伤心。其实我本人完全没有卖弄的意思，但结果还是那样做了，大概，不由自主地。从小大家就一直盯着我，关注我，对此我当然意识得到，言行举止难免带一点演技，这也是自然而然形成的。一句话，是在表演。所以当演员时我着实舒了口气：往后可以名正言顺地表演了。"他在膝盖上紧紧地合拢双手，注视良久，"但我人并不那么糟糕，真的，或者说原本就不是糟糕的人。我也还算坦率正直，也受过刺激伤过心，并非始终戴假面具生活。"

"当然，"我说，"而且我也不是那个意思。我只是想说你点喷灯的姿势十分潇洒，恨不能再看一遍。"

他欣慰地笑笑，摘下眼镜用手帕擦着，擦的手势甚是优美。"好，再来一次就是。"他说，"可要把喷灯和火柴准备好哟！"

"晕过去时用的枕头也一同带去。"

"高见高见！"嗤嗤笑罢，他又戴上眼镜，然后想了想，调低音响的音量，说："要是可以，谈一下你说的那件死人的事如何？时间也差不多了。"

"咪咪，"我盯着雨刷的对面说，"是她死了！给人杀死的，在赤坂一家宾馆里被人用长筒袜勒死的。罪犯还没下落。"

五反田用茫然的眼神看着我，三四秒钟才反应过来。反应过来后，脸形当即扭歪了，如同大地震中的窗棂。我斜眼瞥了几次他表情的变化，看来很受震动。

"被杀是哪一天？"他问。

我告以具体日期。五反田沉默多时，似在清理心绪。"不像话！"他连连摇头，"太不像话！凭什么杀死她？那么好的女孩，而且……"他再次摇头不止。

"是个好女孩。"我说，"童话似的。"

他浑身瘫软，喟然长叹，疲劳不可遏止似的骤然布满他的脸——那疲劳本来压抑在体内不引人注意的地方。奇特的家伙，居然有这本事！疲劳终于外露的五反田看上去比平时多少有些憔悴。但即使是疲劳，在他身上也不失其魅力，一如人生的小配件。当然这样说是不够公允的，他的疲劳和伤感也并非演技。这点我看得出来，只不过他的一举一动无不显得优雅得体，恰如传说中点物成金的国王。

"三个人时常一聊聊到天亮，"五反田静静地说，"我、咪咪和喜喜。真是一种享受，关系融洽得很。你说是童话，而童话是不可能轻易得到的。所以我很珍惜，可惜一个接一个地消失了。"

之后我们都没做声。我注视前方路面，他盯着仪表盘。我不时地开几下雨刷。"沙滩男孩"低声唱着过去的老歌：太阳、冲浪和赛车。

"你是怎么知道她死的？"五反田问。

"给警察叫去了。"我解释道，"她有我一张名片，就是上次给的那张，告诉她有喜喜的消息就通知我一声，咪咪把它放在钱包的最里头。她为什么带它到处走呢？总之她是带在身上来着。不巧的是这名片成了确认她身份的唯一遗物。所以才把我叫去。拿出尸体照片，问我认不认识。蛮厉害的两个刑警。我说不认识，说了谎。"

"为什么？"

"为什么？难道我应该说经你介绍两人买了女人不成？那样说将落下什么后果，你以为？喂，怎么搞的，你的想象力哪里去了？"

"是我不好，"他乖乖道谢，"脑袋有点混乱，问的是废话，这种事想想就该明白的。糊涂虫！后来怎么样？"

"警察根本不相信。老手嘛，哪个说谎一闻就知道。折腾了三整天，在不违法不触及皮肉的限度内，折腾得昏天黑地。真有点吃不消。年龄不小了，今非昔比。又没睡觉的地方，在拘留所过的夜。倒是没有上锁，没上锁拘留所也是拘留所。弄得心灰意懒，垂头丧气。"

"可想而知。我也进去过两个星期。一声没吭，人家叫我一声别吭。很可怕的。两个星期一次太阳也没见到，以为再也出不来了，心情糟得很。那帮家伙还会打人，像用啤酒瓶子打肉饼似的。他们知道用怎么样的手段使你就范。"他目不转睛地盯着指尖，"三天折腾下来你什么也没说？"

"那还用问！总不至于中途来上一句'其实是这样'吧？那一来可就真的别想回去了。那种场所，一旦说出口就只能一咬到底，横竖都要一口咬定。"

五反田脸又有点扭歪："对不起，都怪我把她介绍给你，让你倒了霉，落得个不清不浑。"

"用不着道歉。"我说，"当时是当时，当时我也很快活，此一时彼一时。她死又不是你的责任。"

"那倒是。不过你是为我才在警察面前说谎的，为了不连累我而一个人忍气吞声。这是我造成的，是我搭桥牵线的。"

等信号灯的时间里，我看着他的眼睛向他说了对我至关重要的部分："喂，那件事就过去了，别放在心上，不必道歉，不必感谢。你有你的处境，这个我理解。问题是无法查明她的身份。她也有亲人，也希望能把罪犯逮住。我真恨不得一吐为快，但是不能。这很让人痛苦，咪咪连名字都没有地孤零零死去——她能不寂寞么？"

五反田紧紧闭起眼睛，陷入沉思，几乎像是睡过去了。"沙滩男孩"的磁带已经转完，我按键取出。周围一片寂然，只听得车轮碾压路面积水那均匀的沙沙声。夜半更深。

"我给警察打个电话。"五反田睁开眼睛低声道，"打匿名电话，说出她所属俱乐部的名称。这样既可查明她的身份，又对破案有帮助。"

"妙计！"我说，"你真聪明，的确有此一手。这么着，警察就会调查俱乐部，搞清被杀几天之前给你指名叫到家里去过。当然你免不了被警察传去。这样一来，我挨三天折腾而始终守口如瓶又意义何在呢？"

他点点头："说得对。唔，我这是怎么搞的，头脑一塌糊涂。"

"一塌糊涂。"我说，"这种时候只消静等就行，一切都会过去，无非时间问题。无非一个女子在宾馆里被人勒死。这是常有之事，现在人们就已忘记。情理上你也不必感到有什么责任，悄悄缩起脖子即可。什么也不必做。眼下你要是轻举妄动，反而弄巧成拙。"

也许我的声音过于冷漠，措词过于尖刻。其实我也有感情，我也……

"请原谅。"我说，"我不是埋怨你。我也很不好受，但对那孩子爱莫能助。如此而已。不是说是你的责任。"

"不，是我的责任。"

沉默愈发滞重，于是我放进一盘新磁带，是本·E·金（Ben E. King）唱的《西班牙哈莱姆》（*Spanish Harlem*）。我们再未出声，直至进入横滨市区。然而由于沉默的关系，我得以对五反田怀有一种过去所没有的亲密感情。我很想把手放在他背上，安慰说"算啦，反正过去了"。但我没有说。毕竟一个人死了，一个人被冷冷地埋葬了。这事情带有一种我难以承受的沉重。

"谁杀的呢？"过了很久，他开口道。

"这——"我说，"干那种买卖什么人都碰得到，什么事都能发生，不完全是童话。"

"可那家俱乐部只以身份可靠的人为对象啊！况且又有组织从中牵线，对方是谁一查马上就晓得。"

"那次大概没有通过俱乐部吧，我是这样觉得的。或是工作以外的私客，或是不为俱乐部所知的临时性接客，非此即彼，肯定。无论哪一种，都怪她选错了对象。"

"可怜！"

"那孩子过于相信童话了。"我说，"她所相信的是幻觉世界,但那不可能永远持续下去。要想使之持久必须有相应的运作程序,但人们不可能全都遵守那种程序。一旦看错对象就非同小可。"

"也真是费解,"五反田说,"那么漂亮聪明的女孩为什么当妓女呢?不可思议。那样的女孩原本应该活得多彩多姿,正经工作也好,有钱的男人也好,都应该找得到。当模特都当得来。何苦非当妓女不可呢?那确实赚钱,但她对钱并没多大兴趣。或许像你说的那样,是在追求童话不成?"

"有可能。"我说,"你也好我也好任何人也好,每人都在追求,只是追求方式不同。所以才不时发生摩擦和误解,甚至死人。"

我把车开到新格兰德酒店(New Grand Hotel)前停住。

"喂,今晚你也住下如何?"他问我,"房间我想还有。要酒,让送到房间来,两人喝一会儿。反正看这情形也睡不着。"

我摇摇头:"酒下次再喝,我也有点累了。还是想马上回去,不思不想地睡上一觉。"

"明白了。"他说,"送我这么远,实在谢谢!今天我一路说的好像全是没头没脑的话。"

"你也够累的了。"我说,"死去的人不必急于考虑。不要紧,反正一直死着。等有精神时再慢慢考虑也不迟。我说的你明白?反正已经死了,完全地、彻底地死了。已经被解剖、被冷冻起来。你感到内疚也罢什么也罢,都不能使她起死回生。"

五反田点头道:"你的话我完全明白。"

"晚安。"我说。

"添麻烦了,谢谢。"

"只要下次点一回喷灯就行了。"

他微笑着刚要下车,突然又像改变主意似的看着我的脸:

"说来奇怪,除你以外我还真没有一个可以称得上朋友的人,尽管相隔二十年才见面,算今天才不过见两次。不可思议!"

说罢,下车走了。他竖起双排扣风衣领,在濛濛春雨中跨进新格兰德酒店的大门,犹如电影《卡萨布兰卡》里的镜头。美好友情的开始……

其实我对他也怀有同样的感觉,很能理解他的话。我也觉得唯独他才可称之为朋友,同样感到不可思议。看起来所以像《卡萨布兰卡》,并非他单方所使然。

我听着史莱和史东家族合唱团,随曲拍打着方向盘返回东京。撩人情怀的《普通人》(*Everyday People*):

> 我是个再普通不过的人,
> 你我彼此彼此难解难分。
> 虽然干的活计不一样,
> 但同样平平庸庸没没无闻。
> 哎——呀呀,我们都是普通人。

雨依然不紧不慢地悄然下个不停。温柔多情的雨丝,催促万物在黑夜里探出嫩芽。"完全地、彻底地死了"——我对自己说道。继而心想，刚才或许应当在宾馆里同五反田喝酒才是。我同他之间有四个共同点：物理实验课同班，都已离婚单身，都同喜喜睡过，又都同咪咪睡过。咪咪已经死了，完全地、彻底地。值得同他一起喝酒。陪陪他本不碍事，反正有时间，明天也没定下要干什么。是什么使我没有那样做呢？我终于得出结论：恐怕是我不愿意同那电影场面混为一谈。从另一角度想来，五反田又是个令人同情的人，他太富于魅力了，而这又不是他的责任，或许。

返回涩谷住所，我透过百叶窗望着高速公路，喝了一杯威士忌。快四点时觉得困了，便上床躺下。

27

一周过去了。这是春光以坚定的步履向前推进的一周。春光义无反顾。现在同三月全然不同。樱花开了，夜雨将其打落。竞选结束了，学校里新学期开始了，东京迪士尼乐园开园了，比约·博格引退了。广播歌曲中高居榜首的一直是迈克尔·杰克逊，死者永远是死者。

对于我，则是昏头昏脑的一周。日复一日，无所事事。去了两次游泳池，一次理发店。时而买张报纸，终未发现有关咪咪的报道，想必仍未搞清身份。报纸每次都在涩谷站小卖部买，拿去唐恩都乐翻看，看完即扔进垃圾箱，没什么了不起的内容。

周二和周四同雪见了两次面，聊天，吃饭。这周过后的周一，我们听着音乐驾车远游。同她相见很有意思。我们有个共通点：空闲。她母亲仍未回国。她说不同我见面的时候，除了周日白天几乎不外出，担心闲逛之间被人领去训导。

"嗯，下次去迪士尼乐园怎么样？"我试着问。

"那种地方半点儿都不想去。"她皱起眉头，"讨厌的地方！"

"那地方又温情又热闹又适合小孩子口味又富有商业气息又有米老鼠，你还讨厌？"

"讨厌。"她的话斩钉截铁。

"总闷在家里对身体不好的。"

"对了,不如去夏威夷?"

"夏威夷?"我吃了一惊。

"妈妈来电话,想让我去夏威夷。她现在夏威夷,在夏威夷摄影。大概把我扔开久了,突然担心起来,才打来电话。反正她短时间回不来,我又不上学,嗯,去一趟夏威夷也不坏。她还说如果你能去,那份开支由她出。还用说,我一个人不是去不了吗?一周时间,就去散散心好了,保准好玩。"

我笑道:"夏威夷跟迪士尼乐园有什么区别?"

"夏威夷没有训导员呀,至少。"

"嗯,想法不错。"我承认。

"那,一块儿去?"

我想了一会儿。越想越觉得去夏威夷未尝不可,或者说希望远离东京而置身于截然不同的环境。我在东京城已走投无路,半条妙计也浮不上心头。旧线已断,新线又无出现的征候。自己似乎在阴差阳错的场所做着阴差阳错的事情,无论干什么都别别扭扭,永无休止地吞食错误的食物,永无休止地购买错误的商品,心境一片灰暗。况且死人已经完全地、彻底地死了。一句话,我有些疲劳,被刑警折腾三天的疲劳尚未全部消除。

过去曾在夏威夷逗留过一天。当时是去洛杉矶出差,途中飞机发动机出了故障,滞留夏威夷,在火奴鲁鲁住了一个晚上。我在航空公司安排的宾馆的小卖部里买了太阳镜和游泳衣,在海边躺了一天。痛快淋漓的一天。夏威夷,不坏!

在那里轻松一个星期,尽情游泳,喝"椰林飘香"(Piña

Colada），疲劳顿消，心境怡然，皮肤晒黑，换个角度重新观察思考事物，从而茅塞顿开——嗯，不坏！

"不坏。"我说。

"那，一言为定，这就去买票。"

买票之前，我向雪问了电话号码，给牧村拓打去电话。接电话的是那位书童星期五，我告以姓名，他热情地把主人唤上来。

我向牧村说明事由，问可不可以将雪带去夏威夷。他说求之不得。

"你最好去外国放松放松。"他说，"扫雪工也要有休假才行，也可免受警察捉弄之苦。那种事还不算完结吧？那些家伙还会找到头上的，肯定。"

"有可能的。"

"钱的问题你不必考虑，尽管随便就是。"他说。和此君交谈，最后总是转到钱字上面，现实得很。

"尽管随便使不得的，顶多一个星期。"我说，"我手上也有不少活计要做。"

"怎么都成，只要你喜欢。"牧村说道，"那么几时动身？噢，宜速不宜迟，旅行这东西就是这样，心血来潮马上动身。这是诀窍。行李之类用不着多少，又不是去西伯利亚。不够在那边买，那边无所不卖。嗯，明后天的票能够弄到，可以吗？"

"可以是可以，但我的票钱我自己出，所以……"

"别啰嗦个没完！我是干这行的，买机票便宜得不得了，好座位手到擒来。只管交给我好了！人各有各的本事。废话少说，别又来什么思维体系。宾馆也由我来订，两个房间的，你一套雪一套。如何？带厨房的好吧？"

"嗯，能自己做饭对我倒合适……"

"好去处，我知道的，海滨，幽静、漂亮，以前住过。暂且先安排两个星期，一切随你的便。"

"可是……"

"其他的概不用想，一切我代办。放心，她母亲那边由我联系。你只要去火奴鲁鲁，带雪去海边打滚吃喝就行。反正她母亲忙得团团转，一工作起来女儿也罢什么也罢，统统置之度外。所以你什么都不用顾忌，舒展身心，尽兴玩耍，别无他虑。啊，对了，护照可有？"

"有的，可是……"

"明后天，记住！只带游泳衣、太阳镜和护照就算完事儿，其他的随用随买，省事得很。又不是去西伯利亚，西伯利亚是不得了，那地方非同儿戏。阿富汗也够意思。至于夏威夷，和迪士尼乐园一个样，转眼就到，衣来伸手饭来张口。还有，你可会英语？"

"一般会话之类……"

"足矣！"他说，"毫无问题，满分，十全十美。明天叫中村把票拿过去，还有上次从札幌回来的机票钱。去之前打电话。"

"中村？"

"书童，上次见到了吧，那个住在我这里的小伙子。"

书童星期五。

"有什么要问的？"牧村问。我觉得像有很多东西要问，但一个也想不起来，便答说没什么了。

"好，"他说，"是个明白人，对我的脾气。啊，对了，我还有个礼物要送你，务必接受。至于是什么，去了那边就可知道——解开绸带后的乐趣。夏威夷，好地方，游乐场，寻欢作乐，不用扫雪，空气清新，尽兴而归。改日见！"

电话挂断。

吃苦耐劳型作家。

我折回餐桌，告诉雪大概明后天动身。"好哇。"她说。

"一个人准备得了？行李、提包、游泳衣什么的。"

"不就是夏威夷吗？"她满脸惊讶地说，"和去大矶有什么两样，又不是去加德满都。"

"那倒是。"我说。

话是这么说，但我在临行前还是有几件事要办。第二天，我去银行取款，办了旅行支票。存款还剩不少，由于上个月的稿费转来，反而有所增加。然后去书店买了几本书，从洗衣店把衬衣拿回，又整理好电冰箱里的食品。三点钟星期五打来电话，说他眼下在丸之内，马上送机票过来可不可以。我们约好在 PARCO 里的咖啡屋见面。见面时，他递过一个厚厚的信封。里面有从札幌至东京的雪的机票钱，有日航的两张头等舱机票，有两本美国运通旅行支票，此外还有一张火奴鲁鲁一家公寓式酒店的交通图。

"到那里只要报出您的名字就可以的。"星期五转告牧村的话，"预订了两周，期限可以缩短或延长。另外，支票请签上大名，随便用好了。不必客气，反正从经费里报销。"

"什么都从经费里报销？"我不禁愕然。

"全部恐怕不大可能，不过能开收据的请尽量开收据。因为过后要我来办理，所以这样对我很有帮助。"星期五笑着说。那笑容绝不令人生厌。

我答应下来。

"旅途愉快!"

"谢谢。"

"好在是夏威夷,"星期五笑眯眯地说,"又不是津巴布韦。"

说法各所不一。

傍晚,我把电冰箱里的东西打扫出来,做了晚饭。正好够做一份蔬菜沙拉、煎蛋卷和味噌汤。想到明天就要去夏威夷,颇有些不可思议。对我来说,和去津巴布韦没什么不同,大概是因为没去过津巴布韦的缘故吧。

我从壁橱里拉出一个不很大的塑料旅行包,往里塞进洗刷用具袋、书和备用内衣、袜子,塞进泳衣、太阳镜和防晒霜,装进两件T恤、Polo衫、短裤和瑞士军刀,把马德拉斯格纹夏令上衣小心叠放在最上边。最后把拉链拉好,检查一遍护照、旅行支票、驾驶证、机票和信用卡。此外还有没有应带的呢?一样也想不起来。

去夏威夷再简单不过,的确和去大矶相差无几。去北海道行李倒多得多。

我把装好的旅行包放在地板上,开始准备随身穿的衣服:蓝色牛仔裤、T恤、派克风衣、薄防风衣。一一叠放好后,再无事可干,一时闲得发慌。无奈,只好洗澡、喝啤酒、看电视。没什么激动人心的新闻。播音员预言明天起可能变天。这很好,我想,反正明天起在火奴鲁鲁。我关掉电视,歪在床上喝啤酒,转念又想起咪咪,完全地、彻底地死了的咪咪。她现在置身于冰冷冰冷的场所,身份不明,无人认领,险峻海峡也好鲍勃·迪伦也好,她都再也听不见了。而我明天即将去夏威夷,且用别人的经费——世界难道应该是这个样子吗?

我摇摇头,将咪咪的形象从脑中驱逐掉。另找时间想好了,对现在的我来说,这个问题过于深刻,过于沉重,过于炽热。

我想到札幌海豚宾馆那个女孩,那个总服务台里戴眼镜的女孩,那个不知姓名的女孩。最近有好几天很想很想同她说话,甚至梦见她。这怎样才能实现呢?我不知道。如何开口打电话过去呢?难道只说想同服务台那个戴眼镜的女孩讲话就可以吗?不成。那不可能如愿以偿,甚至理都没人理。宾馆是个一丝不苟的严肃场所。

我思索了半天。应该有条锦囊妙计。意志产生办法。十分钟后,我终于心生一计。能否顺利暂且不论,尝试的价值总是有的。

我给雪打电话,商量一下明天的日程,告诉她早上九点半乘出租车前去接她。然后换上不经意的口气,问她知不知道那人的名字——对了,就是服务台那个把你托付给我的人,戴眼镜的人。

"唔,应该知道,名字好像非常奇特,所以记在日记里了。现在想不起来,看日记才能知道。"她说。

"马上看看好吗?"

"正看电视呢,过一会不好?"

"对不起,急用,急得很。"

她嘟囔两句，但还是翻看了日记，说是叫"由美吉"。

"由美吉？"我问，"汉字怎么写？"①

"不知道。所以我不是说非常奇特么，不知写什么字。大概是冲绳人吧，名字上没那种感觉？"

"不，冲绳没有这样的名字。"

"反正就那么叫，就叫由美吉。"雪说，"喂，好了吗？看电视喽！"

"看什么呢？"

她答也没答，"咔"一声放下电话。

我拿起东京的电话簿，从头到尾查阅有没有姓由美吉的。难以置信的是，这东京都居然有两个。一个写作"弓吉"②，另一个是照相的，开了个"由美吉照相馆"。世上的姓氏真是花样繁多。

接着，我给海豚宾馆打去电话，问由美吉小姐在不在。本来没抱多大希望，不料对方马上把她唤了上来。"是我，"我说。她还记得我，看来我还不无可取之处。

"现在正忙着，"她低低地、冷冷地、干脆地说道，"过会儿回电话。"

"好的，过会儿。"

等待由美吉电话的时间里，给五反田打了个电话，对录音电话说我马上去夏威夷几天。

五反田大约在家，很快打电话过来。

---

① "由美吉"原文为日文片假名"ユミヨミ"，读作"yumiyoshi"。
② "弓吉"日语发音和"由美吉"相同。

305

"好事嘛，真叫人羡慕。"他说，"换换空气，再美不过。能去我都想去。"

"你还不能去？"

"噢，没那么简单。事务所里有债款。又是结婚又是离婚，折折腾腾欠了不少债。跟你说过我身无分文吧？为了还这笔债我正拼死拼活地干，不愿演的广告也得演。说来荒唐，经费可以大肆挥霍，而借款却偿还不上。这世道一天比一天变得不可捉摸，连自己是穷鬼还是富翁都搞不清。东西琳琅满目，想要的却没有；尽可挥金如土，想用钱的地方却没得用；漂亮女郎召之即来，而喜欢的女人却睡不到一起。莫名其妙的人生！"

"借款数目多少？"

"相当之多。"他说，"我只知道相当之多，里面究竟是怎么回事，连我这个当事人都摸不着头脑。不是我自吹，大凡事情我都能干得在一般人之上，唯独这算账一窍不通。一看见账簿上的数字，身上就起鸡皮疙瘩，就要背过脸去。我家是传统式家庭，从小受的就是传统式教育。什么君子不言利，什么不要关注数字，只管拼命劳动安分守己；什么不要拘泥细节，而应从大节着眼，光明正大等等。这不失为一种想法，至少当时还行得通。但在安分守己的观念早已消失的今天，便没有任何意义，事情也就难办起来。大节没有了，只剩下厌恶数字这一细节，糟糕到了极点！这个那个的，我根本理不出头绪。事务所的税务顾问给我解释得倒很详细，但我听不进去，也实在理解不了。一会儿钱去那里来这里，一会儿名目上的债款，一会儿名目上的贷款，一会儿经费如何如何，简直一团乱麻。我就让他说得简单一点，他说那样谁都做不来。我说那就只告诉结果算了。告诉就告诉，他说，这倒简单：债款还为数不少，减了一些，还剩这么多这么多，所以得干！不过经费尽可大把大把地用，就是这样。无聊！和蚁穴地狱差不多。我说，干活倒可以，我并不厌恶，伤脑筋的是捉摸不透其中的机关，有时都感到有些可怕。噢——又说过头了，对不起。一和你聊起来就聊过头。"

"那有什么，没关系。"我说。

"毕竟和你无关，下次见面再慢慢聊吧。"五反田说，"一路平安！你不在我会寂寞的。一直想找时间和你喝一次。"

"夏威夷，"我笑道，"又不是去象牙海岸，一个星期就回来。"

"啊，那倒是。回来能打电话给我？"

"好的。"

"你在威基基海滩躺着歪着的时候，我可正在模仿牙医还债哟。"

"世上有各种各样的人生，"我说，"人有各种各样的活法。Different strokes for different folks."

"史莱和史东家族合唱团！"五反田啪地打了个响指。和同时代的人交谈，的确可以省去某种成分。

由美吉快十点时打来电话，说她已经下班，是从住所打来的。我蓦然想起她那雪花纷飞中的公寓。明快简练的外观，明快简练的楼梯，明快简练的门扇，还有她那神经质的微笑。所有这一切，都是那样地令人不胜依依。我闭起眼睛，想象夜色中静静飘舞的雪花，心头涌起一缕缱绻的柔情。

"你是怎么知道我名字的？"她首先发问。

我说是雪告诉的。"没有舞弊，没有贿赂，没有窃听，没有逼供，我彬彬有礼地向那孩子请教，于是得以指点迷津。"

她疑惑似的沉默一会儿。"那孩子怎么样？安全送到了？"

"太平无事。"我说，"稳稳当当护送到家，现在还不时相见。精神得很，只是有点与众不同。"

"和你一个样。"由美吉无甚情感地说，像是在说一件世人无不昭昭的确切事实，例如猴子喜欢香蕉，撒哈拉沙漠很少下雨等等。

"喂，为什么一直对我隐瞒名字？"我问。

"那不是的。我说过下次来时告诉你的吧？谈不上隐瞒。"她说，"不是隐瞒，是嫌告诉起来啰嗦。又是问写什么字，又是问这名字常不常见，又是问老家哪里，每人都要这么问一番，啰啰嗦嗦，我也就懒得再告诉别人名字了。比你想的要心烦得多，这事。一个劲儿地重复同一种答话嘛！"

"不过这名字不错。刚才查了一下，这东京都内也有两个姓由美吉的。知道？"

"知道。"她说，"我不说以前在东京住过的么，早都查看过了。姓氏姓得奇特，到一个地方往往首先查电话簿，都成了习惯，到一处查一处——由美吉、由美吉地。京都也有一个。呃，找我有什么事？"

"也没什么事。"我实话实说，"明天要去旅游，离开几天，走之前想听听你的声音，别的事没有。有时候非常想听你的声音。"

她又沉默起来。电话有点串线，从很远很远的地方传来一个女人的语音，仿佛从长长走廊的另一端发出的。声音又微弱又干涩，带有奇特的回响，内容听不真切，但似乎很痛苦这点则听得出来——痛苦地时断时续。

"哎，上次我说过有一回下电梯时眼前突然漆黑的事吧，向你？"

"嗯，听到过。"我说。

"又碰上一回。"

我默然，她也默然。那女人又开始在很远很远的地方絮絮不止，同她交谈的对方不时随声附和，声音十分含糊，估计是"啊""嗯"之类。总之是只言片语，不清不楚。女人像慢慢往上爬梯子似的痛苦地倾诉不已。我陡然觉得像是死者在讲话，死者从长长走廊的尽头处讲话，讲死是何等的痛苦。

"喂，听着没有？"由美吉问。

"听着呢，"我说，"说吧，是怎么回事？"

"不过你真的相信当时我说的话？不是仅仅随口应和？"

"相信的。"我说，"还没有对你说，后来我也去过同样的场所，同样乘电梯，同样漆黑一片，经历了和你完全同样的体验。所以你说的我全部相信。"

"去了？"

"这个另找机会说，现在还归纳不好，因为好多事情都没着落。下次见面时从头到尾有条有理地给你好好讲一遍，即使为了这点也必须见你一面。现在先放在一边，还是让我听听你的故事，这是至关重要的。"

沉默良久。串线时的对话再也听不到了，有的只是电话式的沉默。

"好几天前，"由美吉开口了，"大概十天前吧，我乘电梯准备去地下停车场。晚上八点前后，不料又撞进了那个地方，同上次一样。迈出电梯，意识到时已经在那里了。这回一不是半夜，二不是十六楼，但其他的一模一样。黑洞洞、潮乎乎，一股霉气味。那气味那黑暗那潮湿，和上次完全一样。这回我哪里也没去，一动不动地站在那里，等待电梯返回，好像等了好长时间。电梯终于回来，乘上赶紧离开。就这么多。"

"这事跟谁也没讲过？"我问。

"没有。"她说，"第二次了，是吧？这次我想最好再不跟任何人讲。"

"这样好，最好对谁也别讲。"

"喂，到底如何是好呢？近来一上电梯就害怕，怕开门时又是一团黑，怕得不行。毕竟这么大的宾馆，一天里总不能不乘几次电梯。你说怎么办好？这件事上我找不到其他人商量，除了你。"

"跟你说，由美吉，"我说，"为什么不早些打电话来呢？那样我早就对你解释清楚了。"

"打过好几次，"她悄声自语似的说，"可你总是不在。"

"不是有录音电话吗？"

"那个，我很不喜欢，紧张得很。"

"明白了。那好，现在简单说几句：那片黑暗不是邪恶之物，对你不怀恶意，不必害怕。那里是有什么居住着——你听见过脚步声吧——但绝不会伤害你，那不是攻击性的存在。所以以后再遇上黑暗，你只管闭起眼睛，站在那里静等电梯返回即可。明白？"

由美吉默默咀嚼着我的话："坦率说点感想可以吗？"

"当然可以。"

"我，对你还不大清楚。"由美吉十分沉静地说，"时常想起你，但对你这个人的实体还把握不住。"

"你说的我完全理解。"我说，"我虽然已经三十四岁，但遗憾的是不明朗的部分过多，保留事项过多，同年龄很不相称。眼下我正一点点解决，我也在尽我的努力。因此再过些时间，我就可以将各种事情向你准确地解释清楚，而且我想我们应该可以进一步互相加深理解。"

"但愿如此。"她的声音犹如局外人一般，使我蓦地觉得很像电视里的新闻播音员："但愿如此。好了，下一条新闻……"那么，下一条新闻……

我说明天去夏威夷。

她无动于衷地"呃"了一声。我们的对话到此结束，相互道声再见，放下电话。我喝了杯威士忌，熄灯睡觉。

28

那么，下一条新闻。我躺在德吕西堡（Fort Derussy）的沙滩，一边望着广袤的蓝天、椰子树叶和海鸥一边如此失声说道。雪就在我身边。我在草席上仰面而卧，雪则俯身闭起眼睛。她身旁放着一台超大型三洋盒式收录机，里面流出埃里克·克莱普顿的新曲。雪身穿橄榄绿比基尼，身上涂满椰子油，一直涂到脚趾甲，浑身圆润光滑，宛似一条身段苗条的小海豚。年轻的萨摩亚人怀抱冲浪板从前面穿过，被太阳晒得黝黑的救生员在瞭望台上动来动去，金属项链的吊坠随之发出冷冷的幽光。街上到处弥漫着鲜花味儿果味儿和防晒油味儿。夏威夷。

那么，下一条新闻。

各种事件相继发生，各色人等陆续登场，场面不断变换。不久前我还漫无目的地漫步在雪花纷飞的札幌街头，而现在则躺在火奴鲁鲁海滨仰望长空。这便是所谓趋势。顺点划线，结果便成了这副样子；按拍起舞，便到了脚下这个地步。**我跳得很精彩吗？**我在头脑里对迄今为止的事态发展逐个清查，一一确认自己所相应采取的行动。还算可以，我想。也许不那么好，但并不坏。倘若再次处于同样的境遇，我多半仍将采取同样的行动。这也就是所谓思维体系。脚已经在动，已经踩上了舞点。

现在我在火奴鲁鲁，是休假时间。

休假时间——我不由脱口说出。本以为声音微乎其微，但大约还是给雪听见了。她咕噜一声朝我转过身，摘下太阳镜，迷惑不解地眯细眼睛盯着我，声音嘶哑地问道："喂，在想什么呢？"

"没想什么大事，零零碎碎。"

"大事小事无所谓，问题是别在旁边嘟嘟囔囔的。要嘟囔回房间一个人嘟囔好了。"

"抱歉，再不嘟囔。"

雪转而换上平和的目光，"傻气，你这人。"

"呃。"

"活像孤苦伶仃的老人。"说罢，又咕噜一声背过身去。

从机场钻进出租汽车，一路往火奴鲁鲁的公寓式酒店赶去。到得房间，我放下行李，换上短裤和T恤。往下干的头一件事，是到附近的购物中心买一台大型盒式收录机。是雪要的。

"尽量买个大家伙，声音大大的。"

我用牧村拓给的支票，买了一台算是够大的三洋牌，又买了足够的电池和几盒音乐磁带。我问她还要什么，要不要衣服和游泳衣什么的，她说什么也不稀罕。每次去海滨，她必定带上这收录机，这当然成了我的任务。我像电影《人猿泰山》里那剽悍的土著居民一样把它扛在肩上（"亲爱的，我不想再往前了，前边有魔鬼。"）尾随其后。音乐节目主持人永无间歇地播放着流行音乐，我因而得以熟悉了今春流行的乐曲。迈克尔·杰克逊的歌喉犹如清洁的瘟疫一般蔓延了整个世界，而略显平庸的霍尔与奥兹则为别开生面而奋勇出击，此外如想象力贫瘠的杜兰·杜兰，尽管具有某种闪光天赋却缺乏（在我看来）将其大众化能力的乔·杰克逊（Joe Jackson），无论如何都前途无望的伪装者乐队（The Pretenders），时常唤起中立式苦笑的超级流浪汉（Supertramp）和汽车合唱团（The Cars）以及其他数不胜数的流行歌手和歌曲。

确如牧村所说，房间相当不错。诚然，家具、装修以及墙上的画与情趣相差甚远，但给人的感受却意外地舒服（夏威夷群岛上，又有何处能觅得情趣呢），而且离海边很近，往来方便。房间开在第十层，安静，且视野开阔。站在阳台上，可以一边眺望大海一边接受日光浴。厨房宽敞整洁，功能齐全，从微波炉到洗碗机，应有尽有。隔壁是雪的房间，比我的房间小些，厨房也没有我这边的正规，但小而整洁。电梯里或服务台前所见之人，个个衣着得体，气度不凡。

买完收录机，我独自走到附近的超市，买了好多啤酒、加利福尼亚葡萄酒、水果和果汁，又买了可够简单做一次三明治的食品。而后同雪一起来到海滩，并排躺下，看海，看天，直到黄昏。这时间里我们几乎没有开口，只是把身体翻上翻下，任凭时间悄然流失。太阳异常慷慨地把光线洒向地面，射进沙滩。亲昵柔和而夹有水汽的海风，不时忽然想起似的摇曳着椰树的叶片。有好几次我晕晕乎乎地打起瞌睡，又被脚前通过的男女的话语声或风声猛然惊醒。每当这时我便思忖自己现在位于何处，往往花一些时间才能说服自己，使自己确信身临夏威夷这一事实。汗水和防晒油交相混合，从脸颊经耳根啪嗒啪嗒落在地面。各种各样的声响宛如波浪时涌时退。有时可以从中听到自己心脏跳动的音律，似乎心脏也是地球这一巨大运营机构中的一分子。

我拧松脑袋的螺丝，全身舒展开来——现在是休假时间。

雪的表情出现了明显的变化。这种变化是在走下飞机接触到夏威夷特有的甘甜温润空气那一瞬间发生的。她迈下扶梯，十分怕光似的闭起双目，深深吸了口气，而后睁开眼睛望着我。此时此刻，那犹如薄膜般一直蒙在她脸上的紧张遽然消失，惊惧和焦躁也不翼而飞。她时而用手摸摸头发，时而把口香糖揉成一团扔开，时而无端地耸耸肩膀——就连这些日常性的小小动作也显得生机勃勃，流畅自然。于是我反过来感到这孩子此前过的是一种何等反常的生活。不仅反常，而且显然是谬误。

她把头发在头顶盘紧，戴着深色太阳镜，身穿小号比基尼。如此躺在那里，很难看出她的年龄。体型本身固然还是孩子，但她所表现出来的自然而带有某种自我完善韵味的新的举止做派，使得她看上去比实际年龄成熟得多。四肢苗条，但并不显得楚楚可怜，反倒透露出强劲的力度，使人觉得假如她两手两脚猛地伸直，四周空间都会因此而骤然四下绷紧拉长。我想，她现在正在通过成长过程中最富有活力的阶段，正在急速地发育成大人。

我们相互往背上抹油。雪先给我抹，说我的背大得很。让人说自己背大这还是第一次，轮到我抹时，雪痒得扭来动去。由于头发撩起，那雪白的小耳朵和脖颈显露无余，惹得我现出微笑。从远处看去，有时连我都惊讶地觉得躺在海滩上的雪俨然是个成年人。唯独这脖颈安错位置似的同年龄成正比，分明带有孩子的稚嫩。毕竟还是孩子，我想。说来奇怪，女性的脖颈竟如年轮一般秩序井然地记载着年龄。何以如此我不得而知,其间差别我也无法解释准确。反正少女有少女的脖颈,成熟女子有成熟女子的脖颈。

"一开始要慢慢地晒。"雪以老练的神情开导我,"先在阴凉处晒,然后去向阳处稍晒一会儿,再回到阴凉处来。要不然会一下子晒伤的,发肿起泡,甚至留下疤痕,可就成了丑八怪了。"

"阴凉、向阳、阴凉……"我一边往她背上抹油一边口中重复不已。

这么着,夏威夷第一天的下午,我们基本上都在椰树阴下躺着听调频DJ。我时而跳到海里游几圈,在沙滩酒吧里喝一气冰凉冰凉的"椰林飘香"。她不游,说要先放松再说。她喝一口菠萝汁,慢慢咬一口夹有大量芥末和腌菜的热狗。不久,巨大的夕阳冉冉西沉,把水平线染成番茄汁一样的红色。继而,夕晖从船的桅杆上隐去,桅灯发出光亮——直到这时我们还躺在那里,她甚至连最后一束光照也不肯放过。

"回去吧,"我说,"天黑了,肚子也瘪了,散会儿步就去吃汉堡吧。要吃地地道道的汉堡,里面的肉要'咔咔'爽口,番茄酱要鲜得彻头彻尾,洋葱要香得不折不扣,焦得恰到好处。"

她点头起身,但未站起,一动不动地蹲着,仿佛品味一天中的最后片刻。我卷起草席,扛起收录机。

"好了,还有明天,不要想什么了。明天完了还有后天。"我说。

她扬起脸,嫣然一笑。我伸出手,她拉住站立起来。

29

翌日早上，雪说去见母亲。她只知道母亲住所的电话，我便用电话简单寒暄几句，打听了去那里的路线。原来她母亲在马卡哈附近借了一座小型别墅，从火奴鲁鲁乘车需花三十分钟。我说大约一点钟登门拜访，然后去近处一家租车公司租了一辆三菱蓝瑟。这是一次快活无比的兜风。我们把车内音响开到很大音量，窗口全部打开，沿着海滨高速公路以一百二十公里的时速风驰电掣。到处都充溢着阳光海风花香。

我突然想起，问她母亲是否一个人生活。

"不至于。"雪微微抿起嘴唇，"她那人不可能一个人在外国待这么久，超现实人物嘛！没有人照料，她一天也过不下去。打赌好了，肯定同男友一起，又年轻又潇洒的男朋友。这点和爸爸一样。忘了，我爸爸那里不也有吗？有个油光光的一看就叫人不舒服的同性恋男友？那男的肯定一天洗三回澡，换两次内衣。"

"同性恋？"我问。

"不知道？"

"真不知道。"

"傻气，一眼不就看出来了！"雪说，"爸爸有没有那个兴致倒不晓得，总之是同性恋无疑，不折不扣，百分之二百。"

罗西音乐（Roxy Music）响起时，雪再次加大音量。

"妈妈那人，向来喜欢诗人，或者希望当诗人的男孩子，洗相片时或做其他什么事的时候，让人家在身后朗诵诗。这是她的嗜好，古怪的嗜好。只要是诗就行，是诗就会被迷住，命中注定。所以，要是爸爸能写诗该有多好，可他打滚儿也憋不出来……"

我不由再次感叹：匪夷所思的家族，宇宙家族，行动派作家、天才女摄影家、神灵附体的少女和同性恋书童及诗人男友，厉害厉害！那么我在这精神陶醉式的扩大家族中，究竟占有怎样的位置，担任怎样的角色呢？神经兮兮少女的勇猛剽悍的贴身男保镖？我想起星期五对我现出的动人微笑，莫非是将自己视为其同类的会心之笑不成？喂喂，算了算了！这不过是暂时性的，是休假时间，明白？休假结束完后，我还将重操扫雪旧业，也就再没余暇陪你等游玩。这的的确确是暂时性的，好比一段同主题无关的小插曲。很快就会结束，届时你做你们的，我做我的。我还是喜欢简洁明快的世界。

我按照雨的指点，在马卡哈前面不远的地方往右拐，朝山的方向行进。路两边稀稀落落地散列着独院民宅，房檐长长探出，我真担心一阵大风将其吹上天空。不一会儿，这些民宅也没了，雨所说的集合住宅地带出现在眼前。门卫室里有个印度人模样的看门人，问我找哪儿，我告以雨的住所号码。他打过电话，向我点头道："可以，请进。"

进得大门，一大片修剪得整整齐齐的草坪在眼前豁然伸展，几乎望不到边际。几个坐着高尔夫球车样小车的园艺师默默地修整草坪和树木。一群黄嘴小鸟在草坪上蚂蚱似的轻快地蹦来蹦去。我把雨的住所出示给一个园艺师看,打听在哪里。他简单地用手一指:"那边。"顺其指尖望去,映入眼帘的是游泳池、树木和草地,一条黑乎乎的柏油路朝游泳池后侧拐了一个大弯。我道过谢,径直驱车向前,下坡,再上坡便是雪母亲的小别墅。这是一座具有热带风格的时髦建筑。门口有个阳台,檐下摇晃着风铃。周围茂密地长着不知名的果树,结着不知名的果实。

我刹住车,和雪两人一起登上五级台阶,按响门铃。风铃在懒洋洋的微风吹拂下,不时发出干涩的低音,同大敞四开的窗口传出的维瓦尔第的音乐奇妙地混合在一起,听起来倒也舒服。大约十五秒钟,门无声地开了,闪出一个男子。是个美国白人,左臂从肩部开始便没有了,皮肤晒得很厉害,个头不很高,但身材魁梧,蓄着给人以足智多谋之感的胡须。身穿褪了色的夏威夷衫,下配慢跑短裤,拖着橡胶人字拖。年龄看起来同我相仿,长相虽算不上英俊潇洒,也还讨人喜欢。作为诗人,外表未免粗犷,但外表粗犷的诗人世上也是有的,大千世界,不足为奇。

他看看我,再看看雪,又看看我,略歪一下下颌,露出微笑。"哈啰"——他沉静地说。接着用日语重新说了句"您好",同雪握手,同我握手,手握得不甚有力。"请,请进。"他的日语蛮漂亮。

他把我们让进宽宽大大的客厅,让我们坐在宽宽大大的沙发上,从厨房拿来两罐 Primo 啤酒、一瓶可口可乐和一只托有三个玻璃杯的盘子。我和他喝啤酒,雪则什么也没动。他站起来走到组合音响前,拧小维瓦尔第的音量,又转身折回。这房间似乎在毛姆小说中出现过,窗口很大,天花板上有电风扇,墙上挂有南洋民间工艺品。

"她正在洗相片,大约十分钟后出来。"他说,"请在这稍等一下。我叫笛克,笛克·诺斯。和她住在这里。"

"请多关照。"我说。雪一声不响地观望窗外景致。从果树的空隙间可以望见碧波粼粼的大海。水平线上孤零零飘浮着一朵如猿人头骨似的云。云纹丝不动,也没有要动的样子,给人一种执迷不悟的感觉,颜色极白,如漂白过一般,轮廓甚为清晰。黄嘴小鸟不时鸣啭着从云前掠过。维瓦尔第放完,笛克·诺斯提起唱片针,单手取下唱片,装进套里,放回唱片架。

"日语讲得不错嘛!"我没话找话。

笛克点点头,动了动单侧眉毛,闭起眼睛,微微一笑:"在日本住很久了。"他停了一会儿,"十年。战争期间——越南战争期间第一次来到日本,就喜欢上了,战后进了日本的大学,是上智大学。现在写诗。"

到底如此!既不年轻,又不甚潇洒,但终究是诗人。

"同时也搞点翻译,把日本的俳句、短歌和自由诗译成英语。"他补充道,"很难,难得很。"

"可想而知。"我说。

他笑盈盈地问我再喝一罐啤酒如何,我说好的。他又拿来两罐啤酒,单手以难以置信的优雅手势拉开易拉环,倒进玻璃杯,津津有味地喝了一口,然后把杯子放在茶几上,摇了几次头,俨然验收似的细细看着墙上安迪·沃霍尔的海报。

"说来令人费解,"他说,"世上没有独臂诗人,这是为什么呢?有独臂画家,甚至有独臂钢琴家,就连独臂棒球投球手都有过。为什么偏偏没有独臂诗人呢?写诗这活计,一条手臂也罢,三条手臂也罢,我想都毫无关系的。"

言之有理。对写诗来说,胳膊的多少确实关系不大。

"想不出一个独臂诗人?"笛克问我。

我摇了下头。坦率说来,我对诗差不多处于诗盲状态,就连两条手臂一条不少的诗人都想不出个完整的名字来。

"独臂冲浪运动员倒有好几个,"他接着说,"用脚划水,灵巧得很,我也多少会一点儿。"

雪欠身站起,在房间里走来走去,"噼里啪啦"翻了一会儿唱片架上的唱片,看样子没有发现她喜欢的,便皱起眉头,一副不屑一顾的神情。音乐停下后,四周静得似乎睡熟了一般。外面时而传来割草机呜呜喔喔的轰鸣声。有人在大声招呼对方。风铃叮叮咚咚低吟浅唱。鸟声啁啾。但岑寂压倒了一切。任何声音都稍纵即逝地隐没在这片岑寂之中,不留半点余韵。房子周围仿佛有几千名默然无语的透明男子,使用透明的消音器将声音吞噬一空,只要有一点点声音,便一齐聚而歼之。

"好静的地方啊!"我说。

笛克点点头,不胜珍惜地看着那条独臂的手心,又一次点点头:"是啊,是很静。静是首要大事,尤其对于干我们这行的人来说,静是必不可少的。hutsle-bustle 可是吃不消,该怎么说来着——对,喧嚣、嘈杂。那不行的。怎么样,火奴鲁鲁很吵吧。"

我倒没觉得火奴鲁鲁很吵,但话说多了惹麻烦,便姑且表示赞同。雪依然以不屑一顾的神情打量外面的风景。

"考爱岛(Kauai)是个好地方,幽静、人少,我真想住在考爱。瓦胡岛(Oahu)不行,游客多,车多,犯罪多。但由于雨工作的关系,也就住在这里。每周要到火奴鲁鲁街上去两三次。要买器材,需要很多样器材。另外住在瓦胡岛联系起来方便，可以见到形形色色的人。她现在摄取各种各样的人，摄取现实生活中的人。有渔夫，有园艺师，有农民，有厨师，有筑路工，有鱼铺老板……无所不摄。出色的摄影家。她的摄影作品含有纯粹意义上的天赋。"

其实我并未怎么认真地看过雨的摄影，但也姑且表示赞同。雪发出一种极其微妙的鼻音。

他问我做什么工作。

我答说自由撰稿人。

他看样子对我的职业来了兴致，大概以为我和他算是近乎表兄弟关系的同行吧。"写什么呢？"他问。

我说什么都写，只要有稿约就写，一句话，和扫雪工差不多。

扫雪工？说着，他神情肃然地思索多时，想必理解不透其中的含义。我有些犹豫，不知该不该较为详细地做一番解释。正当这时，雨走了进来，我们的谈话遂就此打住。

雨上身穿一件短袖牛仔衬衫，下身是一条皱皱巴巴的白色短裤。没有化妆，头发也像刚刚睡醒似的乱蓬蓬一团。尽管如此，仍不失为一位富有魅力的女性，透露出一种不妨称之为高傲脱俗的气质，一如在札幌那家宾馆餐厅见面之时。她一进屋，人们无不切实感觉到她是与众不同的存在——无须由人介绍，亦无须自我表白，纯属瞬间之感。

雨一声不响地径直走到雪跟前，把手指伸进女儿的头发，搔得蓬蓬松松，然后将鼻子贴在女儿太阳穴上。雪虽不显得很感兴趣，但并未拒绝，只是摇了两三下头，把头发恢复到原来垂直披下的形状，眼睛冷静地看着博古架上的花瓶。但这种冷静完全不同于和父亲相见时表现出的彻头彻尾的冷漠，从她细小的举止，可以一闪窥见其感情上不甚自然的起伏摇摆。这母女之间确乎像有某种心的交流。

雨与雪。的确有些滑稽，的确别出心裁，如牧村所言，简直是天气预报。若是再生一个孩子，又该叫什么名字呢？

雨与雪一句话也没说，既无"身体好吗"，又无"怎么样"。母亲仅仅是把女儿的头发弄乱，把鼻子挨住对方的太阳穴。之后，雨走到我这边，在我身旁坐下，从衬衫口袋里掏出一盒"沙龙"，擦火柴点燃一支。诗人不知从哪里找来烟灰缸，手势优雅地"通"一声放在茶几上，俨然将一行绝妙的装饰性诗句插入恰到好处的位置。雨将火柴杆投进去，吐了口烟，抽了下鼻子。

"对不起，工作脱不开手。"雨说，"我就这种性格，干就干到底，中间停不下来。"

诗人为雨拿来啤酒和玻璃杯。又用单手巧妙地拉开易拉环，把酒倒进杯子。雨等泡沫消失后，一口喝了半杯。

"在夏威夷，能待到什么时候？"雨问我。

"不清楚，"我说，"还没定。不过也就是一周左右吧。眼下休假，完了必须回国开始工作的⋯⋯"

"多住些日子就好了，好地方。"

"好地方倒是好地方。"乖乖，她根本没听我说什么。

"饭吃了？"

"路上吃了三明治。"

"我们怎么办，午饭？"雨转问诗人。

"我记得我们大约在一小时之前做意大利面吃来着。"诗人慢条斯理地回答，"一小时前也就是十二点十五分，普通人大概称之为午饭，一般说来。"

"是吗？"雨神色茫然。

"是的。"诗人断言，然后转向我，盈盈笑道，"她工作一入迷，现实中的一切就统统给她忘到了脑后。比如吃没吃饭，工作前在哪里做了什么，一股脑儿忘光，大脑一片空白，注意力高度集中。"

我不由心想：这与其说是注意力集中，莫如说是属于精神病范畴的症状——当然没有说出口，而只是在沙发上彬彬有礼地默默微笑。

雨用空漠的目光打量着啤酒杯，许久才恍然大悟似的拿在手上喝了一口。"喂喂，那个且不管，反正肚子饿了。我们是没吃早饭的嘛！"

"我说，不是我一味指责你的不是，如果准确地叙述事实的话，那么你在早上七点半是吃了一大个吐司和西柚以及酸奶。"笛克解释道，"而且你还说真好吃来着，说好吃的早餐是人生主要乐趣之一。"

"是那样的吗？"雨搔了搔鼻侧，接着又用空漠的目光往上看着，思索良久，活像希区柯克电影里的场面。于是我渐渐分辨不出孰真孰伪，判断不出何为正常何为错乱。

"反正我肚子饿得厉害。"雨说，"吃点儿也并不碍事吧？"

"当然不碍事。"诗人笑道，"那是你的肚子，而不是我的。想吃尽管吃就是。有食欲毕竟是好事。你总是这样：工作一顺手食欲就上来。做个三明治好吗？"

"谢谢。还有，同时再拿一瓶啤酒来可好？"

"Certainly."说罢，消失在厨房里。

"你,午饭吃了?"雨问我。

"刚才在路上吃了三明治。"我重复道。

"雪呢?"

雪说不要。倒也干脆。

"笛克是在东京遇到的。"雨在沙发上盘起腿,看着我的脸说,但我觉得似乎是解释给雪听的。"他劝我去加德满都,说那里能激发灵感。加德满都,是个好去处。笛克是在越南搞成独臂的,给地雷炸掉了。是贝蒂跳雷(Bouncing Betty),人一踩上去就被掀到空中,在空中爆炸,轰隆隆。旁边人踩的,他赔了条胳膊。他是诗人,日语不错吧?我们在加德满都住了些天,随后来到夏威夷。在加德满都待上一段时间就想到热地方去了。这房子是笛克找的,是他朋友的别墅。我们把客用浴室改成暗室。嗯,好地方。"

如此说罢,她长长地吸了口气,伸了个懒腰,意思像是说该说的已全部说完。午后的沉默很是滞重,窗外强烈的光粒子犹如尘埃一般闪闪飘浮,并兴之所至地移行开去。如猿人头骨似的云仍以一成不变的姿态悬在水平线上,依然显得那么执迷不悟。雨那支香烟放在烟灰缸里后几乎再没动过,已燃烧殆尽。

我想道:笛克是怎样以一条胳膊做三明治的呢?又是怎样切面包的呢?用右手拿刀,当然是右手。那么面包该怎样按呢?莫不是用脚什么的?我无法想象。抑或是押上一个好韵而使得面包自动自觉地裂开不成?他为什么不安一条假臂呢?

过不多会儿,诗人端着一个盘子出现了,盘子上十分高雅地摆着三明治,里面夹的是黄瓜和火腿,都切得非常之细,甚至还有橄榄，一派英式风格，看上去十分可口。我不禁惊叹，居然切得这般漂亮。他打开啤酒，倒入杯中。

"谢谢，笛克。"雨说，然后转向我，"他做菜相当拿手。"

"假如举行以独臂诗人为参加对象的做菜比赛，我绝对第一名。"诗人闭起一只眼睛对我说。

雨劝我尝尝，我便拿起一块。果然甚是可口，仿佛有一种诗趣。材料新鲜，手艺高超，音韵准确。"好吃！"我说。但唯有面包如何切这点想不明白。很想问，当然是问不得的。

笛克像是个勤快人。雨吃三明治的时间里，他又去厨房为大家煮了咖啡。咖啡也煮得出色。

"喂，我说，"雨问我，"你和雪在一起没有什么？"

我全然不能理解这句问话的含义。便问没有什么指的是什么。

"当然指音乐，摇滚乐。你不感到痛苦？"

"倒也不怎么痛苦。"

"一听见那玩意儿我就头疼，三十秒都忍受不了，咬牙也不行。和雪在一起我愿意，只是那音乐吃不消。"说着，她用手指一顿一顿地揉着太阳穴，"我听得了的音乐极为有限。巴洛克音乐，部分爵士乐，加上民族音乐。总之是能使心境获得安宁的音乐，这个我喜欢。诗也喜欢。和谐与静谧。"

她又抽出一支烟点燃，吸一口放在烟灰缸上。估计又要忘在那里，事实果真如此。我真奇怪为何未曾引起火灾。牧村说和她那段生活损耗了他的人生和天赋——现在我觉得似可理解。她不是为周围人做出奉献的那种类型，恰恰相反，她要为调整自身的存在而从周围一点点索取，而人们也不可能不为她提供。因为她具有才华这一强大的吸引力,因为她将这种索取视为自己理所当然的权利。和谐与静谧——人们为此可要连手带脚都向她奉献出去。

我真想高叫一声:好在和我没关系。我在这里,是因为与我的休假巧合,如此而已。休假一结束,我便将重新扫雪。眼下这奇妙的状况很快就要极为自然地成为过去。因为我首先不具有足以向她那辉煌的才华做出奉献的任何本事。纵使有,我也必须为己所用。我不过是被命运之河中一小股迷乱的波流临时冲到这里,冲到这莫名其妙的奇特场所来的。倘若可能,我很想如此大声疾呼。不过又有谁能予以倾听呢?在这个扩大家族里,我还只是个二等公民。

云絮仍以同样的形状飘浮在水平线稍上一点的空中。如若撑船过去,似乎一伸竿即可触及。一块巨大的猿人头骨,想必从某个历史断层掉到了火奴鲁鲁的上空。我对那云团说道:我们或许属于同类。

雨吃罢三明治,又走到雪跟前把手伸进头发里抓弄一番。雪面无表情地注视着茶几上的咖啡杯。"好漂亮的头发,"雨说,"我也想有这样的头发,油黑油黑,笔直笔直。我这头发一转身就乱成一团,理不开梳不动。是不,小公主?"她又把鼻尖贴在女儿的太阳穴上。

笛克把空啤酒罐和盘子撤走,放上莫扎特的室内乐唱片。"啤酒怎么样?"他问我。我说不要。

"是这样,我想和雪单独谈谈家庭内部的事。"雨声音有些发尖地说,"家里事,母女间的事。笛克,请你把他带到海边走走好么?呃——大约一个小时。"

"好的好的,那自然。"诗人说着动身,我也站起。诗人在雨的额头上轻吻一下,然后扣上帆布帽,戴上绿色雷朋太阳镜。"我们出去散步一个小时,两位慢慢聊好了。"他拉起我的臂肘,"好,走吧。有块非常妙的海滩。"

雪缩了缩肩,目光淡然地向上看着我。雨从烟盒里抽出第三支。我和独臂诗人把她们留下,打开门,走进午后有些呛人的阳光中。

我开起那辆三菱蓝瑟,往海岸驶去。诗人告诉我,安上假臂很容易开车,但他想尽量不安。

"不自然。"他解释说,"安上那东西心里总不安然。方便肯定方便,但觉得别扭,好像不是自己。所以我尽可能使自己习惯这独臂生活,尽可能靠自有的身体干下去,尽管略嫌不足。"

"面包是怎么切的呢?"我下决心问道。

"面包?"他想了一会儿,一副费解的样子,稍顷总算明白过来我问话的用意,"啊,你是说切面包的时候,倒也是,问得有理。一般人怕是很难想象,其实很简单,单手切就是。正常拿刀当然切不了,拿刀方式上有窍门。要用手指按住面包,同时夹紧刀片,这样通通通地切。"

他用手比划给我看,但我还是不得要领,仍觉得勉为其难。何况他切的比正常人用双手切的还要高明得多。

"真的没问题。"他看着我笑道,"大多事情用一只手都能应付下来。鼓掌固然不成,其他就连俯卧撑、玩单杠都可以。锻炼嘛!你怎么以为的?以为我怎么切面包的?"

"以为你用脚什么的来着。"

他开心地笑出声来。"有趣有趣,"他说,"可以写成诗,关于独臂诗人用脚做三明治的诗,一首妙趣横生的诗。"

对此我既未反对又没赞成。

我们沿着海岸高速公路行驶了一会儿,把车停下,买了六罐冰镇啤酒(他硬要付钱),步行到一处稍远些的几乎不见人影的海滩,躺着喝啤酒。由于溽暑蒸人,怎么喝也无醉意。这海滩不大像夏威夷风光,树木低矮茂密,参差不齐,海岸也不规整,给人以犬牙交错之感,但至少没有游客的喧闹。再过去不远处,停着几辆小型卡车,几个人家的一家老小都在水里嬉戏。海湾里有十多个人冲浪。头骨云仍在同样的位置以同样的姿势凝然悬浮不动。海鸥如洗衣机里的漩涡一般在空中团团飞舞。我们似看非看地看着这片光景,喝啤酒,断断续续地聊天。笛克讲他对雨怀有怎样的敬意,说她是真正意义上的艺术家。讲雨的时间里,他自然而然地由日语换成了语速缓慢的英语,用日语难以恰如其分地表达感情。

"同她相识之后,我对诗的看法发生了变化。怎么说呢,她的摄影作品把诗剥得精光。我们搜肠刮肚字斟句酌地编造出来的东西,在她的镜头里一瞬间便被呈现出来——具体显现。她从空气从光照从时间的缝隙中将其迅速捕捉下来,将人们心目中最深层的图景表现得淋漓尽致。我说的你能理解吧?"

"大致。"

"她的摄影作品有一种逼人的气势,看她的作品,有时甚至感到战栗,似乎自身存在与否都大可怀疑。dissilient 这个词晓得吗?"

我说不晓得。

"用日语怎么说好呢,就是一种什么东西突然裂开弹开的感觉。世界没有任何预兆地一下子弹裂开来,时间、光照等等全都 dissilient,一瞬之间。天才!与我不同,与你也不同。失礼,请原谅,我对你还没什么了解。"

我摇摇头:"没关系,你说的我完全理解。"

"天才人物是极其罕见的。一流才能并非到处都可发现。能邂逅能在眼前见到,应该说是一种幸运。不过……"他略一沉默,以摊开双手的姿势将右手向外伸出,"在某种意义上也是痛苦的体验,有时我的自我如遭针刺般地作痛。"

我似听非听地侧起耳朵,眼睛眺望着水平线及其上边的云。这段海滩波涛汹涌,海水凶猛地撞击着海岸。我把手指伸进热乎乎的沙子,攥了一把,让它从指缝间哗哗淌下,如此反复不止。冲浪运动员们追波逐浪地靠近岸来,而后又返回海湾。

"可是我已经被她吸引住了,并且爱上了她,已不容我再强调自我。"他"啪"地打了个响指,"就像被巨大的漩涡吸进去了一样。知道么,我有妻子,是日本人,也有孩子。我爱妻子,真心地爱,即使现在。但从第一眼见到雨的时刻起,就被她吸引住了,被卷进了她的漩涡,别无选择,无法抵抗。我知道,知道这种事一生中只有一次,这种邂逅此生不会再有,心里一清二楚。所以我想:同她在一起,恐怕早晚我会后悔的;但若不同她在一起,我这一存在本身将失去意义。这以前,你可曾这么想过?"

我说没有。

"真是不可思议。"笛克继续道,"我历尽千辛万苦才过上了平静安稳的生活,妻子孩子和小家,加上工作。工作虽然收入不很多,但很有意思。写诗,也搞翻译。就我来说,也算是相当相当不错的人生了。战争使我失掉了一条胳膊,但已经得到了充分的补偿。为此我费了很长时间,也付出了努力。心境的平和——实现这一点很不容易,然而我实现了。但是……"说着,他手心朝上举起,缓缓平移,"失掉它却是一瞬间,刹那间。我已经没有归宿。回不了日本的家,美国也没地方可回,我离开祖国太长太久了。"

我很想安慰他一句,但想不起适当的话,只好玩弄着沙子,抓起撒下。笛克站起身,走出五六米远,在密密蓬蓬的树丛阴处解罢手,缓缓踱回。

"不打自招,"他笑道,"很想找人倾吐一番。你怎么看?"

我不好表示什么。双方都已是年过三十的成年人,同谁睡觉之类只能由自己抉择。漩涡也罢,龙卷风也罢,沙漠风暴也罢,既然是自己的选择,那么只能设法坚持下去。笛克这个人给我的印象还是不错的,对他用一条胳膊克服各种困难的努力甚至怀有敬意,但对他这句问话到底应如何回答呢?

"首先我不是搞艺术的人,"我说,"因此对艺术灵感的产生和其间的关系体会不深。这超出我的想象。"

他以悲戚凄然的神色望着大海,似乎想说什么,但终未开口。

我闭起眼睛。本来是想稍闭一会儿,不料却迷迷糊糊睡了过去,大概是啤酒作怪吧。醒来时,树影已移到我的脸上。由于热,脑袋有些昏昏沉沉。一看手表,已经两点半了。我晃晃头,坐起身来。笛克在水边逗一条狗玩。但愿我没伤他的心才好——谈话当中我丢开他自管睡了,况且对他来说是很重要的谈话。

但我到底能说什么呢?

我又抓起沙子,目视他逗狗玩的身影。诗人把狗的脑袋抱在怀里。海涛呼啸着拍上岸来,又余威未尽地退下阵去。雪沫闪闪,炫目耀眼。莫非自己过于冷漠?其实我并非不理解他的心情。独臂也罢,双臂也罢,诗人也罢,非诗人也罢,所面临的这个世道同样都是严峻而冷酷的。我们每个人都有各自不同的问题,但我们已是成年人,我们已经熬到了这个地步,至少不应该向初次见面的人提难以回答的问题。这属于基本礼节。过于冷漠,我想。我摇摇头——尽管摇头也毫无用处。

我们乘三菱蓝瑟返回小别墅。笛克一按门铃,雪打开门,脸上既不显得高兴也不显得不高兴。雨衔支香烟盘腿坐在沙发上,用坐禅似的眼光定定地向上看着。笛克走上前,又在她额上吻了一下。

"谈完了?"他问。

"噢噢。"雨依然衔着烟,给了肯定的回答。

"我们在海滩上一边观察世界的尽头一边愉快地接受日光浴。"笛克说。

"该回去了。"雪用极其平板式的声音说。

我也有同感,是到返回嘈杂、现实、熙熙攘攘的火奴鲁鲁的时候了。

雨从沙发上欠身站起:"再来玩,还想见你的。"说着,走到女儿跟前，用手轻轻抚摸她的脸颊。

我向笛克致谢，感谢他的啤酒等等。他微微一笑，说不客气。

我让雪坐进三菱蓝瑟副驾驶座。这时雨拉过我的臂肘，说有句话要跟我说。我和她并肩走到前边一处小公园模样的地方，里边有架简易滑梯，她在旁边靠定，抽出一支烟塞在嘴里，不耐烦似的擦火柴点燃。

"你是个好人，我看得出来。"她说，"所以有件事相求，希望你尽可能把她带来这里。我，喜欢那孩子，想见她，明白吗？想见她和她说话，想交朋友。我想我们可以成为好朋友——在成为母女之前。所以想趁她在这里时两人多谈一些。"

说罢，她目不转睛地看着我的脸。

我想不起有什么话好说，但又不能不说点什么。

"这是你同女儿之间的问题。"我说。

"当然。"

"所以如果她想同你相见，我当然领来。"我说，"或者你作为母亲叫我领来，我也会领来，两种情况都可以。除此以外我什么也不能说。所谓朋友关系是自发的，无须第三者介入。假如我理解得不错的话。"

雨开始沉思。

"你说想同女儿交朋友，这是好事，当然是好事。不过恕我直言，对雪来说，你是朋友之前首先是母亲。"我说，"你喜欢也罢不喜欢也罢，客观就是如此。况且她才十三岁，她还需要母亲，需要在黑暗寂寞的夜晚无条件地紧紧拥抱她的存在。请原谅，我是毫不相干的外人，说这样的话也许缺乏考虑。但她所需要的并非不生不熟的朋友,而首先是全面容纳自己的世界。这点应首先明确。"

"你不明白的。"雨说。

"是的,我不明白。"我说,"不过她毕竟还是个孩子,而且心灵已经受到创伤。应该有人保护她,棘手是有些棘手,但必须有人这样做。这是责任,明白吗?"

她当然不明白。

"我不是叫你每天都领来这里。"她说,"在那孩子同意来的时候领来即可,我也不时打电话过去。我不愿意失去那孩子,长此以往,我真担心随着她逐渐长大而离我越来越远。我需要的是精神上的沟通和纽带。我可能不是个好母亲,可是较之当母亲,我要干的事情实在太多,毫无办法。这点那孩子也该理解。所以,我寻求的是超乎母女之上的关系,是血缘相连的朋友。"

我叹口气,摇摇头——尽管摇头也无济于事。

归途车中,我们默默地听着广播音乐,我有时低声吹几声口哨。此外便是无尽的沉默。雪转过脸,一动不动地凝视窗外,我也没什么话特别想说。如此行驶了大约十五分钟。之后我产生了轻微的预感,一种如无声弹丸般的预感倏然掠过我的脑际。那预感好像用小字写道:"最好找地方停车。"

于是我按照预感把车停在前面一处海滨车场,问雪是否心情不好:"没什么?不要紧?不喝点什么?"雪一阵沉默。暗示性沉默。我再没说什么,而是密切注视暗示的发展。年纪一大，往往可以多少领悟暗示的暗示性，知道此时应该等待，直到暗示性以具体形式出现时为止，犹如等待油漆变干一样。

两个身穿同样的小号黑色游泳衣的女孩肩并着肩，在椰子树下缓缓行走，脚步迈得很轻，活像在围墙上挪动的猫。泳装的样子很滑稽，仿佛是用几块小手帕连接而成，几乎一阵强风便可从身上掀跑。两人恍若被压抑的梦幻，氤氲着既现实而又非现实的奇妙氛围，从右向左横穿过我们的视野，消失了。

布鲁斯·斯普林斯汀唱起《饥饿的心》（*Hungry Heart*）。娓娓动听。看来世界还不至于漆黑一团。音乐节目主持人也说这歌不错。我轻咬一下手指，纵目长空。那块头骨云絮命中注定似的仍在那里。夏威夷，天涯海角！母亲想同女儿交朋友，女儿寻求的则是朋友之外的母亲。失之交臂。欲去无处。母亲身边有男友——失去归宿的独臂诗人；父亲家中也有男友——同性恋书童星期五。无处可去。

十分钟后，雪把脸靠在我肩头开始哭泣，起始很平静，随后哭出声来。她把两手整齐地放在自己膝头，鼻尖贴住我肩部哭着。理所当然，我想。若我身临她的处境也要哭，当然要哭！

我搂住她的肩膀，让她哭个痛快。我的衬衣袖不久便湿透了。她哭了相当长的时间，肩头颤抖不止，我默默地把手放在那上面。

两名戴着太阳镜、左轮手枪闪闪发光的警察从停车场穿过。一条德国牧羊犬热不可耐地伸长舌头四下转了一圈，消失不见。一辆轻型福特卡车在附近停住，走下一个身材高大的萨摩亚人，领着漂亮的女郎沿海边走去。收音机播出丁·吉尔斯乐队唱的《千舞之国》（*Land of a Thousand Dances*）。

雪哭过一阵，渐渐平静下来。

"喂，以后再别叫我小公主。"她依然把脸靠在我肩部说道。

"叫过？"我问。

"叫过。"

"忘了。"

"从辻堂回来的时候，那天晚上。"她说，"反正再别叫第二次。"

"不叫。"我说，"一言为定，向乔治男孩和杜兰·杜兰发誓，再不叫第二次。"

"妈妈总那么叫，管我叫小公主。"

"不叫了。"

"她那人，总是一次次地伤害我，可她本人一点儿也觉悟不到，而且喜爱我，是不？"

"是的。"

"我怎么办才好呢？"

"长大。"

"不想。"

"别无他法。"我说，"谁都要长大，不想长大也要长大。而且都要在各种苦恼中年老体衰，不想死也要死去。古来如此，将来同样如此。有苦恼的并非只你一个人。"

她扬起带有泪痕的脸看着我："嗯，你就不会安慰人？"

"我以为是在安慰你。"

"绝对两码事。"说罢，她将我的手从其肩头移开，从手袋里掏出纸巾擦擦鼻子。

"好了，"我拿出现实声音说道，随即将车开出停车场，

"回去游一会儿,然后做顿美餐,和和气气地吃一顿。"

我们游了一个小时,雪游得很好。我们游到海湾那边,潜进水里,相互抓脚嬉闹。上岸后冲罢淋浴,去超市采购。买了牛排和蔬菜。我用洋葱和酱油烧了清淡爽口的牛排,做了蔬菜沙拉,又用豆腐和葱做个味噌汤。一顿愉快的晚餐。我喝了加利福尼亚葡萄酒,雪也喝了半杯。

"你很会做菜。"雪钦佩地说。

"不是会做,不过倾注爱意、认真去做罢了。如此就能产生大不相同的效果,这是态度问题。凡事只要尽力去爱,就能够在某种程度上爱起来;只要尽可能心情愉快地活下去,就能够在某种程度上如愿以偿。"

"再往上难道不行?"

"再往上得看运气。"

"你这人,挺会蒙混人的,那么大的一个大人!"雪诧异地说。

两人洗完碟碗拾掇好,到华灯初上的卡拉卡瓦大道悠然漫步,一路窥看各种各样挂羊头卖狗肉的店铺加以评头品足,审视各色男女行人的风姿,最后走进人头攒动的夏威夷皇家酒店,在里边的海滩酒吧坐下歇息。我还是喝"椰林飘香",她喝的是果汁。笛克·诺斯想必对这人声鼎沸的夜晚街市深恶痛绝,我倒没那么严重。

"嗯,对我妈妈你是怎么看的?"雪问我。

"初次见面,坦率地说,还把握不住。"我想了想说,"归纳、判断起来很花时间,脑袋不好使嘛。"

"可你有点生气了吧?没有?"

"是吗?"

"是的。看脸就知道。"

"可能。"我承认。随即眼望海面呷了口"椰林飘香","经你一说,或许真的有点生气。"

"针对什么?"

"针对没有任何人肯认真对你负起应负的责任这件事。不过这怕是不妥当的。一来我没有生气的资格,二来生气也毫无作用。"

雪拿起碟子上的碱水面包(Pretzel),"咯吱咯吱"地咬着:"肯定大家都不知如何是好。都认为必须做点什么,又都不知怎么做。"

"大概是吧。都好像懵懵懂懂。"

"你明白?"

"我想不妨静等暗示性以具体的形式出现后再采取对策,总而言之。"

雪用指尖捏弄着T恤衫的下角,想了一会儿,似仍不解其意,便问:"这,怎么回事?"

"无非是说要等待。"我解释说,"水到渠成。凡事不可力致,而要因势利导,要尽量以公平的眼光观察事物,这样就会自然而然地找到解决的办法。大家都太忙,太才华横溢,要干的事情太多,较之认真考虑公平性,更感兴趣的还是自己本身。"

雪在桌上支颐静听,用另一只手把粉红色桌布上的碱水面包残渣扫开。邻桌坐着一对美国老夫妇,分别穿着同样花纹的夏威夷男衫和夏威夷女衫,手拿硕大的玻璃杯,喝着颜色鲜艳的热带鸡尾酒,看上去十分美满幸福。饭店的院子里,一个身穿同样花纹的夏威夷衫的年轻女郎,边弹电子琴边唱《唱给你》(A Song for You)。不很动听,但的确是《唱给你》。院子里处处摇曳着呈松明状的煤气灯火苗。一曲唱罢,两三个人"吧唧吧唧"鼓掌助兴。雪拿起我的"椰林飘香"喝了一口。

"好喝!"

"支持动议,"我说,"好喝两票!"

雪现出惊讶的神色,定定地看着我的脸:"真有点捉摸不透你是怎样一个人物。既像是个地地道道的正经人,又像是个不着边际的荒诞派。"

"地道正经同时也是放纵不羁,不必放在心上。"说罢,我招呼态度极为热情的女服务员再来一杯"椰林飘香",女服务员旋即摆动腰肢把饮料端来,在账单上签完字,留下柴郡猫一般的大幅度微笑,转身离去。

"那么,我到底该怎样才好呢?"

"母亲想见你。"我说,"细节我不晓得,别人家的事,况且人又有些与众不同。但让我简单说来,她恐怕是想超越以往那种磕磕碰碰的母女关系,同你结为朋友。"

"人与人成为朋友是很困难的事,我想。"

"赞成。"我说,"困难两票。"

雪把臂肘拄在桌面上,目光迟滞地看着我。

"对那点是怎么想的?对我妈妈的想法?"

"我怎么想全无所谓,问题是你怎么想。不用说,这里边恐怕既有自以为是的利己主义一面,也有可取的建设性姿态一面。偏重哪方面取决于你自己。不过不用急,慢慢想好再下结论不迟。"

雪仍旧手托着腮,点头同意。柜台那边有人放声大笑。弹电子琴的女郎返回座位，开始弹唱《蓝色夏威夷》："夜色刚刚降临，我们都还年轻，喂，快来呀，趁着海面上明月莹莹。"

"我和妈妈两人，关系闹得很僵很僵来着。"雪说，"去札幌前就很僵，因上不上学的事吵来吵去，满屋子火药味。后来干脆不怎么开口，面对面的时间也很少，持续了好一段时间。她那人考虑问题不成系统，想说什么就说什么，一转身忘个精光，说的时候倒蛮像那么回事，但说完就再不记得，可是有时又心血来潮地惦记着尽母亲的责任，我真给她折腾得焦头烂额。"

"不过……"我仿佛成了连接词。

"不过，是的，她确实有一种非同一般的优点长处。作为母亲是一塌糊涂，糟糕到了极点，我也因此满肚子不快，可是不知为什么偏又被她吸引。这点和爸爸截然不同，说不出为什么。现在她又风风火火提出交朋友，也不看看她和我之间力气差得多远。我还是孩子，她已经是强有力的大人。这点谁都一清二楚吧？可妈妈就是不开窍。所以，即使妈妈要和我交朋友，也不管她付出多大努力，结果也只能一次次刺激我伤害我，而她又不醒悟。比如在札幌时就是这样，妈妈有时要向我走近，我便也向妈妈那边靠拢——我也在努力，这不含糊——可这时她已经一转身到别处去了，脑袋已经给别的事情塞得满满的，早把我忘了。一切都是心血来潮。"说着，雪把咬去一半的碱水面包弹到地上，"领我一起去札幌，到头来还不一个样。一忽儿把我忘得一干二净，跑加德满都去了，一连三天都没想起还把我扔在那里。这无论如何都说不过去，而且又不理解我心里因此受到多大刺激。我喜欢妈妈，我想是喜欢的，能成为朋友想必也是好事，但我再不愿意给她甩第二回，不愿被她兴之所至地这里那里带着跑。已经够了。"

"你说的全对。"我说,"论点明确,非常容易理解。"

"可妈妈不理解。即使这样讲给她听,她也肯定莫名其妙。"

"我也觉得。"

"所以烦躁。"

"也可以理解。"我说,"那种时候,我们大人是借酒消愁。"

雪拿起我的"椰林飘香",咕嘟咕嘟一口气喝去一半。杯子足有金鱼缸那般大,因此量相当不小。喝完后,她依然手托着腮,无精打采地看着我的脸。

"有点儿怪,"她说,"身上暖烘烘的,又困困的。"

"好事。"我说,"心里还舒服?"

"舒服,挺舒服的。"

"那好。这么长的一整天,十三岁也罢,三十四岁也罢,最后舒服一下的权利总是有的。"

我付过账,拉起雪的胳膊沿海边走回宾馆,给她打开房间的门。

"喂。"

"什么?"我问。

"晚安。"

第二天也是不折不扣夏威夷式的一天。吃罢早餐,我们立即换上游泳衣,走到海滨。雪提出冲浪,我便租了两块冲浪板,同她一起来到喜来登酒店的海滩。过去一位朋友曾教过我基本技术,我照样教给雪,无非浪的捉法、脚的踏法之类,雪记得很快,加上身体柔软,捕捉浪头的时机掌握得很妙。不到三十分钟,她便在浪尖上玩得比我还远为熟练,连说"有趣有趣"。

午饭后,我带她去阿拉莫纳(Ala Moana)附近一家冲浪器材店,买了两块二手的中档冲浪板。店员问我和雪的体重,分别给选了两块相应的,还问我们是不是兄妹,我懒得费唇舌,便说是的。总还算好,没被看成父女。

两点我们又去海边,躺在沙滩上晒日光浴。其间游了一阵,睡了一会儿,但大部分时间我们都愣愣地躺着。听音乐,"啪啦啦"翻书,打量男人女人的身影,倾听椰树叶的摇摆声。太阳按既定轨道一点点移动。日落时分,我们返回房间洗淋浴,吃意大利面和沙拉,然后去看斯皮尔伯格导演的电影。出了电影院,在路上散了会儿步,跨进哈利库拉尼酒店,在优雅的游泳池旁的酒吧坐下,我仍喝"椰林飘香",她要了果汁。

"嗳,我再喝一点儿可好?"雪指着"椰林飘香"问。我说可以,便换过杯子,雪用吸管喝了大约两厘米。"好喝!"她说,"好像和昨天那家酒吧里的不太一样。"

我叫过男服务员,让他再送来一杯"椰林飘香",把它整杯推过去。"都喝掉好了。"我说,"每晚都陪我,一周后你就成为全日本最熟悉'椰林飘香'的中学生了。"

游泳池畔一支大型舞池乐队正在演奏《弗列涅西》(Frenesi)。一位年纪大些的单簧管手中间来了一段悠长的独奏,那段独奏抑扬有致,不禁使人想起阿缇·肖(Artie Shaw)的手法。舞池里大约有十对衣着考究的老夫妇翩翩起舞,俨然从水底透射出来的灯光辉映着他们的脸庞,像涂上了一层虚幻色彩。跳舞的老人们看上去十分陶然自得。他们经过各自不同的漫长岁月,暮年终于来到了这夏威夷。他们优雅地移动脚步,一丝不苟地踩着舞点。男士们伸腰收颏,女士们转体画圈,长裙飘飘。我们出神地看着他们的舞姿。不知何故,那舞姿使我们心里漾起恬适的涟漪,大概是因为老人们的神情无不透露出安然的满足吧。乐曲换成《月光》(Moonglow)时,他们把脸悄然贴近。

"又困了。"雪说。

但这回她可以一个人安稳地迈步走回——进步了。

　　　🐚　🐚　🐚

我回到自己房间,拿起葡萄酒瓶和酒杯踱进客厅,打开电视看克林特·伊斯特伍德演的《吊人索》(Hang 'Em High)。又是克林特·伊斯特伍德,又没有一丝笑容。我边看边喝了三杯葡萄酒,睡意渐渐上来,只好关掉电视,去浴室刷牙。这一天到此为止了,我想,是有意义的一天吗?不见得,但还凑合。早上教了雪如何冲浪,然后买了冲浪板。吃罢晚饭,看了《E.T.外星人》,去哈利库拉尼的酒吧喝"椰林飘香",观赏老人们优雅的舞姿。雪喝醉了领她返回宾馆。凑合,不好也不坏,典型的夏威夷式。总之这一天算至此结束。

然而事情没这么简单。

我只穿T恤和短裤,上床熄灯不到五分钟,门铃"叮铃"一声响了。糟糕,都快十二点了!我打开床头灯,穿上长裤走到门口。这时间里门铃又响了两次。估计是雪,此外不能想象有什么人找我,所以我也没问是谁便拉开门。不料站在那里的不是雪,一个年轻女郎!

"您好！"女郎说。

"您好！"我条件反射地应道。

一看就像是个东南亚人，泰国、菲律宾或越南。我对微妙的人种差别分辨不清，反正是其中一种。女郎蛮漂亮，小个头，黑皮肤，大眼睛，一身质地光滑的粉红色连衣裙，手袋和鞋也是粉红色，左手腕上缠了一条手镯大小的粉红色宽幅绸带。活像什么礼品。为什么缠这东西呢？我不得其解。她单手扶门，笑盈盈地看着我。

"我叫琼。"她用有点土味儿的英语介绍说。

"噢，琼。"

"可以进去吗？"她指着我身后问。

"等等，"我慌忙说道，"我想你大概找错门了，你以为你来到了谁的房间？"

"呃——等一下，"说着，从手袋里拿出张纸条念道："唔……先生房间。"

是我。"是我，那个人。"我说。

"所以没找错。"

"慢来，"我说，"名字的确相符，可是我完全不能理解是怎么回事。你究竟是哪位？"

"反正让我进去好吗？站在这里让别人看见不好，以为搞什么名堂，对吧？不要紧，放心好了，总不至于进去抢劫。"

的确，如此在门口僵持不下，把隔壁的雪惊动出来就麻烦了。于是我把她让进门内。任其自然发展好了，最好任其自然。

琼走进里边，没等我让就一屁股坐在沙发上。我问喝点什么，她说和我一样即可。我去厨房做了两杯金汤力端来，在她对面坐下。她大胆地架起腿,美美地喝了一口。腿很漂亮。

"喂,琼,你为什么到这里来啊?"我问。

"别人打发的。"她一副理直气壮的神气。

"谁?"

她耸了耸肩:"对你怀有好意的一位匿名绅士。那位付的钱,从日本,为你。明白是怎么回事了吧?"

是牧村拓!这就是他所说的"礼物",所以她才缠着一条粉红绸带。他大概以为找个女郎塞给我,雪就会万无一失。现实,现实得出奇!我与其说是气恼,莫如说腾起一阵感激:这成了什么世道,都在为我花钱买女人。

"通宵的钱我都拿了,两人尽管痛痛快快地玩到早上。我的身子好得很。"

琼抬脚把粉红色的高跟凉鞋脱掉,不胜风骚地歪倒在地毯上。

"喂,对不起,这事我干不来。"我说。

"为什么哟,你是同性恋?"

"不,那不是。因为我同那位付钱的绅士之间想法有所不同,所以不能和你睡。这是情理问题。"

"可是钱已经付过了,不能退还。再说你同我干也好不干也好,对方没办法知道,我又不至于打国际电话向他汇报,说什么'Yes, sir. 我和他干了三次'。所以嘛,干与不干是一回事,没什么情理不情理。"

我叹了口气,喝了口金汤力。

"干!"她倒单刀直入,"舒服着哩,那个。"

我不知如何是好,而且也懒得再一一清理思绪,一一加以解释。好歹对付完一天,刚刚关灯上床,正要昏昏睡去之时,不料突然闯进一个女人，口口声声说"干"。这世界简直乱了套。

"喂，每人再来一杯可好？"她问我。我点下头，她便去厨房调了两份金汤力拿来，又打开收音机，俨然在自己房间一样随便。硬摇滚于是响起。

"妙极了！"琼用日语说道，随即坐在我旁边，倚在我身上，啜了口金汤力。"别想得那么复杂。"她说，"我是专家，在这种事情上比你精通。这里边没什么情理好讲。包给我好了！这同那位日本绅士已经再没关系，已经从他手里完全脱离，纯属你我两人的问题。"

说罢，琼用手指轻轻地柔柔地触摸着我的胸部。这诸多事件实在搞得我厌倦起来，甚至觉得既然牧村拓非得让我同妓女睡觉他才安心，那么听其安排也未尝不可。较之费这唇舌，还是干来得省事。不过是性交而已。勃起，插入，射精，完事。

"OK，干。"我说。

"这就对了。"琼把金汤力喝干，将空杯放在茶几上。

"不过我今天累得够呛，多余的事什么也做不来。"

"我不是说包给我好了么，从头到尾我整个包下了，你躺着不动就行。只是一开始有两件事希望你动手。"

"什么？"

"一是关掉房间里的灯，二是把绸带解掉。"

我关掉灯，解下她手腕上的绸带，走进卧室。熄灯后，可以看见窗外的广播电视塔，塔尖一盏红灯闪闪烁烁。我躺在床上，呆呆望着那灯光。收音机仍在播放硬摇滚。不似现实又是现实。尽管带有离奇色彩，仍是现实无疑。琼手脚麻利地脱去连衣裙，又替我脱掉。虽然不如咪咪，但仍是技艺熟练的妓女，而且似乎为自己的技巧而自豪。她很快使我兴奋起来，在异国乐曲声中引导我完成了最后动作。刚刚入夜，海面上悬浮着一轮明月。

"怎样，好吧？"

"好。"我说。确实不错。

我们又各喝了一杯金汤力。

"琼，"我突然想起，"上个月你莫不是叫咪咪来着？"

琼哈哈笑道："有趣有趣。我喜欢开玩笑，下个月叫杰莉，八月叫奥吉。"

我很想告诉她我不是在开玩笑，上个月真的同一个叫咪咪的女孩睡来着，不过说也无济于事，便沉默不语。沉默时间里，她又施展特技使我再度兴奋。第二次真的完全无须我操作，只消随意躺着即可，一切由她包办。一如服务周到的加油站，停车后只要递上钥匙，对方便给加油、洗车、检查气压、确认润滑油、擦窗玻璃、打扫烟灰缸，无微不至。我真怀疑如此程序能否称之为性交。总之全部完工时已经两点多了，我们也都困了。快到六点时我睁眼醒来。收音机一直没关。外面天光尽晓，早起的冲浪手们已在海边排好了皮卡。一丝不挂的琼在身旁弓着身子睡得正香。粉红色衣服粉红色皮鞋和粉红色绸带散落在地板上。我关掉收音机，把她推醒。

"喂，起来起来。"我说，"有人来的，有个小女孩要过来吃早饭，有你在不大好，对不起。"

"OK，OK。"她说着爬起来，仍然赤裸着身子，拎起手袋，到浴室洗漱梳理，穿起衣袜。

"我不错吧？"她边涂口红边问。

"不错。"我说。

琼粲然一笑,把口红装进手袋,啪的一声合上。"那么,下次什么时候?"

"下次?"

"付了三次的钱哩,所以还剩两次。什么时候合适?还是换口味找别的女孩?那也没关系,我完全不介意的。男人嘛,想跟各种各样的女孩睡,对吧?"

"当然还是你好。"我说,也不好说别的。三次!这个牧村拓存心要榨干我最后一滴精液不成?

"谢谢。绝不使你后悔的。下次要更好更妙地让你受用一番,保准!期待着好了。You can rely on me.①咦,后天晚上怎么样?后天我得闲,可以彻底提供服务。"

"也好。"说完,我递过一张十美元钞票,说是给她做车费。

"谢谢。那么再见,拜拜!"言毕,开门走出。

我赶在雪来吃早餐之前,将所有的杯子细致地清洗一遍。烟灰缸冲了,床单皱纹拉平了,粉红色绸带扔到垃圾桶里了——应该万无一失。不料雪迈进房间的一瞬间便锁起眉头,显然有什么不合其意。直感敏锐得很,肯定有所察觉。我佯作不知,边吹口哨边准备早餐。煮了咖啡,烤了吐司,削了水果,一一端上桌来。雪满脸狐疑,眼睛一闪一闪地四下巡视,闷声喝冷牛奶,嚼吐司,我搭话也根本不理。我暗暗叫苦,房

---

① 意为"你可以信任我"。

间里一时剑拔弩张。

吃罢神经紧张的早餐,她两手置于桌面,目光凛然地盯视着我说:"喏,这里昨晚进来女人了吧?"

"果真瞒不过你。"我做出若无其事的样子,轻描淡写地说。

"谁,到底?从哪里勾引来的女孩?"

"岂敢!我没那么多心计,是对方主动送上门的。"

"说谎,哪有那种事!"

"不是说谎,当你面我不会说谎。的的确确是人家主动送上门的。"接着,我一五一十交代一遍:牧村拓如何为我买女孩,那女孩如何造次来访,我如何不胜愕然,以及我猜想牧村大概以为只要满足我的性欲,便可保女儿人身安全等等。

"荒唐,真是荒唐。"雪深深叹了口气,闭起眼睛,"他那个人怎么脑袋里尽是这些离奇古怪的念头呢?怎么尽干这些自以为得计的事情呢?真正的大事他麻木不仁懵懵懂懂,而在这些多余无谓的小事上却考虑得滴水不漏。妈妈一个人已经够了,爸爸虽然方式不同,可也同样神经兮兮,尽干些自以为是的蠢事,成事不足败事有余。"

"说得对,确实自以为是。"我同意道。

"不过你干吗让她进来?让到房间里了吧,把那女人?"

"让进了。情况不明,有必要和她交谈。"

"不至于做那种事吧?"

"没有那么简单。"

"难道你……"她闭住口,大概想不起合适的字眼,脸颊微微泛红。

"是的。解释起来话长,总之一下子很难拒绝。"

她闭起眼睛，双手托腮。"不能相信，"雪用微弱而干涩的声音说，"怎么也不能相信你居然会干那种勾当。"

"一开始当然拒绝来着，"我实言相告，"但转而觉得怎么都无所谓，懒得再思来想去。不是我辩解，你的父母的确有某种威力，各自以不同的方式给别人以影响。承认也罢不承认也罢，反正两人有这么一种气质。你可以不怀有敬意，却不能置之不理。就是说，我因而觉得既然你父亲以为那样可以，我又何必认真呢！况且那女孩又不坏。"

"可那也太过分了。"雪声音有些嘶哑，"你是在让我爸爸替你买女人！你以为无所谓？那是不地道的，荒谬可耻的。你不这样认为？"

的确如此。

"的确如此。"我说。

"非常非常可耻。"雪再次强调。

"是的。"

早餐后，我们拿起冲浪板走去海边，到喜来登酒店外的海滩上玩到中午。这时间里她一句话也没说，我搭腔她也不吭声，只是不得已地点下头或摇下头。

我说差不多该上岸吃午饭了，她点头同意。我问是回房间做点什么，她摇头；于是我说那就在外面随便吃点吧，她点头。我们便坐在德吕西堡草坪上吃热狗。我喝啤酒，她喝可乐。她还是一言不发，已经沉默了三个小时。

"下次拒绝。"我说。

她摘下太阳镜，就像观看天空裂缝似的盯住我的脸，盯了三十秒钟，而后抬起晒得恰到好处的手，拨开额角的头发。

"下次？"她显得不可思议，"下次是怎么回事？"

我告诉她，牧村拓已经预付了下两次的钱，而且第二次定在后天。她攥起拳头在草坪上连连捶了几拳。"难以置信，简直荒唐透顶！"

"不是我袒护你父亲，其实你父亲也是为你着想。就是说因为我是男人，你是女人。"我解释道，"懂吧？"

"荒唐透顶，透顶！"她带着哭腔说，之后钻进自己房间，直到晚上也没出来。

我稍睡了一个午觉，醒后一边翻阅在附近超市买来的《花花公子》，一边在阳台上晒日光浴。四点时云层开始出现，徐徐遮蔽天空，五点多时化为真正的热带暴雨，来势十分凶猛，我真担心如此连续下个一个小时，会将我连同整个岛冲到南极去。有生以来头一次目睹到这般凶狠的雨。五米开外几乎什么也看不清。椰子树发疯似的"啪啦啪啦"上下抖动着叶片，柏油路转眼成河。几个冲浪人把冲浪板顶在头上当伞，从窗下疾步跑过。俄尔雷声大作，阿罗哈塔一带海面上空划过几道闪电。旋即轰隆隆一阵巨响，直震得空气发颤。我关上窗，去厨房煮咖啡，考虑今晚的菜谱。

当再次电闪雷鸣时，雪悄然闪进，靠着厨房墙角看我。我向她投以微笑，她目不转睛地盯住我。我拿起咖啡杯，带她去客厅并坐在沙发上。雪脸色不大好，大概讨厌雷声之故。为什么女孩子无不讨厌雷声和蜘蛛呢？雷声不外乎空中声音稍大些的放电现象，蜘蛛除去样子特殊这点也无非是只无害的小虫。又一道闪电划过时，雪一下子双手抓住我的右臂。

我们遂用这样的姿势望着暴雨和闪电，约有十分钟。她抓着我的胳膊，我喝着咖啡。不大工夫，雷声远去，雨停云散，偏西的太阳露出脸来。举目四望，只见地面到处留下水池般的水洼，椰树叶上水滴闪闪发光，海面则若无其事地依然白浪翻卷。避雨的游客开始三三五五走到海边。

"我的确不该做那样的事，"我说，"无论如何都该拒绝，都该把她打发走。但当时我有些累，脑袋也已迟钝。我是个极其不健全的人。不健全，经常出差错。但吃一堑长一智，每次都决心不再犯同样的错误，然而还是不少犯。为什么呢？很简单，因为我愚昧、不健全。每当这种时候我就有些厌恶自己，并决意不犯第三次。于是取得一点点进步。尽管一点点，但毕竟是进步。"

雪许久没有反应。她把手从我胳膊上挪开，不声不响地注视外面的景致。我甚至搞不清她听没听见我的话。夕阳西坠，沿海边一字排开的街灯开始发出白光。雨后的黄昏，空气清新，光亮也格外醒目。广播电视塔在深蓝色天幕的衬托下高高耸立，顶端的红灯犹如心脏跳动一般规则地、缓缓地时明时灭。我走去厨房，从电冰箱里取出啤酒，边喝边嚼了几块薄脆饼干。莫非我真的一点点进步了？想到这点，我完全没了信心。我觉得自己好像已经犯了十六次同样的错误。但总的说来，我并未对她说谎，况且也只能那样解释。

折回客厅，雪仍以同样姿势望着窗外。她拱起腿，两手抱膝，坐在沙发上，下颏固执地向里收起。我不由想起那段结婚生活。如此说来，婚后也碰到好几次类似情况。我好几次惹得妻子伤心，好几次向她赔礼道歉。每次妻子都几个小时几个小时不对我开口。我常常觉得纳闷，她何苦伤那么大的心呢？本来并非什么大不了的事。但当时我总是耐住性子道歉、解释，努力治愈她的伤口。随着这种事态的反复，我自以为我们之间的关系也因此有了改善，然而结果证明，恐怕一丝一毫也谈不上改善。

她使我伤心则只有一次,绝无仅有的一次:她同别的男人私奔之时。我想,婚后生活这东西也真是奇妙得很,形同漩涡一般——如笛克·诺斯所说。

我在雪身边坐下。过了一会儿,她向我伸出手,我握住。

"不是原谅你。"雪说,"不过暂且言和。那事确实不地道,我非常不痛快,明白?"

"明白。"

随后,我们开始吃晚饭。我用虾和扁豆做了抓饭(Pilaf),用煮蛋、橄榄和番茄做了沙拉。我喝葡萄酒,她也喝了一点儿。

"看见你,我有时想起前妻。"我说。

"就是同你过腻了跟别的男子跑掉的那位太太?"

"嗯。"

30

夏威夷。

这以后连续几天太平无事。虽说不是极乐世界，也够得上和平时光。我郑重其事地拒绝了琼。我说有些感冒发烧，还咳嗽（"咳、咳"），暂时实在无此兴致，然后递给她十美元车费。她说这怎么可以，病好后往这儿打个电话。说着从手袋取出自动铅笔，在门板上写下电话号码。随即一声"拜拜"，扭着腰肢走了。

我领雪到她母亲那里去了几次。每次我都同笛克一同去海边散步，去游泳池游泳。他游得不错。同一时间里雪便同她母亲单独交谈。我不晓得两人谈些什么。雪没说，我也没问。我租辆汽车把她运到马卡哈就算完事。之后就同笛克闲聊、游泳、看冲浪、喝啤酒、小便。最后再把她带回火奴鲁鲁。

我听过一次笛克朗诵的罗伯特·弗罗斯特的诗。诗的内容我当然不懂，不过朗诵确实出色，音调铿锵，感情饱满。也看过雨刚刚冲洗出来的潮乎乎的照片。照的是夏威夷人像。本来是极为普通的人物，但从她的镜头里出来后，那表情真可谓栩栩如生，生命之核鼓涌而出。生息在这南方海岛上的男男女女那直率的温情，那粗俗，那冷冰冰的刻薄，那生存的喜悦，无不在其照片里表现得淋漓尽致，深刻有力，而又安谧温馨。天才！笛克说"和我不同，和你也不同"——千真万确，一看便知。

如我照看雪一样，笛克在照看雨。当然是他那方面艰巨得多，他要打扫，要洗衣服，要烧菜做饭，要买东西，要朗诵诗，要说笑话，要跟踪熄灭烟头，要问刷牙了没有，要补充丹碧丝（Tampax）卫生棉条（我陪他买过一次东西），要汇集照片，要用打字机把她的作品目录打印出来。而这些全要靠他那一条胳膊完成。我怎么也无法想象他做完这诸多事情之后还能有时间从事自己的创作。不过转念一想，我还真不具备同情他的资格——我在照看雪，反过来又由她父亲出钱买机票，出钱订宾馆，甚至出钱买女人。无论从哪个角度看我同他都是半斤对八两。

● ● ●

不到她母亲那里去的时间里，我们便练习冲浪，游泳，百无聊赖地躺在沙滩上辗转反侧或者去购物，租小汽车在岛上四处兜风。晚上，我们去散步，看电影，去哈利库拉尼或夏威夷皇家酒店的花园酒吧里喝"椰林飘香"。我利用充足的时间做了很多菜。我们轻松愉快，连指尖都给太阳镀上了美丽的光彩。雪在希尔顿的精品女装店买了带有热带风情图案的新比基尼，往身上一穿，活脱脱一个夏威夷少女。冲浪的本领也大有长进，我无论如何都捕捉不到的轻波细浪她都驾驭得得心应手。她买了几盒滚石乐队的磁带，每天反复听个不止。有时我去买饮料而把她一个人扔在沙滩上，这时间里便有各种各样的男士同她搭话。但由于她不会说英语，那些男士百分之百地落得个自讨无趣。见我回来了,便一个个道声"失礼"(或者出言不逊地),纷纷逃离。她黝黑健美,每天无忧无虑,喜气洋洋。

"喂,男人想得到女人的愿望就那么强烈?"一天躺在沙滩上的时候,雪突然问我。

"是较强烈。程度固然因人而异,但从本能上从肉体上来说,男人都是想得到女人的。关于性大致知道吧?"

"大致知道。"雪用干巴巴的声音说。

"有一种东西叫做性欲,"我解释说,"就是说想同女孩睡觉——这是自然规律,为了保持种族——"

"我不要听什么保持种族,别讲生理卫生课上的那些陈词滥调。我是在问性欲,问那东西是怎么回事。"

"假定你是一只鸟,"我说,"假定你喜欢在天上飞并感到十分快活,但由于某种原因你只能偶尔才飞一次。对了,比如因为天气、风向或季节的关系有时能飞有时不能飞。如果一连好些天都不能飞,气力就会积蓄下来,而且烦躁不安,觉得自己遭到不应有的贬低,气恼自己为什么不能飞。这种感觉你明白?"

"明白。"她说,"经常有那种感觉的。"

"那好,一句话,那就是性欲。"

"这以前你什么时候在天上飞来着?就是——我爸爸最近给你买那个女人之前?"

"上个月末吧。"

"快活?"

我点点头。

"总那么快活?"

"也不一定。"我说,"因为是两个不健全的生物在一起合作进行的事,所以不一定每次都顺利成功。有时失望,也有时快乐得忘乎所以,以致不小心撞到树干上。"

雪"唔——"了一声,陷入思索。多半是在想象空中飞鸟因左顾右盼而不小心撞在树干上的光景吧。我有点不安:以上解释果真合适不成?弄不好,我岂不是在向一个进入敏感年龄的女孩传授荒谬至极的东西?但也无所谓,反正长大后自然而然要明白的。

"不过,随着年龄的增长,成功率会有所提高。"我继续解释,"因为可以摸到诀窍,可以预测阴晴风雨。但在通常情况下,性欲反而随之逐渐减退。性欲就是这么一种东西。"

"可怜!"雪摇头道。

"的确。"我说。

夏威夷。

我在这岛上到底住多少天了?日期这一概念已经从我头脑里彻底消失,昨天的次日是今天,今天的次日是明天,日出日没,月升月落,潮涨潮退。我抽出手帐,用月历计算一下日期:已来此十天,四月份已近尾声。我暂定一个月的休假已经过去。是怎样过去的呢?脑袋的螺丝早已放松,彻底放松。天天冲浪,天天喝"椰林飘香"。这并无不可。但我本来是寻找喜喜行踪的,那是一切的开始。我按照那条路线,一路随波逐流而来。当我蓦然醒悟时,却不知不觉到了这等地步。奇妙的人一个接一个出场,事物的流程已完全偏离方向。于是我现在得以在椰子树阴下边喝热带风味的饮料，边听卡拉帕纳（Kalapana）。必须对流程加以矫正。咪咪死了。被勒死了。警察来了。对了，咪咪命案究竟怎么样了呢？文学和渔夫澄清她的身份了吗？五反田又如何呢？他看起来极度疲劳，心力交瘁。他是想同我说什么呢？反正一切都半途而废，然而又不能就这样半途而废。差不多该返回日本了！

但我不能动身。这些天不仅对雪，对我也同样是得以摆脱紧张的一段久违的时光。这时光雪需要，我也需要。我每天几乎什么也不想。只是晒太阳，游泳，喝啤酒，只是听着滚石乐队和布鲁斯·斯普林斯汀在岛上开车兜风，只是在月光下的海滨散步，去宾馆酒吧喝酒。

我心里当然清楚不可能长此以往，只是不忍马上起身离开。我身心舒展，雪也乐在其中。见她这副样子，我怎么也说不出"喂，回去吧"。这也成了自我原谅的口实。

两个星期过去了。

我和雪一起驱车兜风。这是傍晚的闹市区，道路很挤。反正没什么要紧事，我们便慢慢行驶，也好看看两边景致。色情电影院、二手店、越南人卖奥黛（Áo dài）布料的服装店、中国食品店、旧书店以及旧唱片店等，一路鳞次栉比。有家店前，两个老人搬出桌椅在下围棋。火奴鲁鲁一如往日的闹市风情。到处都可见到目光游移迟滞的男子无所事事地呆立不动。这街头很有意思。也有价廉味美的咖啡店。不过女孩单独行走并不合适。

离开闹市区，临近港口一带，贸易公司的仓库和办公楼等多了起来，街面上显得有些冷清，索然无味。下班急于回家的人们在等公共汽车，咖啡店已经亮起缺笔少画的霓虹灯。

雪说她想再看一次《E.T.外星人》。

我说可以，吃完晚饭去看。

接着她谈起《E.T.外星人》，说我要是像《E.T.外星人》该有多好，并用食指尖轻触了下我的额角。

"不行的，就算那么做，那里也好不了。"我说。

雪嗤嗤地笑着。

就在这时！

这时，有什么东西突然击了我一下，头脑中有什么东西"咔"一声连接上了。显然发生了什么。究竟发生了什么，刹那间我无从判断。

我几乎条件反射地踩闸刹车。后面的"科迈罗"几次拉响刺耳的汽笛，超车时从车窗里朝我骂不绝口。是的，我是看见了什么——重大发现！现在，在这里！

"喂喂，怎么搞的，一下子？多危险！"雪说，或者大概这样说过。

我什么也听不进去。是喜喜，我想，没错，刚才我是在这里看见了喜喜，在这火奴鲁鲁的商业区。我不晓得她何以置身此地，但确是喜喜无疑。我同她失之交臂——她是从我车旁一闪而过，近得伸手可触。

"喂，把车窗全部关好锁上，不得下车，谁说什么也别开门，我就去就回。"说罢，我跳下车。

"等等，我不嘛，一个人在这地方……"

我只顾沿路跑去，撞上好几个人，我已顾不得这许多。我必须抓住喜喜。我不知为何抓她，但务必抓住她，同她说话。我顺着人流向前猛跑，穿过了两三条横道。奔跑之间，我记起她的衣着：蓝色连衣裙、白色挎包。前边很远处出现了蓝色连衣裙和白色挎包。苍茫的暮色中，白色挎包随着她的脚步一摇一摆，她朝人多热闹的地方走去。我跑上主干道，行人顿时增多，无法跑得很快，一个体重看上去足有雪三倍之多的巨大女人挡住去路。但我还是一点点缩短了同喜喜间的距离。她只是不停地走，速度适中，不快不慢，既不回头又不斜视，也似无乘车的打算，只是径直向前步行。本以为可以马上追上，但奇怪的是那段距离很难缩得更短。信号灯竟一次也未使她止步。仿佛她早已计算妥当，一路全是绿灯。为了不使她消失，有一次我不得不闯红灯，险些被车撞上。

　　当已缩至二十米左右的时候，她突然朝左拐弯。我当然也跟着左拐。这是一条人影寥寥的窄路，两旁排列着不甚气派的老办公楼，中间停着脏兮兮的轻型客货两用车和皮卡车。路面已不见她的身影，我止住脚步，气喘吁吁地凝目细看。喂，怎么搞的，又消失了不成？但喜喜并未消失，只是被一辆大型货运卡车挡住了一会儿。她仍以同样的步调继续前行。暮色渐深，她那如同钟摆一般在腰间匀速晃动的白色挎包看得分外清晰。

　　"喜喜！"我大声叫道。

　　她似乎听见，朝我一闪回过头来。是喜喜！虽说我们之间尚有一段距离，虽说路面昏暗——路灯因余晖未尽而未全部放光——但足以使我确信那必是喜喜，毫无疑问。而她也知道是我，甚至朝我漾出一丝微笑。

　　喜喜没有止步，只是回眸一望，脚步也没放松，继续前行，走进一排办公楼中的一座。我相差二十秒钟也抢入其中，但迟了一步，大厅里的电梯已经闭合。用老办法表示楼层的指针已开始缓缓旋转，我喘息未定地盯视那针尖的指向。指针慢得令人心焦，好歹指在"8"时，颤抖一下，再不动了。我按了下电梯按钮，旋即改变主意，沿旁边的楼梯向上跑去，险些同一个提水桶的管理员模样的白发萨摩亚人撞个满怀。

"喂，哪里去？"他问。我说了声"回头见"，一步不停地往上冲去。楼内弥漫着灰尘味儿，不像有人办公。四下寂然，杳无人迹，唯有我"扑通扑通"的脚步声在走廊里訇然回响。跑上八楼，左右张望，无任何动静，无任何人。只有公司办公室模样的普通门扇沿走廊排开。门有七八扇，每扇都有编号和单位标牌。

我逐个看那标牌，但那名称对我毫无帮助。贸易公司、法律事务所、牙科诊所……每块标牌都破旧不堪，脏污不堪，就连名称本身都给人以古旧脏污之感，无一堂而皇之。寒碜的街道，寒碜的楼宅，寒碜的楼梯，寒碜的办公室。我再次从前往后慢慢确认一遍如此名称，仍然没有一个同喜喜连接得上。无奈，只好静静站定，侧耳细听。全无任何声响，整座楼犹如废墟般一片死寂。

稍顷，有声音传来，是高跟鞋敲击硬地板的声音——咯噔咯噔。鞋声在天花板高悬而又不闻人声的走廊里发出异样大的回声，仿佛远古的回忆，滞重而干涩，竟使得我对现在这一概念发生怀疑，而觉得自己似在早已死去风干的巨大生物那迷宫般的体内彷徨不已——我不巧通过时间之穴遽然掉入这空洞之中。

由于鞋声过大，我一时难以判断来自哪个方向。好一会

361

儿，才知是从右侧走廊的尽头处传来的。于是我尽可能不使网球鞋发出声响，快步朝那边赶去。鞋声从尽头处的门的里边发出，听起来似乎相当遥远，实际上却只有一门之隔。门上没有标牌。奇怪，我想，刚才我挨门看时，明明也有标牌。写的什么倒记不清了，反正门有标牌无疑。假如存在没有标牌的门，我绝对不至于错过。

莫非做梦？不是梦，不可能是梦！一切有条不紊，环环相扣。我本来在火奴鲁鲁市中心，追喜喜追到这里。并非梦，是现实。虽然不无离奇，但现实还是现实。

不管怎样，敲门再说。

一敲，鞋声即刻停止，最后的回声被空气吸收之后，四周重新陷入彻底的沉寂之中。

我在门前等了三十秒，什么也没发生，鞋声依旧杳然。

我握住球形拉手，果断地一拧。门没有锁。把手轻轻旋转，随着微弱的"吱呀"声，门向内侧打开。里面很暗，隐隐有一股地板清洗剂的味道。房间里空无一物，既无家具，又无灯盏，唯有一片若明若暗的夕晖将其染上淡淡的蓝色。地板上散落着几张褪色的报纸。无人。

随即响起鞋声，准确说来是四步。接下去又是沉寂。

声音似乎从右上端传来。我走到房间尽头，发现靠窗有一门，同样没锁，门后是楼梯。我扶着冷冰冰的金属扶手，一步步摸黑攀登。楼梯很陡，大约是平常不用的紧急通道。上至顶头，又见一门。摸索电灯开关，无处可寻。只好摸索着找到球形把手，把门拧开。

房间幽黑，虽然算不上漆黑一团，但基本看不清里面是何模样，只知道空间相当之大，料想是阁楼或棚顶仓库之类。一个窗口也没有,或有而未开。天花板正中有数个采光用的小天窗,月亮尚未升高,无任何光亮从中射进。隐隐约约的街灯光亮几经曲折,终于从那天窗爬入少许,几乎无济于事。

我把脸探入这奇异的黑暗中,喊了一声:"喜喜!"

静等片刻,没有反应。

怎么回事呢?再往前去又过于黑暗,无可奈何。我决定稍等一会儿。这样也许眼睛会适应过来,而有新的发现也未可知。

不知曾有几多时间在此凝固。我侧起耳朵,目不转睛地注视着黑暗。不久,射进房间的光线由于某种转机而稍微增加了亮度。莫不是月亮升起,或者街上的灯光变亮不成?我松开把手,蹑手蹑脚往房间正中趋前几步。橡胶鞋底发出沉闷而干涩的"嚓嚓"声,同我刚才听到的鞋声差不许多,带有一种似乎不受空间限制的非现实性的奇妙余韵。

"喜喜!"我又喊了声,仍无回音。

如同我一开始凭直感所意识到的那样,房间十分宽敞。空空如也,空气静止一团。居中环顾四周,却发现角落里零星放有家具样的什物。看不真切,但从其灰色轮廓想来,大约是沙发桌椅矮柜之类。这光景也真是奇特,家具看上去居然不像家具。问题在于这里缺乏现实感。房间过大,家具则相形之下少得可怜。这是一个以离心方式被扩大了的非现实性生活空间。

我凝神细看,试图找出喜喜的白色挎包。那蓝色的连衣裙想必隐没在房间的黑暗里,但挎包的白色则应当看得出来。也许她正坐在某张椅子或沙发上。

但我未能发现挎包。沙发或椅子上只有一摊白布样的东西,估计是布罩之类。近前一看,根本不是布,而是骨头。沙发上并坐着两具人骨,而且都非常完整,无一欠缺。一具大些,另一具稍小,分别以生前的姿势坐在那里。大些的人骨将一条胳膊搭在沙发靠背上,稍小的则两手端放膝头。看起来两人是在不知不觉中死去的,而后失去血肉,只剩得骨骼。他们甚至像在微笑,且白得惊人。

我没有感到恐怖。原因不知道,只是并不害怕。我想,一切都已在此静止,在此静止不动。那警察说得不错,骨头是清洁而文静的。他们已经完全地、彻底地死了,无须什么害怕。

我在房间里巡视一圈。原来每张椅子上都坐有一具人骨,总共六具。除一具外,全都完好无缺,死后已过了很长时间。每具的坐姿都非常自然,似乎当时根本没觉察到死的降临。其中一具仍在看电视。当然电视已经关了,可他(从骨骼很大这点,我揣度是个男子)继续在盯视荧屏,视线笔直地同其相连,如同被钉在虚无图像上的虚无视线。也有的是伏着餐桌死去的,餐桌上还摆着餐具,里边无论当时装着什么,如今都一律成了白灰。也有的是躺在床上死的——唯独这具人骨不完整,左臂从根部断掉了。

我闭起眼睛。

这到底是什么?你到底想让我看什么?

鞋声再度响起,来自别的空间。我分辨不出它来自哪个方向,仿佛是从什么方位也不是的方位、从什么地方也不是的地方传来的,然而看上去这个房间已是尽头,哪里也通不出去。脚步声持续响了一阵便消失了,随之而来的沉寂几乎令人窒息。我用手心擦了把脸上的汗。喜喜再次消失。

我打开来时的门,走到外面。最后一次回头望时,只见六具骨骼在蓝色的幽暗中隐隐约约地、白生生地浮现出来,似乎马上就要悄然起身，似乎在静等我的离去，似乎我离去后电视马上打开，碟盘中马上有热腾腾的菜肴返回。为了不打扰他们的生活，我轻轻带上门，从楼梯走下，回到原来空荡荡的办公室。办公室同刚才见到时一样，空无一人，只有地板那同一位置上散落着几张旧报纸。

我靠着窗沿向下俯视。街灯发出白光，路面仍然停着轻型客货两用车和皮卡。没有人影，早已日落天黑。

继而，我在积满灰尘的窗框上发现了一张纸片，有名片大小，上面用圆珠笔写着像是电话号码的七位数字。纸片较新，尚未变色。对这号码我一点印象也没有，翻过背面觑了一眼，什么也没写，一张普通白纸。

我把纸片揣进衣袋，出至走廊。

站在走廊里凝神细听。

不闻任何声响。

一切死绝。沉寂，不折不扣的沉寂，如被切断电线的电话机。我无奈地走下楼梯。到大厅后寻找刚才那位管理员，想打听这到底是怎样一座办公楼，但没有找见。我等了一会儿。等的时间里渐渐担心起雪来。我计算自己把她扔开了多长时间，但计算不出。二十分钟？一个小时？反正天色已由微暗而黑尽。再说我是把她扔在环境有欠稳妥的道路上。反正得赶回才是，再等下去也一筹莫展。

我记住这条街的名称，急匆匆地返回停车的地方。雪满脸不情愿的神情，歪在座席上听广播。我一敲，她扬起脸，打开门锁。

"抱歉！"我说。

"来了好多人，又是骂，又是敲玻璃，又是抓着车身摇晃。"她以没有起伏的声音说,关掉收音机。"怕得不行。"

"对不起。"

她看着我的脸。刹那间,那眼神冻僵了一般。瞳仁顿时失去光泽,如平静的水面落入一片树叶,轻轻泛起波纹。嘴唇若有所语地微微颤动。

"咦,你到底在哪里干什么来着?"

"不知道。"我说。我这声音听起来也像是从方位不明的场所传来,同那足音一样不受任何空间的制约。我从衣袋里掏出手帕,慢慢擦汗。汗水在我脸上好像结了一层又凉又硬的膜。"真的说不清楚,到底干什么了呢?"

雪眯细眼睛,伸手轻轻触摸我的脸颊,指尖又软又滑。与此同时,她像嗅什么气味一样用鼻子"嘶——"地深深吸气,小小的鼻翼随之略微鼓胀,仿佛有些变硬。她紧紧地盯着我,使我觉得好像有人从一公里之外注视自己。

"不过,是看见什么了吧?"

我点点头。

"那是说不出口的,是语言不能表达的,是对任何人也解释不清楚的。可是我明白。"她偎依似的把脸颊贴在我脸上,一动不动地贴了十秒或十五秒。"可怜!"她说。

"怎么回事呢?"我笑道。本来并没心思笑的,却又不能不笑,"无论怎么看我都是个再普通不过的人,或者不如说是个讲究实际的人,可为什么总是被卷进这种离奇古怪的事件之中呢?"

"噢,那是为什么呢?"雪说,"别问我。我是孩子,你是大人。"

"的确。"

"但你的心情我很明白。"

"我不很明白。"

"软弱感,"她说,"一种无可奈何地被庞然大物牵着鼻子走的心情。"

"或许。"

"那种时候大人是借酒消愁的。"

"不错。"

我们走进哈利库拉尼的酒吧,在游泳池畔以外的室内酒吧坐下。我喝马天尼,雪喝柠檬苏打。一位长着一副谢尔盖·拉赫玛尼诺夫般高深莫测的面孔的、头发稀稀拉拉的中年钢琴手,面对一架三角钢琴默默弹奏基本乐曲。顾客只有我们两个。他弹了《星尘》(*Stardust*),弹了《但不是为了我》(*But Not For Me*),弹了《佛蒙特州的月光》(*Moonlight In Vermont*)。技术无懈可击,但演奏不甚有趣。最后,他弹了肖邦的一首前奏曲,这回弹得十分精彩。雪鼓掌时,他投以两毫米左右的微笑,随即转身离去。

我在这酒吧里喝了三杯马天尼,然后闭目回想那个房间里的光景。那似乎是一场活生生的梦——大汗淋漓地睁眼醒来,舒一口长气说"终究是场梦"。然而又不是梦,我知道不是梦,雪也知道不是梦。雪知道的,知道我看见了那光景。风干了的六具白骨。它意味着什么呢?那缺少左臂的白骨莫非是笛克·诺斯?而另外五具又是何人呢?

喜喜想告诉我什么呢?

我恍然记起衣袋里那张在窗框上发现的纸片,赶紧掏出去电话亭拨动号码。没有人接。铃声仿佛垂在无底深渊中的秤砣,持续不断地呼叫不止。我返回酒吧，坐在椅子上叹了口气。

"如果能买到机票，我明天回国。"我说，"在这里待得太久了。休假是很快活，但现在觉得该是回去的时候了。也有事要回去处理。"

雪点点头，似乎我开口之前她已有预料。"可以的，别考虑我。你想回去就不妨回去。"

"你怎么办？留下？还是同我一道回去？"

雪略一耸肩，说："我准备去妈妈那里住些天，还不想回日本。我提出要住，她不会拒绝吧？"

我点下头，将杯里剩的马天尼一口喝干。

"那好，明天开车送你去马卡哈。噢，再说，我也恐怕还是再最后见一次你母亲为好。"

之后，我们去阿罗哈塔附近一家海鲜饭店吃最后一顿晚饭。

她吃龙虾。我喝罢威士忌，开始吃炸牡蛎。两人都没怎么开口，我脑袋昏昏沉沉，恍惚觉得自己吃牡蛎时便可能酣睡过去，变成一具白骨。

雪不时地看我一眼，饭后对我说道："你最好回去睡一下，脸色很不好看。"

我回房间打开电视，拿起葡萄酒自斟自饮。电视里正在转播棒球比赛，洋基队对金莺队。其实我并不太想看棒球比赛，只不过想打开电视——作为一种同现实物相连接的标识。

我喝酒一直喝到困意上来。突然想起那张纸片，便又拨动了一次号码，还是没人接。铃声响过十五遍，我放下听筒，坐回沙发盯着电视显像管不动。温菲尔德（Winfield）进入击球位。随后我觉得有什么刮了我脑袋一样，是有什么。

我边盯着电视边思索那究竟是什么。

什么与什么相似，什么与什么相连。

我将信将疑，但值得一试。我拿起那张纸片走到门前，将琼写在门板上的电话号码同纸片上的电话号码加以对照。

完全相同。

一切都连接上了，我想，一切都已连接妥当，唯独我不晓得其接缝位于何处。

翌日一早，我给日航售票处打去电话，订了下午的机票，然后退掉房间，开车把雪送到她母亲在马卡哈的小别墅。我早上先给雨打电话，告诉她今天因急事回国，她没有怎么惊讶，说她那里供雪睡觉的地方还是有的，可以带雪过去。今天从一早开始天空便意外地阴沉下来，随时都可能有暴风雨袭来。我驾驶那辆近来常用的三菱蓝瑟，像往日那样边听广播，边沿着海滨公路以一百二十公里的时速一路疾驰。

"活像吃豆人。"雪说。

"像什么？"我反问。

"你心脏里像有个吃豆人。"雪说，"吃豆人在吃你的心脏，唧、唧、唧、唧、唧、唧。"

"理解不透你这比喻。"

"有什么被腐蚀。"

我一面开车一面思索。"有时我感觉得到死的阴影。"我说，"那阴影非常之浓，就像死即将靠近我身边，而且已经悄然伸出手，眼看就要抓住我的脚踝似的。我并不怕。因为那始终不是我的死,那只手抓住的始终是别人的脚踝。但我觉得每有一个人死去,我自身便也受到一点损耗。为什么呢?"

雪默然耸肩。

"为什么我固然不知道,但死总是在我身旁,一旦机会来临,就从一道空隙里闪出原形。"

"那怕就是你的关键所在吧?你是通过死这种东西同世界发生联系的,肯定。"

我思索良久。

"你使我很悲观。"我说。

笛克·诺斯为我的离去大为感伤,虽然我们之间没有多少共同点可言,但正因如此,才感到无拘无束。对他那种富有诗意的现实性,我甚至怀有类似尊敬的情感。我们握手告别。同他握手时,我见过的白骨蓦地掠过我的脑际。难道那真的是笛克·诺斯?

"我说,你可考虑过死的方式?"我问道。

他笑着想了想说:"打仗时常想来着,因为战场上什么样的死法都有。但近来不大想,也没有工夫想这么复杂的事情。和平要比战争忙碌得多。"他笑了笑,"为什么想起问这个?"

我说没什么缘由,不过一时想到而已。

"让我想想看,下次见时告诉你。"他说。

之后,雨邀我去散步,我们并肩沿着漫步用的小路缓缓移动步履。

"谢谢你帮了这么多忙。"雨开口道,"真的十分感谢。这种心情我总是表达不好,不过……唔,呃,是这样的,我觉得很多事情因为有你在才得以顺利解决。不知什么缘故,有你在中间事情的进展就能变得顺畅。现在，我和雪可以单独谈很多话，互相之间好像多少有了理解，而且她也能像今天这样搬到这里住了。"

"太好了！"我说。我使用"太好了"这句台词，只限于想不出其他任何用于肯定的语言表达方式，而又不便沉默这种迫不得已的情况。雨当然觉察不到这点。

"遇到你后，我觉得那孩子精神上安稳多了，焦躁情绪比以前少了。肯定你和她脾性合得来，为什么我倒不知道。大概你们之间有某种相通之处吧。嗯，你怎么认为？"

我说不大清楚。

"上学的事怎么办好呢？"她问我。

我说既然本人不愿意去，那么也不必勉强。"那孩子是很棘手，又易受刺激，我想很难强迫她干什么。相比之下，最好请一位像样的家庭教师教给她最基本的东西。至于什么突击性考前复习什么百无聊赖的俱乐部活动什么毫无意义的竞争什么集体生活的约束什么伪善的规章制度，无论怎么看都不适合那孩子的性格。学校不愿意去，不去也未尝不可。独自搞出名堂的人也是有的。恐怕最好发掘她特有的才能并使之充分发挥出来。她身上是有足以朝好的方面发展的素质的，我想。也有可能将来主动提出复学，那就随她便就是。总之一句话，要由她自己决定，是吧？"

"是啊，"雨沉思片刻，点头道，"恐怕真像你说的那样。我也根本不适合群体生活，也没有正经上过学，很能理解你的话。"

"既然理解，那还有什么可考虑的呢？到底问题在哪里呢？"

她喀喀有声地摇晃了几下脖颈。

"问题倒也没什么。只是在那孩子面前我缺乏作为母亲的坚定自信，所以才这么优柔寡断。别人说不上学也未尝不可也好什么也好，可我总是心里不踏实，觉得还是要上学才行，否则到社会上恐不大合适……"

社会上——我接下去说："当然，我不知道这种说法作为结论是否正确，因为任何人也不晓得未来的事。或许结果并不顺利。但是，假如你在实际生活中具体地体现出你同那孩子之间——作为母亲也罢作为朋友也罢——休戚相关，并且能流露出某种程度的类似敬意的情感的话，那么我想以后她会自己设法好自为之的，因为她感受力很强。"

雨依然把手插在短裤口袋里，默默走了一会儿。"你对那孩子的心情可说是了如指掌，怎么回事呢？"

我想说因为我尽力去理解的缘故，当然没有出口。

之后，她说想酬谢我一下，感谢我对雪的照料。我说不必，因为牧村拓那边已经给了充分的报偿。

"我还是要表示表示。他是他，我是我，我作为我向你酬谢。现在不马上做，转身就忘的，我这人。"

"这个忘了倒真的无所谓。"我笑道。

她低身坐在路旁一条长凳上，从衬衫口袋里掏出香烟吸着。蓝色的"沙龙"烟盒由于汗水的浸润，已变得软软的。一如往常的小鸟以一如往常的复杂音阶啁啾不已。

雨默默地吸烟。实际上她只吸两三口，其余全部在她手指间化为灰烬，一段段落在草坪上。这使我想起时间的尸骸，时间在她手中陆续死去并被烧成白色的灰烬。我耳听鸟鸣，眼望"叮叮咣咣"在下面路上滚动的小车，小车上坐着园艺师。从我们到马卡哈时开始，天气便渐趋好转。其间听到过一次远处传来隐隐的雷声，但仅此而已。厚重的灰色云层如同被一股不可抗阻的巨大力量驱赶着，渐次变得七零八落，于是势头正猛的光和热又重新洒向大地。雨穿一件短袖牛仔衬衫（工作中她基本上穿同样的衬衫，胸袋里装着圆珠笔、毡头笔、打火机和香烟），也没戴太阳镜，只管坐在强烈的阳光底下。刺眼也好酷热也好，对她来说似乎都不在话下。我想她热还是热的，因为脖颈上已滚动着几道汗流，衬衣也点点处处现出湿痕。但她无动于衷。不知是精神集中，还是精神分散，总之如此过了十分钟。这是只有瞬间性时空移动而无实体存在的十分钟。她俨然根本不知时间流逝这一现象为何物，或许时间始终没有成为她生活中的一种因素，或者说即使成为，其地位也极其低下。但对我则不同，我已经订好了机票。

"差不多该回去了。"我看看表说，"到机场还要还车结账，可能的话，想提前一点去。"

她再次用重新对焦似的茫然目光看着我。这同雪有时表现出的神情十分相似，是一种表示必须同现实妥协的神情。我不禁再度心想，这母女两人果然有共同的气质或禀性。

"啊，是的是的，是没时间了，对不起，没注意。"说着，她把头慢慢地向左右各歪一次，"想事来着。"

我们从长凳上站起，沿来时的路返回别墅。

我走时，三人送出门来。我提醒雪别吃太多垃圾食品，她只是对我噘起嘴唇。不过不要紧，因为有笛克在身边。

并排映在汽车后望镜里的三人身影甚是显得奇特。笛克高高举起右手挥舞；雨双臂合拢，目光空漠地正视前方；雪则脸歪向一边，用拖鞋尖辗着石子。看上去确乎是被遗留在不完整的宇宙角落里七拼八凑的一家，实难相信刚才我还置身其中。我旋转方向盘，向左拐弯，三人的身影倏地消失不见。于是只剩下了我自己——好久没有只身独处了。

只身一人很觉快意。当然我并不讨厌同雪在一起，这是两回事。一个人的确也不坏。干什么都不必事先同人商量，失败也无须对谁解释。遇到好笑之事，尽管自开玩笑"嗤嗤"独自笑上一气，不会有人说什么玩笑开得庸俗。无聊之时，盯视一番烟灰缸即可打发过去，更不会有人问我干嘛盯视烟灰缸。好也罢坏也罢，我已经彻底习惯单身生活了。

剩得我一人后，我觉得甚至周围光的色调和风的气息都多多少少——然而确确实实——发生了变化。深深吸入一口空气，仿佛体内的空间都扩展开来。我把收音机调到爵士乐 FM 电台，一边听柯曼·霍金斯（Coleman Hawkins）和李·摩根（Lee Morgan），一边悠然自得地驱车向机场进发。一度遮天蔽日的阴云犹如被乱刀切开似的支离破碎，现在唯独天角处孤零零地飘着几片，而摇曳着椰树叶掠过的东风又把这几片残云往西吹去。波音 747 宛似银色的楔子，以急切的角度向下俯冲。

剩得我一人后，我遽然变得什么也思考不成了。似乎头脑里的重力发生了急剧变化，而我的思路却无法很快适应。不过，什么也想不成也是一桩快事。无所谓，就什么也不想好了。这里是夏威夷，傻瓜，何苦非想什么不可！我把头脑扫荡

374

一空，集中精力开车，随着《热煞人》(*Stuffy*)和《响尾蛇》(*The Sidewinder*)乐曲，吹起音色介于口哨与唇间风之间的口哨来。我以一百六十公里的时速开下坡路，只听周围风声呼啸。坡路拐弯之时，太平洋浮光耀金的碧波顿时扑面而来。

下一步怎么办呢？休假到此结束。结束在该结束的时候。

我把车开到机场附近的租借处还了，随即去日航服务台办理了登机手续。然后，利用机场里的电话亭最后一次拨动那个一团谜的电话号码。不出所料，仍无人接，只有铃声响个不停。我放下电话，久久盯着亭中的电话机，而后无可奈何地走进头等舱候机室，喝了一杯金汤力。

东京！往下是东京。然而我已很难记起东京是何模样。

31

返回涩谷住处，拿出不在家时寄达的函件，大致过目一遍。然后打开录音电话，把内容放出：重要事项一个也没有，照旧全是工作方面鸡毛蒜皮的琐事。无非下月号的稿件进展如何啦，我的失踪害得对方好苦啦，新的稿约等等。我嫌啰嗦，一律置之不理。光是逐个解释一遍就要花去好多时间，与其如此，倒不如不声不响地立即着手工作来得痛快。不过我心里也十分清楚，一旦干上扫雪工这行，此外便什么也干不下去，因此只能暂且置之不理。当然这在情理上多少说不过去。所幸时下不缺钱花，以后的事以后再说，总有办法可想。说起来，迄今为止我一直是按对方的指令闷头苦干，未曾有过半句怨言，现在多少有点自行其是也算不得胆大妄为。这份权利在我也是有的。

之后，我给牧村拓打去电话，星期五接起，马上换牧村上来。我把经过大致说了一遍。告诉他雪在夏威夷十分快活自在，无任何问题。

"那好，"他说，"感激不尽。明后天就给雨打电话。对了，钱够用？"

"够的够的，还有剩。"

"花就是，随便。"

"有件事想问问，"我说，"那女郎的事。"

"啊，是那个。"他一副若无其事的口气。

"那到底是怎样一种组织？"

"应召女郎组织嘛。那东西一想就该明白的吧，你也不至于和那女郎整个晚上都打扑克吧？"

"不不，我是问怎么能从东京买得火奴鲁鲁的女郎？想知道那种渠道——纯属好奇心。"

牧村略一沉思，大概是揣度我这好奇心有无杂质。"比方说，和国际特快专递差不多。给东京的组织打去电话，请其在何日何时把女郎送到火奴鲁鲁的何处。这样，东京的组织就同火奴鲁鲁有合同关系的组织取得联系，让对方在指定时间把女郎送到。我从东京付款。东京扣除手续费后，把剩下的钱汇往火奴鲁鲁，火奴鲁鲁再扣除手续费后，剩下的交给女郎。方便吧？世上什么机构都有。"

"好像。"我说。国际特快专递。

"噢，花钱是花钱，但方便。好女人在世界任何地方都抱得到。从东京可以预订，不必到那边费劲去找，而且保险。中间又不会冒出什么争风吃醋的来，况且用经费报销。"

"能把那组织的电话号码告诉我么？"

"这可万万使不得，绝对秘密。除了会员概不接待，而要成为会员须经过极其严格的资格审查，要有金钱、有地位、有信用。你怕通不过，死心塌地好了！我把这渠道告诉给你都已犯规，违反了对局外人严守秘密的规定。这样做纯粹是出于对你的好意。"

我对他这番纯粹的好意表示感谢。

"女郎够味儿吧？"

"嗯，不错。"

"那就好。交代过要送好女郎过去来着。"牧村说，"叫什么名字？"

"琼。"我说，"六月的June①。"

"六月的June。"他重复道，"白的？"

"白的？"

"白人。"

"不，东南亚。"

"下次去火奴鲁鲁，我也试试。"

其他再没什么可说的，我便道谢放下电话。

接着，给五反田打电话。照例是录音电话。我留话说我已经回国，请同我联系。如此一来二去，不觉暮色上来。于是我驾起"斯巴鲁"，去青山大街采购，又在纪之国屋买了调配妥当的蔬菜。或许长野县的大山里头有一处专门供应纪之国屋的调配式菜田。那菜田想必很大，四周用铁丝网围着，就是《大逃亡》电影中那样的铁丝网，纵使有架着机关枪的岗楼也无足为奇。那里面有人对生菜和芹菜施以某种动作，肯定。而且是远远超出我们想象的非蔬菜式训练。我一边这么想着，一边买菜买肉买鱼买豆腐买咸菜。买完回来。

五反田没来电话。

翌日早晨，在唐恩都乐甜甜圈店用过早点，去图书馆翻看半个月来的报纸。这自然是为了确认咪咪案件的侦破有何突破。我仔细翻阅了朝日、每日和读卖三份大报，均只字未提她的死。连篇累牍尽是什么竞选结果，什么列夫琴科发言，什么

---

① 英语中"六月"（June）的发音同"琼"相似。

初中学生不良行为等等。还报道说"沙滩男孩"由于其音乐不相宜，原定在白宫举行的音乐会被取消。荒唐！假如"沙滩男孩"因此被逐出白宫，那么米克·贾格尔即使三次被投进火炉也毫不足惜。总之，未能从报纸上发现有关一女子在赤坂某宾馆被人勒死的报道。

随后，我又把过期周刊统统翻看一遍。只有一份有一页关于咪咪惨死的报道，标题是《赤坂Q宾馆·美女全裸勒杀案》，哗众取宠的标题！上面没有照片，代之以一幅大约某专门画家根据尸体画的肖像。恐怕是因为杂志不能登载尸体照吧。细细端详，还真有点像咪咪。不过这也是因为我一开始就知道这是咪咪，倘若在没有任何思想准备的情况下突然目睹这肖像，多半看不出所以然来。确实，脸的细部画得很像，然而关键之处却相差甚远——没有传达出她表情的主要特点。这是死的咪咪，活着的咪咪却是热情洋溢、生机勃勃的。她始终怀有希望，始终抱有幻想，始终动脑思索。她曾是个温情而熟练的官能扫雪工，所以我们才做成了幻想交易，所以那天早上她才说出了"正是"。然而画上的咪咪却比她本人寒碜得多，猥琐得多。我摇摇头，闭起眼睛，缓缓叹了口气。面对这幅肖像，我再次真切地感到咪咪确已死了。在某种意义上，比看尸体照片还要更真实、更深刻地感受到她的死，或她不在的缺憾。她完全地、彻底地死了，再也不能返回人世。她的生已被吸入黑洞洞的虚无之中。想到这点，我心里便生出一种近乎凝固而干涩的悲哀。

报道本身也同肖像画一样猥琐不堪——赤坂一流宾馆Q里，发现一名大约不超过二十五岁的年轻女子被人用长筒袜勒死。女子全裸，随身没有任何足以证明其身份之物。在服务台使用的是假名等等。内容同我从警察口中听来的相差无多。我所不知道的只是文章最后写了一点：警方认为此案同色情组织，即以一流宾馆为活动场所的高级应召女郎俱乐部等组织有关，并已就此开始调查。看罢，我把过期杂志放回刊物架，坐在大厅椅子上前思后想。

警方为什么单单对色情组织进行调查呢？莫非掌握了确凿证据？但我不能够给警察署打电话，叫出渔夫或文学，询问后来进展如何。我走出图书馆，在附近简单吃了午饭，沿街游游逛逛。本以为游逛时间里会突然计上心来，结果纯属徒劳。春日的空气淡漠而滞重，使得皮肤阵阵发痒。到底应怎样分析呢？思路一片混乱。我走到明治神宫，在草坪上仰望天空，开始思考色情组织。国际特快专递！在东京预订，在火奴鲁鲁同女郎睡觉。自成一统，简便易行，老谋深算，无懈可击，且堂堂正正。无论何等乌七八糟的名堂，只要越过某一临界点，便很难以单纯的善恶尺度加以衡量，因为其中已经产生特有的、独立的幻想。一旦产生幻想，势必作为纯粹的商品开始发挥作用。高度发达的资本主义社会就是要从所有的空隙中发掘出商品来。幻想，此乃关键词。卖春也罢、卖身也罢、阶层差别也罢、个人攻击也罢、变态性欲也罢、什么也罢，只要附以漂亮的包装，贴上漂亮的标签，便是堂而皇之的商品。再过不久，说不定可以通过商品目录在西武百货订购应召女郎。You can rely on me.

呆呆仰望春日天空的时间里，不由腾起想同女孩睡觉的欲望，可能的话，最好是同札幌的由美吉。嗯，这并非绝对不可能。我想象自己把一只脚插进她公寓房间门缝——就像那个神情抑郁的刑警——使之不得关门的情景，并且对她说："你必须同我睡觉,这是你应该做的。"接下去恐怕就会如愿以偿。我轻轻地、像解开礼品绸带似的脱去她的衣服。解开外衣,摘去眼镜,脱掉毛衣。脱光后,却成了咪咪。"正是。"咪咪说,"我的身子很动人吧?"

我刚要回答,不料天已大亮。而且身旁躺着喜喜,五反田的手指在喜喜的背部优雅地往来移动。这时雪开门进来,撞见我同喜喜相抱而卧的场景。那不是五反田,而是我。手指是五反田的,但同喜喜做爱的是我。"难以置信,"雪说,"实在难以置信。"

"不是那样的。"我说。

"你这是怎么了?"喜喜重复道。

白日梦。

粗俗、混乱、无聊的白日梦。

不是那样的,我说。我想睡觉的对象是由美吉。但是不行,千头万绪,乱成一团。我首先必须清理头绪,否则一切都无从着手。

我走出明治神宫,在原宿后街一家供应美味咖啡的小店喝了一杯又热又浓的咖啡,慢慢悠悠踱回住处。

薄暮时分,五反田打来电话。

"喂,现在没时间。"五反田说,"今晚见面如何?八点或九点?"

"可以,正闲着。"

"吃饭,喝酒!过去接你。"

我开始整理旅行包,把旅行期间的收据归拢起来,又分成两份,一份算在牧村头上,一份我自己掏腰包。餐费的一半和租车费可以划归他，再加上给雪个人买的东西（冲浪板、收录机、泳衣等）。我把明细账写在一张纸上，装入信封，将剩下的旅行支票也整理好，以便在银行换成现金后一并寄出。我处理这类事务是很快捷麻利的，倒不是出于喜欢，没有人喜欢干这个，只不过我不愿意在钱财上不清不白。

清算完毕，我煮了把菠菜，同小沙丁鱼干拌在一起，淋上一点儿醋，边吃边喝"麒麟"黑啤。我慢慢地重新看了佐藤春夫的一个短篇。这是个令人心情愉快的春日良宵。苍茫的暮色犹如被一把透明的刷子一遍遍地越涂色调越浓，最后变成了黑幕。看书看得累了，便放上唱片来听。唱片是斯特恩-罗斯-伊斯托敏三人演奏的舒伯特《降E大调第二钢琴三重奏D.929》(Piano Trio No.2 in E-flat major, Op.100, D.929)。从很多年前开始，每到春天我就听这张唱片。我觉得春夜蕴含的某种哀怨凄苦同这首乐曲息息相通。春夜，甚至把人的心胸都染成柔和的黛蓝色的春夜！我闭起眼睛，于是白色的人骨从黑暗的深处隐约浮现出来。生在深沉的虚无中沉没，骨则如记忆一般坚硬，而且近在眼前。

32

八点四十分,五反田开着他说过的那辆"玛莎拉蒂"赶来。停在我公寓门前的"玛莎拉蒂",看上去甚不协调。这不是人为的,某种东西同某种东西的不协调可以说是命中注定。那辆庞大的"奔驰"便显得同这里格格不入,"玛莎拉蒂"也不例外。无可救药。人各有其不同的生活方式。

五反田身穿灰色 V 领毛衣,一件极普通的蓝色纽扣领衬衫,下面是条极为普通的棉布裤,但仍很醒目,就像艾尔顿·约翰身穿橙色衬衫和紫色外衣跳高那样引人注目。听见他敲门,我马上打开,他立时微微一笑。

"不进来看看再走?"我招呼道,因为见他流露出想看看我房间的神色。

"好的。"他不无羞赧地眯眯笑道。那笑容给人以愉悦之感,像是在说可以的话住上一周也无妨。

房间很狭小,但这狭小似乎给他以很深的印象。"叫人怀念啊!"他说,"以前我也住过这样的房间,在我还不卖座的时候。"

这话若出自别人之口,听起来未免不快,但经他一说,却觉得是一种直言不讳的夸奖。

简单介绍起来,我这套公寓分四个部分:厨房、浴室、客厅、卧室。哪一部分都很窄。厨房与其说是房间，莫如说是宽一点的走廊更为接近事实，放上一个细长的餐橱和一张两人用的餐桌之后，便再也放不进任何东西。卧室也差不多，仅容得三件家具：床、立柜和写字台。客厅好歹保有一处空间，因为几乎什么也没放，只有书架、唱片架和一个小型组合音响。没有椅子，没有茶几。有两个玛莉美歌（Marimekko）牌大靠垫，用来垫腰靠墙而坐，倒也舒服得很。必要时，可以从壁橱里取出折叠式写字矮桌当茶几。

我把靠垫的使用方法教给五反田，放上矮桌，拿出黑啤、杯子和菠菜做的小菜，然后重放舒伯特的三重奏。

"不错不错！"五反田说。而且像是真心话，不是社交辞令。

"再做点下酒菜好了。"我说。

"不麻烦？"

"麻烦什么，手到擒来，眨眼之时，又不是大操大办，一点下酒菜总做得来。"

"在旁边看看可以吧？"

"当然可以。"我说。

我把葱和梅干拌在一起撒上鲣鱼干，用裙带菜和虾做了个醋拌凉菜，把腌山葵、萝卜泥和切碎的鱼饼搅拌均匀，用橄榄油、大蒜和少量的萨拉米炒了一盘土豆丝，把黄瓜切细做成即食咸菜，还有昨天剩的羊栖菜，还有豆腐。调味料用了不少生姜。

"不错不错！"五反田叹道，"天才！"

"简单得很，哪样都毫不费事，熟悉了一会儿就完。关键是能用现成的东西做出几个花样。"

"天才天才！我是怎么也做不来。"

"我也模仿不来牙医嘛！各人有各人的生存方式——Different strokes for different folks."

"确实。"他说，"算了，今天不到外面去了，就在这儿舒舒服服。不妨碍你吧？"

"我无所谓。"

我们一边喝黑啤，一边吃我做的小菜。啤酒喝完，接着喝顺风威士忌，听唱片。听了史莱和史东家族合唱团，听了"大门"乐队、滚石乐队和平克·弗洛伊德，听了"沙滩男孩"的《冲浪》。恍若回到了六十年代的夜晚。还听了"满匙爱"乐队（The Lovein' Spoonful）和"三只狗的夜晚"乐队（Three Dog Night）。假如有一本正经的外星人在场，说不定会以为是什么时间倒转。

外星人固然没来，十点过后雨倒淅淅沥沥地下了起来。温柔安然的雨，听到从房檐落地的雨声才恍然得知其存在的雨，如死者一般寂无声息的雨。

夜深后，我停止放音乐。我这房间同五反田那墙壁厚实的寓所不同，过了十一点仍放音乐，会遭人埋怨。音乐消失后，我们边听滴滴答答的雨声边谈论死者，我说咪咪案件后来好像没大进展，他说知道。原来他也在根据报刊确认破案情况。

我打开第二瓶顺风威士忌，把最初的一杯为咪咪举起。

"警方在集中搜查应召女郎组织，"我说，"我想在这方面可能有所突破，这样，说不定从那方面把手伸到你那里去。"

"可能性是有的。"五反田略微蹙起眉头，"不过问题不大。我也有点放心不下，去事务所随便探听过，就问那个组织是否真的绝对保守秘密。对方说那组织似乎同政界的关系不一般，有几个上头的政治家染指其间。所以，即使警察查到头上，也不可能深入到内部，无法下手。况且，我们事务所本身也有一点政治背景，拥有好几个头面人物，一般门路还不成问题，同黑道组织也有一定的联系，因此无论怎么样都捂得住。而且对事务所来说，我是棵摇钱树，这点忙当然会帮。万一我被卷进丑闻而不能作为商品出售，吃亏的首先是事务所，事务所在我身上投资不算少了。当然，要是你当时说出我的名字，我肯定被带走无疑，谁都爱莫能助。因为你是唯一直接有关系的人，政治力量也来不及施展手脚。不过再也无须担心，往下已经是关系网与关系网之间的力量较量问题了。"

"肮脏的世界。"我说。

"千真万确，"五反田说，"臭不可闻。"

"臭不可闻两票！"

"失礼？"他反问。

"臭不可闻两票，采纳动议！"

他点头笑道："对，是要投臭不可闻两票。没有一个人为遇害女子着想，统统想保全自己，当然包括我在内。"

我去厨房加冰，拿出薄脆饼干和奶酪。

"有一事相求，"我说，"有件事想请你给那个组织打电话问一下。"

他用手指捏着耳垂："了解什么？关于案件的可不成，守口如瓶。"

"同案件无关，是火奴鲁鲁应召女郎方面的。听说可以通过那个组织买外国的应召女郎。"

"听谁说的？"

"无名氏。他讲的组织同你讲的，我猜想是同一个。因为他说没有地位、信用和钱财就加入不了那个俱乐部,像我这样的连边都甭想沾上。"

五反田微微一笑:"不错,我也听说过有此系统,一个电话就能在外国买得女郎,试倒没有试过。大概是同一组织吧。那,你想了解火奴鲁鲁应召女郎的什么?"

"了解有没有一个叫琼的东南亚女孩。"

五反田稍事沉吟,再没问什么,掏出手册记下名字。

"琼。姓呢?"

"什么姓,一个应召女郎!"我说,"就叫琼,六月的June。"

"明白了,明天就联系。"

"感恩不尽。"

"不必。同你为我做的相比,我这简直不足挂齿。别放在心上。"他把拇指和食指尖捏在一起,眯缝起眼睛问,"好了,你一个人去夏威夷的?"

"哪有一个人去夏威夷的。当然是跟女孩搭伴。漂亮得不得了,才十三岁。"

"和十三岁女孩睡了?"

"怎么会!胸脯还没怎么隆起咧。"

"那你和她去夏威夷做什么?"

"传授赴宴礼仪,阐述性欲原理,挖苦乔治男孩,观看《E.T.外星人》,内容丰富多彩。"

五反田注视了一会儿我的脸,然后将上下嘴唇略略抿起笑道:"与众不同,你这人做事总是与众不同。为什么这样呢?"

"为什么呢?"我说,"我也不是要故弄玄虚,事态所趋而已,同咪咪一样。她也怪不得谁,只是令人惋惜,落得那个下场。"

"唔。"他说,"夏威夷好玩?"

"当然。"

"晒日光浴了?"

"当然。"

五反田喝口威士忌,咬一口薄脆饼干。

"你不在期间,我又同以前的老婆见了几次。"他说,"很投机。说来好笑,同老婆睡觉着实快活得很。"

"心情可以理解。"

"你也同往日的夫人见见如何?"

"见不成的,人家又要结婚了。没和你说过?"

他摇摇头:"没听说。遗憾啊!"

"不,还是这样好,没什么遗憾。"我说。还是这样好。"那么,你打算同夫人怎么办呢?"

他又摇摇头:"无可救药,无可救药——此外想不出词来形容。无计可施,无路可走。我们两人倒比以往任何时候都关系融洽,悄悄见面,去不可能有人认出的汽车旅馆睡觉。两人在一起,双方都轻松愉快。和她睡觉真是妙极了,刚才我也说过。用不着语言,心灵自然相通。相互理解对方,比结婚当初理解得还深刻。准确说来,是在相爱。但这种状态不可能永远永远持续下去。在汽车旅馆偷偷相会纯属消耗,迟早要给媒体知道。知道了就是一场丑闻。那样一来,那帮家伙就要将我们敲骨吸髓,不,甚至连骨头都不剩下。我们是在踩钢丝,筋疲力尽。我跟她说不要这样,提出想到光天化日之下同她一起像模像样地生活。这是我的愿望。一起自由自在地做饭、散步,也想要个孩子。但这怎么都行不通。我和她家人绝对不能言归于好。那些家伙缺德事做尽，我也把话说到了家，再不可能讲和。假如她能同家里一刀两断，事情就再好办不过。问题是她做不到这一点。她家里人坏得出奇，不榨干她的油水不能罢休。她也知道这一点，但就是断不了关系。她和家人就像一对连体双胞胎，紧紧贴在一起，分不开的。走投无路。"

五反田举起玻璃杯，来回摇晃里面的冰块。

"也真是不可思议，"他微笑着说道，"想弄到手的基本都到手了，但真正希望的却得不到。"

"事情恐怕就是这样。"我说，"当然就我来说，能弄到手的东西极其有限，不敢奢望。"

"不，不是那样。"五反田说，"这不过是因为你本来就没有那么大的欲望，是吧？比如说，难道你想得到什么'玛莎拉蒂'和麻布的高级公寓？"

"那倒不怎么想，因眼下也没那个必要。'斯巴鲁'和这鸽子笼也过得心满意足。说心满意足怕是有点言过其实，总之还算快活，和身份相符，没什么不满。当然，日后如果产生那种必要性，想得到也未可知。"

"不，不对。必要性这东西不是那样的，它不会自然而然地产生出来，而是人为制造出来的。譬如说，我本来住什么地方都无所谓，板桥也罢、龟户也罢、中野区都立家政也罢，真的哪里都不在乎。只要有房顶、能住人就行。但事务所里的人不这样认为，而是说你是明星，得住港区，于是在麻布找了一套高级公寓，胡闹！港区到底有什么好？不外乎服装店经营的价高质次的饭店、怪模怪样的东京塔、四处游荡到第二天早上的莫名其妙的傻女人。'玛莎拉蒂'也一样。本来我中意'斯巴鲁'，足矣，足够跑的。东京这道路'玛莎拉蒂'能有什么用？简直开玩笑！可事务所那批家伙偏偏给你找一辆来。又说你是明星，'斯巴鲁'啦'蓝鸟'啦'卡罗拉'什么的万万坐不得，务必坐'玛莎拉蒂'。虽说不是新车，价格也相当昂贵，我前边是一个哪里的演歌歌手坐过的。"

他往冰块已经融化的杯里倒进威士忌，喝了一口，半天蹙起眉头。

"我所处的就是这么个世界，以为只消把港区、把欧洲车、把劳力士表拿到手就算一流。无聊透顶，毫无意思！总而言之，我要说的是必要性这玩意儿不是自然而然产生的，而是如此人为地制造出来的，捏造出来的。其实无非是把谁也不需要的东西涂上十分需要的幻想色彩。容易得很，只要大量制造信息即可。住则港区，乘则'宝马'，戴则劳力士——如此反复宣传。于是大家深信不疑——住则港区，乘则'宝马'，戴则劳力士。有一种人以为只要把这些东西搞到手就高人一等，就与众不同，却意识不到惟其如此才到头来落得个与众相同。缺乏想象力。那东西无非人为宣传而已，幻想而已。我对这把戏早已烦透了，对自己自身的生活烦透了。真想过一种像样的日子。但是不行，我的一切都给事务所控制得死死的，和能更换衣服的布娃娃一个样。因为有债在身，半句牢骚也发不得。即使我说想如何如何，也没有一个人听得进去。住着港区英姿飒爽的公寓，出入'玛莎拉蒂'，戴着百达翡丽手表，抱着高级应召女郎睡觉——有些人恐怕是不胜羡慕，但并非我所追求的东西。而我所追求的又无法得到，除非逃离目前这种生活。"

"例如爱。"我说。

"是的，例如爱，以及平和安稳、美满的家庭，单纯的人生。"说着，五反田在脸前合起双手，"嗯，知道吗？假如当时我想得到，这些是可以得到的。不是我自吹。"

"知道，谈不上什么自吹，完全客观。"

"只要我想干，没有办不到的事。我拥有一切可能性，也有机会，有能力。但结果呢，无非傀儡而已。那些半夜里东张西望的女郎，可以说手到擒来，不骗你，真的。可是同真心喜欢的女人却睡不到一起。"

五反田像已醉得相当厉害。虽然脸色丝毫未变，但较之往常多少有些饶舌。他想一醉方休的心情我并非不能理解。因时针已过十二点，我便问他时间是否没关系。

"噢，明天整个上午没事，忙不了的。不影响你？"

"我无所谓，照样无所事事。"

"让你陪着，我也觉得过意不去。可我除了你没有人能说上话，真的，跟谁都谈不来。我一说什么不想坐'玛莎拉蒂'想坐'斯巴鲁'，人家多半以为我是神经出了问题。弄得不好，会给领到精神病院里去，眼下正流行这招数。无聊！什么专门接待艺人的精神科医生，同呕物清扫专家是一路货色！"他闭目良久。"不过，我来这里好像尽发牢骚了。"

"'无聊'说了二十次。"

"果真？"

"要是不够，尽管说下去好了。"

"足矣足矣，谢谢。抱歉，尽叫你听牢骚话。话又说回来，我身边那些家伙，全部全部全部都是干屎蛋那样的无聊之辈，纯粹令人作呕，百分之百无可救药的呕物一直顶到嗓子眼。"

"吐出就是。"

"庸俗无聊的家伙铺天盖地。"五反田不屑一顾地说道,"全都是在物欲横流的都市里投机钻营的混蛋、吸血鬼!当然也不是全都如此,正人君子也有几个,但更多的是败类,是花言巧语口蜜腹剑的骗子,是利用地位捞钱捞女人的丑类。这些明里暗里的家伙靠着吮吸这丑恶世界的油水,眼看着越来越肥,丑陋臃肿,而又耀武扬威。这就是我们赖以生存的世道。也许你不晓得,这样的混账家伙实在是漫山遍野。有时我还不得不跟这些家伙喝酒干杯,那时我始终要提醒自己:喂,即使气不过也掐死不得哟,对这些家伙,掐死本身就是一种能源消耗。"

"用铁棍打死如何?掐死是费时间。"

"高见!"五反田说,"不过可能的话,还是恨不得掐死。一瞬间打死太便宜了他们。"

"高见!"我首肯赞成,"我们是高见对高见。"

"实在是……"说到这里,他缄住口,然后叹息一声,双手再次在脸前合起,"心里畅快多了。"

"那好。"我说,"就像《国王的耳朵是骡子的耳朵》一样。蹄子刨坑大声吼叫。说出口来心里畅快。"

"完全正确。"

"不吃碗泡饭?"

"谢谢。"

我烧开水,用海苔、梅干和山葵简单做了泡饭。两人默默吃着。

"在我眼里,你像是生活得津津有味,嗯?"五反田说。

我背靠墙壁,听了一会儿雨声。"就某部分来说是这样,或许津津有味,但绝对称不上幸福。如同你缺少某种东西一样，我也缺少某种东西。所以，也过不上正经像样的生活，不过单纯踩着舞步连续跳动而已。身体已经熟悉了舞步，可以连跳不止。其中也有人夸我跳得不错，但在社会上则完全是个零。三十四岁了还没结婚，又没有响当当的职业，得过且过罢了。连申请贷款买一套住房的计划都没有眉目，更谈不上睡觉的对象。后三十年会怎么样呢，你以为？"

"车到山前必有路。"

"或许，"我说，"或许有路，或许没路，无人知晓，彼此彼此。"

"可我现在甚至对已拥有的部分也不觉得津津有味。"

"那或许是的。不过你干得可是很出色。"

五反田摇头道："干得出色的人难道会这样没完没了地发牢骚？或给你添麻烦？"

"这种时候也是有的。"我说，"我们是在谈论人，不是谈论等比数列。"

一点半时，五反田说要回去。

"在这儿住下也可以哟！客用卧具还是有的，天亮再给你做顿美味早餐。"

"不了。你这么说倒是难得，可我酒也醒了，得回去。"五反田连连摇头，看上去的确酒已醒来，"有件事求你，挺怪的事。"

"可以，说说看。"

"对不起，可以的话，能把你那'斯巴鲁'借我用一段时间？我把'玛莎拉蒂'留给你。说老实话，开这家伙去和以前的老婆约会未免太惹人耳目。无论去哪里，只要看见这车在就马上知道是我。"

"'斯巴鲁'任凭借多少天都没问题。"我说,"悉听尊便。眼下我没事做,用不着几次车,借给你一点儿都不碍事。不过坦率说来,你那辆时髦漂亮的超一流跑车留下来我可是非常头疼。一来我这停车场是按月租的场地,晚间说不定会发生什么恶作剧;二来驾驶当中有个一差二错把车弄出毛病,我实在赔偿不起,负责不起。"

"放心,一切全由事务所负责。早已入了保险。你就是碰伤了也不要紧,反正有保险金下来,不必担心。你要是有兴趣,投到海里去也没关系,真的没关系哟,下次好买辆'法拉利'。有个色情读物作家想卖'法拉利'。"

"'法拉利'……"

"你的意思我明白,"他笑道,"不过算了。或许你想象不到,在我们那个天地里有修养的人混不下去。所谓有修养的人,在我们那里和'性情古怪的穷小子'是同义词,有人同情,但无人欣赏。"

最终,五反田开着我的"斯巴鲁"回去了。我把他的"玛莎拉蒂"开进停车场。这车有闯劲,反应敏捷,力大无穷。哪怕稍一踩油门,都可以蹿到月球上去。

"用不着那么逞能,四平八稳地慢慢来好了!"我咚咚敲着仪表盘,大声叮嘱"玛莎拉蒂"。但它好像全然听不进去。连车也看人下菜碟。罢了罢了,我想,连"玛莎拉蒂"都是一路货色。

33

翌日早晨,我去停车场看"玛莎拉蒂"有何动静。我担心昨晚有人乱搞或被盗。还好,安然无恙。

以往"斯巴鲁"所在的位置现在趴着"玛莎拉蒂",总觉得有点异样。我钻进车中把身体陷进座席试了试,心里还是觉得不踏实,就像睁眼醒来发现身旁躺着一个陌生女子时一样。女子诚然妩媚,但就是令人不安,使人紧张。我这人无论对何人何事,熟悉起来很花时间,亦性格所使然。

结果我这天一次也没有开车。白天在街上散步,看电影,买了几本书。晚上接到五反田的电话。他对昨晚的招待表示感谢,我说大可不必。

"啊,关于火奴鲁鲁,"他说,"我问了那个组织。嗯,的确可以从这里预订火奴鲁鲁的女孩。这世界也真是便利,简直就是个绿色窗口[①],顶多加问一句可不可以吸烟。"

"一点不错。"

"于是我就打听叫琼的那个女孩,就说我有个熟人通过他们的介绍接触过琼,告诉我那女孩好得很,劝我也试试,所以打听一下能否预约——那女孩叫琼,东南亚人。对方查了好一阵子。本来是不一一给查这种事的,但我例外。不是我吹,我是他们难得的顾客,可以强求。结果真的查到了,说的确有个叫琼的,菲律宾人,但三个月以前就已不见了,不干了。"

"不见了?"我反问,"洗手了不成?"

"喂,你就算了吧,我就是再有面子,人家也不会给查到那个地步的。应召女郎那行当,有出有进是常事,哪里能逐个跟踪调查,她不干了,不在那里,如此而已,遗憾。"

"三个月前?"

"三个月前。"

看来无论如何也不可能水落石出,我便道谢放下电话。

又到街上散步。

琼三个月前便已不见,而两周前还的的确确同我睡过觉,并留下了电话号码,没有任何人接的电话号码。不可思议!这么着,应召女郎便有三个人:喜喜、咪咪和琼。都消失不见了。一个被杀,两个下落不明。消失得如同被墙壁吸进了一般,杳无踪影。况且三个人都同我有瓜葛,我与她们之间存在着五反田和牧村拓。

我走进咖啡店,用圆珠笔在手账上就我周围的人际关系画了一幅图。关系相当复杂,同第一次世界大战爆发前的列强关系图无异。

我半是感慨半是厌倦地注视着这幅图。注视多久也无良计浮上心头。三个消失的妓女、一个演员、三个艺术家、一个美少女和一个神经质的宾馆女前台。无论怎么来看,都称不上是

---

① 在日本,通常指车站附近的服务窗口,提供车票、交通卡、旅行服务等信息和服务。

是，心情居然多少痛快起来。五反田要是当宗教学家就好了，那样他就可以早晚领大家念念有词："统统无聊透顶，简直是臭屎蛋，干巴巴的臭屎蛋，百分之百地叫人作呕！"很可能会大行其道。

另一方面，我实在想见由美吉，想得不得了。她那不无神经质的谈吐和干脆利落的举止，是那样地令人怀念。那用指尖按一下眼镜框的动作，那闪身潜入房间时一本正经的神情，那脱去运动上衣坐在我身旁时的姿势，是那样地讨人喜欢。如此浮想联翩的时间里，我的心情多少温煦平和下来，她身上有一种极其直率的气质，我被其深深吸引。莫非我们俩可以同舟共济不成？

她从宾馆服务台的工作中发掘乐趣，每周抽几个晚间去游泳培训班。我则从事扫雪，喜欢"斯巴鲁"和旧唱片，从做一手像样的饭菜当中寻求微乎其微的喜悦——就是这样的两个人。也许同舟共济，也许中途闹翻。数据过于缺乏，全然无法预测。

假如我同她在一起，还会伤害她刺激她吗？如原来的妻子所预言的那样，难道凡是同我往来同我相处的女性到头来都将在心灵上受到我的伤害吗？难道因为我是个只考虑自己的人而没有资格去喜欢别人吗？

如此思来想去，不由恨不得马上飞往札幌，一把将她搂在怀里。数据或许有所不足，但很想向她表白，说自己反正喜欢她。不行！在那之前必须把接缝清理出来，不能半途而废。否则，由此形成半途而废的习性势必带进下一阶段，致使事物的进展全部笼罩在半途而废的阴影之中，而这并非我所理想的状态。

问题在于喜喜，是的，喜喜位于一切的核心。她以各种各样的形式企图同我取得联系。从札幌电影院到火奴鲁鲁市中

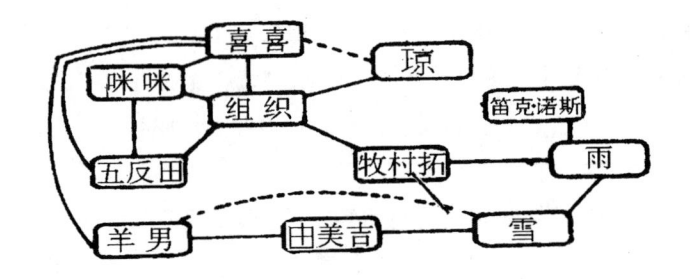

```
          喜喜 ─── 琼
   咪咪    │
     \   组织       笛克·诺斯
      \   │           │
       五反田    牧村拓 ─── 雨
                  /
       羊男 ─ 由美吉     雪
```

地道的交游关系，同阿加莎·克里斯蒂小说里的差不多。"明白了，管家是罪犯！"我说道。但谁也没笑。笑话不好笑。

老实说，已再无办法可想。无论顺哪条线索摸去到头来都弄巧成拙，根本理不出头绪。起始只有喜喜、咪咪和五反田这条线，如今又多了一条：牧村拓和琼。且喜喜与琼在某处相连。因为琼留下的电话号码和喜喜留下的全无二致，接线突然转回。

"难呐，华生！"我对桌面上的烟灰缸说道。烟灰缸当然毫不理会。还是烟灰缸头脑聪明，采取概不介入的态度。烟灰缸也好咖啡杯也好白糖罐也好记账单也好，全部聪明乖觉，谁都不搭不理，置若罔闻。愚蠢的只我自己，接二连三地同蹊跷事扯在一起，每次都弄得焦头烂额。如此心旷神怡的春夜，居然没有约会的对象。

我返回住所给由美吉打电话。她不在，说今天值早班，已经回去。说不定今晚是去游泳培训班的日子。我始终如一地嫉妒那个游泳培训班，嫉妒像五反田那样漂亮潇洒的教师把着由美吉的手耐心教她游泳的光景。因由美吉一人之故，我憎恶世界上从札幌到开罗等等所有的游泳培训班。臭屎蛋！

"统统无聊透顶，简直是臭屎蛋，干巴巴的臭屎蛋，百分之百叫人作呕！"我学着五反田的样子出声痛骂。不料奇怪的心,她如影子在我眼前一掠而过,并向我传递某种消息。这点显而易见。只是那消息传递得过于隐晦,我无法理解。喜喜到底向我寻求什么呢?

我究竟该怎么办呢?

我知道该怎么办。

等待,等待即可。

静等事态的来临。向来如此。走投无路之时,切勿轻举妄动,只宜静静等待。等待当中肯定有什么发生,有什么降临,只要凝目注视微明之中有何动静即可。这是我从经验中学得的。迟早必有举动,倘有必要,必有举动无疑。

好,那就静等。

每隔几天我便同五反田见面、喝酒、吃饭,如此一来二去,同他见面竟成了一种习惯。每次见面他都为借用我的"斯巴鲁"表示歉意。我说无所谓,不必介意。

"还没把'玛莎拉蒂'投到海里吗?"他问。

"遗憾,找不出时间。"我说。

我和五反田并坐在酒吧台旁喝兑汤力水的伏特加。他喝的频率比我稍快。

"真的投进去该是相当痛快吧?"他把酒杯轻轻挨在嘴唇上说道。

"大概如释重负。"我说,"不过'玛莎拉蒂'没了还不接着就是'法拉利'!"

"那也如法炮制。"

"'法拉利'之后是什么呢？"

"什么呢？不过要是如此投个没完，保险公司必然兴师问罪。"

"管它那么多，心胸再放宽一些！反正这一切都是幻想，不过两人借助酒兴胡思乱想而已，不同于你常演的低预算电影。空想无须预算。什么中产阶级的忧患意识，忘它一边去好了。丢掉鸡毛蒜皮，只管扬眉吐气！'兰博基尼'也罢，'保时捷'也罢，'捷豹'也罢什么也罢，一辆接一辆投进去，用不着顾虑。海又深又大，容纳几千辆没问题。发挥想象力呀，你！"

五反田笑道："和你谈起来，心里真是爽快。"

"我也爽快。别人的车，别人的想象力。"我说，"对了，最近和太太可水乳交融？"

他啜了口伏特加，点点头。外面雨潇潇，店内空荡荡，顾客只我俩。领班无事可干，擦起了酒瓶子。

"水乳交融。"他沉默地说，抿起嘴唇笑了笑，"我们在相爱。我们的爱由于离婚而得以确认，得以加深。如何，罗曼蒂克吧？"

"罗曼蒂克得差点儿晕过去。"

他嗤嗤笑着。

"真的哟！"他神情认真地说。

"知道。"我说。

我和五反田见面时基本都谈论这些。我们口气虽然轻松，但内容都很严肃，严肃得甚至需要不时以玩笑作添加剂。玩笑大多不够高明，但这无所谓，只要是玩笑即可，是为玩笑而玩笑。我们需要的仅仅是玩笑这一共识。至于我们严肃到何种地步，唯有我们自身晓得。我们都已三十四岁，这和十三岁同样是棘手的年龄，当然其含义不同。两人都已多少开始认识到年龄增大这一现象的真正含义，而且已经进入必须对此有所准备的时期，需要为即将来临的冬季备妥足以取暖的用品。五反田用简洁的语言对此进行了表述。

"爱！"他说，"这就是我们需要的。"

"有激情！"我说。我也同样需要。

五反田默然片刻。他在默默地思索爱。我也在思索，间或想到由美吉，想起那个雪花飘舞的夜晚她喝光五六杯血腥玛丽的情景。她喜欢血腥玛丽。

"女人睡得太多了，腻了，够了！睡多少都一个样，干的事一个样。"五反田随后说道。"需要爱，喂，向你坦白一件重大事项：我想睡的只有老婆。"

我啪地打一声响指："一针见血！简直是神的语言，金光四射。应该开个记者招待会，庄严宣布'我想睡的只有老婆'。人们笃定感动莫名，受到总理大臣表彰也未可知。"

"不止，荣获诺贝尔和平奖都有可能。因为我可是向全世界宣告'我想睡的只有老婆'的哟！这不是常人所能轻易做到的。"

"领诺贝尔奖怕是需要礼服大衣吧？"

"买嘛！反正从经费里报销。"

"妙极！典型的神明用语。"

"领奖致辞在瑞典国王面前进行，"五反田说，"女士们先生们,我现在想睡的对象只有老婆一人。感动热潮,此起彼伏。雪云散尽,阳光普照。"

"冰川消融,海盗称臣,美人鱼歌唱。"

"有激情!"

我们又沉默下来,分别思考爱。在爱方面值得思考的太多了。我想,把由美吉请到我住处做客的时候,一定得准备好伏特加、番茄汁、李派林辣酱油和柠檬。

"不过,你也许什么奖也捞不到,"我说,"而仅仅被当作变态分子。"

五反田想了一会儿,缓缓地频频颔首。

"是啊,这有可能。我这言论属于性反革命,多半要被情绪激昂的群众踢得一命呜呼。"他说,"那样我就成了性殉教者。"

"成为第一个为性而殉教的演员。"

"要是死了,同老婆可就再也睡不成喽。"

"高见。"

我们又默默地喝酒。

便是这样谈论严肃的话题。如若有人从旁听见,恐以为全是笑谈,而我们却比以往任何时候都严肃都认真。

他一有时间就打电话给我。或到外面的酒吧,或来我住处聚餐,或去他公寓碰头。如此一天天过去。我横下心不做任何工作。工作那东西做不做一个样。没了我世界也照样发展。我静等事态发生就是。

我把余款和旅行所用那部分的发票给牧村拓寄去。星期五马上打来电话,告诉我钱要多收一些。

"先生说这样过意不去,而我也不好处理。"星期五说,

"交给我办好吗？保证不给你增加负担。"

我懒得争执不休，便说明白了，这回就任凭你们处置好了。于是牧村拓很快把三十万日元的银行支票寄了过来。里面有张收据，上面写道"取材调查费"。我在收据上签字盖章，然后寄出。什么都能用经费报销，这世界也真是可爱。

我把三十万日元支票装入票夹，放在桌面上。

连休转眼过去了。

我同由美吉通了几次电话。

通话时间的长短由她决定。有时颇长，有时说声"忙"就放下，有时久久沉默，有时突然挂断。但不管怎样，我们得以通过电话相互交谈，也相互交换一点儿情况。一天，她把住处的电话号码告诉了我，这可是扎扎实实地跨进了一步。

她每周去两次游泳培训班。每当她提起游泳培训班时，我的心就像心地单纯的高中生一样时而颤抖时而伤感时而黯然。好几次我都想问起她的游泳教师——什么样子，多大年龄，英俊与否，待她是否过于殷勤等等，但终未出口。我怕她看出我的嫉妒，怕她这样对我说道："喂，你是嫉妒游泳培训班吧？哼，讨厌，我顶讨厌这样的人，居然嫉妒游泳培训班，作为男人简直一钱不值。我说的你明白？真的一钱不值，再不想看见你第二次。"

所以，在游泳培训班上面我绝对缄口不语。越是缄口不语，关于游泳培训班的妄想越是急剧膨胀。练习结束之后，教师将她单独留下进行特别训练，那教师当然是五反田。他把手贴在由美吉的胸部和腹部，教她练习自由泳。他手指抚摸她的乳房，擦过她的大腿根，还告诉她别介意。

"不必介意，"他说，"我想睡的只有老婆。"

他抓过由美吉的手，使之握住自己的阳物。水中勃起的阳物，宛如珊瑚。由美吉显得心荡神迷。

"不必介意，"五反田说，"我想睡的只有老婆。"

游泳培训班妄想曲。

傻气！然而我无法将其从脑海中驱逐出去。每次给由美吉打电话，我都要被这妄想折磨半天。而且这妄想渐渐复杂起来，各色人物接连登场。喜喜、咪咪和雪。盯视五反田在由美吉身上游移的手指的时间里，由美吉不知何时变成了喜喜。

"喂，我可是个再平庸不过的普通人哟！"一天，由美吉说道。那天夜里她一点儿精神也没有，"与人不同的只有名字，其余全都一样，不过每天每日在这宾馆服务台里做工来白白浪费人生罢了。再别给我打电话，我，不是值得你花长途电话费那样的人。"

"你不是喜欢在宾馆里做工吗？"

"嗯，是喜欢，做工本身倒不感到怎么痛苦。只是我有时觉得好像被宾馆一口吞掉，时不时地。每当这时我就想自己到底算什么，我这样的同没有一个样。宾馆好端端地在那里，而我却不在，我看不见我，自我迷失。"

"对宾馆你怕是考虑得过于认真了。"我说，"宾馆是宾馆，你是你。我时常考虑你，有时也考虑宾馆，但从不混为一谈。你是你，宾馆是宾馆。"

"知道的，这点。可就是经常混淆，分不清界线。我的存在我的感觉我的个人生活全被拖入宾馆这个宇宙之中，消失得无影无踪。"

"任何人都这样，任何人都被拖入某处，看不到其中的分界线。不光你一个人，我也同样。"我说。

"不一样，根本不一样。"

"是的，根本不一样。"我说，"你的心情我完全理解，我喜欢你，你身上有一种东西吸引我。"

由美吉沉默良久，她置身于电话式的沉默之中。

"嗳，我非常害怕那片黑暗。"她说，"总觉得还要碰上。"

电话的另一端传来由美吉抽抽搭搭的哭泣声。一开始我没有反应过来，渐渐地，我察觉到那无论如何只能是抽泣。

"喂，由美吉，"我说，"怎么了？不要紧？"

"有什么要紧？不就是哭么，哭还不行？"

"啊，没什么不行，只是担心。"

"喂，别再吭声！"

我便闭住嘴巴，一声不响。由美吉哭泣了一阵，放下电话。

五月七日，雪打来电话。

"回来了！"她说，"这就出去玩玩可好？"

我开出"玛莎拉蒂"，到赤坂去接她。雪一看见这车，脸立时阴沉下来。

"这车怎么回事？"

"不是偷来的。车掉到泉眼里去了，于是出现一位伊莎贝尔·阿佳妮那样的泉水精灵，问我刚才掉进去的是金'玛莎拉蒂'，还是银'宝马'。我说都不是，而是半新不旧的铜'斯巴鲁'。这么着……"

"别开无聊玩笑了！"她神色认真地说道，"问你正经事，这到底怎么回事？"

"和朋友暂时交换，"我说，"对方说非常想坐'斯巴鲁'，就和他换了。这位朋友有很多很多理由。"

"朋友？"

"不错。或许你不相信，一两个朋友在我也是有的。"

她坐进副驾驶席，四下环顾，又皱起眉头，"怪车！"她十分厌恶似的说，"荒唐！"

"车主也这样说来着。"我说，"措词倒稍有不同。"

她闷声不语。

我仍朝湘南方向行进。雪一直保持沉默。我小声放上斯迪利·丹（Steely Dan）的磁带，小心翼翼地驾驶"玛莎拉蒂"。天气极好。我穿一件夏威夷衫，戴着太阳镜。她身穿薄布短裤，粉红色拉夫·劳伦 Polo 衫，同晒过太阳的皮肤甚为协调，令人觉得好像仍在夏威夷。我前面是一辆运载家畜的卡车，猪们从木栅栏的缝隙里鼓起红红的眼睛盯着我们乘的"玛莎拉蒂"。猪恐怕是分不出"斯巴鲁"和"玛莎拉蒂"有何区别的。猪不可能知道异化为何物。长颈鹿不知道，鳗鱼也不知道。

"夏威夷怎么样？"

她耸耸肩。

"和母亲处得可好？"

她耸耸肩。

"冲浪大有进步？"

406

她耸耸肩。

"你好像很有精神。被太阳晒得绝对迷人,简直就是欧蕾咖啡精灵。要是在背部安一对漂亮的翅膀,肩上扛一把长勺,真就和欧蕾咖啡精灵一模一样。如果由你来为欧蕾咖啡做宣传,什么摩卡什么巴西什么哥伦比亚什么乞力马扎罗,四个捆在一起都绝对不是你的对手。肯定全世界的人一起大喝咖啡,整个世界都给欧蕾咖啡精灵迷得神经兮兮——你给太阳晒得实在太有魅力了。"

搜肠刮肚而又心直口快地大力赞赏一番,不料还是毫无效果。她依然只是耸肩而已。适得其反?我这心直口快莫非出了问题?

"来例假了还是怎么?"

她耸耸肩。

我也耸耸肩。

"想回去。"雪说,"掉头回去好了。"

"这可是东名高速公路哟,即使是尼基·劳达,在这里也无法回头的。"

"找地方下来。"

我看看她的脸,果然显得疲惫不堪。两眼黯淡无神,视线飘忽不定。脸色也许苍白,由于晒黑的关系,看不清色调的变化。

"不在哪里休息一会儿?"我问。

"不了,没心思休息,只想回东京,越快越好。"

我从横滨出口驶下高速公路,返回东京。雪说要在外边坐一下,我便把车留在她公寓附近的停车场,两人并坐在乃木神社的长凳上。

"请原谅。"雪竟意外地道起歉来,"心情糟到了极点,差点儿忍受不住。但我不愿意说出口,就一直忍着。"

"何必忍着呢,没有关系的。女孩子常有这种情况,我已经习惯了。"

"我不是指这个!"雪大声吼道,"我说的不是这个,和这个不同。把我心情搞糟的是那辆车,是由于坐了那辆车!"

"可那'玛莎拉蒂'究竟哪点不可以呢?"我问。"那车绝不差劲。性能好,坐着又舒服。要是自己出钱买,价格还真有些嫌高,我想。"

"'玛莎拉蒂',"她似乎讲给自己听,"不是车种类的问题,问题不在于车的种类,问题是那车本身。那车里有一股讨厌的气氛。是它——怎么说呢——在压迫我,使我不快,使我胸闷,像有什么东西捅进胃里,像被一团乱棉絮堵住胸口。你坐那车就没这种感觉?"

"我想没有。"我说,"我确实觉得对它有点不大习惯,但我想那恐怕是因为我太熟悉'斯巴鲁'了,一下子换车适应不了。这属于感情问题,不同于你所说的压迫感。"

她摇摇头:"我说还不是那个,而是十分特殊的感觉。"

"是那东西?就是你经常感到的——"我想说灵感,但就此打住。不同于灵感。怎么表达好呢?精神感应?总之很难付诸语言,怎么说都有低俗猥琐之嫌。

"对,是那东西,我所感到的。"雪静静地说。

"怎么感觉的?对那辆车?"我问。

雪耸耸肩:"要是能准确地表述出来倒也简单,但不可能。因为眼前没有浮现出具体图像,我所感到的只是虚无缥缈的类似不透明块状空气样的东西,又沉闷,又让人讨厌得不行。是它压迫我,那是非同小可的。"雪两手放在膝头,搜索着词句,"具体的我不清楚,反正是非同小可的,荒谬的,扭曲的。在那里我实在透不过气来,空气沉重得很,简直就像被一个灌满铅的箱子压进海底一般。最初我还以为是自己神经过敏,以为是自己刚旅行回来身上还疲劳的缘故,所以勉强忍住。结果不对头,情况越来越严重。那车我再不想坐第二回了,请把你那辆'斯巴鲁'换回来。"

"被诅咒的'玛莎拉蒂'。"我说。

"喂,不是跟你开玩笑。你也最好少坐那辆车。"她一本正经地说。

"不吉利的'玛莎拉蒂'。"我接着笑道,"明白了,知道你不是在说笑话,尽量不坐那车就是。或者说最好沉到海里去?"

"可能的话。"雪的神情很认真。

为了等雪恢复过来,我们在神社长凳上坐了一个小时。雪一动不动地支颐合目,我则不经意地打量眼前往来的行人。偏午时分来神社这里的,大多是老人、带小孩的母亲、脖子上挂照相机的外国游客。哪类人都寥寥无几。有时也有外勤营业员模样的公司职员过来坐在长凳上歇息。他们身穿黑色西装,手提塑料包,目光茫然,焦点游移,休息十或十五分钟后便起身离去,不用说,这时候正经大人都在老实做工,正经孩子都在乖乖上学。

"你妈妈呢?"我问,"一起回来的?"

"嗯。"雪说,"现在箱根那边,和那独臂诗人。在整理加德满都和夏威夷的照片。"

"你不回箱根?"

"高兴时再回去,先在这里住一段时间。反正回箱根也没什么可干。"

"向你提一个问题,纯粹出于好奇心。"我说,"你说回箱根也没什么可干而要一个人留在东京,可是,在这里又有什么可干的呢?"

雪耸耸肩说:"和你玩。"

片刻的沉默,悬在半空般的沉默。

"妙!"我说,"完全是神的语言。单纯,而又富有启示性。两人一直玩下去,像在游乐园里一样。你我二人摘五颜六色的蔷薇,在黄金池子里划船戏水,为长有柔柔的毛的栗色小狗洗澡,就这样打发时光。肚子饿了,上边掉下木瓜;想听音乐时,乔治男孩从天上为我们歌唱。美妙至极,别无挑剔。但从现实角度想来,我也必须开始做工,不可能永远把同你玩当日子过,而且也不能从你爸爸那里拿钱。"

雪抿嘴看了我一会儿:"你不乐意从爸爸妈妈手里拿钱的心情我很理解,可你别把话说得这么叫人过不去。这样拖着你缠着你,作为我有时也觉得非常于心不忍。总觉得在打扰你,给你添麻烦。所以,要是你……"

"要是我拿钱的话?"

"那样至少我心里安然一些。"

"你不明白。"我说,"在任何情况下我都不愿意作为工作来同你交往,想交往就作为私人朋友交往。我可不愿意在你的婚礼上被司仪介绍说什么'这位是新娘十三岁时的职业男性保姆'。那一来,众人必然要问职业男性保姆是怎么回事。相比之下,我还是想被介绍为'这位是新娘十三岁时的男友'。这样要体面得多。"

"傻气!"雪一阵脸红,"我不举行什么婚礼的。"

"那好!我正不愿意出席婚礼那玩意儿。听什么拿腔作调的致辞,拿什么破砖头一样的蛋糕当礼物,我最深恶痛绝,纯属浪费时间。我当时也没搞,所以这不过是打比方。总之我想说的是:朋友用金钱买不到,用经费更买不到。"

"用这个主题写篇童话倒不错。"

"好主意!"我笑道,"不折不扣的好主意。你也慢慢掌握谈话技巧了,再提高一步完全可以和我演一场出色的相声。"

雪耸耸肩。

"我说,"我清了清嗓子道,"和你说正经话。如果你想每天都找我玩,那就天天玩好了,工作不干也不碍事,反正是混饭吃的扫雪工,怎么都无所谓。但有一点需要明确:我不是拿钱才和你交往的。夏威夷是例外,那是特殊情况,让你爸爸出了旅费,也给买了女人,但因此而开始失去你的信任。我厌恶自己,那种事情再不重复第二次,已告结束。这以后我要自行其是,不允许任何人插嘴,也不允许给钱。我和笛克·诺斯不同,和星期五也不同。我是我,不受雇于任何人。要来往就和你来往,你要和我玩,我就和你玩,你不必考虑钱的问题。"

"真的肯和我玩?"雪看着脚趾甲说。

"没关系。我也罢、你也罢,都正在迅速沦为人世的落伍者,事到如今更没有什么值得顾虑的。尽情游玩就是。"

"为什么这么亲切?"

"不是亲切。"我说,"我就是这种性格,事情一旦做开头就不能中途撒手不管。如果你想同我玩,只管玩个彻底。你我在札幌的宾馆里相遇也是某种缘分。既然干,就要尽兴。"

雪用拖鞋尖在地上画出小小的图案,如四角形漩涡。我注视着。

"我是在给你添麻烦吧?"雪问。

我想了想说:"也许。但你不必放在心上。况且归根结蒂,我也是喜欢同你相处才相处的,并非出于义务。我为什么喜欢这样呢——尽管年龄相差悬殊,共同语言也并不多——为什么呢?这恐怕是因为你使我想起什么,唤起我心中一直潜伏着的感情,就是我十三四或十四五岁时所怀有的感情。假如我十五岁,我会不由分说地恋上你。以前说过吧?"

"说过。"

"所以才这样。"我说,"和你在一起,那种感情有时会重新回到身上。可以使我再度感受到往日雨的声音、风的气味,而且近在身旁。这委实不坏。不久你也将体会到那是何等的妙不可言。"

"现在也心领神会,你所讲的。"

"真的?"

"我在这以前也失却了很多东西呢。"

"心照不宣!"

她沉默了十分钟。我又开始打量神社中男男女女的身影。

"除了你,我再没有谈得来的人。"雪说,"不骗你。所以不和你一起的时候,我几乎跟谁也不开口。"

"笛克·诺斯如何?"

雪伸舌头做了个鬼脸:"彻头彻尾的傻瓜蛋,那人。"

"在某种意义上也许是那样,但在另一种意义上则不尽然。他那人绝对不坏,你也应该这样看待。虽然只有一条胳膊,却比那帮人干得漂亮得多,而且没有强加于人的味道。这样的人并不很多。当然,同你母亲相比,档次也许低一些,才能也许没那么多样。然而他是在真心地为你母亲着想,也可以说是爱吧。是可以信赖的人。菜又做得可口,态度又和蔼。"

"那倒也许,不过还是傻瓜蛋。"

我再没说什么。雪有雪的处境,有她自己的感情。

关于笛克的谈话全此为止。接下去我们谈了一会夏威夷纯情的阳光、海浪、清风以及"椰林飘香"。之后雪说肚子饿了,便走进附近一家水果冷饮店,吃了水果圣代(Fruit Parfait)和薄饼,吃罢乘地铁去看了场电影。

这周过后,笛克·诺斯死了。

34

笛克·诺斯死于车祸。星期一傍晚他去箱根一条街上买东西，当抱着超市的购物袋出门时，被卡车撞飞而亡了。是迎头撞上事故。卡车司机说他自己也不明白为什么在下坡那样视野不好的地方居然没有减速，只能说是邪魔附体。当然，笛克方面也有些疏忽大意。他只顾往路左方向看，而未能及时确认右边。在外国久居后初回日本时，很容易出现这种瞬间的闪失。因为神经还不习惯车辆行车靠左的情况，往往左右确认颠倒。大多数情况下是有惊无险，但偶尔也会导致大祸，笛克便是如此。他被卡车撞到一旁，而被对面开来的客货两用车压在车轮下，当场死亡。

听到这一消息时，我首先想起他在马卡哈超市购物时的情景，想起他动作熟练地选好物品，神情认真地挑拣水果，将一包卫生棉条悄悄放在小推车上的身影。可怜！想来，他终生命途多舛——身旁士兵踩响地雷使他失去了一条胳膊，从早到晚跟踪熄灭雨吸了一两口便扔开的烟头，最后又怀抱超市的购物袋被卡车撞死。

他的葬礼在其太太和孩子所在的家里举行。雨也好雪也好我也好，当然都没去。

星期二下午，我用五反田归还的"斯巴鲁"拉着雪去箱根。雪说不能把妈妈一个人扔在家里。

"她那人自己真的什么也做不来。倒有一位帮忙的阿姨，但人已上了年纪，想不那么周全，再说晚上还得回去。不能让她一个人的。"

"最好还是陪母亲住些日子。"我说。

雪点点头，接着"啪啦啪啦"翻了一会儿行车地图。"嗳，上次我说他说得太过分了，是吧？"

"指笛克·诺斯？"

"嗯。"

"你说他是彻头彻尾的傻瓜蛋。"

雪把行车地图插回车门口袋，臂肘支在车窗上，一动不动地望着前面的景致。"现在想来，他人并不坏。待我也亲切，无微不至。还教我冲浪来着。虽说只有一条胳膊，却比两条胳膊的人活得还有劲儿，对我妈妈也一片真心。"

"知道，是个不错的人。"

"可我偏想把他说得那么过分，当时。"

"知道。"我说，"是忍不住那样说的，这不怪你。"

她一直目视前方，一次也没看我。初夏的风从全开的窗口涌进来，吹得她齐刷刷的头发如草叶一样摇摆。

"也真是可怜，他就是那种类型的人。"我说，"人不坏，在某种意义上甚至值得尊敬，但往往被人当成好使好用的垃圾箱，各种各样的人投进各种各样的东西。只因为容易投，至于为什么则不知道。大概他天生便有这么一种倾向吧，正如你母亲不作声也要被人高看一眼一样。"平庸这东西犹如白衬衣上宿命性的污痕，一旦染上便永远洗不掉，无可挽回。

"不公平啊。"

"从原理上说人生就是不公平的。"

"可我觉得我做得太过分了。"

"对笛克?"

"嗯。"

我叹口气,把车靠路旁刹住,转动钥匙熄掉引擎,随后把手搭在方向盘上注视她的脸。

"我认为你这种想法是无聊的。"我说,"与其后悔,莫如一开始就公平地、像样地对待他。起码应该做出这样的努力。然而你没有这样做,所以你不具备后悔的资格,完全不具备。"

雪眯细眼睛看着我。

"也许我这说法过于尖刻。但别人且不论,对你我还是希望你摆脱这种无聊的想法。嗯,知道么,有的东西是不能说出口来的。一旦出口,事情也就完了,再也无可收拾。你对笛克感到后悔,口里也说后悔。但真的后悔吗?假定我是笛克,就不需要你这种廉价的后悔,更不愿意你把'做得过分'这句话说出口来。这是礼节问题,分寸问题,你应该学会把握。"

雪一言未发,臂肘贴着窗口,指尖一动不动地按在太阳穴上,轻轻地闭起眼睛,仿佛睡了过去。只有睫毛不时地微微抖动,嘴唇略略发颤。想必在内心哭泣,无声无泪地暗泣不止。我不由心想,自己恐怕对一个十三岁的女孩期望过高了。而且,我有资格说得那么冠冕堂皇吗?但没有办法。无论对方年老年幼,也无论其自身是怎样的人,对某种事情我都不能够放纵姑息。无聊的我就认为无聊,无法克制的我自然无法克制。

雪许久地保持这种姿势,纹丝未动。我伸手轻轻摸着她的手腕。

"不要紧的,也怪不得你。"我说,"大概是我过于偏激。公平地看来,你也做得蛮好。别往心里去。"

一道泪水顺着她的脸颊落在膝头,但就此止住,再没流泪,也没出声。不简单!

"我到底该怎么办呢?"又过了一会儿,雪开口道。

"怎么办也不怎么办,"我说,"把不能诉诸语言的东西珍藏起来即可,这是对死者的礼节。很多东西随着时间的推移自然会明白。该剩下的自然剩下,剩不下的自然剩不下。时间可以解决大部分问题,解决不了的你再来解决。我说得过于深奥?"

"有点。"雪微微一笑。

"的确深奥。"我笑着承认,"我说的,一般人基本理解不了。因为一般人的想法和我的还有所不同。但我认为我的最为正确。具体细细说来是这样:人这东西说不定什么时候死去,人的生命要比你想的远为脆弱。所以人与人接触的时候,应该不给日后留下懊悔,应该做到公平,可能的话,还应该真诚。不付出这种努力而只会在人死后简单哭泣后悔的人——这样的人我不欣赏,从个人角度而言。"

雪靠在车门上久久看着我的脸。

"我觉得这好像十分难以做到。"她说。

"是很难,非常。"我说,"但值得一试。连乔治男孩那种不擅唱歌的男同胖子都能当上歌星,努力就是一切。"

她淡淡一笑,点头说:"你的意思我好像领会了。"

"理解力不错。"我发动引擎。

"可你为什么总把乔治男孩当作眼中钉呢?"雪问。

"为什么呢?"

"不是因为实际上心里喜欢？"

"让我慢慢考虑考虑。"我说。

　　　🌙　🌙　🌙

雨的家位于一家大型房地产公司开发的别墅地带。院门很大，门口附近有个游泳池和一家咖啡馆，咖啡馆旁边是一家小型超市，里边小山一般堆着垃圾食品，但笛克那样的人拒绝在这种临时应急性的小店里采购，就连我对这等场所都不屑一顾。道路弯弯曲曲，尽是上坡，我引以为自豪的"斯巴鲁"毕竟有点气喘吁吁起来。雨的住宅坐落在一座山冈的腰部。就母女两人住来说，地方相当之大。我停下车，提起雪的东西，登上石墙旁边的台阶。透过并立在坡面上的杉树的空隙，可以俯视小田原的海面。空气迷蒙，海水闪着春日特有的暗淡的光波。

阳光明朗的宽敞客厅里，雨手夹点燃的香烟踱来踱去。或断或弯的"沙龙"烟头从一个水晶玻璃制的大烟灰缸里漫出，而又像被人猛猛吹了一口似的，弄得满桌面都是烟灰。她将吸了两口的"沙龙"扔进烟灰缸，走到雪跟前胡乱地抚弄着女儿的头发。她身穿沾有显影药水污痕的橙色大号运动衫，下面是一条褪色的蓝牛仔裤，头发散乱，两眼发红，大概是一直没睡而又连续吸烟的缘故。

"不得了！"雨说，"太糟了，怎么净发生这些糟糕事呢？"

我也说真是糟糕。她讲了昨天事故的经过，她说由于事出突然，自己简直一蹶不振，无论精神上还是体力上。

"偏巧帮忙的阿姨又说今天发烧不能来,净赶这种时候!干嘛偏赶这种时候发烧?真是天昏地暗。警察署又来人,笛克的太太又打电话来,我实在晕头转向。"

"笛克的太太怎么说的?"我试着问。

"根本弄不清,"雨叹口气说,"一味地哭,间或小声嘟囔两句。几乎听不明白。再说我在这种时候也不知该怎么说……是吧?"

我点点头。

"我只说尽快把他在这里的东西送过去。但她光是哭个没完,没有办法。"

说罢,她喟叹一声靠在沙发上。

"不喝点什么?"我问。

她说可以的话想喝点热咖啡。

我先把烟灰缸收拾好,拿抹布擦去桌面上散落的烟灰,撤下粘有可可残渣的杯子,然后三下两下拾掇完厨房,烧开水,冲了杯浓浓的咖啡。笛克为了劳作方便,把厨房整理得井井有条,但他死后不到一天时间,这里便现出崩溃的势头:水槽里乱七八糟地扔满餐具,白糖罐的盖子没盖上,不锈钢炉灶上粘了一层可可粉,菜刀切完奶酪或其他什么东西就势躺在那里。

我涌出一股怜惜之情。想必他在这里全力构筑了他所中意的秩序,然而相隔一天便一下子土崩瓦解,面目全非。人这东西往往在最能体现自己个性的场所留下影子,就笛克来说,那场所便是厨房。而且他好歹留下的依稀之影,也将很快荡然无存。

可怜!

此外我想不起任何词语。

我端去咖啡。雨和雪正相依相偎地并坐在沙发上。雨眼睛潮润，黯然无神，把头搭在雪的肩头。她似乎由于某种药物的作用而显得萎靡不振；雪则面无表情，但看上去并未对处于虚脱状态的母亲偎依自己而感到不快或不安。我心中思忖，这真是对不可思议的母女。每当两人凑在一起，便生出一种奇妙的气氛——既不同于雨单独之时，又有别于雪只身之际，似乎很难令人接近。那究竟是怎样一种气氛呢？

雨双手捧起咖啡杯，不胜珍惜似的慢慢呷了一口，并说"好香"。喝罢咖啡，雨多少镇定下来，眼睛也恢复了些许光泽。

"你喝点什么？"我问雪。

雪愣愣地摇头。

"一些事情都处理完了？事务上、法律上的琐碎手续之类？"我向雨问道。

"呃，已经完了。事故的具体处理也没什么特别麻烦的，毕竟是极为普通的交通事故，警察只是前来通知一声。我请那警察同笛克的太太联系。笛克太太好像很快就来了，由她一手办理具体手续。因为无论法律上还是事务上我都同笛克毫无关系。后来她给这里打来电话，光是哭，几乎什么都没说，也没有抱怨，什么都没有。"

我点点头。极为普通的交通事故。

三个星期过后，眼前这女人恐怕就会将笛克忘得一干二净——容易忘的女人，容易被忘的男人。

"有什么需要我帮忙的么？"我问雨。

雨扫了我一眼，随即目光落在地板上，视线空洞而淡漠。她在沉思，而她沉思起来很花时间。眼神迟滞，不久又恢复了几分生气,仿佛摇摇晃晃往前走了很远,又突然想起什么重新折回。"笛克的行李,"她自言自语似的说,"就是我对他太太说要送过去的东西。刚才对你也说了吧?"

"嗯,听到了。"

"昨晚我已整理出来。有稿件、打字机、书和衣服,全都塞到他旅行箱里去了。不很多,他那人不怎么带东西,只是一个中号旅行箱。麻烦你送到他家去好吗?"

"好的,这就送去。住什么地方?"

"豪德寺。"她说,"具体的不清楚,能查一查?估计写在旅行箱的什么地方。"

旅行箱放在二楼走廊尽头处的房间,姓名标签上工工整整地写着笛克·诺斯及其在豪德寺的门牌号码。雪把我领到那里。房间如阁楼,又窄又长,但气氛不坏。雪告诉我,以前有住家用人的时候,用的便是这个房间。笛克把里边收拾得井然有序,一张不大的写字台上有五支铅笔,每支都削得细细尖尖,同一块橡皮摆在一起,俨然静物画。墙上的挂历写有很小很密的字。雪倚着门,默默地四下打量。空气沉寂得很,除鸟鸣外别无声响。我想起马卡哈的小别墅,那里也是这么静,而且也只闻鸟鸣。

我把旅行箱抱下楼。里面可能装了很多原稿和书,比看上去重得多。这重量使我联想到笛克之死的沉重。

"这就送去。"我对雨说,"这类事还是越快越好。其他还有什么要我干的?"

雨迷惘地看着雪的脸,雪耸耸肩。

"食品快没有了。"雨低声说,"他出去买,结果落得这样。所以……"

"那好,我买些回来。"

我查看了冰箱的存货,把需要买的记在纸上,然后去下面的街市,在笛克在其门前丧命的那家超市采购了一些,估计可供四五天之用。我将买来的食品逐一用保鲜膜包好,放进冰箱。

雨向我致谢,我说是小事一桩。实际上也是小事一桩,无非把笛克未竟之事接过做完而已。

两人送我到石墙外,同在马卡哈时一样。但这次谁也没有招手。朝我招手是笛克的任务。两个女子并立在石墙外面,几乎凝然不动地朝下看着我,这光景很有点神话味道。我把灰色的塑料旅行箱放进"斯巴鲁"后座,钻进驾驶席。她俩兀自站在那里,直到我拐弯不见。夕阳垂垂西沉,西方的海面开始染上橙色。不知那两人将怎样度过即将来临的夜晚。

继而,我想起在火奴鲁鲁市中心那昏暗的奇妙房间里看见的那具独臂白骨,恐怕到底还是笛克,我想。估计那里是死的集中之地。六具白骨——六个死人。其余五个死人是谁呢?一个大概是鼠——我死去的朋友。一个是咪咪。还剩三个。

还剩三个。

可为什么喜喜把我引往那种场所呢?为什么喜喜提示给我六个死人呢?

我下到小田原,进入东名高速公路,然后从三轩茶屋驶下首都高速公路,看着行车地图在世田谷七弯八拐的路上转悠了好一阵子,终于找到笛克家门前。房子本身是极其普通的商品房,可以说无任何独特之处,两层楼,布局紧凑,无论门窗还是信箱和门灯,都显得小里小气。门旁有间狗舍,一条拖着锁链的杂种狗惴惴然来回兜圈子。房里亮着灯,可以听到人声,狭窄的门口整齐摆着五六双黑皮鞋,以及外卖的寿司桶。笛克遗体停在这里,里边正在守夜。至少他死后还有个归宿,我想。

我把旅行箱从车中拖出,搬到门口。一按门铃,出来一位中年男子,我说别人托我把这箱子送来,而后做出其他概不知晓的样子。男子看了看箱上的姓名标签,似乎马上明白过来了。

"实在感谢!"他郑重地道谢。

我带着疑惑不解的心情返回涩谷住处。

还剩三个!

笛克之死究竟意味着什么呢?我一个人在房间里边喝威士忌边思索。我觉得他的猝死似乎不具有任何意味。对于我这拼图上出现的几处空白,那几个断片根本不符,横竖都格格不入。恐怕二者属于不同范畴。不过我又隐约觉得,纵使他的死本身没有任何意味,也将给事态的发展带来某种巨大变化,并且是朝不甚理想的方向。原因我不清楚,只是有这种直感。笛克本质上是心地善良的人,他也以其特有的方式连接着什么,但现已消失。变化肯定会有,而事态恐怕将变得比过去更为严峻。

例如?

例如——我不大喜欢雪同雨在一起时那呆呆的眼神,也不

423

喜欢雨同雪在一起那黯然无神的目光。我觉得那里边含有不祥的东西。我喜欢雪，是个聪慧的孩子，虽然有时固执得很，但天性耿直。对雨我也怀有近乎好意的情感。同她单独相谈时，她仍是一位富有魅力的女性，才华横溢，胸无城府，有的地方甚至比雪还远为幼稚。问题是母女两人在一起——这种搭配委实弄得我疲惫不堪。牧村拓说其才华由于同这两人生活而消耗一空，对此现在我很可以理解。

噢——由此将产生直接冲击。

在此之前，她俩之间有笛克，现已不复存在。在某种意义上，我将和两人短兵相接。

例如——例如上面那样。

我给由美吉打了几次电话，同五反田见了几次面。由美吉的态度虽说总体上依然那么冷淡，但从口气听来，似乎对我的电话多少有了兴致，至少没怎么表现出不耐烦。她说她每周去两次游泳培训班，一次不少；休息的日子时常同男友约会，上星期天还一同开车去什么湖边兜风来着。

"不过，和他之间没有什么，我们只是朋友。高中同班，他也在札幌工作，别的谈不上。"

我告诉她不必那么介意。实际上也没什么要紧，我耿耿于怀的只是游泳培训班，至于她同男友去湖边也罢爬山也罢，我并不感兴趣。

"但我觉得还是跟你说清楚好，"由美吉说，"因为我不愿意有所隐瞒。"

"完全不必介意。"我重复道，"我准备再去札幌同你当面谈一次，若说问题也只有这个。至于约会，你随便同谁约会都可以的，这同你我之间的事毫不相干。我始终在考虑你，如上次说过的那样，我们之间有某种相通之处。"

"比如？"

"比如宾馆，"我说，"那里既是你的场所，又是我的场所。对我们两人都可以说是特别场所。"

"噢——"她含含糊糊地应了一声，既不肯定又不否定。不偏不倚。

"同你分手后，我碰到了形形色色的人物，遭遇了形形色色的境况，但从根本上说我一直在考虑你。时常想同你见面，可惜动身不得，很多事没处理完。"

我这解释尽管充满诚意，但缺乏逻辑性——这也倒是我之所以为我之处。

接下去是中等长度的沉默。感觉上是从中立多少向积极方向倾斜的沉默，但最终不过是普遍的沉默。或许我考虑事物时经常带有过分的好意。

"作业可有进展？"她问。

"我想是有的，多半是有的，但愿是有的。"我回答。

"明春之前能处理完就好了。"

"诚如所言。"

五反田显得有点疲倦。一来工作日程排得很满，二来又要见缝插针地同已离异的太太约会，且要设法避人耳目。

"总不能长此以往，这点毋庸置疑。"五反田深而又深地叹了口气，"我本来就过不惯这种投机生活。总的说来，我还是适合家常生活。所以每天都搞得筋疲力尽，神经像绷得很紧很紧。"

他像拉松紧带那样把两手左右一摊。

"应该和她去夏威夷休假。"我说。

"可能的话，"他有气无力地微微笑道，"能去该有多好！什么也不思不想，两个人在海滩上滚上几天。五天就行，不，不多指望，三天就可以，有三天就能把疲劳抖掉。"

这天晚上，我同他一起去他麻布的寓所，坐在时髦沙发上边喝酒边看他主演的电视广告的录像带，是有关胃药的广告，我还是第一次看到。画面是某办公楼电梯。电梯全方位开放，无门无壁无间隔，四部并列，以相当快的速度上上下下。五反田身穿深色西装，怀抱公文包乘上电梯，十足一副职场精英风度。他轻快地在电梯间跳来蹦去；发现那边电梯上有上司站立，当即过去商量工作；这边电梯上有漂亮的女职员，便上去同其约定何时约会；对面电梯上有工作没完，又飞快地过去处理完毕。也有时对面两部电梯上电话铃同时响起。在高速上下穿梭的电梯间飞步跳跃绝非易事。五反田脸上不动声色，而又显得十分吃力。

其间解说词是这样的："每天疲劳不堪，胃里积劳成疾，温情的肠胃妙药，献给百忙中的你……"

我笑道："有趣，这玩意儿。"

"我也觉得有趣。当然，广告本身是无聊至极，那东西从根本上说全是渣滓，不过拍摄得十分出色。说来可怜，质量比我主演的大部分影片都要高级。拍广告其实花钱不少，布景啦特技摄影啦等等。广告部那些家伙在这些细小地方可舍得花钱咧。构思也蛮有意思。"

"而且暗示出你眼下的处境。"

"说得好,"他笑了笑,"诚哉斯言。的确维妙维肖。见缝插针,无孔不入,由此处跳到彼处,又从彼处跳回。劳心费神,全力以赴,胃里积劳成疾。而药却于事无补,我拿过一打来试,结果毫无效用。"

"动作确实无与伦比。"说着,我用遥控器把这广告录像倒回重放一遍。"很有些巴斯特·基顿式的幽默意味。想不到你对这种味道的演技倒一拍即合。"

五反田嘴角浮起一丝笑意,点头道:"恐怕是的,我喜欢喜剧,有兴趣,也有自信演得好。一想到我这种直率型的演员能够巧妙传递出由直率产生出来的幽默之感,便觉甚是开心。我力图在这勾心斗角蝇营狗苟的世界上直率地生存下去,但这生存方式本身就似乎是一种滑稽。我说的你可理解?"

"理解。"我说。

"用不着去故意表现滑稽,只消做些日常性举止即可——仅此便足以令人好笑。对这种演技我很有兴致,当今日本还真没有这种类型的演员。喜剧这东西,一般人都演得过火,而我的主张则相反:什么也不用演。"他啜口酒眼望天花板,"但谁也不把这种角色派到我头上,那帮小子想象力枯竭到了极点。派到我事务所里的角色,没完没了地全是医生、教师、律师,千篇一律。烦透了!想拒绝又不容我拒绝。胃里积劳成疾。"

由于这个广告反应良好,便又拍了几个续篇,套数都是一样。仪表堂堂的五反田一身笔挺西装,在即将迟到的一瞬间飞步跨上电气列车、公共汽车或飞机。也有时腋下夹着文件,或附身于高楼大厦的墙壁,或手抓绳索从这一房间移至另一房间,无不拍得令人叹为观止,尤其那不动声色的表情更为一绝。

"一开始导演叫我做出筋疲力尽的表情,装出累得要死要活的架势,我说不干。我争辩说不应该那样,而要不动声色,也只有这样才有意思。那帮愚顽的家伙当然不肯相信。我没有让步。又不是我乐意拍什么广告,为了钱没办法罢了。而另一方面我又觉得这东西可以成为有趣的小品,所以硬是坚持到底。结果便拍了两种给大家看。不用说,是按我主张拍的那种大受欢迎,取得了成功。不料功劳全部被导演窃为己有,据说获得了一个什么奖。这也无所谓,我不过是个演员,谁怎么评价与我无关。不过,我却看不惯那帮家伙完全心安理得目中无人的威风派头。打赌好了,那批混账至今还深信那广告片的构思从头至尾是从他们脑袋里生出来的,就是这样一群家伙。越是想象力贫瘠的家伙,心理上越是善于自我美化。至于我,在他们眼里不过是个刚愎自用的漂亮大萝卜而已。"

"不是我奉承,我觉得你身上确实有一种不同凡响的东西。"我说,"坦率说来,在同你这样实际接触交谈之前,我并没有感觉出这点。你演的电影倒看了好几部,程度固然不同,但老实说哪一部都不值一提,甚至对你本人都产生了这种感觉。"

五反田关掉录像机,重新调了酒,放上比尔·伊文思的唱片,折回沙发呷了口酒。这一系列动作都显得那么优雅洒脱。

"说得不错,一点不错。我也知道,那种无聊影片演多了,自己都渐渐变得庸俗无聊,变得猥琐不堪。但是——刚才我也说过——我是没有选择自由的,什么也选择不了。就连自己领带的花纹都几乎不容选择。那些自作聪明的蠢货和自以为情趣高雅的俗物随心所欲地对我指手划脚——什么那边去,什么这儿来，什么坐那辆车，什么跟这个女人睡……无聊电影般的无聊人生，而且永不休止绵绵不断，又臭又长。什么时候才算到头呢，自己都心中无数。已经三十四岁了，再过一个月就三十五岁！"

"下决心抛开一切，从零开始就可以吧？你完全可以从零开始。离开事务所，做自己喜欢的事，把债款一点点还上。"

"不错，这点我也再三考虑过。而且要是我独身一人，也肯定早已这么做了。从零开始，去一个剧团演自己喜欢的戏剧，这我并不在乎，钱也总有办法可想。问题是，我如果成为零，她必然抛弃我。她就是这样的女人，只能在那个天地呼吸。而和成为零的我在一起，势必一下子呼吸困难。好也罢坏也罢，反正她就是那种体质。她生存在所谓明星世界里，习惯在这种气压下呼吸，自然也向对方要求同样的气压。而我又爱她，离不开她。就是这点最伤脑筋。"

进退维谷。

"走投无路啊！"五反田笑着说，"谈点别的好了，这东西谈到天亮也找不到出路。"

我们谈起喜喜。他想知道喜喜和我的关系。

"原本是喜喜把我们拉到一起来的，可是想起来，好像几乎没从你口里听说过她。"五反田说，"属于难以启齿那类事不成？若是那样，不说倒也不勉强。"

"哪里，没什么难以启齿的。"我说。

我谈起同喜喜的相见。是一个偶然机会使得我们相识并开始共同生活的。她从此走进了我的人生，恰如某种气体自然而然地悄悄进入某处空间。

"事情发生得非常自然，"我说，"很难表达明白，总之一切都水到渠成,所以当时没怎么觉得奇怪。但事后想来,就觉得很多事情不够现实,缺乏逻辑性。诉诸语言又有些滑稽,真的。这么着,我没有对任何人提起过。"

我喝口酒,摇晃着杯中晶莹的冰块。

"那时她当耳朵模特来着。我看过她耳朵的照片,对她发生了兴趣。怎么说呢,那耳朵真够得上十全十美。当时我的工作就是用那张耳朵照片做广告,要把照片复制出来。什么广告来着?记不得了。反正照片送到了我手上。那照片——喜喜耳朵的照片放大得十分之大,连茸毛都历历可数。我把它贴在办公室墙上,每天看个没完。起初是为了获取制作广告的灵感,看着看着便看成了我生活的一部分。广告做完后,我仍然继续看。那耳朵的确妙不可言。真想给你看看,一定得亲眼目睹才行,嘴是怎么说也说不明白的。那是完美至极的耳朵,其存在本身似乎便是一种意义。"

"如此说来,你好像说过一次喜喜的耳朵。"五反田道。

"嗯,是的。于是我无论如何都想见那耳朵的持有者,觉得假如见不到她,我这人生便再也无法前进一步。为什么我不知道,总之有这种感觉。我就给喜喜打电话,她见了我。并且第一次见面她便给我看了私人耳朵。是私人的,而不是商用的耳朵。那耳朵比照片上的还漂亮,漂亮得令人难以置信。她为商业目的出示耳朵时——就是当模特时——有意识地将耳封闭起来,所以作为私人性质的耳朵,与前者截然不同。明白么,她一向我亮出耳朵,周围空间便一下子发生了变化,甚至整个世界都为之一变。这么说听起来也许十分荒唐无稽,但此外别无表达方式。"

五反田沉思片刻。"封闭耳朵是怎么回事呢?"

"就是把耳朵同意识分离开来,简而言之。"

"噢——"

"拔掉耳朵的插头。"

"噢——"

"听似荒唐却是真。"

"相信,你说的我当然相信。我只是想理解得透彻一些,并非以为荒唐。"

我靠在沙发上,望着墙上的画。

"而且她的耳朵有一种特殊功能,可以把什么分辨开来,将人引到应去的场所。"

五反田又想了一会儿。"那么,"他说,"当时喜喜把你引到什么地方了呢?领到应去的场所了?"

我点点头,没再就此展开。一来说起来话长,二来也不大想说。五反田也没再问。

"就是现在她也还是想把我引往某个地方。"我说,"这点我感觉得很清楚,几个月来一直有这种感觉。于是我抓住这条线索,一点点地。线很细,好几次差点中断,终于挪到了这个地步。在此过程中我遇到了各种各样的人,你是其中一个,而且是核心人物中的一个。但我仍然没有领会她的意图。中途已有两人死去,一个是咪咪,另一个是独臂诗人。有动向,但去向不明。"

杯里的冰块已经融化,五反田从厨房里拿出一个装满冰块的小桶,新调了两杯加冰威士忌,手势依然优雅。他把冰块投入杯中发出的清脆响声,听起来十分舒坦。简直和电影画面一般。

"我也同样走投无路。"我说,"彼此彼此。"

"不不，你和我不同。"五反田说，"我爱着一个女人，而这爱情根本没有出路。但你不是这样，你至少有什么引路，尽管眼下有些迷惘。同我这种难以自拔的感情迷途相比，你不知强似多少倍，而且希望在前，起码有可能寻到出口。我却完全没有。二者之间存在决定性的差异。"

我说或许如此。"总之我现在能做到的，无非是想方设法抓住喜喜这条线，此外眼下没别的可做。她企图向我传递某种信号或信息，我则侧耳谛听。"

"喂，你看如何，"五反田说，"喜喜是否有遇害的可能性呢？"

"像咪咪那样？"

"嗯，她消失得过于突然。听到咪咪被杀时，我立刻想到了喜喜，担心她也落得同样结果。我不愿意把这话说出口，所以一直没提。但这种可能性不是没有吧？"

我默不作声。我遇到了她，在火奴鲁鲁市中心，在暮色苍茫的黄昏时分，我确实遇到了她，雪也晓得此事。

"我只是讲可能性，没其他意思。"五反田说。

"可能性当然是有。不过她仍在向我传递信息，我感觉得真真切切。她在所有意义上都不同一般。"

五反田久久地抱臂沉吟，俨然累得睡了过去。实际上当然没睡，手指时而组合时而分离。其他部位则纹丝不动。夜色不知从何处悄悄潜入室内，如羊水一般将他匀称的身体整个包拢起来。

我晃动杯里的冰块，啜了口酒。

此刻，我蓦地感到房间里有第三者存在，似乎除我和五反田外房间里还有一个人。我明显地感觉出了其体温其呼吸及其隐隐约约的气味，但不是人的气味，而是犹如某种动物所引起的空气的紊乱。动物！这种气息使我脊背掠过一道痉挛。我赶紧环顾房间，当然一无所见。有的只不过是气息而已，一种陌生之物潜入空间之中的硬质气息，但肉眼什么也看不见。房间只有我，和静静闭目沉思的五反田。我深深吸口气侧耳细听——是什么动物呢？但是不行，什么也听不出来。那动物恐怕也屏息敛气地蜷缩在什么角落里。稍顷，气息消失，动物遁去。

我放松身体，又喝了口酒。

两三分钟后，五反田睁开眼睛，朝我漾出可人的微笑。

"对不起，今晚好像够沉闷乏味的。"他说。

"大概因为我们两个本质上属于沉闷乏味的人吧。"我笑道。

五反田也笑了，没再开口。

两人大约听了一个小时音乐，酒醒后我便开"斯巴鲁"返回住处，上床后我还不由想道：那动物到底是什么呢？

35

五月末，我偶然——大概是偶然吧——遇到了文学，就是因咪咪案件盘问我的那两名刑警中的一个。我在涩谷的东急手创馆 TOKYU HANDS 买完电烙铁，刚要出门，偏巧同他走个碰头。这天热得几乎同夏日无异，而他依然裹着厚厚的粗呢上衣，且满脸理所当然的神气。或许警官这等人物对气温有独特的感觉。他也和我一样手提东急手创馆的购物袋。我佯装未见，刚想抽身走过，文学却不失时机搭腔了。

"喂喂，怕是太冷淡了吧？"文学半开玩笑地说，"又不是素不相识，怎么好视而不见地走过去呢？"

"忙啊。"我简单地说。

"嗬。"文学看来根本不相信我居然会忙。

"准备着手工作，有很多事要干。"

"那怕是的。"他说，"不过一点点时间总可以吧？十分钟。怎么样，不一块儿喝点什么？很想和你聊一次，聊工作以外的。真的十分钟就行。"

我随他走进人多嘈杂的咖啡店。何以如此自己也莫名其妙，因为我本来可以拒绝，可以径自回去。但我没有那样，而是随他进店内喝起咖啡。周围全是年轻情侣，或三五成群的学生。咖啡味道极差，空气也相当恶劣。文学掏出香烟吸起来。

"很想戒烟，"他说，"可是只要干这行当，就没办法戒掉，绝对。不想吸也得吸，费脑筋嘛！"

我默然。

"费脑筋，讨人嫌。干上几年刑警，也的确让人讨厌。眼神退化，皮肤都变得脏乎乎的。也不知什么缘故，反正就是脏。脸面看上去也比实际年龄老得多。连讲话方式都怪里怪气。总之好事不沾边。"

他往咖啡里放了三小勺白糖，又加奶精认真搅拌一番，津津有味地细细呷了一口。

我看看表。

"啊，对了，时间，"文学说，"还有五分钟吧？放心，不会占用你多少时间。就是那个遇害女孩的事，那个叫咪咪的女孩。"

"咪咪？"我反问。我哪里会轻易上钩。

他咧了咧嘴角笑道："嗯，是的，那孩子叫咪咪。名字搞清了，当然不是真名，是所谓源氏名①，到底是妓女，我的眼力不错，不是一般女子。乍看怎么都是一般女子，其实不然。近来很难辨别。以前容易，一眼就知是妓女还是不是，根据衣着、化妆和相貌等等。这两年不灵了。看上去一身清白的女孩也当妓女，或为了钞票，或出于好奇。这很不地道，何况有危险，是吧？往往要跟素不相识的男子相会，关在密室之中。世上什么样的家伙都有，有变态的，有神经的，千万马虎不得。你不这样认为？"

我只好点头。

---

① 妓女除本名以外另取的名字。

"但年轻女孩浑然不觉。她们以为世上所有的幸运全都朝自己微笑。这也情有可原,到底年轻嘛。年轻时以为一切都会称心如意,到恍然大悟时却悔之晚矣,已经被长筒袜缠住脖子了,可怜!"

"那么说罪犯有下落了?"我问。

文学摇摇头,皱起双眉:"遗憾,还没有。一系列具体事实已经查清,只是还没有在报纸上发表,因正在调查之中。例如: 她的名字叫咪咪,是职业妓女。本名……噢,也用不着本名,这不是大问题。老家在熊本,父亲是公务员。虽说市不大,但毕竟担任的是副市长一类的角色。是正正经经的家庭,经济上没有问题。甚至给她寄钱,而且数目不算小。母亲每月来京一两次,给她买衣服什么的。她跟家里人似乎讲的是从事时尚相关工作。一个姐姐,一个弟弟。姐姐已经跟一名医生结婚,弟弟在九州大学法学系读书。美满家庭!何苦当什么妓女呢?家里人都很受打击。当妓女的事丢人,没有对她家人讲,但在宾馆被男人勒死也够叫人受不了的。是吧?原本那么风平浪静的家庭。"

我不作声,任凭他滔滔不绝。

"她所属的应召女郎组织,也给我们查出来了。费了不少周折,总算摸到了门口。你猜我们怎么干的?我们在市内高档宾馆的大厅里撒下网,把两三个妓女模样的人拉到警察署,把你看过的照片拿给她们看,紧紧追问不放。结果一个吐口了,并非人人都像你那样坚韧不拔。再说对方身上也有不是。于是我们搞清了她所属的组织。是高级色情组织,会员制,价码高得惊人。你我之辈只能望洋兴叹,根本招架不住。不是吗?干一次你能掏得出七万日元?我可是囊中羞涩,开不得的玩笑!

与其那样，还不如跟老婆干去，留钱给孩子买辆新自行车。噢，瞧我向你哭起穷来了。"他笑着看我的脸，"而且，就算能掏得出七万，我这样的人家也绝对不接待。要调查身份的，彻底调查，安全第一嘛，不可靠的客人一概不要。刑警之类的，别指望会被吸收为会员。也不是说警察一律不行，再往上的当然可以，最上头的，因为关键时刻会助一臂之力。不行的只是我这样的小喽啰。"

他喝干咖啡，叼上烟，用打火机点燃。

"这样，我们向上头申请强行搜查那俱乐部，三天后获准批下。不料当我们拿着搜查证跨进俱乐部时，事务所里早已什么都没有，成了地地道道的空壳，一空如洗。走漏了风声。你猜是从哪里走漏的？哪里？"

我说不知道。

"当然是警察内部。上头有人不清不白，把消息走漏出去了。证据固然没有，但我们现场人员心里明明白白，知道从哪里走漏的。肯定有人通知说警察要来搜查，赶快撤离。这是可耻可鄙的事，万不该有的事。俱乐部方面也已习以为常，转眼间就全部撤离，一个小时便逃得无影无踪。接着另租一处事务所，买几部电话，开始做同样的买卖。简单得很，只要有顾客名单，手中掌握着像样的女孩，在哪里都买卖照做。我们又无法追查，晚了一步，线索断得一干二净。假如知道她接的是什么客人，还能有些进展。眼下是一筹莫展。"

"不明白啊。"我说。

"什么地方不明白？"

"假如像你说的那样是采用会员制的高级应召女郎俱乐部，那么客人为什么会杀害她呢？那样岂不马上露了马脚？"

"言之有理。"文学说,"所以杀害她的那个人不是顾客名单上的。或是她个人的恋人,或是不通过俱乐部而想私吞手续费那类,搞不清。她的住处也搜过了,没发现任何蛛丝马迹。毫无办法。"

"不是我杀的。"我说。

"这个知道,当然不是你。"文学说,"所以不是说过了么,知道不是你杀的。你不是杀人那种类型,这一眼就看得出。所谓不杀人那种类型,是真的不至于杀人的。但你知道什么,这点凭直觉看得出来,我们毕竟是老手。所以想请你告诉我,好么?别无他求,告诉即可,不会再刨根问底说三道四,保证,真的保证。"

我说什么也不知道。

"罢了罢了,"文学说,"完啦,怕是完啦!说实在的,上头对破案也不大积极。不过一个娼妓在宾馆被杀罢了,用不着大惊小怪——对他们来说。甚至认为妓女那种人被杀了才更好。上头那帮人几乎没看过什么尸体,根本想象不出一个漂亮女孩被赤裸裸地勒死是怎样一种情景,想象不到那是何等可怜凄惨。另外,这家色情俱乐部不仅同警方眉来眼去,同政治家也藕断丝连。冥冥之中不时有金徽章突然一闪。警方这东西对那种闪光敏感得很,只消稍微一闪,他们就即刻像乌龟似的缩回脖子不动,尤其是上头的人。由于这些情况,咪咪看来是白白断送了一条性命,可怜!"

女服务员撤下文学的咖啡杯。我只喝了一半。

"我嘛,不知为什么,对咪咪那个女孩有一种亲近感。"文学说,"自己也不知道是什么原因促成的,从在宾馆床上看到那孩子被赤裸裸地勒死时起,我就下了决心,非把这个凶手捉拿归案不可。当然,这类尸体我们看得多了,也看得腻了,现在再看也不会觉得怎么样。什么样的都看过,支离破碎的,焦头烂额的。但独有那个尸体特别,漂亮得出奇。早晨的阳光从窗口射进来,她冻僵似的躺在那里,睁着眼睛,舌头在嘴里卷曲着,脖颈上套着长筒袜,像打领带那样套着。两脚分开,小便失禁。我一看到就产生了一种感觉:这女孩是在向我寻求解决,在我解决之前,她将一直保持那种奇妙的姿势僵冻在清晨的空间里。是的,现在还在那里僵冻着。只要不把凶手逮住了结案件,那孩子就不会放松身子。我这感觉奇特不成?"

我说不知道。

"你好久不在,去旅行了吧?晒得挺厉害的。"刑警说道。

我说去夏威夷出差来着。

"不错啊,真叫人羡慕!我也想改行去观赏风光。从早到晚净看死尸,自己都变得死气沉沉了。哦,可看过死尸?"

我说没有。

他摇头觑一眼手表:"对不起对不起,时间过得真快。不过,俗话说碰袖之交也是前世因缘嘛,别再计较啦!我偶尔也想找人聊聊心里话。对了,买的什么,在东急手创馆?"

我说电烙铁。

"我的是捅排水管用的,家里的水槽好像有点堵塞。"

他付了咖啡店的账钱。我坚持付自己那份,他再三推辞不要。

"这有什么呢,我拉你来的。再说不过是喝杯咖啡的钱,不必介意的吧!"

走出咖啡店,我突然想起,问他这种妓女遇害案是否常有。

"这个嘛,总的说起来还算是常见案。"说着,他目光略略一闪,"既非每天都有,也不是年中年尾各有一次。对妓女遇害案有什么兴趣?"

我说谈不上兴趣,顺便问一下罢了。

我们告别分开。

他走后,我胃中还存有不快之感,直到第二天早上也未消除。

36

　如同长空中缓缓流动的云，五月从窗外逝去了。
　我不工作已经两个半月了。工作方面的电话较之过去一段时间减少了许多。我这一存在势必被世人逐渐淡忘。银行户头上当然也就不再有进账，好在还有足够的余额，而我的生活又花钱不多。饭自己做，衣物自己洗，没什么特别要买的东西。加之无债，对衣着和车子也不怎么讲究，所以时下还用不着为钱伤脑筋。我用计算器把一个月的生活费大致算出，用存款余额一除，得知尚可维持五个月。那就先过五个月好了，我想。纵使山穷水尽，届时再作打算也不为迟。更何况桌面上还有牧村拓给的三十万元支票，硬是摆在那里没动。暂且无饿死之虞。
　我注意不打乱生活步调，同时静等某种事态的发生。每周去几次游泳池，一直游到累得不能再游，然后买东西精心调理饭菜，晚间则边听音乐边看从图书馆借来的书。
　我在图书馆逐页翻看报纸的缩印本，详细查阅了最近几个月发生的杀人案件，当然只限于女性，从这个角度看来，世界上被杀的女性不在少数，有被捅死的，有被打死的，有被勒死的，但任何一个遇害女性都不像是喜喜。起码尚未发现她的尸体。当然，有好几种方法可以不让人发现尸体，将其缚以重石沉入海底或运到山中埋上均可,如我掩埋"沙丁鱼"一样,那样谁也不会发现。

也可能死于事故,像笛克那样在街上被车撞死也是可能的。于是我又查阅了事故——死于事故的女性。世上果然有很多事故,有很多女性在事故中丧生。有的死于车祸,有的死于火灾,有的死于煤气中毒,但这些遇难者中亦未发现同喜喜相似的女性。

莫非自杀?或心脏病发作猝死?这类死是不登报的。各种各样的死充斥于世,报纸不可能一一详加报道,莫如说被报道的死倒是例外。绝大多数人都是默默无闻地死去的。

所以这种可能性是存在的。

喜喜或许死于他人之手,或许死于某起事故,或许死于心脏病发作,或许自杀。

没有任何确凿证据。既无死的证据,又无生的证据。

兴之所至,我便给雪打个电话去。我问可好,她答凑合。她说话语气总是那样漫不经心,含糊其词,犹如对不准焦距的镜头。对此我不甚中意。

"没有什么的,"她说,"不好也不坏……普普通通,活得普普通通。"

"你妈妈呢?"

"……愣愣地发呆,不大做事,整天坐在椅子上发呆,失魂落魄的。"

"有什么要我帮忙的?比如买菜?"

"不用了,阿姨可以买,有时也让商店送来。我们两人光是对着发呆。跟你说……在这里好像时间都停止了。时间还照样在动?"

"一如往常,很遗憾。时间不舍昼夜。过去增多,未来减少;希望减少,懊悔增多。"

雪沉吟良久。

"声音好像没精神,嗯?"我说。

"是吗?"

"是吗?"我重复道。

"什么哟,瞧你!"

"什么哟,瞧你!"

"别鹦鹉学舌!"

"不是学舌,是你本人心灵的回声。为了证明沟通的缺欠,比约·博格气势汹汹地卷土重来,一路摧枯拉朽!"

"还是那么神经,"雪讶然道,"和小孩子有什么两样!"

"两样,不一样。我这种是以深刻的内省和实证精神为坚实基础的,是作为隐喻的回声,是作为信息的游戏。同小孩子单纯的鹦鹉学舌有着本质区别。"

"哼,傻气!"

"哼,傻气!"我重复道。

"算了!够了,已经。"雪大声吼道。

"算了。"我说,"言归正传,声音好像没精神,嗯?"

她叹了口气。"嗯,或许。"她说,"和妈妈在一起……无论如何都受妈妈情绪的影响。因为她是个强人,在这个意义上。有影响力,肯定。她那人,压根儿不考虑周围人会怎么样,心目中唯有自己,而这种人是强有力的。明白吗?所以我才被她拖着走,不知不觉之间。她若是蓝色,我也是蓝色的。她有精神时我也在她的触发下恢复生机。"

传来用打火机点烟的声响。

"偶尔出来和我玩玩会好一些吧?"我问。

"有可能。"

"明天去接?"

"嗯,好的。"雪说,"和你这么交谈几句,好像有点精神了。"

"那好!"我说。

"那好!"雪开始鹦鹉学舌。

"算了!"

"算了!"

"明天见。"说罢,没等她模仿我便挂断电话。

雨的确无精打采。她坐在沙发上,姿势优美地架着腿,空漠而呆滞的目光落在膝头摊开的摄影杂志上,浑如一幅印象派绘画。窗开着,但由于无风,窗帘和杂志纸页均静止不动。我走进时,她略略扬起脸,递出一缕虚弱无力的微笑,淡淡的,如空气的一颤。继而将纤细的手指抬起约五厘米,指示我坐在对面椅子上。帮忙的阿姨端来咖啡。

"东西已经送到笛克家去了。"我说。

"见到她太太了?"

"没有,交给来门口的人了。"

雨点点头:"谢谢,谢谢了。"

"不用谢,小事一桩。"

她闭目合眼,双手在脸前合拢。然后睁开眼睛环视室内。室内只有我和她。我端起咖啡啜了一口。

雨也并非总是一身牛仔衬衫加皱皱巴巴棉布短裤的装束。

今天她穿的是一件高雅的蕾丝边白衬衣，下面是浅绿色裙子。头发齐整整地拢起，甚至涂着口红，甚是端庄秀美。以往一发而不可遏止的旺盛生命力不翼而飞，代之以楚楚可怜的妩媚，如氤氲的蒸汽将她笼罩其中。这种蒸汽看上去飘忽不定，仿佛即将散去，但这终究属于视觉印象，实际上一直依稀存在。她的美与雪的美种类全然不同，不妨说是两个极端。雨的美由于岁月与阅历的磨砺，透露出炉火纯青的成熟风韵。可以说，美就是她自己，就是她存在的证明。她深谙驾驭之术，使这种美卓有成效地为己所用。与此相比，雪的美在多数情况下则漫山遍野地挥洒，甚至自己都为之困惑。我时常想，目睹漂亮妩媚的中年女性风采，实是人生一大快事。

"为什么呢？"雨开口了。那口气，仿佛把什么东西孤零零地放飞于空中，而又久久盯视不动。

我默默地等待下文。

"为什么会如此一蹶不振呢？"

"怕是因为一个人死去了吧。这也难怪，人死毕竟是个大事件。"我说。

"是啊。"她有气无力。

"不过——"

雨看着我的脸，摇头道："你想必不至于麻木不仁，该明白我要表达的意思吧？"

"你是说本来不该这样？"

"是啊，嗯，是的。"

"他不是很了不起的人，没有多大才能，然而为人真诚，尽职尽责。他为你抛弃了花费很多年月才挣到手的宝贵东西，并且死了。死后你才觉察到他的可贵之处。"我很想这样说，但没有出口。有些话是不能说出口的。

"为什么呢?"她一边说一边盯视空间里的某个飘浮物,"为什么和我在一起的男人都变得不行了呢?为什么一个个都落得奇特的下场呢?为什么我什么也剩不下呢?我到底什么地方不好呢?"

这甚至算不得疑问。我望着她衬衣领口上的蕾丝,看上去仿佛高雅动物那玲珑剔透的内脏的皱襞。烟灰缸里,她的"沙龙"静静地升起狼烟般的青烟。烟升得很高,然后分散开来,融入默默的尘埃。

雪换完衣服进来,对我说走吧。我站起身,对雨说这就出去。

雨充耳不闻。于是雪大声嚷道:"妈,我们走了!"雨扬起脸,点点头,又抽出支烟点燃。

"出去兜一圈,不回来吃晚饭。"雪说。

我们把坐在沙发上一动不动的雨扔在身后,出门而去。那房子里似乎还留有笛克的气息,我身上也有。我清楚地记得他的笑脸,记得我问是否用脚切面包时他脸上浮起的俨然十分好笑的笑容。

真是个怪人!死后反倒更让人感觉出他的存在。

37

我同雪如此见了几次面,准确说来是三次。对于在箱根山中和母亲两人的生活,她似乎并不怀有特别的兴致,不感到欣喜,也算不得讨厌。她同母亲生活似乎并非出于多大的关心,即认为母亲在男友去世后孤单单地需要有人照料。她仿佛被一阵风刮去那里并且住了下来,如此而已。对那里生活的所有侧面她都无动于衷。

只是在同我见面时,才多少恢复一点生气。我说笑话,她略微有所反应,声音也重新带有冷峻的紧张感。而一回到箱根家里,便马上故态复萌,声音有气无力,目光毫无生机,犹如为节约动力而停止自转的行星。

"喂,独自在东京生活是否会好些呢?"我试着说,"换换空气。时间不必长,三四天即可,改变一下环境总没有坏处。在箱根好像越待越没有精神。同在夏威夷时相比,简直判若两人。"

"没有办法的,"雪说,"你的意思我明白,但眼下正赶上这种时期,在哪里都一样。"

"因为妈妈在笛克死后变成那副样子?"

"呃——有这方面的原因,不过也不完全是这样,我想。不是离开妈妈身边就可以解决的,靠我自己的力量无论如何都无济于事。怎么说呢，归根结蒂是大势所趋。星运越来越糟，现在在哪里都一回事。身体和脑袋结合不好。"

我们卧在海滩上眺望大海。天空阴云沉沉，带有腥味的海风拂动着沙滩上的野草。

"星运。"我说。

"星运！"雪不无勉强地淡淡一笑，"不骗你，星运不济。我和妈妈好像是同一个频率。刚才说过，她有精神我也活泼，她消沉起来，我也渐渐萎靡不振。有时我还真闹不清谁个在先。就是说，不知是妈妈影响我，还是我影响妈妈。但不管怎样，我和她好像是拴在同一条绳上。贴在一起也好，两相分离也好，都一回事。"

"同一条绳？"

"嗯，在精神上。"雪说，"有时我讨厌起来又是反驳又是抗争，有时又觉得怎么都无所谓而不声不响。听天由命吧。怎么表达好呢——有时候我变得不能够很好控制自己，就像被一股巨大的外力操纵着，以致我分不清哪个是自己哪个不是自己，只好听天由命，只好什么都不理会。我已经厌烦了！我真想叫一声我还是个孩子，然后蹲在墙角里一动不动。"

傍晚，我把她送回箱根，自己返回东京。每次雨都留我一起吃饭，而我总是谢绝。我也自觉对人不起，但我实在无法忍受和这两人同桌进餐的气氛。目光呆滞空漠的母亲，对一切都毫无反应的女儿。死者的阴影。沉闷的空气。施加影响的和受影响的。沉默。万籁俱寂的夜晚——这种情景光是想象起来都令人胃痉挛。相比之下，《爱丽丝梦游仙境》中疯帽子举办的茶会倒好似百倍，席间虽然条理欠佳，但毕竟有活气有动作。

我打开汽车音响，听着往日的摇滚乐驱车返回东京。然后边喝啤酒边做晚饭，做好后一个人默默地受用一番。

❦ ❦ ❦

和雪在一起，其实也没有什么大的节目。我们或者听着音乐开车兜风，或者躺在海滩上呆呆仰望云天，或者在富士屋酒店吃冰淇淋，或者去芦之湖划船。然后在时断时续的闲聊当中送走一个又一个下午，日复一日地盯视日月运行的轨迹。简直同退休老人的生活无异。

一天，雪提出看电影。我下到小田原，买报纸来查看。没有什么像样的片子，只有五反田演的《一厢情愿》在二号馆上映。我介绍说五反田是我初中同学，如今也时常见面。雪于是对此片产生了兴趣。

"你看了？"

"看了。"我说，当然我没说看了好几回。若说看了好几回，又要把个中缘故重新说明一遍。

"有意思？"

"没意思。"我当即回答，"俗不可耐。说得客气点，纯属浪费胶片。"

"你朋友怎么说的，对这片子？"

"他说无聊透顶，白白消耗胶片。"我笑道，"演的人自己都这么说，大致不会有误。"

"我很想看。"

"好啊，这就去看。"

"你不要紧的,看两遍?"

"无所谓。反正没有别的什么事干,再说又不是有害电影,"我说,"连害处都谈不上的。"

我给电影院打电话,问清《一厢情愿》开场的时间,然后去城中的动物园消磨时间。城中有动物园的城区,恐怕除小田原外别无他处。一个有特色的所在。我们基本是看猴子,百看不厌。大概这光景使人联想到社会的一个侧面。有的鬼鬼祟祟,有的爱管闲事,有的争强好胜,一个又丑又肥的猴子蹲在假山尖上雄视四方,态度不可一世,而眼睛却充满畏惧和猜疑,而且污秽不堪。我心中纳闷,为什么那般肥胖臃肿,那般丑陋阴险呢?这当然不能向猴子发问。

因是平日的午间,电影院里自然空空荡荡。椅子很硬,四下有一种犹如置身壁橱的气味。开映之前我给雪买来巧克力。我也打算吃点什么,遗憾的是小卖部里没有任何东西引起我的食欲,卖货的女孩也不是积极推销那种类型,于是我只吃了一块雪的巧克力。差不多有一年没吃巧克力了。我这么一说,雪"咦"了一声。

"不喜欢巧克力?"

"没有兴趣。"我说,"既不喜欢又不讨厌,只是没有兴趣。"

"怪人!"雪说,"对巧克力都没兴趣,肯定神经有故障。"

"一点不怪,常有之事。你喜欢达赖喇嘛?"

"什么呀,那?"

"西藏最厉害的和尚。"

"不知道,不认识。"

"那么你喜欢巴拿马运河？"

"既不喜欢又不讨厌。"

"或者，对日期变更线你喜欢还是讨厌？圆周率如何？反垄断法你可中意？侏罗纪你喜欢还是讨厌？塞内加尔国歌如何？一九八七年的十一月八日你喜欢还是讨厌？"

"吵死人了！真是傻气。居然一连串想起这么多。"雪不胜其烦地说，"好了，明白了，对巧克力你既不喜欢又不讨厌，只不过没有兴趣。明白了。"

"明白了就好。"

不久，电影开始。情节我了如指掌，因此没怎么看银幕，只管东想西想。雪也像是觉得这电影实在太差，不时地叹口气，或哼一下鼻子。

"傻气！"她忍无可忍地低声嘟囔道，"哪里的傻瓜蛋拍的？故意拍这么拙劣的片子？"

"理所当然的疑问，哪里的傻瓜蛋故意拍这么拙劣的片子？"

银幕上，一表人才的五反田正在讲课，其教法——尽管是演技——相当不同凡响。他在讲解蛤蜊的呼吸方式，讲得通俗易懂，细致入微，妙趣横生。我出神地看着他这讲课光景。担任主角的女孩手托下巴，忘情地盯着讲台上的五反田。我看了好几场，注意到这个场面还是初次。

"那就是你的朋友？"

"是的。"

"看上去有点傻里傻气。"

"不错，"我说，"不过本人要地道得多，本人可没有这么差劲儿，头脑聪明，谈吐幽默。电影是太糟了。"

"何苦演这么糟的电影?"

"有理!问题是那里边情况复杂得很,讲起来话长,算了。"

电影按照可想而知的平庸情节向前推进。台词平庸,音乐平庸,真应该将其装进时间胶囊,贴上"平庸"字样的标签埋入地下。

不一会儿,喜喜出场的那组镜头到了。这是此部电影中举足轻重的画面。五反田同喜喜相抱而卧。星期天的早晨。

我深深吸口气,把全部注意力集中在银幕上。周日的晨光透过百叶窗射进房间。同样的位置,同样的光照,同样的色调,同样的角度,同样的亮度。我对那房间的一切了如指掌,甚至可以呼吸其中的空气。五反田出现了。其手指在喜喜背部游移,仿佛在探寻记忆的细纹,十分优雅地、轻轻地抚摸着喜喜的背。喜喜的身体做出敏感的反应,浑身略略颤抖,犹如蜡烛的火苗随着皮肤感觉不到的细弱气流微微摇曳。那颤抖使得我屏住呼吸。特写:五反田的手指和喜喜的裸背。稍顷镜头移动,喜喜的脸面闪出。主人公女孩赶来。她登上公寓楼梯,咚咚敲门,门被推开。我再度为之费解,门为什么不锁上呢?不过也挑剔不得,毕竟是电影,且是平庸之作。总之她推门进入,目睹五反田同喜喜在床上抱作一团。她闭目屏息,装有曲奇之类的盒子掉在地上,旋即转身跑出。五反田从床上坐起,神色茫然注视门口。喜喜开口道:"嗯,你这是怎么了?"

同样,与以往一模一样。

我闭起眼睛,脑海中再次推出周日的晨光,五反田的手指,喜喜的裸背,觉得那仿佛是个独立存在的世界,一个飘浮于虚构时空的世界。

等我注意到时，雪已经躬身俯首，额头搭于前排座椅的靠背，两臂御寒似的紧紧在胸前抱拢。她一声不吭，一动不动，甚至气都不出，一如冻僵死去。

"喂，不要紧？"我问。

"不是不要紧。"雪勉强挤出声音。

"到外面去吧，怎样，动得了？"

雪微微点下头。我抓住她发硬的胳膊，沿席间通道走出电影院。我们身后的画面上，五反田仍站在讲台上讲生物课。外面无声无息地下着濛濛细雨。海面方向似有风吹过，隐隐送来一股海潮味儿。我手抓她的臂肘以支撑其身体，朝停车的地方一步步走去。雪紧咬嘴唇，一声不响。我也没有说话。从电影院到停车处充其量不过两百米，却使人觉得十分遥远，我真怀疑能否坚持走到。

38

　　我扶雪坐进副驾驶席，打开车窗。雨悄然下个不停。雨很细，细得几乎看不清，却将柏油路面一点点涂上淡淡的墨色，也可闻到下雨的气息。有人撑伞，也有人不在乎地兀自前行——便是如此程度的雨。几乎没有可称之为风的风，于是雨下得很静，且径直从空中落下。我把手心伸到窗外试了一会儿，略觉有点湿润。

　　雪把胳膊放在车窗下端，下颏搭在胳膊上，歪着脖颈，脸探到外面半边。她如此久久地纹丝不动，只有脊背随着呼吸而有规则地颤动，且也微乎其微。呼吸很轻，稍稍吸进，略略呼出。但毕竟是呼吸。从后面看去，似乎只要施加一点点力，臂肘和脖颈都会咯嘣一声折断。我心想，她为什么显得如此脆弱如此毫不设防呢？莫非因为我是以大人的眼光看她不成？我尽管不够成熟不够健全，但终究掌握了相应的生存之术，而这孩子恐怕尚未达到这个地步。

　　"我可以做点什么吗？"我问。

　　"不用的。"雪小声说道，依旧俯着头，吞了口唾液，吞下时发出大得不自然的声响，"领我到没人的安静地方，不要太远。"

　　"海边好吗？"

"哪里都行。慢慢开,摇晃大了很可能吐出。"

我像手捧快要裂开的鸡蛋似的将她的脑袋收回车内,靠在头托上,然后把车窗关上半边。我把车开得很慢——只要交通情况允许——直开到国府律海岸。停下车,把雪领到沙滩。她说想吐,旋即吐在脚下的沙滩上。胃里几乎没有什么,没有多少值得吐的东西。吐罢巧克力黏糊糊的褐色液体,再出来的只是胃液或空气。这种吐法最为辛苦,身体光是痉挛,却什么也出不来,就像整个身体被挤干油水,胃袋收缩得只有拳头般大小。我轻轻抚摸她的后背。雾样的雨仍在不停地下,雪似乎没怎么注意到雨。我用指尖轻按她胃部后侧的部位,发现她肌肉硬得竟如化石一般。她身穿夏令棉质线衫和褪色的蓝牛仔裤,脚上是匡威红色篮球鞋——现在则以这样的装束四肢着地,闭目合眼。我将她的头发束起缠在脑后,以防弄脏,继续上下摩擦她的后背。

"好难受!"雪双眼渗出泪水。

"晓得,"我说,"完全晓得。"

"怪人!"她皱起眉头说。

"以前我也这么吐过,难受得很,所以晓得。但很快就会过去,忍一忍就过去了。"

她点点头,身上又掠过一阵痉挛。

约十分钟后,痉挛消失。我掏手帕给她擦拭嘴角,将呕吐物用沙子盖严,而后挽起她的胳膊,扶她去防波堤,那里可以靠坐。

两人便在雨中久久坐着。背靠防波堤,耳听西湘支线公路上疾驶而过的车轮声,眼望海面烟雨。雨依然很细,但比刚下时势头急了些。海岸站着两三个垂钓人,看样子根本没有注意到我们，连头都不回。他们头戴鼠灰色雨帽，身上紧紧裹着雨衣，像打标语似的将长长的钓竿竖在水边，全神贯注地盯着海湾方向。此外了无人影。雪把头软绵绵地搁在我肩上，什么也不说。若有陌生人远望过来，必定以为我们是热恋中的情人。

雪闭着眼睛，呼吸还是那么轻微恬静，仿佛睡了过去。湿乎乎的头发贴在额角一缕，鼻腔随着呼吸微微颤动，脸上还留有一个月前被太阳晒过的淡淡遗迹，在阴晦的天空底下，似乎带有不健康的色调。我用手帕擦拭她被雨淋湿的脸，抹去泪痕。无遮无拦的海面上，雨继续静悄悄地下着。自卫队的形如水虿的海上巡逻机发出沉闷的声响，几次穿过头顶。

过了一阵，她睁开眼睛，头依然搁在我肩上，把模糊的眼光转向我，然后从裤袋里抽出维珍妮牌女士香烟，擦根火柴，却怎么也擦不起火——擦火柴的力气也没有了。但我置之未理，也没说现在吸烟不好。她好歹点燃香烟，用手指弹开火柴杆，吸了两口便皱起眉头，同样用手指将其弹开。香烟落在水泥地上，冒了一会儿烟，被雨淋灭了。

"胃还痛？"我问。

"一点点。"

"那就再稍坐一会儿。不冷？"

"不要紧。被雨淋淋心情反倒好些。"

垂钓人仍在凝望太平洋。钓鱼到底什么地方有意思呢？不就是引鱼上钩么？何苦为此而一整天站在水边冒雨面对大海呢？不过这属于个人爱好问题。而我同一个神经兮兮的十三岁女孩并坐海岸淋雨——说是好事之徒又何尝不可！

"你的、你的那个朋友……"雪小声道，声音意外拘谨。

"朋友？"

"嗯,刚才电影里的人。"

"本名叫五反田。"我说,"和山手线一个车站同名。就是目黑的下站,或大崎的前站。"

"他杀了那个女的。"

我眯缝起眼睛看着雪的脸。她脸色显得十分疲劳,呼吸急促,肩头不规则地上下抖动,活像被刚刚救上岸的即将溺死之人。我全然揣度不出她说的是什么意思。"杀了?杀了谁?"

"那个女的,那个星期天早上和他睡觉的人。"

我还是莫名其妙,脑袋一团乱麻。有一种错误的外部力量破坏了事物的固有流程,而我又判断不出这种错误力量来自何处和如何而来。我几乎下意识地笑了笑,说:"那部电影里可是谁也没死呀,你弄错了吧?"

"我不是说电影,而是说在现实中他杀了她。我一清二楚。"雪说着,一把握住我的手腕,"可怕,就像胃里猛然被什么重重的东西捅进来似的难受得透不过气,怕得透不过气。喂,那个又来了,我知道,清楚地知道。是你的朋友杀了那个女的。不说谎,真的。"

我这才明白了她的意思,刹那间背脊掠过一道寒流。我再也无法开口,只是在霏霏细雨中泥塑木雕般地看着雪的脸。到底如何是好呢?一切都已致命地扭曲变形,一切都已使我无能为力。

"请原谅,也许我本人不该对你说这种话。"雪喟然一声叹息,松开紧握在我手腕上的手,"老实说,我也不明白。我是感觉到那是事实,但是否真的属实,我也没有绝对把握。况且说这话有可能使得你像其他人那样憎恨我厌恶我,可我又不能不说。属实也罢不属实也罢,反正我是清清楚楚看到了,而且不可能一个人装在心里。怕人，太怕人了，我一个人实在承受不住。所以求求你，千万别生我的气。你要是过于责怪我，我真不知该怎么好。"

"哪里，哪里会责怪你，镇静下来说，"我轻轻握住雪的手，"你看见了？"

"是的，看得清清楚楚，头一次这么清楚。他杀了人，勒死了电影中那个女的。然后用那辆车把尸体拉走，拉得很远很远。就是你让我坐过一次的那辆意大利车。那车是他的吧？"

"是，是他的车。"我说，"其他还有知道的？慢慢想想，别着急。哪怕再小的事都好，凡是知道的都告诉我，好吗？"

她把头从我肩膀上移开，左右摇晃两三次，用鼻子深深吸了口气："大的方面我也不知道。泥土味儿、铁锹、夜晚、鸟叫，如此而已。他把那女的勒死，然后用车运到哪里埋上，就这么多。不过说来奇怪，从中竟一点也感不到有什么恶意。感不到那是犯罪，就像举行某种仪式似的，安静得很，杀的和被杀的都安安静静，静得出奇，静得就像在世界的终点，我形容不好。"

我久久地闭目沉思，力图在黑暗中将思想归纳出来，但是不行。我设法把两脚定定地站牢，同样不行。头脑中记录的世界上所有的事物事态，似乎都在顷刻之间分崩离析，七零八落。对雪所言，我仅仅是接受而已，既不全信，又非不信，只是把她的话语自然而然地渗入自己心中。其实那不过是一种可能性。然而这可能性中蕴含的力量却是致命的、劈头盖脑的。这对她来说不外乎随口之言的可能性，将我心目中几个月来模模糊糊形成的某种体制一举击得粉碎。尽管那体制尚属混沌未分的雏形，严密说来还缺乏客观性，但毕竟使我产生了坚实的存在感和均衡感，而现在均已告吹，消失得无影无踪。

可能性是有的，我想。同时觉得有一种东西在如此想的一瞬间完结了，微妙地、决定性地完结了。那种东西到底是什么呢？现在我什么都不愿去想，过后再想好了。不管怎样，我又孤独起来。尽管同一个十三岁的少女并肩坐在雨中的沙滩上，我仍然涌起一股无可排遣的孤独感。

雪柔柔地握住我的手。

握了相当久的时间。手玲珑而温暖，但我以为似乎有些不现实，而觉得这种感触不过是往日记忆的再现。是的，是记忆，温煦的记忆。然而无济于事。

"回去吧，"我说，"送你回家。"

我往箱根她家的方向开去。两人都没开口。沉默难忍。于是我把随眼看到的磁带放进汽车音响。音乐从中荡出，至于什么音乐则浑然不觉。我集中精力开车，把握住手脚动作的协同，及时变换挡速，小心翼翼地握着方向盘。雨刷咔嗒咔嗒发出单调的声响。

我不想见雨，遂在她家的石阶下同雪告别。

"我说，"雪站在车窗外，发冷似的紧抱双臂，"我说的你可别就那么信以为真，我不过是看见罢了。刚才也已说过，我根本不知道那是否属实。嗯，千万别因此怨恨我。要是给你怨恨，那可就麻烦透了。"

"有什么好怨恨的。"我笑了笑，"你说的我也不会整个相信。其实信也罢不信也罢，真相迟早要显露出来，迷雾总会散去。这点我心里有数。即使你说的属实，也不外乎一种巧合——即真相通过你而大白于世。这不怪你，完全知道不怪你的。归根结蒂，我得自己来澄清这点，否则什么也解决不了。"

"去找他？"

"当然。当面问他，别无选择。"

雪耸耸肩："生我的气？"

"哪里，怎么会！"我说，"有什么可生你气的呢？你没有做任何错事。"

"你真是个大好人。"她说。她为什么用的是过去时，我心想。"头一次遇到你这样的人。"

"我也是头一次遇到你这样的女孩。"

"再见！"说罢，她定定地看着我，显得有点犹豫，似乎想再说句什么，或想握一下我手以至吻一下我的脸颊。当然她并未这样做。

归途，车中似乎荡漾着她口中那种是非莫辨的可能性。我听着不明所以的音乐，打起精神目视前方，一路驱车返回东京。驶下东名高速公路后，雨停了。但直到把车开进涩谷平时用的停车场，我也没有关掉雨刷。雨停注意到了，却没想到要关雨刷。头脑混乱，得设法整治。我在已经停好的"斯巴鲁"中仍旧手握方向盘，呆坐了好久，好久才把手从方向盘上拿下。

39

清理心绪所花时间则更长更久。

首先的问题是相信还是不相信雪的话。我将其作为一种纯粹的可能性加以分析。分析时将感情因素在尽可能大的范围内彻底剔除。做到这点并不难，因为我的感情早已迟钝麻木得如同被蜂蜇过。可能性是存在的，我想。随着时间的延展，这一可能性在我心中迅速地膨胀、繁殖，开始带有某种确切性，且势不可挡。我站在厨房里把水烧开，把咖啡豆碾碎，缓慢地、仔细地煮好咖啡，然后从餐橱取下杯子，斟上咖啡，坐在床边喝着。及至喝完之时，可能性已发展到近乎确信的地步。想必是那样的吧！雪看到了正确的图像——五反田杀害了喜喜后将其尸体运到哪里埋上或用其他办法处理了。

奇怪！原本没有任何证据，不过是一个敏感的少女看电影时产生的感觉而已，然而不知为什么，我却无法存有疑念。这对我当然是个打击，但我还是几乎凭直感相信了雪所见到的图像。为什么呢？我为什么竟如此深信不疑呢？不明白。

不明白归不明白，反正事情得由此展开。

下一步，下一个问题：五反田何以非杀喜喜不可？

不明白。再一个问题：杀害咪咪的同样是他不成？果真如此，原因何在？五反田何以非杀咪咪不可？

仍不明白。怎么想也想不出五反田必须杀害喜喜或杀害喜喜和咪咪两人的理由。百思不得其解。

不明白之处太多了。

最终,只有按我跟雪说过的那样:找五反田当面询问。但如何开口呢?我试着设想自己向他质问的情景——"是你杀了喜喜?"这未免滑稽可笑,无论如何悖乎常情常理,而且龌龊卑劣。光是设想自己口出此言都觉得龌龊,龌龊得几乎作呕。其中显然含有错误的因素。可是不这样做,事情便寸步难行,且又不可能适当暗示一点信息后静观事态发展。现在不容我做出其他选择。悖乎情理也好,含有错误因素也好,总之势在必行。所谓势在必行,也就是必须使其行之有效。我几次想给五反田打电话,几次都欲打而止。我坐在床沿,深深吸气,把电话机放在膝盖上慢慢拨动号码,但每次都不能最后拨完,只好把电话机放回原位,躺在床上望天花板。对我来说,五反田这一存在所具有的意义远远比我想的要大。是的,我和他是朋友。纵令是他杀了喜喜,他也仍是我的朋友。我不愿意失去他,我失去的东西已经太多了。不能,我怎么也不能给他打电话。

我打开录音电话的开关,无论铃怎么响我都绝对不拿听筒。因为即使从五反田方面打电话过来,就我现在的状态来说也不知对他讲什么好。一天里电话铃响了几次,不晓得是谁打来的。也许是雪,也许是由美吉,横竖我一律置之不理。现在我不想同任何人讲话,无论是谁。电话铃每次都响七八遍才停止。每次响起,我都想起曾在电话局工作的女友。她对我说:"回到月亮上去,你!"不错,她说得不错,我恐怕的确该返回月球,这里的空气对我未免过浓,重力未免过重。

我如此连续思索了四五天时间，思索为什么。这几天里我只吃了一点点食物，睡了一点点觉，滴酒未沾。我自觉把握不住身体功能，几乎足不出户。各种各样的东西在失去，在继续失去，剩下的总是我自己——就是这样，永远这样。我也好五反田也好，在某种意义上我们是同一种人。处境不同，想法和感觉不同，但同属一种类型。我们都是继续失去的人，现在又将失去对方。

我想起喜喜，想起喜喜的脸。"你这是怎么了？"她说。她已死去，躺在地穴里，上面盖着土，一如死去的"沙丁鱼"。我觉得喜喜死得其所死得其时。这感觉很是不可思议，但此外没别的感觉。我感觉到的是无奈，静静的无奈，犹如在广袤海面上落下的无边细雨。我甚至感觉不到悲哀。粗糙的奇妙感触，犹如手指轻轻划掉魂灵的表面：一切悄然逝去，犹如阵风吹没画在沙滩上的标识。无论何人对此都无能为力。

但这样，尸体怕又增加一具。鼠、咪咪、笛克，加上喜喜。四具。还剩两具。往下谁个将死呢？反正谁都得死，或迟或早。谁都得变成白骨，运往那个房间。各种奇妙的房间连着我的世界：火奴鲁鲁市中心汇集尸体的房间，札幌那家宾馆中羊男幽暗阴冷的房间，周日早上五反田拥抱喜喜的房间。到底哪个是现实呢？难道我脑袋出了故障不成？我还正常吗？我觉得似乎所有的事件都发生在非现实的房间，都是经过彻底的艺术变形处理后被移植到现实中来的。那么原始性现实又在哪里呢？我越想越感到真相弃我远去。雪花纷飞的三月札幌是现实吗？不像。同笛克坐在马卡哈海岸是现实吗？也不像。与其类似的事情场景是有的，但都不像原始性现实。可是独臂人为什么能把面包切得那般精致呢？火奴鲁鲁的应召女郎为什么把喜喜领我去的那个死者房间的电话号码写给我呢？这应该曾是现实。因为它是我记忆中的现实，假如不承认其为现实，那么我对于世界的认识本身必将失去根基。

莫非我在精神上出现错乱症状？

还是现实本身出现错乱症状呢？

不明白，不明白的太多了。

但不管怎样，不管何者错乱何者患病，我都必须将这半途而废的混乱状况认真整顿一番，无论其中包含的是凄苦还是愠怒抑或无奈，我都必须使之到此为止。这是我的职责，是所有事物向我暗示的使命。惟其如此，我才邂逅了这许多人，才涉足这奇妙的场所。

那么，我必须再度重蹈舞步，必须跳得精彩，跳得众人心悦诚服。舞步，这是我唯一的现实，确凿无疑的现实，已作为百分之一千的现实铭刻在我头脑之中。要跳要舞，且要跳得潇洒跳得飘逸！我要给五反田打电话，问他是否杀了喜喜。

然而不行，手不能动。仅仅往电话机前一坐心就突突直跳。身体摇晃，甚至呼吸困难，如遇横向掠过的强风。我喜欢五反田，他是我唯一的朋友，是我自身，是我这一存在的一部分。我能够理解他。我几次拨错电话，几次都无法拨准号码。如此五六次后，我把听筒扔到地上。不行，做不来，怎么都踩不上舞点。

房间的沉寂使得我心烦意乱，连电话铃声都觉不堪入耳。于是我走到外面，沿街东游西转，如同康复训练之人那样边走边一一确认自己的步履，以及横穿马路的方式。在人群中走了一阵之后，开始坐在公园里打量男女身影。我实在孤独难耐，很想抓住点什么。环视四周，却无任何东西可抓。我置于光秃秃滑溜溜的冰雕迷宫之中。黑暗泛着莹莹白光,声音发出空洞的回响。我恨不得一哭为快,而又欲哭不得。是的,五反田是我自身,我即将失去自身的一部分。

我始终未能给五反田打成电话。

在那之前,五反田自己跑到我住处来了。

仍是个雨夜。五反田身穿同那天和他去横滨时一样的白色双排扣风衣,架着眼镜,头戴和风衣颜色相同的雨帽。雨下得相当厉害,他却未撑伞,雨滴从帽子上连连滴下。看到我,他马上现出微笑,我也条件反射地还以一笑。

"脸色非常不好,"他说,"打电话没人接,就直接跑来了。身体不舒服?"

"是不大舒服。"我慢慢地斟酌词句。

他眯缝起眼睛,仔细在我脸上端详了一会儿:"那么下次再来好么?还是那样合适。这么贸然来访是不地道。等你有精神时再来好了。"

我摇摇头,吸口气搜刮话语,却怎么也搜刮不出。五反田静静地等待。"不,也不是说身体有什么毛病。"我说,"没怎么睡觉没怎么吃喝,所以看起来憔悴不堪。已经好些了,而且有话跟你说,这就出去,很想吃顿好饭,马虎很久了。"

我和五反田乘"玛莎拉蒂"驶上大街。这车使得我很紧张。他在雨中五色迷离的霓虹灯下漫无目的地驱车跑了好久。他车子开得很好,换挡准确而顺畅,车身毫无震动,加速均匀,刹车平稳。街市的噪音如被劈开的山崖壁立在我们周围。

"哪里好呢?东西要好吃,又要能避开戴劳力士的同行,两人好安安静静地说话。"他瞥了我一眼说。我没有作声,出神地望着窗外景致。转圈兜了三十分钟,他终于泄了气。

"糟糕糟糕！怎么搞的，竟一个也想不起来。"五反田叹了口气，"你怎么样，知道有什么地方？"

"不，我也不行，什么也想不出来。"我说。实际上也是如此，脑筋同现实尚未接上线。

"也罢，那就让我们反过来考虑！"五反田声音朗朗地说道。

"反过来考虑？"

"到彻底嘈杂的地方去。那样两人岂不就能放心说话了？"

"不坏。哪里呢，例如？"

"Shakey's。"五反田说，"不吃披萨？"

"我无所谓，披萨也并不讨厌。问题是你去那种地方不就露馅了？"

五反田无力地一笑，笑得如同夏日傍晚树丛间漏出的最后一缕夕晖。"过去你可在Shakey's见过名人？"

由于是周末，Shakey's里人很多，满耳喧嚣。有块舞台，一支身穿一色条纹衬衫的迪克西兰爵士乐队（Dixieland Jazz Band）正在演奏《老虎雷格》（*Tiger Rag*）。一群看样子啤酒喝过量的学生大嚷大叫，像是同乐队一争高低。光线幽暗，没有人注意我们。店内飘着烤披萨的香味儿。我们要了披萨，买来生啤，在最里边一张悬着蒂凡尼吊灯的桌旁坐下。

"喏，我说得不错吧？反而叫人心里安然，无拘无束。"五反田说。

"果然。"我承认。看来这里的确容易说话。

我们默默喝了几杯啤酒，然后开始吃刚刚出炉的披萨。几天来我第一次感到肚子饿。披萨这东西原本不大喜欢，但咬了一口，竟觉得世上再没有比这更美的食物，也许是饥肠辘辘所使然。五反田也似乎饿了，于是我们只顾闷头喝酒吃披萨，披萨吃完，每人又买了杯啤酒喝。

"好味道！"他说，"三天以前就想吃这披萨，做梦都梦到了，披萨在烤炉里吱吱直响，看得我垂涎三尺。只梦见这么个片段，无头无尾。荣格会怎么解释呢？我是解释为想吃披萨。对了，你有话对我说？"

时候到了，我想。但一下子很难启齿。五反田显得十分轻松快活，如欢度良宵一般，尤其那纯真的微笑，更使我有口难言。不行，我想，无论如何不能出口，至少现在不能。

"你怎么样？"我说。同时心里嘀咕道：喂。一拖再拖怎么行啊！然而就是不行，就是开不了口，横竖不行。"工作啦，太太啦？"

"工作是老样子，"五反田翘起嘴角笑道，"老样子。我想干的不来，不想干的来一大堆，雪崩似的涌到头上。我对那雪崩大吼大叫，但谁也听不见，只落得嗓子痛。老婆嘛——我也真是成问题得很，离婚了还一直叫老婆——那以后只见了一次。喂，你在汽车旅馆或情爱旅馆里同女人睡过？"

"没有，几乎没有。"

五反田摇摇头："那地方很怪，那种地方去多了是很累的。房间里非常暗，窗口全被封死。因为只是为了干，用不着窗口，用不着有光线进来。说得痛快点，只要有浴盆和床就行，其次是背景音乐电视冰箱，这就足够了。主要是要实用，不必摆多余的东西。当然，那地方干起来是方便，我和老婆就在那地方干，纯粹是干，在感觉上。唔，和她干是真不错。心安理得，快活自在，而且充满温情。干完半天还想紧紧地温柔

467

地搂在怀里。就是光线射不进来，四下密封，一切都是人工的。那种地方，我一点也喜欢不来，但又只能在那里同老婆相会。"

五反田喝口啤酒，用纸巾擦下嘴角。

"我不能把她领到我公寓里来，那样马上就在周刊上曝光，真的。那些家伙对这种事嗅觉灵得很，百发百中，不知什么缘故。又不能两人外出旅行。没有那样整块的时间，况且去哪里都会当即给人识破面目。干我们这行，是不能够把私生活全都张扬出去的。归根到底，就只能到廉价的汽车旅馆里去，这种日子简直……"五反田止住话，看着我的脸，微微一笑，"又是牢骚！"

"没关系，牢骚也罢什么也罢，想说就说个痛快。我一直在听，今天我更愿意听，自己说不说无所谓。"

"不，不光今天，你是一直听我发牢骚，我还没听你发过。愿意听别人说话的人不多，都想自己说，尽管没什么大不了的事。我也是其中之一。"

迪克西兰爵士乐队奏起《你好，多莉》(Hello, Dolly!)。我和五反田倾听片刻。

"喂，不再吃块披萨？"五反田问，"一半还吃得下吧？不知怎么搞的，今日饿得出奇。"

"好，我也还没吃饱。"

他去柜台订了凤尾鱼披萨。披萨烤好后，我们再次闷头吃披萨，每人一半。那群学生仍在大吼大叫。不大工夫，乐队奏完最后一支乐曲。班卓琴、小号、长号被分别收入盒内，音乐家们从台上遁去，只剩下一架立式钢琴。

披萨吃完后，我们好半天仍旧不声不响地盯视着空荡荡的舞台。随着音乐的消失,人们的话语声似乎带上了奇妙的硬质。那是一种涣散的硬质,实体柔软,而其存在状况却是硬的。走近之前看似十分硬挺,而用身体一碰则变得支离破碎。它像波涛一样拍打我的意识,缓缓袭来,倏然退去,如此反复不止。我侧耳谛听这波涛的声响,仿佛自己的意识离我远去,去得很远。遥远的浪涛拍击遥远的意识。

"你为什么杀害喜喜呢?"我问五反田。不是想问而问,而是突然脱口而出。

他用注视远景般的视线看我的脸,嘴唇微张,其间透出莹白的牙齿。他这样注视了我许久。喧嚣声在我脑海中忽大忽小,一如我同现实的距离忽远忽近。他匀称的十指在桌面上整齐地交叉一起,当我同现实的距离拉长之时,那手指看上去仿佛是精巧的工艺品。

接着,他微微一笑,笑得十分恬静。

"我杀了喜喜?"他一字一顿地说。

"开玩笑,"我也轻轻笑了,"只是无端地想这么说一句,心血来潮。"

五反田把视线落在桌面上,看着自己的手指:"不,不是什么玩笑。这是一件非常重大的事,一件必须严肃对待的事。我杀了喜喜吗?这是要认真考虑的。"

我看着他的脸。嘴角虽然挂着微笑,但眼神认真。他不是在开玩笑。

"你为什么要杀喜喜?"我问。

"我为什么要杀喜喜?为什么呢,我也不知道。为什么杀了她呢?"

"喂喂,说得我好糊涂,"我笑道,"你杀了喜喜,还是没杀？"

"所以我正在就此考虑嘛！我杀了喜喜，还是没杀？"

五反田啜了口啤酒，把杯子放在桌上，手撑下巴。"我也没有把握断定。这么说，你以为我发傻吧？可确实如此，没有把握断定。我觉得好像是自己杀了喜喜。在我房间里掐住喜喜的脖子，有这种感觉。为什么呢？我为什么会同喜喜单独在那房间里呢？本来我是不愿意同她单独在一起的呀！不行，想不起来。反正同喜喜两人在我房间来着——我把她的尸体开车运到哪里埋起来，运到一座山里。然而我不能确信这是事实，不认为这是已经发生过的事情。只是一种感觉，无法证实。这点我一直在想，但是不行，想不明白，关键的东西已经消融在空白之中，于是我想找出某种具体证据。比如铁锹，我埋她是应该使用铁锹的。如能找到铁锹，就可以认定为属实。但同样落空。我又试着整理支离破碎的记忆。我在一家园艺店里买了把铁锹，挖坑把她埋起来，埋完把铁锹扔到了什么地方。有这种感觉，但具体情节则无从想起。到底在哪里买的锹，又扔在哪里了呢？没有证据。首先，我把她埋在什么地方了呢？只记得埋在山里。像梦一样零零碎碎。话头一会儿跑来这里一会儿窜到那里，错综复杂，不可能循序渐进顺藤摸瓜。记忆是有的，但果真是客观记忆吗？还是事后我根据情况自行编造出来的呢？我总有些怀疑。同老婆分手之后，这种倾向越发展越严重，弄得我心力交瘁，而且绝望，彻头彻尾地绝望。"

我默然。停了一会儿，五反田继续说道：

"究竟哪部分是现实哪部分是妄想呢？哪部分是真实的哪部分是演技呢？我很想确认清楚。我觉得很可能在同你交往的过程中把问题澄清，从你第一次问起喜喜时我就一直这么以为，以为你可以消除我的混乱，就像打开窗口放入新鲜空气一样。"他又交叉起手指，并定定地看着，"假如是我杀了喜喜，那么是出于什么动机呢？我有什么理由要杀她呢？我喜欢她，喜欢同她睡觉。在我绝望的时候，她和咪咪是我唯一的慰藉。我怎么会起杀心呢？"

"咪咪也是你杀的？"

五反田久久地盯着桌面上自己的手，摇摇头说："不，我想我没有杀咪咪。所幸那天晚上我有不在现场的证明。那天傍晚我在电视台配音来着，直到深夜。然后同老板一起开车到水户。所以不会惹是生非。假如不是这样，假如无人证明我那天夜晚一直在电视台，我很可能认真考虑自己是否杀害了咪咪，为此而大伤脑筋。尽管如此，我还是对咪咪的死强烈地感到负有责任。为什么呢？本来有我不在现场的充分证明，但我还是感到就像自己动手杀了她，觉得她的死是自己造成的。"

又是沉默，长时间的沉默。他一直看着自己的十根手指。

"你累了，"我说，"只是累了。你恐怕谁也没杀。喜喜不过自行消失罢了。跟我在一起时她也是那样突然消失的。不是第一次。你这是一种自责心理，把一切都看成是自己的过错。"

"不是的，不尽如此，没这么简单。喜喜十有八九是我杀的。咪咪多半不是，但喜喜我觉得是我杀的。这两只手还剩有掐她脖子的感触，拿铁锹往里铲土时的手感也还记着。是我杀的，实质上。"

"可你干吗要杀喜喜呢？不是没有意思的吗？"

"不知道。"他说，"大概出于某种自我毁坏欲吧。从前我就有这种欲望。那是一种压力。当现实中的自己同表演中的自己之间的裂沟达到一定程度的时候，就往往发生这种情况。我可以亲眼见到这条裂沟，就像地震中出现的地缝那样赫然横在那里，里面又黑又深，深得令人目眩。这一来，我就会下意识地把什么搞坏，等觉察到时已经坏掉了。从小我就经常这样，就是要把什么弄坏：折铅笔，摔杯子，踩塑料拼接模型。可又不知道为什么这样做。当然在人前不做，自己一个人时才搞。上小学时，一次我从背后把一个同学推下山崖。也不知为什么推的，意识到时已经推了下去。好在山崖不高，只受了点轻伤。被推的同学也以为是事故，说身体碰到了什么。谁也不至于认为我故意干那种勾当嘛！但实际上不同，我自己明白，是我亲手故意把同学推下去的。这类事此外还有很多很多。读高中时烧邮筒就烧了好几次，把点燃的布投到邮筒里，纯属卑劣无聊的行径。但就是要干，注意到时已经干完，不能不干。我觉得似乎是通过干这种事，通过干这种卑劣无聊的勾当来勉强恢复自己。属于下意识行为。但感触却是记得的，每个感触都紧紧地粘在双手上，怎么洗也洗不掉，至死洗不掉。悲惨人生！我怕再也忍耐不下去了。"

我叹口气。五反田摇下头。

"不过我无法确认。"五反田说，"找不到我杀人的确凿证据。没有尸体，没有铁锹，裤子没沾土，手上没起茧——当然挖一个埋人的坑也不至于起茧——也不记得埋在哪里。即使去警察署自首又有谁肯信？没有尸体，甚至不能算是杀人。我连补偿都不可能，她已经消失。我所清楚的只是这些。有好几次我都想向你如实说出，但不能出口。因为我觉得一旦把这种事说出，我们之间的亲密气氛很可能消失。知道么，跟你在一起我变得非常轻松快活，感觉不到那种裂沟，而这对我是极其难能可贵的，我不愿意失去这种关系。所以一天天拖延下来，每次都想下次再说，拖一拖再说……结果拖到现在。本来我早该如实相告才是。"

"不过，如实相告也好什么也好，不是如你所说没有证据吗？"我说。

"问题不是有没有证据，而是我早应该主动讲给你听，而我却把它隐瞒下来，这才是问题所在。"

"即使真有其事，即使你杀了喜喜，你也并不存在杀人的动机。"

他张开手心盯视着，说："不存在，也不可能存在。我何必杀喜喜呢？我喜欢她。尽管形态极其有限，我和她毕竟是朋友。我们谈了很多，我向她讲了我老婆的事，喜喜听得很认真，我何苦要杀她呢？！然而我杀了，用这双手。杀心是一点没有。我像掐自己影子似的掐死了她。我掐她的时候，以为她是自己的影子，以为掐死这影子日后便可以诸事如意。但并非影子，而是喜喜。事情已经在黑暗世界中发生了，**那是和这里不同的世界**。懂吗？不是这里。而且怂恿我的是喜喜。她说'掐死我吧，没关系，掐死我好了'。她怂恿的，她同意的。不骗你，真就是这样。莫名其妙，为什么会发生那种事呢？一切都像一场梦，越想真相越模糊，为什么喜喜怂恿我呢？为什么叫我杀她呢？"

我把已经变温的剩余啤酒喝干。香烟的云雾在屋子上方连成一片，随着气流摇曳不定，宛似一种心灵象征。有人碰了下我的后背，道声"对不起"。店内广播在呼叫烤好披萨的号码。

"不再来杯啤酒？"我向五反田问道。

"想喝啊！"

我去柜台买两杯啤酒折回，两人默不作声地喝着。店内沸沸扬扬，混乱不堪，一如正值旅客高峰期的秋叶原车站。我们桌旁不断人来人往，但无人注意我们，无人听我们谈话，无人看五反田的面孔。

"我说了吧，"五反田嘴角浮起令人愉快的微笑，"这里是死角，Shakey's 是不搭理什么名人的。"

他端起剩有三分之一啤酒的杯子，像摇晃试管似的晃来晃去。

"忘了吧，"我用平静的声音说，"我可以忘掉，你也忘掉！"

"我能忘掉？嘴上说说是简单。毕竟不是你用手掐死她的嘛。"

"喂，算了好么，反正没有你杀害喜喜的任何证据，犯不上为没有证据的事那么折磨自己。这很可能只是你把自身的犯罪感同她的失踪联系起来而无意做戏的结果。有这种可能性吧？"

"那就谈一下可能性好了。"说着，五反田把手扣在桌面上，"近来我经常考虑可能性。可能性有很多种。比如也有我杀老婆的可能性，是吧？假如她像喜喜那样叫我掐的话，我觉得我说不定会一样把她掐死。最近我脑袋里装的全是这些东西。越想这种可能性膨胀得越厉害，无法遏止。我已经控制不了自己。不只烧邮筒，还杀过好几只猫。用好几种方法杀的，不由自主。半夜里用弹弓把附近人家的窗玻璃打碎，然后骑上自行车逃跑，简直鬼使神差。在此以前这事没向任何人讲过，这次是头一次。讲完心里也就畅快了。但也不是讲完就停止不干，止不住的。只要做戏的我与本来的我之间的鸿沟不被填平,就将永远持续下去。这点我自己也清楚。我当上专业演员之后,这鸿沟眼看着越来越大。随着演技的愈发夸张,其反作用力也变本加厉。无可奈何。说不定我马上就会把老婆杀掉,无法自控。**因为那不发生在这里的世界**,我束手无策。那是遗传基因造成的,毫无疑问。"

"想得过于严重了,"我强作笑容,"追溯到遗传基因上面去,可就钻不出来喽!最好抛开工作休息一下。抛开工作,一段时间里避免见她,只能这样做。一切都抛开不管,和我一起去夏威夷!每天躺在海滩上喝'椰林飘香'。那可是个好地方。什么也不用想,一大早就开始喝酒,游泳,再买两个女孩。租辆福特电马(Mustang),以一百五十公里的时速开车兜风,边听音乐边兜风,大门乐队也好,史莱和史东家族合唱团也好,沙滩男孩也好,什么都听。只管敞开心胸。如要认真地考虑什么,过后再考虑也不迟。"

"不坏。"他眼角聚起细小的皱纹,笑道,"再叫两个女孩,四个人玩到早上。当时真叫开心!"

正是,我说。官能扫雪工。

"我随时可以动身。"我说,"你呢?工作收尾要多长时间?"

五反田不可思议似的微笑着看我:"你还一无所知。我那工作是永远也收不了尾的,除非一股脑儿抛开。果真那样,我无疑要被永久逐出这个世界,永久地!同时失去老婆,永久地。以前也跟你说过。"

我把剩下的啤酒喝干。

"不过也无所谓,什么都失去也不怕,死心塌地就是。你说得对，我是累了，该是去夏威夷清洗头脑的时候了。OK，一切都甩开不管，和你一起到夏威夷去。以后的事等把脑袋清洗一空之后再考虑。我——对对，还是要当个地地道道的人。也许当不成，但尝试一次总还是值得的。交给你了，我信赖你，真的，从你打来电话时我就一直信赖你，不知为什么。你有非常地道的地方，而那正是我始终追求的。"

"我谈不上什么地道，"我说，"只不过严守舞步而已，不断跳舞而已。完全没有意义。"

五反田在桌面上把两手左右拉开五十厘米。"哪里有意义？我们生存的意义到底在哪里？"他笑了笑，"算了，管它呢，怎么都无所谓，想也没用。我也学你的样子好了。从这个电梯跳到那个电梯，一个个跳下去干下去。这并非不可能，只要想干无所不能。我毕竟是聪明漂亮又讨人喜欢的五反田。好，去夏威夷！明天就订票，头等舱两张。可要订头等舱哟，别的不成！乘则'奔驰'，戴则劳力士，住则港区，飞机则头等舱。明后天收拾一下东西就起飞，当天就是火奴鲁鲁。我是适合穿夏威夷衫的。"

"你什么都合适。"

"谢谢。多少残存的自我是有点发痒。"

"先去海滩酒吧喝'椰林飘香'，喝透心凉的。"

"不坏。"

"不坏。"

五反田盯视我的眼睛："我说，你真可以忘掉我杀喜喜的事？"

我点点头："我想可以。"

"还有件事我没说，有一次我说过被关进拘留所两个星期而只字未吐的事吧？"

"说了。"

"那是撒谎。实际上我是一股脑儿和盘托出，马上就给放出来了。倒不是因为害怕，是想给自己抹黑，想使自己心灵蒙受创伤。卑鄙！所以得知你为我始终守口如瓶，我实在非常高兴，觉得连自己的卑鄙都像得到了冲洗，我也觉得这种感觉不正常，但确实是这样感觉的，觉得你把我卑鄙的污点冲洗得一干二净。今天一天我可是向你坦白了很多事情，总清算！不过能说出来也好，心里也就安然了。你可能感到不快的。"

"没有的事。"我说，我心想：我觉得似乎比以前更接近你了。而且也许应该这样说出口去，但我当时决定往后推迟一些再说。尽管无此必要，然而我就是觉得还是这样为好，觉得不久会碰到使这句话说起来更有力的机会。"没有的事。"我重复一次。

他拿起椅背上的雨帽，看湿到什么程度，随即又放下，"看在友情的分上，有件事要你帮忙。"他说，"我想再喝杯啤酒，可现在没有力气走去那边。"

"可以可以。"说着，我去柜台又买了两杯啤酒。柜台前很挤，等了一会儿才买到。当我双手拿杯折回里头的餐桌时，他已经不见了。雨帽消失了，停车场里的"玛莎拉蒂"也没有了。我暗暗叫苦摇头，但已无可挽回，他已经消失。

40

"玛莎拉蒂"从芝浦海打捞上来是在翌日偏午时分。因在意料之中,我没有惊讶。从他消失时我便已有预感。

不管怎样,尸体又增加了一个。鼠、喜喜、咪咪、笛克,加五反田。共五个。还差一个。我摇摇头。不妙的势头。再往下将有什么事发生呢?将有谁死去呢?我陡然想起由美吉。不不,不可能是她,那太残酷了!由美吉,不应该死去或消失。不是由美吉是谁呢?雪?我摇头否定。那孩子才十三岁,不能让她去死。我在脑海里排列出可能化为死者的人的名单。排列的时间里,我总觉得自己好像成了死神。我在无意中选定了死者的顺序。

我去赤坂警察署找到文学,告诉他自己昨晚同五反田在一起来着。我觉得还是向他说了为好,当然没讲他可能杀了喜喜。那事已经完结,连尸体都没有的。我说自己在五反田死前不一会儿还同他在一起,看上去他极度疲劳,神经有些亢奋。说他身负重债,不得不干不愿干的事,而且为离婚而深感苦恼。

他把我说的简单记录下来,和上次不同,这回草率得多。然后我签上名,前后没用一个小时。之后,他指间夹着圆珠笔看我的脸。"你周围实在是经常有人死掉,"他说,"这样的人生是得不到朋友的，人人避而远之。那样一来，眼神势必不佳，皮肤势必粗糙。不是好事哟！"

他喟叹一声。

"总之是自杀，这点已经清楚，有目击者。不过可惜呀，就算是电影明星，也大可不必把'玛莎拉蒂'都投到海里去嘛，投'思域'或'卡罗拉'足矣。"

"入了保险，没关系的。"我说。

"哪里，自杀除外吧，任凭怎样都下不来保险金的。"文学说，"无论如何都够糊涂的。我这样的因为没钱，一想就想到给孩子买自行车上去了。三个孩子，个个得花钱，都想自己有一辆自行车。"

我默然。

"可以了，回去吧。贵友真是不幸。特意跑来报告，谢谢了。"他把我送到门口，说，"咪咪的案件还没有水落石出。侦查还在进行，早晚会有着落的。"

好长时间里我都觉得是自己害了五反田。我怎么都无法从这种苦闷沉重的心情中挣脱出来。我一句句回忆同他在Shakey's里的谈话，每一句都使我觉得假如我回答得巧妙一些或许可以救他不死。那样，两人现在就可以躺在毛伊岛海滩上喝啤酒了！

但转念一想也未必尽然。因为他早已下定决心，不过在等待时机而已。他一直在考虑把"玛莎拉蒂"投入大海。他知道那是自己唯一的出口，而始终将手放在那出口的门把手上等待时机。他在头脑中不知多少次描绘出"玛莎拉蒂"沉入海底的场面，以及水从车窗涌入使得自己无法呼吸的情景。他通过把玩自我毁坏的可能性而将自己同现实世界连接起来，但不可能长此以往。他迟早都要打开门扇,而且他自己心里也明明白白。他不过在等待时机。

咪咪之死带给我的是旧梦的破灭及其失落感;笛克之死带给我的是某种无奈;而五反田之死带来的则是绝望,如没有出口的铅箱般的绝望。五反田的死是无可挽救的,他不能够将自己内在的冲动巧妙地同自身融为一体,那种发自本源的动力将他推向进退维谷的地段,推向意识领域的终端,推向其分界线对面的冥冥世界。

相当一段时间里,周刊、电视和体育新闻等都将他的死作为猎物肆无忌惮地大嚼特嚼。他们如甲虫吞噬腐肉那样咀嚼得津津有味,光是扫一眼那类标题我都要呕吐,至于其内容不听不看也猜得出来。我恨不得把这些混蛋逐个掐得一口气不剩。

五反田说过用铁锤打杀,说那样又简单又快。我不同意,说死得那么快太便宜了他们,得一点点地勒死才好。

我躺在床上闭起眼睛。咪咪从黑暗深处说道"正是"。

我躺在床上憎恶这世界,从心底从根源上深恶痛绝。这世界里到处充斥着死——令人不忍回味的、莫名其妙的死。我软弱无力,并被这生之世界上的秽物污染得满身臭气。人们从入口进来,由出口离去。离去的人再不返回。我望着自己这双手。手心里同样沾满死的气味。怎么洗也洗不掉,五反田说。喂,羊男,这就是你连接世界的方式?莫非我只有通过永无休止的死才能同世界相连相接不成?这以后我还将失却什么呢?或许如你所言我再也不能获得幸福,那倒也罢了,可如此状况则实在过于残酷。

蓦地,我想起小时看过的科学读本。其中有一项是"假如没有摩擦世界将会怎样"。那书上解释道:"假如没有摩擦,自转的离心力将把地球上的一切统统甩到宇宙中去。"而我正是这种心境。

"正是"——咪咪说。

41

五反田把"玛莎拉蒂"沉入海里后的第四天,我给雪打去电话。老实说,我不想同任何人说话,唯独同雪不能不说。她萎靡不振,形单影只,而且还是个孩子,能庇护她的人又舍我无他。更何况首先她还活着。我有责任使她活下去,至少我是这样感觉的。

雪没在箱根家里。雨接起电话,说女儿前天便去了赤坂公寓。她大约刚从打盹中被叫醒,说话含糊不清,而且话语不多,对此我正中下怀。我便往赤坂打电话,雪大概正在电话机旁,马上接起。

"你不在箱根能行吗?"我问。

"不知道啊。反正我想一个人待些时间。怎么说妈妈都是大人吧?我不在她也完全过得了。我想多少考虑一下自己的事,想想下一步该怎么走。我也到了认真对待这类问题的时候了。"

"差不多。"我同意道。

"从报纸上看到了——你的朋友死了。"

"嗯。被诅咒的'玛莎拉蒂',如你所说。"

雪一阵沉默。那沉默如水一样浸满我的耳朵。我把听筒从右耳换到左耳。

"不出去吃点东西?"我问,"没吃什么像样的东西吧?两人去吃点好些的。说实话,这几天我也没怎么吃喝,一个人吃上不来食欲。"

"两点有个约会,那之前可以的。"

我看看手表,十一点刚过。

"好,这就收拾一下去接你。三十分钟后到。"

我换上衣服,从冰箱里取出橙汁喝罢,将车钥匙和钱夹装进衣袋,刚要出门,又觉得忘了一件什么事。对,是忘了刮须。我走进卫生间,仔仔细细把胡须刮净,边照镜子边想:我这模样说是二十来岁还有人信吧?应该有人信。不过我像二十来岁也罢不像也罢,这等事怕是没人关心的。像不像都无所谓。刮完须我又刷了遍牙。

外面天朗气清,夏日已光临此地。只要不下雨,倒是个蛮舒服的季节。我身穿短袖衫和薄布裤,戴着太阳镜,往雪住的公寓驱动"斯巴鲁"。甚至吹起了口哨。

正是,我想。

夏季。

我边开车边想起林间学校。林间学校规定三点午睡,而我怎么也睡不成什么午觉,叫睡也睡不成。但一般人都睡得很香。于是这一小时我一直眼望天花板,一直望的时间里,竟感觉天花板是个独立的世界,仿佛走去那里,便可进入一个与此处不同的天地,一个价值相反上下颠倒的世界,犹如《爱丽丝梦游仙境》一般。我一直如此思来想去,因此想到林间学校时能想得起来的只有天花板。正是。

后面的"日产公爵"(Cedric)按了三次喇叭。信号灯已变为绿色。要冷静!急也没用,急也去不成什么好地方不是?我慢慢把车开起。

反正是夏天。

到公寓一按门铃,雪即刻下来。她身穿格调清雅的短袖印花连衣裙,脚上是凉鞋,肩上挎着深蓝色皮质挎包。

"今天焕然一新嘛!"我说。

"不是说两点有约会吗?"

"十分得体,飘逸脱俗。"我说,"很有成年人风度。"

她只是淡然含笑,并不作声。

我们迈进附近一家饭店,吃了三文鱼意面、鲈鱼和沙拉,喝了汤。由于不到十二点,店里很空,味道也够纯正。十二点过后公司职员们拥上街头,我们已出店上车。

"去哪儿?"我问。

"哪也不去,就在这一带转来转去。"

"存心同社会作对,浪费汽油!"我说。但雪不予理会,一副充耳不闻的样子。也罢,我想,反正这一带本来就一塌糊涂,即使空气再污染一点,交通再混乱一点,又有谁会介意呢!

雪按下汽车音响的键,里面放有传声头像的磁带,大概是《敬畏音乐》(*Fear of Music*)。到底谁放进去的呢?很多事都从记忆中失落了。

"我,准备请家庭教师。"她说,"今天去见那人,女的,爸爸给物色的。我对爸爸说想学习,他第二天就给找好了,说是很负责的人。说来奇怪,看了那部电影后就有点想学习。"

"哪部电影?"我反问,"《一厢情愿》?"

"是的,是它。"雪有点脸红,"连自己也觉得滑稽。总之看完那部电影就一下子产生了学习的念头。大概是因为看到你那位朋友在上面演教师的缘故吧。那人么,看的时候觉得他傻气,但还是像有一种感召力,想必有才华的。"

"是啊,有某种才华,的的确确。"

"嗯。"

"当然那是演技,是虚构,和现实不同。明白?"

"知道。"

"牙医也演得出色,维妙维肖。但那终究是逢场作戏,维妙维肖不过是看时的感觉,是图像。实际上干一件事是非常辛苦非常折腾人的,因为没有意思的部分太多。不过你想干什么毕竟是好事,没有这种愿望也不可能活得充实自如。五反田听了恐怕也会高兴的。"

"见他了?"

"见了。"我说,"见了交谈了。他谈了很多很多,谈得十分坦诚,谈完就死了。和我说完话就把'玛莎拉蒂'开到海里去了。"

"怪我?"

我缓缓摇头:"不怪,任何人都不怪。人死总是有其相应的缘由的。看上去单纯而并不单纯。根是一样的。即使露出地面的部分只是一点点,但用手一拉就会接连出来很多。人的意识这种东西是在黑暗深处扎根生长的。盘根错节,纵横交织……无法解析的部分过于繁多。真正的原因只有本人才明白,甚至本人都懵懵懂懂。"

他始终将手放在出口的门把手上,我想,他在等待时机。谁也怪罪不得。

"可你肯定因此而恨我。"雪说。

"没什么恨的。"

"就算现在不恨,将来也一定恨。"

"将来也不恨,我不会那样憎恨别人。"

"即使不恨,也必定会有什么消失的。"她低声道,"真的。"

我瞥了一眼她的脸:"奇怪,你和五反田说的话一模一样。"

"是吗?"

"是的。他一直对将有什么消失这点耿耿于怀,其实何必那样呢?任何东西迟早都要消失。我们每个人都在移动当中生存,我们周围的东西都随着我们的移动而终究归于消失,这是我们所无法左右的。该消失的时候自然消失,不到消失的时候自然不消失。比如你将长大成人,再过两年,这身漂亮的连衣裙就要变得不合尺寸,对传声头像你也可能感到陈腐不堪,而且再也不想和我一起兜什么风了。这是没有办法的事情,只能随波逐流,想也无济于事。"

"可我会永远喜欢你的,这和时间没有关系,我想。"

"这么说真让我高兴,但愿如此。"我说,"不过说句公平话,你还不懂得时间为何物,很多事情最好不要过早定论。时间同腐败是一回事。意料不到的东西以意料不到的方式变化,任何人都无从知晓。"

她沉吟良久。磁带 A 面转完,自动转回 B 面。

夏天。街头街尾,夏日风情触目皆是。无论警察还是高中生抑或公共汽车司机,全都换上了短袖衫,也有的女孩竟然只穿无袖衫。喂喂,我想,前不久可还下雪来着!在纷飞的雪花中我曾和她同唱《帮帮我,朗达》!那时至今,也不过两个半月。

"真不恨我？"

"当然！"我说，"当然不恨，何至于那样。在这一切都真假莫辨的世界上，唯独这点我可以保证。"

"绝对？"

"绝对，百分之两千五。"

她微微一笑："就想听这句话。"

我点点头。

"喜欢五反田吧？"雪问。

"喜欢呐！"说着，突然喉头哽咽，泪水在眼窝里打转，我好歹忍住没让流出，接着深深吸了口气，"每见一次，喜欢程度就加深一层，这种情况是很少有的，尤其到我这等年纪之后。"

"他杀了她？"

我透过太阳镜注视一会儿街景。"这个谁都不知道。不过怎么都无所谓了。"

他不过在等待时机而已。
・・・・・・・・・・
雪凭依车窗，手托脸颊，边听传声头像边张望外面的景色。她比第一次见面时，看上去多少老成了一点。不过这很可能只是我的主观感觉，毕竟才仅仅过去两个半月。

夏天！我想。

"这往后有什么打算？"雪问。

"怎么说呢？"我说，"还一切都没决定。做什么好呢？但不管怎样，我都要回一次札幌，明后天。有件事必须回札幌处理。"

我务必找到由美吉，还有羊男。那里有为我保留的场所，我包含在那里，那里有人在为我哭泣，我必须返回那里把卸掉的轮子上紧。

到代代木八幡车站附近时，雪要在这里下车："乘小田急线去。"

"开车送你到目的地，反正今天下午闲着。"我说。

她微微笑道："谢谢。不过可以了，挺远的，还是电气列车快。"

"怪哉！"我摘下太阳镜，"你说'谢谢'是吧？"

"说也没什么不行吧？"

"当然。"

她看着我的脸，看了十至十五秒。脸上终未浮现出可以称之为表情的表情。她居然是个没有表情的孩子，只有眼神和唇形的些许变化。嘴唇略略噘起，眼睛敏锐地忽闪着，透出灵气和生机。这双眼睛使我想起夏日的光照——夏日里尖锐地刺入水中而又摇曳着闪闪散开的光照。

"只是有点感动。"我说。

"怪人！"说罢，雪躬身下车，砰地关上门，头也不回地扬长而去。我目送着雪苗条的背影，直至在人群中消失。消失后，我不由十分伤感，颇有失恋的意味。

我一边用口哨吹着"满匙爱"乐队的《都市之夏》(*Summer in the City*)，一边沿表参道开至青山大街，准备在纪之国屋采购。刚要开进停车场，突然想起明后天去札幌，没有必要做饭，更没必要采购食品。于是我当下无事可干，至少没有该干之事。

我重新漫不经心地在街上兜了一圈，而后返回住处。房间显得格外空荡。罢了罢了！想着，一头倒在床上，眼望天花板。这种心态可以取个名字——失落感。我出声说了一次,发觉这三个字并不令人欣赏。

正是,咪咪说道。其声音在这空空的房间里朗朗地荡漾开来。

42

(梦遇喜喜)

我梦中遇到了喜喜。我想那应该是梦,不是梦也是类似梦的状态。"类似梦的状态"又是什么呢?我不得而知。总之有这么回事。在我们意识的边缘地带,有很多东西是无法命名的,但我决定将其简单地称之为梦。因为我想还是这一说法最为接近实体。

我在黎明时分梦见了喜喜。
梦中的时间也是黎明。
我打电话。国际电话。我拨动电话号码——仿佛是喜喜的女子留在火奴鲁鲁市中心那个房间窗框上的电话号码。听筒里传来咔嗒咔嗒的接线声。接上了,我想,一个数码一个数码依序连接。稍顷,铃声响起。我将听筒紧紧贴在耳朵上,数点那沉闷的铃声:五次、六次、七次、八次。数到十二次,有人接起,与此同时我也置身于那个房间——那个火奴鲁鲁市中心空荡冷清的死的房间。时间仿佛是白天，阳光从天花板的采光孔中直直地泻下，光线恍若几根粗大的柱子拔地而起，其间飘浮着细微的尘埃。那光柱如刀削一般棱角分明，将南国强劲的日光注入屋内，没有光照的部分则阴冷幽暗，恰成鲜明对比。大有置身海底之感。

我坐在房间的沙发上，耳贴听筒。电话的软线长拖拖地穿过地板延伸开去。它穿过昏暗，穿过光照，消失在隐隐约约的淡影之中。软线极长，我还没见过如此之长的软线。我把电话机放在膝头，四下打量房间。

家具放的位置仍同上次一样。床、茶几、沙发、椅子、电视机、落地灯，杂乱无章地安放着，显得很不协调。房间的气味也一如上次。一股房间久闭不开的气味。空气沉淀浑浊，夹杂着霉气味。只是六具白骨已不复可见，床上的沙发上的电视机前椅子上的以及餐桌旁的全无踪影。餐桌上刚被用过的餐具也已消失。我把电话机放在沙发上欠身站起。头隐隐作痛，似乎一声巨响引起的脑弦震颤。于是我又落下身来。

恍惚间，最远处笼罩在淡影中的椅子上仿佛有什么在动。我凝目细看，但见已悄然站起，带着那种"咯噔咯噔"的脚步声朝这边走来。喜喜！她款款地走出昏暗，穿过光照，坐在餐桌旁椅子上。她仍是从前那身打扮：蓝色连衣裙加白色单肩包。

喜喜坐在那里定定地注视我，表情分外柔和。她坐在既非光照又非昏暗——恰恰介于二者之间的位置。我很想起身走过去，但又怯怯地作罢，而且太阳穴仍有余痛。

"白骨去哪里了？"我开口道。

"这个——"喜喜微微含笑，"大概消失了吧。"

"你搞的?"

"不,自行消失。怕是你搞的吧?"

我倏地看了一眼身旁的电话机,用指尖轻轻按住太阳穴。

"那到底意味着什么呢,那六具白骨?"

"是你本身呀,"喜喜说,"这里是你的房间,这里所有的都是你本身,所有一切。"

"我的房间!"我说,"那么海豚宾馆呢?那里是怎么回事?"

"那里也是你的房间,当然是。那里有羊男,而这里有我。"

光柱岿然不动,硬挺、均衡,只有其间的空气微微浮动。我不经意地看着那浮动。

"到处都有我的房间。"我说,"哎,我总是做梦,梦见海豚宾馆,那里有人为我哭泣。天天晚上做同样的梦。海豚宾馆细细长长,那里有人为我哭泣,我以为是你,所以我才动了无论如何都要见到你的念头。"

"大家都在为你哭泣。"喜喜说。她的声音十分沉静,仿佛在抚慰神经。"因为那是为你准备的场所嘛!在那里,任何人都为你哭泣。"

"可是你在呼唤我。正是由于这个原因,我才跑到海豚宾馆找你见面。于是从那里……好多事都是从那里开始的,和从前一样。遇到了很多人,很多人死了。喂,是你在呼唤我吧?是你在引导我吧?"

"不是的。呼唤你的是你本身。我不过是你本身的投影。你本身通过我来呼唤你,来引导你。你将自己的影子作为舞伴一起跳舞。我不过是你的影子。"

"我掐她的时候,以为她是自己的影子,"五反田说,"以为掐死这影子日后便可诸事如意。"

"可为什么大家都为我哭泣呢?"

她没有回答。她倏然站起,带着"咯噔咯噔"的脚步声走到我面前站定,然后双膝跪地,伸出手,把指尖贴在我嘴唇上。手指又滑又细。接着又抚摸我的额角。

"我们是为你不能为之哭泣的东西哭泣。"喜喜低低地说,像在嘱咐我似的说得一字一板,"我们是为你不能为之流泪的东西流泪,为你不能为之放声大哭的东西放声大哭。"

"你耳朵还那样?"我问。

"我的耳朵——"她粲然地一笑,"还是那样,老样子。"

"能再给我看一次?"我说,"我想再品味一次当时的感受,品味一次你在饭店里让我看耳朵时那种仿佛世界都为之一变的感受。我始终怀有这个愿望。"

她摇摇头。"另找时间吧。"她说,"现在不成。那并非随时都可以看的。真的,那只能在合适的时候看,当时便是。但现在不是。早晚会再给你看的,在你真正需要看的时候。"

她又站起,走进从天窗笔直射进的光柱,纹丝不动地伫立在那里。在刺眼的光尘之中,其身体看上去似乎即将分解消失。

"我说,喜喜,你死了吗?"

她在光柱中飞快地朝我转过身。

"指五反田?"

"是的。"

"我想是五反田杀的我。"喜喜说。

我点头道:"是吧,他是那样认为的。"

"或许是他杀了我,对他来说是那样。对他来说,是他杀的我。那是必要的,他只有通过杀我才能解决他自己,杀我是必要的,否则他走投无路。可怜的人!"喜喜说,"不过我并没有死,只是消失而已,消失。转移到另一个世界上去,就像转乘到另一列并头行驶的电车上,这也就是所谓消失。懂吗?"

我说不懂。

"很简单,你看着!"

说罢,喜喜横穿地板,朝对面墙壁快速走去,直到墙壁跟前也没放慢脚步,随即被吸入墙壁消失了。鞋声也随之消失。

我一直望着将她吸入其中的那部分墙壁。那只是一般的墙壁。房间里阒无声息,唯独光柱中的尘埃依然缓缓飘浮。太阳穴又开始隐隐作痛,我用手指按住,仍旧盯住墙壁不放。想必当时——火奴鲁鲁那次——她也是这样被吸入墙壁之中的。

"怎么样,简单吧?"喜喜的声音传来,"你不试试?"

"我也能行?"

"我不是说简单吗?试试嘛!径直往前走就行,那样就会走到这一侧来。不要怕,也没什么好怕的。"

我拿着电话机从沙发上站起,拖着软线朝将她吸入其中的那面墙壁走去。接近壁面时我略有犹豫,但没有放慢速度,兀自将身体朝墙壁碰去,不料却无任何碰撞感,不过是穿过一堵不透明的空气隔层,而仅仅觉得其空气的构成有点异样而已。我提着电话机再次穿过那隔层,返回我房间的床前。我在床边坐下,把电话机放在膝头。"是简单,"我说,"简单至极。"

我将听筒贴在耳朵上,电话已经挂断。
莫非是梦?
是梦,多半是梦。

　　然而这种事又有谁晓得呢?

43

走进海豚宾馆时，总服务台里站着三个女孩。她们的装束同样是绝无任何皱纹的天蓝色西装外套和雪白的衬衣，同样向我转过可人的笑脸，但里边没有由美吉。我深感失望，甚至可谓绝望。我一心以为一到这里即可理所当然地见到由美吉。因而我不禁瞠目结舌，连自己姓名的发音都吐不清楚，以致接待我的女孩的笑容失控似的僵在脸上。她不无怀疑地审视着我的信用卡，将其插进计算机，确认是否为盗窃物。

我迈进十七楼的一套房间，放下行李，去卫生间洗过脸，又转回大厅。我坐在松软的高级沙发上，装作翻阅杂志的样子不时地往服务台里打量一眼，我想由美吉或许只是小憩。但四十分钟过后她还是没有露面，仍是那三个梳同样发式、相互难以分辨的女孩在忙个不停。等了差不多一小时，只好作罢。看来由美吉不会是小憩。

我上街买了份晚报，走进一家咖啡店，边喝咖啡边看。我看得很细，以为可能发现自己感兴趣的报道。

结果什么也没发现。无论五反田还是咪咪，都一字未提，只有别的杀人和自杀方面的报道。我边看报纸，边心想现在返回宾馆的话，由美吉大概已经——也应该——站在服务台里了。

但一小时后由美吉仍未见踪影。

我不由思忖：莫非她由于某种原因而突然从世界上消失，犹如被墙壁吸进去一样？想到这里，我心里七上八下，便给她住处打电话，没有人接。接着给服务台打电话，问由美吉在不在。另一个女孩说由美吉昨天开始休假，后天才能上班。我暗暗叫苦，为什么来之前不给她打个电话呢？为什么就没想到打电话呢？

当时我脑袋里装的只是快快飞来札幌，并深信来札幌便可见到由美吉。荒唐可笑！如此说来，这以前何时给她打过电话来着？五反田死后一次也未打，不，那之前也没打的。自从雪在沙滩上呕吐，对我说五反田杀了喜喜之后，就一直未曾打过。时间相当之长。已经把由美吉抛开很久了，不晓得这期间发生了什么。什么事情都可能发生的，而且发生得十分容易。

但我又能说什么呢，实际上什么都不能说。雪说五反田杀了喜喜。五反田把"玛莎拉蒂"扎进大海。我对雪说"没关系，这不怪你"。喜喜对我说"我不过是你的影子"。而我到底能说什么呢？什么也说不来。我首先想见到由美吉，然后再想应该向她说什么。电话中什么也说不来。

我还是心神不定。难道由美吉已被吸入墙壁，我永远也见不到她了吗？是的，那白骨是共有六具。有五具已明白是谁，此外只剩一具。这具是谁呢？想到这里，我陡然变得坐立不安，胸口里突突地跳得几乎透不过气，心脏也似乎在急剧膨胀，几欲穿肋而出。有生以来我还是第一次产生这种心情。我爱由美吉？不知道。见面之前我什么都想不成。我往由美吉住处不知打了多少次电话，手指都打痛了，但就是没有人接。

我无法安然入睡，汹涌的不安感几次打断我的睡意。我擦汗睁眼，开灯看表：两点、三点十五分、四点二十分。四点二十分后，我终于失眠了。我坐在窗前，边听心脏的跳动边凝视渐亮的街景。

喂，由美吉，别再让我这么一个人孤孤单单。我需要你，我再不想孤身一人。没有你，我就像被离心力抛到了宇宙的终端。求求你，让我看到你，把我连接到什么地方，把我同现实世界维系在一起。我不想成为妖怪帮里的一个，我是个再普通不过的三十四岁男子。我需要你。

从早晨六点半起，我便开始拨她房间的电话号码。每隔三十分钟就坐在电话机前拨一次，每次都没人接。札幌的六月委实是美妙的季节。冰雪早已融尽，几个月前还冰封雪裹的大地现在一片乌黑，充盈着柔和的生机。树木缀满青翠的叶片，在徐来清风的吹拂下轻摇微颤，长空寥廓，一碧万里，云朵的倩影分外清晰。这景致使我感到骚动不安，但我还是关在宾馆房间里不动，只管拨打她住处的电话号码。每隔十分钟我便自言自语一次：明天她就会回来，等到明天即可。然而我等不到明天，谁能保证明天一定到来呢？我坐在电话前连续拨号，拨得累了，便躺在床上打盹，或无端地盯视天花板。

以前这里有座老海豚宾馆来着，我想，那宾馆的确破旧不堪，但那里有很多东西滞留下来。人们的思绪、时间的残渣，全部融入一声声地板的"吱呀"声中，黏附于墙壁的一条条污痕上。我深深坐进沙发，抬腿放在茶几上，闭目回想老海豚宾馆里的光景：门口的形状，磨损的地毯，变色的钥匙，角落里积满灰尘的窗框。我可以沿走廊前行，开门进入室内。

老海豚宾馆早已消失，但其阴影其气氛仍然留在这里。我可以感觉出它的存在。老海豚宾馆潜伏于这座庞大的新"海豚宾馆"之中,我闭眼便可以闪身入内,便可以听见老犬一般发出"吭吭吭吭"咳响声的电梯。它在这里。无人知晓,但仍在这里。这里是我的连接点。我对自己讲道:不要紧,这里是为我而设的场所,她必定返回,耐心等待就是。

我用客房服务把晚饭叫到房间,从冰箱里取出啤酒喝着。八点钟又给由美吉打电话,仍没人接。

我打开电视,看棒球比赛的现场直播看到九点。我消掉声音,只看画面。比赛大失水准,而且我原本也无甚兴致,不过想看一看活生生的人活生生的动作。羽毛球也好水球也好,什么都无所谓。我并不注意比赛的进展,只看运动员的投球、击球和跑动。我把它当作某个与己无关的人的生活片断,一如观看空中飘逝的流云。

九点,我又打了次电话。这回铃声只响一次她便接起。我一时很难相信接电话的竟会是她,似乎有一股突如其来的巨大冲击波将我同世界之间的纽带冲为两段。四肢瘫软无力,硬硬的空气块儿涌上喉头。由美吉在那里!

"刚刚旅行回来。"由美吉十分冷静地说,"请假去东京来着,住在亲戚家里。给你打了两次电话,没有人接。"

"我到札幌来了,来后一直给你打电话。"

"失之交臂。"

"失之交臂。"说罢,我紧握听筒,盯视电视画面,半天想不起词语,脑袋乱成一团。说什么好呢?

"喂,怎么了?喂喂!"由美吉呼唤道。

"好端端地在这里呢!"

"声音好像有点怪。"

"紧张的关系。"我解释说,"说不好,除非见面谈。我一直紧张,电话中放松不下来。"

"明天晚上我想可以见面。"她停了一下说。我想象她大概用手指碰了一下眼镜框。

我耳贴听筒在地板坐下,背靠着墙。"我说,明天好像迟了些,想今天就见。"

她发出否定的声音——其实尚未出声,不过是带有否定意味的空气传来。"今天太累了,筋疲力尽,我不是告诉你刚刚回来么?今天实在不行。明天一早就得上班,现在只想睡觉。明天下班后见,可以吧?或者说明天不在这儿了?"

"不,我要在这儿住些天。我也知道你很累,可说句老实话,我总有些担心,担心等到明天你怕已经消失。"

"消失?"

"就是说从这世界上消失。失踪。"

由美吉笑道:"哪里会那么简单地消失呢!不要紧,放心!"

"跟你说,不是那样的,你并不明白。我们在一刻不停地移动,各种各样的东西——我们身边各种各样的东西随着这种移动而归于消失。这是无可奈何的,没有一样会滞留下来。滞留也是滞留在我们的意识里,而不存在于现实世界。我就是对这点担心。喂,由美吉,我需要你,非常现实地需要你。我几乎从没有如此迫切地需要过什么。所以希望你不要消失。"

由美吉沉吟片刻。"好个怪人!"她说,"向你保证:我不消失,明天肯定同你见面。请等到明天。"

"明白了。"我不再坚持,也不能再坚持。我对自己说道:知道她尚未消失就已经很不错了。

"晚安!"说罢,她放下电话。

我在房间里四下转了一会儿，然后去二十六楼酒吧喝伏特加苏打。这是我同雪初遇的地方，里边人很多。柜台前有两个年轻女郎在喝酒，两人衣着甚为华丽，且都很得体。其中一个腿形长得动人。我坐在桌旁一边喝伏特加，一边并无其他意味地打量这对女子。随后欣赏夜景。我用手指按住额角，尽管并不痛。继而开始摸索头盖骨的形状，我自己的头盖骨。良久确认完毕，转而想象柜台前那两个女子的骨骼：头盖骨、脊椎骨、肋骨、骨盆、四肢和关节，以及动人双腿里的动人白骨。其骨洁白如雪，绝无杂质，且毫无表情。腿形动人的女子一闪看了我一眼，大概觉察到了我的视线。我很想向她说明，就说我不是看她的肢体，而只是在想象她的骨骼。当然我没有这样做。喝完三杯伏特加，回房间睡觉，或许由于由美吉已得到确认的缘故，我睡得很香。

由美吉来到时是凌晨三点。听得门铃响，我拧亮床头灯，看了看表，然后披上睡衣，未加思索地把门打开。此刻睡意浓，也不容我思索。我只是机械地起床、移步、开门。开门一看，见是由美吉站在那里。她身穿天蓝色西装外套，仍像上次那样从门缝里闪身溜入。我关上门。

她站在房间正中，深深吁了口气，接着悄然脱去西装外套，整齐地搭在椅背上以免弄出皱纹，动作一如上次。

"怎么样，没有消失吧？"她问。

"是没消失。"我声音有些迟疑。我还把握不好现实与非现实之间的界线，甚至惊讶都无从谈起。

"一个人不至于那么简单地消失的。"由美吉一字一板地说。

"你不知道,这个世界上任何事都可能发生,无论什么。"

"反正我在这里嘛,反正我没消失。你不承认?"

我环视四周,深吸一口气,又看看由美吉的眼睛。是现实!"承认。"我说,"你是好像并未消失。可半夜三点怎么会跑到我房间来呢?"

"睡不着,睡不稳。"她说,"放下电话就马上睡了,但一点钟一下子醒来后就再也睡不着。心里总想你说的话,怕弄不好真的就这么消失掉。所以就叫辆出租车到这儿来了。"

"半夜三点你来上班,人家不觉得蹊跷?"

"不怕的,没人发现,这时间都在睡觉。说是二十四小时服务,但毕竟是深夜三点,没什么事要做。坐而待命的只是总服务台和客房服务方面的。从地下停车场通过员工专用门上来,没有人会发觉。即使发觉也无所谓,因为这里员工多,值班的和不值班的不可能——搞清。况且只要说一句来休息室里睡觉,也就蒙混过去了,毫无问题。这种事以前也有过几次。"

"以前也?"

"嗯。半夜睡不着就悄悄到宾馆里来,一个人转来转去。转一会儿心情就稳定下来了。你觉得发傻?可我喜欢,喜欢这样。一进宾馆心里就像一块石头落了地。一次也没被发现过,放心好了。一来没人发现,二来发现也能随便搪塞过去。当然,如果被发现进这房间,问题是有点麻烦。此外万无一失。在这里待到早上,到上班时间就蹑手蹑脚地出去。可以吧?"

"我自然可以。你上班是几点?"

"八点。"她看了看表,"还有五个小时。"

她用有些神经质的手势从手腕摘下表,"橐"地轻声放上茶几,随即坐在沙发上,把裙角拉得笔直,抬脸看着我。我在床边坐下,意识已经有所恢复。

"那么——"由美吉开口道,"你是说你需要我?"

"强烈地需要。"我说,"好多事情转了一轮,整个转了一轮。而我需要你。"

"强烈地?"说着,她又拉了拉裙角。

"是的,非常强烈。"

"转一轮后回到哪里了?"

"现实。"我说,"花了好些时间,终于回到现实中来了。我从很多奇妙事件中脱身出来。很多人死了。很多东西失去了。一切混乱不堪,而且仍未消除,估计将继续混乱下去。但我觉得我已转完了一轮,现在返回了现实。这一轮转得我筋疲力尽,浑身瘫软。但我好歹坚持跳个不停,一步也没踩错舞点。也正因如此,才得以重返这里。"

她看着我的脸。

"具体的我现在很难说得明白,不过请你相信我。我需要你,这对我是至关重要的大事,对你也是至关重要的大事。不骗你!"

"那么我该怎样好呢?"由美吉不动声色地说,"难道我应该感动得同你睡觉不成?就说太好了,说你需要我是我最大的幸福——是这样不成?"

"不是,不是那样的。"我寻找合适的词句,当然寻找不出,"怎么说好呢?这其实早已定下,我一次也没怀疑过。一开始我就以为你可以同我睡的。但最初那次未能睡成，因为那时还不合适。所以才等待转回一轮。并且已经转了一轮。现在并非不合适。"

"你是说我现在应该同你睡？"

"逻辑上的确不通，作为说服的方法也再糟不过。这点我承认。不过我是很想对你推心置腹，结果就成了这个样子，而且也只能这样表达。在一般情况下，我也会循循善诱地说服你，那类方法我也是知道的。效果如何且不论，就方法来说我是完全可以像别人那样得心应手的。问题是情况不同。这件事单纯得很，简直不言而喻，所以只能如此表达。问题不在于能否进行得顺利。我同你睡，这是既定之事。我不想在既定之事上面没完没了地兜圈子，因为那样会毁掉其中关键的东西。真的，不是危言耸听。"

由美吉久久地看着自己放在茶几上的表。"不能说是地道啊！"她叹息一声，开始解上衣纽扣。

"别看。"她说。

我歪倒在床上目视天花板的一角。那里别有天地，但我现在置身此处。她不慌不忙地脱衣服，不断发出窸窸窣窣的声响。似乎每脱掉一件，便整整齐齐地叠好放在什么地方。一会传来"咯噔"一声眼镜放在茶几上的声音，那声音让人心里痒痒的。接着，她走近前来，熄掉床头灯，上床，滑溜溜、静悄悄地钻到我身旁躺下，像闪身溜进屋时那样。

我伸手搂抱她的身子，她的肌肤和我的肌肤贴在一起。其身子非常滑润，而且沉甸甸的。现实，与咪咪不同。咪咪的身子梦一般美妙，她生活在幻想之中，生活在她本身的幻想和包容她的幻想这种双重幻想之中。正是。但是由美吉的身体却存在于现实世界，其温馨其重量其颤动都是活生生的现实。我一边抚摸由美吉一边思绪联翩。五反田那爱抚喜喜的手指也在幻想之中。那是演技，是画面上光点的移动，是从一个世界滑向另一个世界的阴翳。然而此刻不同。这是现实。正是。我现实的手指抚摸着由美吉现实的肌体。

"现实。"我说。

由美吉把脸埋在我脖颈上，鼻尖的感触是那样的真切。我在黑暗中逐一确认她身上的每个部位：肩、臂肘、手腕、手心，直至十个指尖，哪怕再细小的地方也不放过。我用手指依序摸去，并像按封印那样不住地吻着。接下去是乳房、腹、侧腹、背、腿——我逐一确认其形状，按以封印。我需要这样做，也必须这样做。然后我用手心轻轻抚摸她软软的毛丛，在上面吻了一口。正是。那关键部位当然不会放过。

是现实，我想。

我什么也不说，她什么也不说。她只是静静地呼吸，但她也同样需求我，我感觉得出。她知晓我在需求什么，相应地微妙地变换姿势。浑身上下确认一遍之后，我重新把她紧紧搂在怀里。她的双臂也紧紧地搂住我，其呼吸温暖而潮润，将不成其为语言的语言倾吐出来。随即我进入她体内。我的阳物那么硬又那么热。我便这样强烈地需求她，如饥似渴的。

最后，由美吉使劲咬在我胳膊上，差点儿咬出血痕来。随她咬好了。这才是现实：痛和血！我抱着她的腰缓缓倾泻，缓而又缓地，就像在确认顺序。

"好厉害。"稍过一会儿，由美吉说道。

"所以我说早已定下了嘛。"

由美吉在我怀中就势睡了过去，睡得十分恬静。我没睡，

505

一来全然没有睡意，二来因为怀抱熟睡中的她实在惬意。不久，天空放亮，些许晨光淡淡地透进屋内。茶几上放着她的手表和眼镜。我注视着由美吉不戴眼镜时的脸。摘去眼镜时的她也显得千娇百媚。我轻轻地吻了一下她的额头。我再次气势汹汹地勃起，想再次进入她体内。但她睡得那么香甜，我不忍心捣乱。我依然搂着她的肩，观察房间里的变化，只见晨光逐渐涌满各个角落，幽暗后退消失。

椅子上叠放着她的衣服。裙子、衬衫、长筒袜和内衣，椅下整齐摆着黑色的皮鞋。是现实。现实的衣服现实地叠着，以免弄皱。

七点时，我把她叫醒：

"由美吉，该起来了。"

她睁开眼睛看着我，再次把鼻子触在我脖颈上。"好厉害。"她说。然后鱼跃下床，赤身站在晨光之中，竟如刚充过电一般生机勃发。我一条胳膊支在枕头上，望着她的裸体——几小时前确认过的裸体。

由美吉冲罢淋浴，用我的梳子理好头发，简洁而又认真地刷了刷牙，然后细心地穿起了衣服。我看着她穿衣服的光景。她小心翼翼地扣好白衬衫的每一个纽扣，罩上西装外套，站在可以照出全身的镜前检查有无皱纹或污点。这一切她做得一丝不苟，从旁观看都甚觉快意，使人油然腾起清晨来临之感。

"化妆品在休息室的柜里呢。"她说。

"这样就很漂亮。"

"谢谢。不过不化妆要挨训的。化妆也是工作的一部分。"

我站在房间正中抱了一次由美吉。抱穿制服戴眼镜的她同样妙不可言。

"天亮后还需求我来着?"

"非常需求,"我说,"比昨天还强烈。"

"跟你说,被人这么强烈地需求还是第一次。"由美吉说,"我完全感觉得出来,知道自己被你需求。感觉到这点也是第一次。"

"这以前谁也没需求过你?"

"没人像你那样。"

"被人需求是怎样一种心情?"

"十分轻松。"由美吉说,"好久没这么轻松过了,觉得就像待在充满温情的房间里似的。"

"一直在这里好了。"我说,"谁也不出去,谁也不进来。只有我和你。"

"在这里住下?"

"是的,住下。"

由美吉稍离开一点儿看着我的眼睛:"嗳,今天晚间来住也可以的?"

"你来住我是没有问题。但对你来说我想过于冒险。一旦暴露,说不定会被解雇的哟!相比之下,恐怕还是去你住处或其他旅馆好些,嗯?那样会更舒心吧?"

由美吉摇摇头:"不,这里好,我喜欢这个场所。这里既是你的场所,同时又是我的场所。我乐意在这里给你抱,只要你可以的话。"

"我一点儿都没关系,你喜欢就行。"

"那好,今晚见,在这儿。"说完,她把门开条小缝,向外窥看一下,然后身子一闪消失在门外。

我刮完胡须，冲罢淋浴，出外在早晨的街上散步，去唐恩都乐店吃了甜甜圈，喝了两杯咖啡。

街上到处是上班的人流。见此光景，我也觉得该开始工作了。如雪已开始学习一样，我也该开始工作才是。这是很现实的。在札幌找工作来做？也不错，我想。而且要同由美吉共同生活。她去宾馆上班，我做我的工作。做什么工作呢？别担心，总找得到。找不到也无所谓，几个月的吃喝还维持得了。

写点东西怕是不错。我不讨厌写文章。我扫雪差不多连续扫了三年时间，往后应该为自己写点什么了。

对，我需求的是这个。

写普通文章，既非诗歌小说又非自传信函那样的普通文章，没有稿约没有期限那样的普通文章。

不错！

继而，我想起了由美吉的肌体。她身体的任何部位我都记得清清楚楚，我曾一一确认，一一按以封印。我带着幸福的心情在初夏的街头漫步、吃美味的午饭、喝啤酒，然后返回宾馆，坐在大厅里，从盆栽的树阴处看了一会儿由美吉工作的身姿。

44

傍晚六点半,由美吉来了。仍是那身制服,但衬衣换成了另一种式样。她这次提来一个小塑料袋,里面装着备换的内衣、洗漱用具和化妆品。

"迟早要露马脚。"我说。

"放心,绝无疏漏。"由美吉嫣然一笑,脱下西装外套,搭于椅背。我们在沙发上抱在一起。

"嗳,今天一直考虑你来着。"她说,"我这样想:每天我白天在这宾馆里做工,晚上就悄悄钻到你房间里两人抱着睡觉,早上再出去做工。这样该有多好啊!"

"单位住所合二而一。"我笑道,"不过遗憾的是,一来我的经济条件不允许我长住在这里,二来天天如此,迟早必被发现无疑。"

由美吉不服气似的在膝盖上低声打了几个响指:"人生在世很难称心如意,是不?"

"完全正确。"我说。

"不过你总可以在这里再住几天吧?"

"可以,我想可以的。"

"那么几天也好,两人就在这宾馆里过好了!"

之后她开始脱衣服,又一件件叠好放好。习以为常。手表和眼镜摘下放在茶几上。我们亲昵了一个小时,我也罢她也罢都折腾得一塌糊涂,却又觉得极为舒坦和愉快。

"是够厉害的!"由美吉说,说完便在我怀中昏昏睡去。显然是放松之故。

我冲了个淋浴,从冰箱里拿出啤酒独自喝了,坐在椅子上端视由美吉的脸。她睡得十分安然甜美。

将近八点,她睁开眼睛说肚子饿了。我们查阅客房服务项目的菜单,要了焗烤通心粉和三明治。她把衣服皮鞋藏在壁橱里,男服务员敲门时迅速躲进浴室。等男服务员把盘子放在茶几上离开,我小声敲浴室门把她叫出。

我们各吃了一半焗烤通心粉和三明治,喝了啤酒,然后商量日后的安排,我说打算从东京搬来札幌。

"住在东京也就那么回事,已经没有意思。"我说,"今天白天我一直在想,决定在这里安顿下来,再找一件我干得来的工作,因为在这里可以见到你。"

"留下?"她问。

"是的,留下。"我说。要搬运的东西估计不是很多,无非唱片、书和厨房用具之类,可以统统装进"斯巴鲁"用渡轮运来。大的东西或卖或扔,重新购置即可。床和冰箱差不多也到更新换代的时候了。总的说来我这人用东西用的时间过长。

"在札幌租套房子,开始新的生活。你想来时就来,住下也可以。先这么过一段时间。我想我们可以相安无事。我已回到现实之中,你也心怀释然。两人就在新居住下去。"

由美吉微笑着吻了我一下,说是"妙极"。

"将来的事我也不清楚,不过预感不错。"

"将来的事谁都不清楚。"她说,"现在可实在是美极妙极,无与伦比!"

我再次给客房服务部打电话,要了一小桶冰块。她又躲进浴室。冰块来了后,我拿出白天在街上买的半瓶伏特加和番茄汁,调了两杯血腥玛丽。虽说没有柠檬片和李派林辣酱油,毕竟也算是血腥玛丽,我们暂且用来相互干杯。由于要有背景音乐,我打开枕旁有线广播的开关,把频道调至"流行音乐"。曼托瓦尼管弦乐队正在演奏《那醉人的夜晚》(*Some Enchanted Evening*),声音优美动听。别无他求,我想。

"你真是善解人意,"由美吉佩服道,"实际上我刚才就想喝血腥玛丽来着。你怎么知道得这么准确呢?"

"侧起耳朵就可以听见你所需求之物的声音,眯起眼睛就可以看见你所需求之物的形状。"

"像标语似的?"

"不是标语,不过把活生生的形象诉诸语言而已。"

"你这人,要是当标语制作专家就好了!"由美吉咻咻笑道。

我们各自喝了三杯血腥玛丽,而后又赤身裸体地抱在一起,充满柔情地云雨一番。我们都已心满意足。抱她的时候,我恍惚听到一次老海豚宾馆那座旧式电梯"吭吭吭吭"的震动声响。不错,这里是我的连接点,我被包容在这里。这是最为现实的现实。好了,我再也不去别处,我已经稳稳地连接上了。我已重新找回连接点,而同现实相连相接。我寻找的就是这个,羊男将我同其连在一起。十二点,我们都有了困意。

由美吉把我摇醒。"喂，起来呀！"她在耳畔低语。她不知何时已经穿戴整齐。四下还一片昏暗，我大脑的一半还留在温暖泥沼般的无意识地带。床头灯亮着，枕边钟刚过三点。我首先想到的是发生了什么不妙的事——莫不是她来这里被上司发现了？因为由美吉摇晃我肩膀的神态极为严肃，又是半夜三点，加之她已穿好衣服。看来情况只能是这样。怎么办好呢？但我没再想下去。

"起来呀，求你，快起来！"她小声说。

"好的好的。"我说，"发生什么了？"

"别问，快起来穿衣服。"

我不再发问，迅速穿起衣服，把T恤从头套进去，提上蓝色牛仔裤，登上运动鞋，套上风衣，将拉链一直拉到领口。前后没用一分钟。见我穿罢衣服，由美吉拉起我的手领我到门口，把门打开一条小缝，两三厘米的小缝。

"看呀！"她说。我从门缝向外窥看。走廊漆黑一团，什么也看不见，黑得像果冻一样稠乎乎凉丝丝，且非常深重，仿佛一伸手即被吸入其中。同时有一股与上次相同的气味儿：霉味儿，旧报纸味儿，从古老的时间深渊中吹来的风的气味儿。

"那片漆黑又来了。"她在我耳边低语。

我用手臂揽住她的腰，悄悄搂过。"没关系，不用怕。这里是为我准备的世界，不会发生糟糕的事。最初还是你向我提起这片黑暗的，从而我们才得以相识。"不过我也没有坚定的信心，我也怕得难以自已。那是一种没有道理可讲的根深蒂固的恐怖,是一种铭刻在我的遗传基因之中、从远古时代便一脉相承的恐怖。黑暗这种东西无论有什么存在的理由,也仍然是可怕可怖的。它说不定会将人一口吞没,将其扭曲、撕裂,进而彻底消灭。到底有谁能够在黑暗中怀有充分的自信呢?所有一切都将在黑暗中猝然变形、蜕化以至消失。虚无这一黑暗的袒护者在这里涵盖一切。

"不要紧,没什么好怕的。"我说,同时也是自我鼓励。

"怎么办?"由美吉问。

"两人一起到前边去。"我说,"我回到这宾馆的目的是为了见两个人:一个是你,另一个就是此人。他在黑暗的尽头,在那里等我。"

"那个房间里的人?"

"是的,是他。"

"可我怕,怕得不得了。"由美吉的声音颤抖得发尖。没有办法,连我都战战兢兢。

我轻轻吻了一下她的眼睑。"别怕,这回我和你在一起。让我们一直手拉手,不松手就没问题。无论发生什么事都不要松手,紧紧靠在一起。"

我返回房间,从皮包里掏出事先准备的钢笔式手电筒和比克(Bic)打火机,装进外衣袋,然后慢慢开门,牵起由美吉的手移步走廊。

"去哪儿?"她问。

"向右。"我说,"一直向右,向右没错。"

我用钢笔式手电筒照着脚下,沿走廊向前走。如上次所感,这里并非海豚宾馆的走廊,而要陈旧得多。红色地毯磨得斑斑驳驳,走廊凸凹不平,石灰墙布满了老人斑似的无可救药的污痕。是老海豚宾馆，我想，准确说来又不是一如原样的海豚宾馆。这里是类似它的某一部分，是老海豚宾馆式的一处所在。径直走了一会儿，走廊仍像上次那样向右拐弯。我于是拐过。但与上次又有不同——见不到光亮，见不到从远处门缝中透出的微弱烛光。出于慎重，我熄掉手电筒，但还是没有光。完整无缺的黑暗犹如狡猾的水，悄无声息地将我们包容其中。

由美吉猛地捏了下我的手。"看不见光亮。"我说。声音嘶哑得很，根本不像是我的声音。"那里的门透出光亮来着，上次。"

"我那时也是，我也看见了。"

我在拐角处伫立片刻。心里想道：羊男到底发生了什么呢？他睡着了不成？不，不至于。他应该时刻待在那里时刻点着灯才是，像守护灯塔那样。那是他的职责。即使睡着烛光也该常明不熄，不可能熄灭。我掠过一丝不快的预感。

"嗯，就这样回去吧！"由美吉说，"这回太暗了。回去另等机会吧。还是那样好，别太勉强。"

她说的不无道理。的确过于黑暗，并使人觉得可能发生不测。但我没有回头。

"不，我放心不下，想去那里看个究竟。他有可能出于某种原因在寻求我，所以才把我们同这个地方连接起来。"我再次打亮电筒，细细的黄色光柱倏地划破黑暗。"走，拉紧我的手。我需求你，你需求我。不必担心，我们已经留下，哪里也不去，保证返回，放心好了。"

我们盯着脚下一步一步地缓缓迈进。黑暗中我可以感觉出由美吉头上隐约的护发素味儿，这气味使我紧张的神经得到甘美的滋润。她的小手又暖又硬。我们在黑暗中连在一起。

羊男住过的房间很快找到了。因为只有这里开着门,门缝中荡出一股阴冷发霉的空气。我轻声敲门,仍像上次那样发出大得不自然的回响,一如叩击巨大耳朵之中的巨大鼓膜。我"通通通"敲了三下,开始等待。等了二十秒、三十秒,但全无反应。羊男怎么了?莫不是死了?如此说来,上次见面时他就显得极度疲劳和衰老,使人觉得即使死去也并不反常。他已经活了很久很久,但毕竟也要衰老,并总有一天死去,同其他所有人一样。想到这里,我陡然一阵不安。假如他离开人世,还有谁能够把我同这世界连接起来呢?谁肯为我连接呢?

我推开门,拉着由美吉的手轻轻走入房间,用手电筒往地板上照了照。房间里同上次见到时一样。地上到处堆着旧书,空地所剩无几。有一张小桌,上面摆着一个代作烛台的粗糙盘碟,蜡烛已经熄灭,还剩五厘米左右。我从衣袋里掏出打火机点燃蜡烛,关掉手电筒,塞进衣袋。

房间中哪里也见不到羊男的身影。

他是去了哪里,我想。

"这里到底有谁来着?"由美吉问。

"羊男。"我回答,"羊男管理这个世界。这里是连接点,他为我进行各种连接,像电话配电盘一样。他身穿羊皮,很早以前就生在这里住在这里躲在这里。"

"躲避什么?"

"什么呢?战争、文明、法律、体制……总之躲避一切不合他脾性的东西。"

"可他已经不在了啊!"

我点点头。一点头,墙上被扩大的身影便随之大摇大摆起来。"嗯,是不在了。怎么回事呢?原本是应该在的。"我恍惚觉得站在世界的尽头,古人设想的世界尽头,使得一切变成瀑布落入其中的地狱底层般的世界尽头。而我们两人——仅仅我们两人正站在这尽头的最边缘。我们前面一无所见,唯有冥冥的虚无横无际涯。房间里的空气彻骨生寒,我们仅靠对方手心的温度相互取暖。

"他或许已经死了。"我说。

"在黑暗中不能想不吉利的事,得把事情往好处想。"由美吉说,"很可能不过是到哪里买东西去了吧?也许蜡烛没有存货了。"

"或许去取所得税的退款也未可知。"说着,我用手电筒照了照她的脸,她嘴角微微漾出笑意。我熄掉电筒,在若明若暗的烛光中搂过她的身体。"休息日两人一起去好多好多地方,嗯?"

"当然!"她说。

"把我的'斯巴鲁'运来。车是半新不旧,式样也老,但还不错,我很中意。'玛莎拉蒂'我也坐过,不过老实说,还是我那'斯巴鲁'好得多。"

"当然!"

"有空调,有车内音响。"

"无可挑剔。"

"十全十美!"我说,"我们开它去好多好多地方,看好多好多景致。"

"那自然。"她说。

我们拥抱了一会儿,然后松开。我又打开手电筒。她弯腰从地上拾起一本薄薄的小册子,书名是《关于约克夏绵羊品种改良的研究》,封面变成褐色,积了一层乳膜样的白灰。

"这里的书全是养羊方面的。"我说,"老海豚宾馆里有个关于羊的资料室。经理的父亲是研究羊的专家,资料是他收集的。羊男是接他的班管理来着。本来已毫无用处,如今没有人读这个,但羊男还是将其保留下来了,大概这些书对这个场所至关重要吧。"

由美吉拿过我的电筒,翻开小册子,靠着墙读起来。我则一边看墙上自己的身影一边呆呆地想羊男。他究竟消失到哪里去了呢?我蓦地掠过一阵极为不祥的预感,心脏一下子跳到喉咙。有什么阴差阳错有什么不妙的事即将发生,到底是什么呢?我对这什么集中起全副神经。旋即猛地一惊:糟糕,糟了!不知不觉之间我已经把手从由美吉身上松开。本来是不能松开的,绝对不能。刹那间,我冒出一身冷汗。我急忙伸手去抓由美吉的手腕,但为时已晚。在几乎与我伸手的同时,她的身体被倏然吸入墙壁之中,一如喜喜被吸入死之房间的墙壁。由美吉的身体一瞬间无影无踪,她消失了,手电筒的光亮也消失了。

"由美吉!"

无人应答。唯有沉默与寒气主宰着房间。我觉得黑暗愈发深重。

"由美吉!"我再次叫道。

"喏,这还不简单!"墙的另一侧传来由美吉瓮声瓮气的话音,"实在简单得很,一穿墙就过到这边来了!"

"胡说!"我大吼一声,"看起来简单,可一旦过去,就再也回不来了!你不明白,不是那么回事,那里不是现实,那是那边的世界,和这里的世界不同!"

她没有应声。深重的沉默重新涌满房间,紧紧压迫我的身体,使我恍若置身海底。由美吉已经消失,伸手摸向哪里也触摸不到。我与她之间横着那堵墙壁。太过分了,我想。太残酷了。我感到浑身瘫软。我和由美吉是应该在这边的,为此我才一直努力不懈,我才踏着变幻莫测的舞步终于赶到这里。

然而时间已不容我前思后想,已不容我犹豫不决。我迈步朝墙壁那边追赶由美吉,此外别无他法。因为我爱由美吉。我像遇见喜喜时那样穿墙而过。一切一如上次:不透明的空气层,粗糙的硬质感,水一般的凉意,摇摆的时间,扭曲的连续性,颤抖的重力。恍惚间,远古的记忆犹如蒸汽从时间的深渊中腾开起来。那是我的遗传基因。我可以感觉出自己体内进化的块体。我超越了纵横交织的自己本身巨大的DNA。地球膨胀而又冷缩。羊潜伏于洞穴之中。海是庞大的思念,雨无声地落于其表面。没有面孔的人们站在岸边遥看海湾。无尽无休的时间化为巨大的毛线球浮于空中。虚无吞噬人体,而更为巨大的虚无则吞噬这个虚无。人们血肉消融,白骨现出,又沦为尘埃,被风吹去。有人说:彻底地完全地死了。有人说:正是。我的血肉之躯也分崩离析,四下飞溅,又凝为一体。

穿过这堵混乱而扑朔迷离的空气层之后,我竟赤身裸体躺在床上。周围黑得不行,而又不是漆黑,却又什么也看不见。我孑然一身。伸手摸去,旁边谁也没有。我形影相吊,孤孤单单地被丢在世界的尽头。"由美吉!"我扯着嗓门喊道。但实际上并未出声,不过是一缕干涩的气息。我想再喊一次,不料竟听到"咔"的一声,落地灯亮了,房间里一片朗然。

而且由美吉就在房间里。她身穿白衬衣、裙子、脚穿黑皮鞋,坐在沙发上甜甜地微笑着注视我。写字台前的椅背上搭着天蓝色西装外套,俨然她的化身。于是我紧张得发硬的躯体开始像螺丝松动一样一点点弛缓下来。我这才注意到右手正紧紧抓着床单。我把床单放开，擦了把脸上的汗，心想这里可是这边？这光亮可是真正的光亮不成？

"喂，由美吉！"我声音嘶哑地喊。

"什么？"

"你真的一直在这里？"

"那还有假？"

"哪里也没去也没消失？"

"没有消失，人不可能那么轻易消失的。"

"我做梦了。"

"晓得。我一直看着你，看见你做梦并且喊我的名字，在一片漆黑中。知道么，如果真心想看什么，即使一片漆黑也看得真真切切。"

我看看表，时近四点，黎明前的片刻，正是思绪跌入深谷的时间。我身上发冷，尚未完全放松。那难道真的是梦？黑暗中羊男消失，由美吉也消失不见。我可以真切地回味起走投无路时那种绝望的孤独感，回味起由美吉手的感触，二者都还牢牢地留在我的身心，比现实还要真实。而现实还没有恢复其充分的真实性。

"我说，由美吉。"

"什么？"

"你怎么穿上衣服了？"

"穿上衣服看你来着，"她说，"不知不觉地。"

"再脱一遍可好？"我问。我想再确认一下，确认她是否真在这里，确认这里是否真是这边的世界。

"当然好的。"说罢，她摘下手表放在茶几上，脱掉鞋整齐地摆在地毯上。接着一个个解开衬衣纽扣，脱去长筒袜，脱下裙子，一件件叠好放好。又摘下眼镜，像上次那样"咯噔"一声放在茶几上。然后光着脚悄然走过地毯，轻轻掀开毛毯躺到我身旁。我一把搂过她。她身上温暖而滑润，带有沉稳的现实感。

"没有消失。"

"当然没有，"她说，"我不是说了么，人是不会那么轻易消失的。"

果真如此？我抱着她想道，不，任何事情都有发生的可能。这个世界既脆弱又危险，所有事情的发生都很容易。况且那个房间里的白骨还剩一具。那是羊男的吗？还是为我准备的他人之死呢？不，也许那白骨就是我本身的。它很可能在那个遥远的昏暗房间里一直等我死去。我已经听见了远处老海豚宾馆的声音，那声音就像远处随风传来的夜班火车声。电梯发出"吭吭吭吭"的响声爬上来停住。有人在走廊里走动。有人开门。有人关门。是海豚宾馆，这我知道。一切都吱呀作响，一切声响听起来都很陈腐，而我便被包容在这个里面。有人为我流泪，为我不能为之哭泣的东西流泪。

我吻了吻由美吉的眼睑。

由美吉在我怀中酣然入睡，我却难以成眠。我没有一丝一毫的睡意，如枯井一样睁着双眼。我静静地继续抱住她，像要把她整个包拢起来。我不时地吞声哭泣。我为失去的东西哭泣，为尚未失去的东西哭泣。但实际上我只哭了一小会儿。由美吉的身子是那样的柔软，在我怀中温情脉脉地刻算着时间。时间刻算着现实。不久，天光悄然破晓。我扬起脸，定定地注视着床头闹钟的指针按照现实时间缓缓转动。它一点一点地向前移动。我胳膊的内侧承受着由美吉的气息，也只有这部分是温暖潮润的。

是现实，我想，我已在这里留下。

不多会儿，时针指向七点。夏日早晨的阳光从窗口射进，在地毯上描绘出一个略微歪斜的四角形。由美吉仍在酣睡。我悄悄地撩起她的头发，露出耳朵，轻轻吻了一下。怎么说好呢？我思考了三四分钟。有各种各样的说法，有多种多样的可能性和表达方式。我能够顺利发出声音吗？我的话语能够有效地震动现实的空气吗？我试着在口中嘟囔了几个语句，从中选出一句最简练的。

"由美吉，早晨来临了。"我低声说道。

后　记

　　这部小说于一九八七年十二月十七日动笔，一九八八年三月二十四日脱稿。对我来说算是第六部长篇。主人公"我"原则上同《且听风吟》《1973年的弹子球》《寻羊冒险记》中的"我"是同一人物。

村上春树
一九八八年三月二十四日　伦敦

村上春树年谱

1949 年

1月12日出生于日本关西京都市伏见区,为国语教师村上千秋、村上美幸夫妇的长子。出生不久,家迁至兵库县西宫市夙川。

1955 年　6 岁

入西宫市立香栌园小学就读。

1961 年　12 岁

入芦屋市立精道初级中学就读。

1964 年　15 岁

入兵库县立神户高级中学就读。

1968 年　19 岁

到东京,入早稻田大学第一文学部戏剧专业就读,入住和敬塾。

1971 年　22 岁

以学生身份与高桥阳子结婚。

1974 年　25 岁

开办爵士乐酒吧"Peter Cat"。

1975 年　26 岁

大学毕业。毕业论文题目是《美国电影中的旅行思想》。

1979 年　30 岁

处女作长篇小说《且听风吟》出版,获第22届群像新人文学奖。

1980 年　31 岁

长篇小说《1973年的弹子球》出版,入围第83届芥川奖和第2届野间文艺新人奖。

1981 年　32 岁

转让酒吧,专业从事创作。移居千叶县船桥市。与村上龙的对谈集《慢慢走,别跑》和第一部翻译作品菲茨杰拉德的《我的迷失都市》出版。

1982 年　33 岁

长篇小说《寻羊冒险记》出版,获第 4 届野间文艺新人奖。

1983 年　34 岁

曾赴希腊旅行。短篇集《去中国的小船》《遇到百分之百的女孩》、插图短篇集《象厂喜剧》出版。

1984 年　35 岁

曾赴美国旅行。短篇集《萤》、随笔集《村上朝日堂》出版。

1985 年　36 岁

长篇小说《世界尽头与冷酷仙境》、短篇集《旋转木马鏖战记》、绘本《羊男的圣诞节》、与川本三郎合作的随笔集《电影冒险记》出版。《世界尽头与冷酷仙境》获第 21 届谷崎润一郎奖。

1986 年　37 岁

移居神奈川县大矶町,赴意大利、希腊旅行。短篇集《再袭面包店》、随笔集《村上朝日堂的卷土重来》、插图随笔集《朗格汉岛的午后》出版。

1987 年　38 岁

从希腊回国。随笔集《日出国的工厂》、长篇小说《挪威的森林》出版。

1988 年　39 岁

曾赴伦敦、意大利、希腊、土耳其旅行。长篇小说《舞!舞!舞!》出版。

1989 年　40 岁

曾赴希腊、德国、奥地利旅行，回国后赴纽约。随笔集《村上朝日堂 嗨嗬！》出版。

1990 年　41 岁

回国。短篇集《电视人》、《村上春树全作品　1979—1989》前 4 卷、游记《远方的鼓声》《雨天炎天》出版。

1991 年　42 岁

赴美国普林斯顿大学任客座研究员。
《村上春树全作品　1979—1989》后 4 卷出版。

1992 年　43 岁

长篇小说《国境以南 太阳以西》出版。

1993 年　44 岁

赴美国塔夫茨大学任职。

1994 年　45 岁

曾赴中国、蒙古旅行。随笔集《终究悲哀的外国语》、长篇小说《奇鸟行状录》第 1、2 部出版。

1995 年　46 岁

从美国回国。《奇鸟行状录》第 3 部出版。

1996 年　47 岁

在东京采访地铁沙林毒气事件受害者。随笔集《村上朝日堂日记·旋涡猫的找法》、短篇集《列克星敦的幽灵》、对谈集《村上春树，去见河合隼雄》出版。《奇鸟行状录》获第 47 届读卖文学奖。

1997 年　48 岁

东京地铁沙林毒气事件受害者采访集《地下》、随笔集《村上朝日堂是如何锻造的》、文学评论集《为了年轻读者的短篇小说导读》、插图传记集《爵士乐群英谱》出版。

1998 年　49 岁

旅行记《边境　近境》、漫画集《毛茸茸》、《地下》的续篇《地下 2　应许之地》出版。

1999 年　50 岁

曾赴北欧旅行。长篇小说《斯普特尼克恋人》出版。《地下 2　应许之地》获第 2 届桑原武夫奖。

2000 年　51 岁

短篇集《神的孩子全跳舞》出版。

2001 年　52 岁

插图传记集《爵士乐群英谱2》、随笔集《村上广播》、插图随笔集《轻飘飘》出版。

2002 年　53 岁

长篇小说《海边的卡夫卡》、插图游记《如果我们的语言是威士忌》出版。

2003 年　54 岁

E-mail 通讯集《少年卡夫卡》出版。

2004 年　55 岁

长篇小说《天黑以后》出版。

2005 年　56 岁

短篇集《神的孩子全跳舞》、插图小说《图书馆奇谭》、随笔集《没有意义就没有摇摆》出版。

2006 年　57 岁

短篇集《东京奇谭集》出版。获弗朗茨·卡夫卡奖、弗兰克·奥康纳国际短篇小说奖、世界奇幻奖。

2007 年　58 岁

获 2006 年度朝日奖、第 1 届早稻田大学坪内逍遥大奖。随笔集《当我谈跑步时我谈些什么》、插图小说集《村上歌谣》出版。

2008 年　59 岁

获普林斯顿大学名誉博士称号。

2009 年　60 岁

长篇小说《1Q 84》第 1、2 部出版。

2010 年　61 岁

长篇小说《1Q 84》第 3 部出版。

2011 年　62 岁

《村上春树杂文集》、与小泽征尔合著的《与小泽征尔共度的午后音乐时光》出版。

2012 年　63 岁

《与小泽征尔共度的午后音乐时光》获第 11 届小林秀雄奖。

2013 年　64 岁

长篇小说《没有色彩的多崎作和他的巡礼之年》出版。

2014 年　65 岁

4 月，短篇集《没有女人的男人们》出版。

5 月，美国塔夫茨大学授予名誉博士称号。

2015 年　66 岁

9 月，随笔集《我的职业是小说家》出版。

2016 年　67 岁

4 月，与柴田元幸合著的"村上柴田翻译堂"系列出版。

10 月，在丹麦欧登赛获安徒生文学奖。

2017 年　68 岁

2 月，长篇小说《刺杀骑士团长》(第 1 部显形理念篇、第 2 部流变隐喻篇)出版。

4 月，与川上未映子共著的《猫头鹰在黄昏起飞》出版。

2019 年　70 岁

3 月，文库本《刺杀骑士团长》(第 1 部显形理念篇上/下)出版。

4 月，文库本《刺杀骑士团长》(第 2 部流变隐喻篇上/下)出版。

2020 年　71 岁

4 月，随笔《弃猫》出版。

6 月，随笔集《村上 T》出版。

7 月，短篇集《第一人称单数》出版。

2021 年　72 岁

6 月，《怀旧美好的古典乐唱片》出版。

2022 年　73 岁

12 月，《怀旧美好的古典乐唱片 2》出版。

2023 年　74 岁

4 月，长篇小说《城及其不确定的墙》出版。

《舞！舞！舞！》音乐列表

1. The Dells / Dance Dance Dance
2. The Human League
3. The Imperials
4. The Supremes
5. The Flamingos
6. The Falcons
7. The Impressions
8. The Doors
9. The Four Seasons
10. Fleetwood Mac
11. ABBA
12. Melissa Manchester
13. Bee Gees
14. K. C. & The Sunshine Band
15. Donna Summer
16. Eagles
17. Boston
18. Commodores
19. John Denver
20. Chicago
21. Kenny Loggins
22. Nancy Sinatra
23. The Monkees
24. Elvis Presley
25. Trini Lopez
26. Pat Boone
27. Fabian
28. Bobby Rydell
29. Annette Funicello
30. Herman's Hermits

31. The Honeycombs
32. The Dave Clark Five
33. Gerry & The Pacemakers
34. Freddie & The Dreamers
35. Jefferson Airplane
36. Tom Jones
37. Engelbert Humperdinck
38. Herb Alpert & The Tijuana Brass
39. Simon & Garfunkel
40. The Jackson 5
41. The Rolling Stones / Brown Sugar
42. Rod Stewart
43. J. Geils Band
44. Ray Charles / Born To Lose
45. The Police
46. Genesis
47. Mozart / Le Nozze Di Figaro
48. Mozart / Die Zauberflote
49. Jacques Loussier / Play Bach No. 1
50. Gregorian Chant
51. 坂本龍一
52. Gerry Mulligan
53. Chet Baker
54. Bob Brookmeyer
55. Adam Ant
56. Paul Mauriat / Love Is Blue
57. The Percy Faith Orchestra / A Summer Place
58. Elvis Presley / Rock-A-Hula Baby
59. Michael Jackson / Billy Jean
60. Richard Clayderman
61. Los Indios Tabajaras
62. José Feliciano

63. Julio Iglesias
64. Sergio Mendes
65. The Partridge Family
66. 1910 Fruitgum Company
67. Mitch Miller
68. Andy Williams
69. Al Martino
70. Henry Mancini / Moon River
71. Talking Heads
72. Ray Charles / Hit The Road Jack
73. Ricky Nelson / Travelin' Man
74. Brenda Lee / All Alone Am I
75. David Bowie / China Girl
76. Phil Collins
77. Starship
78. Thomas Dolby
79. Tom Petty & The Heartbreakers
80. Hall & Oates
81. Thompson Twins
82. Iggy Pop
83. Bananarama
84. The Rolling Stones / Going To A Go Go
85. Paul McCartney & Michael Jackson / Say Say Say
86. Duran Duran
87. Sam Cooke / Wonderful World
88. Buddy Holly / Oh, Boy!
89. Bobby Darin / Beyond The Sea
90. Elvis Presley / Hound Dog
91. Chuck Berry / Sweet Little Sixteen
92. Eddie Cochran / Summertime Blues
93. The Everly Brothers / Wake Up Little Susie
94. Del Vikings / Come Go With Me

95. Jimmy Gilmer And The Fireballs / Sugar Shack
96. The Beach Boys / Surfin' U.S.A.
97. The Beach Boys / Help Me, Rhonda
98. The Fours Tops / Reach Out, I'll Be There
99. The Modernaries / We Remember Tommy Dorsey Too!
100. Isaac Hayes
101. Solomon Burke
102. Stevie Wonder
103. Deep Purple
104. Bob Cooper
105. Joe Jackson
106. Chic
107. Alan Parsons Project
108. Bob Dylan / It's All Over Now, Baby Blue
109. Bob Dylan / A Hard Rain's A-Gonna Fall
110. Dire Straits
111. Henry Purcell
112. Arthur Prysock
113. Count Basie Orchestra
114. Art Farmer
115. David Bowie
116. The Stray Cats
117. Steely Dan
118. Culture Club
119. Boy George
120. Bob Marley & The Wailers / Exodus
121. Styx / Mr. Roboto
122. Sam Cooke
123. Ricky Nelson
124. Mozart / Sonate Für Klavier
125. John Coltrane / Ballads
126. Elvis Presley

127. Kiss
128. Journey
129. Iron Maiden
130. AC/DC
131. Motörhead
132. Michael Jackson
133. Prince
134. Sly & The Family Stone
135. Freddie Hubbard / Red Clay
136. The Beach Boys / Good Vibrations
137. The Beach Boys / Surfer Girl
138. Cream
139. The Who
140. Led Zeppelin
141. Jimi Hendrix
142. Brian Wilson
143. The Beach Boys / Fun, Fun, Fun
144. The Beach Boys / California Girls
145. The Beach Boys / 409
146. The Beach Boys / Catch A Wave
147. Ben E. King / Spanish Harlem
148. Sly & The Family Stone / Everyday People
149. Dire Straits
150. Eric Clapton
151. Joe Jackson
152. The Pretenders
153. Supertramp
154. The Cars
155. Roxy Music
156. Vivaldi
157. Bruce Springsteen / Hungry Heart
158. J. Geils Band / Land Of 1000 Dances

159. Boy George
160. Leon Russell / A Song For You
161. Bing Crosby / Blue Hawaii
162. Artie Shaw And His Orchestra / Frenesi
163. Benny Goodman & Others / Moonglow
164. Foreigner
165. The Rolling Stones
166. Bruce Springsteen
167. Sergey Rachmaninov
168. Stardust
169. But Not For Me
170. George Gershwin / Moonlight In Vermont
171. John Blackburn, Karl Suessdorf, Chopin / Prelude
172. Coleman Hawkins / Stuffy
173. Lee Morgan / The Sidewinder
174. Mick Jagger
175. Schubert / Piano Trio In E-flat Major, D. 929
176. Elton John
177. Pink Floyd
178. Three Dog Night
179. Bill Evans
180. Tiger Rag
181. Louis Armstrong & Others / Hello, Dolly
182. Talking Heads / Fear Of Music
183. The Lovin' Spoonful / Summer In The City
184. Mantovani And His Orchestra / Some Enchanted Evening